fp
web&publishing

„Vierundvierzig" auf der Flucht

Ute Packheiser

Diese Buch wurde
gedruckt im
Print on Demand
Verfahren

Druck und Bindung
bereitgestellt durch
"CreateSpace"
North Charleston USA

(Druckhinweise auf der
letzten Seite)

© 2014 FP W&P
1. Auflage 2014

ISBN 1497500664

Layout und Lektorat:
FP Web & Publishing
(Frank Packheiser)
www.fpwup.de

©Coverbild
Ute Packheiser

für meinen Vater

Was man liebt, findet man überall
und sieht überall Ähnlichkeiten.
(Novalis)

Jede Ähnlichkeit mit mir bekannten Personen
ist rein zufällig und nicht beabsichtigt.
(die Autorin)

Vorwort

Meine Großeltern mussten während des Zweiten Weltkrieges ihre Heimat verlassen. Was sie und auch meine Mutter mir über diese Flucht erzählten, ließ ich in den Roman einfließen. Ich möchte vor allem ihnen diesen Roman widmen.

Eine Geschichte über die Flucht der Trakehner wollte ich aus dem einfachen Grund schreiben: Mein Pferd ist ein Trakehner und wirklich und wahrhaftig ein Nachfahre der „Schwindlerin", die in dieser Geschichte eine Hauptrolle spielt.

Dem Roman gab ich zunächst den Titel: „Die Schwindlerin". Da es aber viele Bücher mit einem solchen Titel gibt, nannte ich ihn schließlich „Vierundvierzig" auf der Flucht, da es 1944 genau vierundvierzig Pferde sind, die mit ihren Besitzern die Flucht aus Ostpreußen antreten.

Jeder Pferdebesitzer, der mich kennt, wird sich irgendwie wiedererkennen wollen. Deshalb habe ich die Anmerkung gemacht, dass eine „Ähnlichkeit mit mir bekannten Personen nicht beabsichtigt und rein zufällig ist."

Die Menschen, die meinen Roman lebendig machen, haben nicht wirklich gelebt. Sie sind reine Fiktion!

Ich wollte den Pferden gedenken, die diesen harten Weg gehen mussten. Und deren Besitzern, die leiden mussten und ihr Leben dafür gaben, eine neue Heimat für sich und auch ihre Pferde zu finden.

Tauchen Sie ein, liebe Leser und Leserinnen, in das Jahr 1944, als ein kleines Gestüt in Ostpreußen existierte und ein Turnier plante, um überleben zu können. Eine junge Stute, namens Schwindlerin, genießt ihr Leben auf den weiten Koppeln Ostpreußens und wird dann ...

Doch zunächst die Vorgeschichte:

August, 2013

„Lasst ihn, lasst ihn", schrie ich, als alle um mein Pferd und mich herumstanden. Jeder wusste mal wieder besser, wie ich ihn abladen sollte.

Ich war mir aber sicher, dass er Angst hatte. Angst davor, was nun, mit mir an seiner Seite, auf ihn zukam.

Endlich! Endlich hatte ich mein eigenes Pferd. Und dieses hier, was schüchtern aus dem Wagen sah, das hatte ich gesehen und gewusst: Du bist mein!

Mein Reitlehrer kam auf mich zu. Er war groß, hatte kurzes, schwarzes Haar, ständig eine Kippe im Mund und hielt alle anderen an, vom Wagen wegzutreten: „Geht alle, wir machen das schon."

Gott sei Dank, dachte ich und war ihm unendlich dankbar für diese Hilfe.

„Komm, Sherry, komm!", sagte ich und hielt meinem neuen Pferd ein Leckerchen als Lockmittel hin.

„Ah, ein Trakehner", sagte mein Reitlehrer, als Sherry langsam vom Anhänger stieg.

„Ein Trakehner?"

Keine Ahnung, dachte ich so vor mich hin. Für mich waren die Augen wichtig und nicht irgendeine Abstammung.

„Ja, ja", erwiderte ich also nur, damit er und auch die anderen meine Unwissenheit nicht bemerkten.

„Trakehner, meine Liebe", lächelte Mirco mich an, „gehören zu einer der edelsten und ältesten Rassen unter den Pferden. Sie waren im Krieg unerschütterlich und man sagt, dass, wenn dich ein Trakehner ins Herz geschlossen hat, er dir ein Leben lang treu ergeben ist."

Das wusste ich auch so, als ich dieses Pferd gesehen hatte. Ich wusste, dass es mir sein Leben lang treu war. Dafür brauchte ich keine Papiere, dafür hatte ich nur in seine Augen sehen müssen.

Doch mein Reitlehrer ließ nicht locker: „Hast du seine Papiere dabei?"

„Ja, ja", war ich es wieder, die eigentlich erst einmal das Pferd in die Box stellen wollte.

„Gib sie mir mal", forderte er mich auf.

„Sie liegen im Auto", erklärte ich schon leicht genervt.

Er ging, um nach den Papieren zu schauen.

Ich brachte das Pferd in die Box und ging wieder auf den Hof, wo fast alle Einsteller um den Reitlehrer standen.

„Echt?", hörte ich eine meiner Freundinnen sagen. Eine andere: „Ehrlich?" „Ach ja?"

„Was ist denn?", fragte nun auch ich neugierig.

„Weißt du, was du da hast?"

Der Reitlehrer sah mich fragend an.

„Einen Trakehner!", antwortete ich stolz.

„Du hast nicht nur einen Trakehner", erwiderte dieser und hielt mir das Abstammungsbuch entgegen.

Ich hatte noch nicht hineingeschaut, weil mir, wie schon gesagt, die Abstammung total egal war.

„Du hast einen Nachfahren der Schwindlerin", sagte der Reitlehrer und hob dabei seine Stimme an.

Na und? Was sollte mir das sagen?

„Du hast einen Schatz bekommen", wiederholte der Lehrer.

„Das weiß ich doch", entgegnete ich ihm.

„Aber du weißt nicht, gib es zu, wer diese Schwindlerin war?"

Ich schüttelte mit dem Kopf. Ich hatte ehrlich keine Ahnung. Schwindlerin? Ich hatte noch nie von diesem Pferd gehört. Und dann begann er, zu erzählen.

Und diese Geschichte ist es einfach wert, der ganzen Welt mitzuteilen.

Ostpreußen, August 1944

Es war ein heißer Sommertag. Trotzdem war auf dem Gestüt viel los. Man plante ein Turnier. Man musste es durchführen, denn es war der einzige Weg, den Fortbestand des Gestüts zu sichern. Der Gewinner des Turniers bekam eine Deckung. Eine Deckung von Dakaro, dem einzigen Deckhengst des Gestüts. Er war nicht mehr der Jüngste, aber wohl der bekannteste unter den Trakehnerhengsten dieser Umgebung. Ihn als Preis auszuschreiben, war es wert, in diesen Tagen ein solches Turnier zu veranstalten.

„Anuschka", schrie Werner, „hast du die Ställe gemistet?"
Eine derbe Frauenstimme schrie aus einem der Boxen zurück: „Ja, ja, doch, ich bin gleich fertig."

Sie hasste den Alten. Sie hatte sich so sehr gewünscht, dass auch er eingezogen wurde, aber er war zu alt und die Alten mussten nicht in den Krieg ziehen. Also nervte er sie. Sie, die auch schon um die Fünfzig war, ihren Mann und ihren Sohn verloren hatte und nun hier auf dem Gestüt die Stallarbeit machen musste. Sie setzte kurz ihre Kappe ab, um sich den Schweiß von der Stirn zu wischen. Solch eine schwere Arbeit war sie nicht gewohnt, aber sie musste arbeiten, um überleben zu können. Sie war ganz alleine und die Leute auf dem Gestüt waren ihre Familie geworden. Werners Frau kam. Sie war die gute Seele des Gestüts und brachte Kaffee und ein paar Stücke Kuchen. „Komm, iss und trink etwas", rief sie Anuschka zu.

„Sie muss erst ihre Arbeit schaffen", schrie Werner erneut.

„Lass sie", fuhr seine Frau ihn an. „Sie arbeitet seit dem frühen Morgen. Es ist nicht einfach für sie."
„Für mich auch nicht", gab er mürrisch zurück.
„Sie werden wieder zurückkommen", versuchte seine Frau ihn aufzumuntern.

„Einen haben wir schon verloren und die anderen beiden werden wir auch verlieren", sagte er, holte sich ein Taschentuch aus der Hose und schnäuzte sich.

Sie sprachen von ihren drei Söhnen, die in den Krieg ziehen mussten. Ihren Ältesten hatten sie gleich 1941 verloren. Er war kurz vor Paris erschossen worden. Seinen Leichnam hatten sie nie beerdigen können. Man schrieb ihnen, dass er nicht mehr zu beerdigen sei, da sein Körper zerfetzt worden war. Nur seine Marke hatten sie ihnen geschickt. Seine Marke mit seiner Nummer: Nummer 1045. Das war alles, was sie ins leere Grab legen konnten. Inge begann, zu weinen.„Heul nicht", brüllte Werner sie an, „das hilft auch nicht."

Sie versuchte, aufzuhören, aber es gelang ihr nicht und so lief sie zum Haus zurück. Sie konnte nicht mehr allzu schnell laufen, was sie ärgerte, denn sie hatte früher zu den schönsten und flinksten Frauen im Ort gehört. Doch nun, nach fünf Kindern und etlichen Krankheiten, war sie alt und zerbrechlich geworden. Es gab keinen Tag, an dem sie nicht ohne Schmerzen aufwachte.

„Wo ist es nur? Wo ist es nur?", stöhnte sie vor sich hin und suchte dabei panisch nach etwas.

„Was suchst du?", stand Werner plötzlich hinter ihr. War er ihr gefolgt, weil er ein schlechtes Gewissen hatte?

„Sein Foto, sein Foto", wiederholte sie, ohne dabei mit dem Suchen aufzuhören.

„Das ist wieder einmal typisch für dich: Alles verlegst du und dann kann man nichts mehr finden."

Nein, er war nicht die Art von Mann, den ein schlechtes Gewissen plagte. Austeilen, beleidigen, schlecht machen und ärgern: Das war es, was dieser Alte am besten konnte.

Inge weinte noch lauter.

„Ich habe dir doch schon gesagt, dass das Heulen nichts hilft." Trotzdem zog er sich seine Gummistiefel aus und half ihr beim Suchen. Dann fand sie das Foto. Es war hinter einen der Schränke gerutscht.

„Hier ist es", rief sie stolz. Dann schaute sie sich den jungen Mann auf dem Foto an: „Er war so hübsch. So wunderhübsch."

Sie setzte sich auf einen der Sessel im Wohnzimmer und starrte auf das Bild.

„Ja, das war er", sagte Werner und nahm neben ihr Platz.

„Und er hatte deine Augen und meinen Mund", sprach sie und lächelte dabei.

„Karl war ein guter Junge und ein exzellenter Reiter", fügte Werner hinzu.

„Er saß ja auch schon mit vier im Sattel, weißt du noch?", Inge schaute ihren Mann liebevoll an.

„Er hat mich immer genervt. Er wollte unbedingt reiten lernen, dabei war es noch viel zu früh", entgegnete er.

„Bei den anderen warst du nicht so weich."

„Ja, ich weiß."

„Warum bei ihm?"

Darauf wollte er nicht antworten. Er wusste nur, dass er Karl am liebsten von seinen Söhnen hatte. Aber einen Sohn vorziehen und das noch zugeben, das durfte er nicht tun. Und schon gar nicht mehr jetzt, wo seine anderen beiden Söhne noch um ihr Leben kämpften.

„Scheiß Krieg", sagte er laut.

„Werner, du versündigst dich", ermahnte ihn Inge.

„Nein, dieser Hitler versündigt sich, wenn er diese jungen Männer sterben lässt."

„Gott wird schon wissen ..."

Doch Werner fiel ihr ins Wort: „Dein Gott hat keine Ahnung."

„Werner", schrie sie ihn an, „wenn es Gottes Wille ist, dann ..."

„Das hier ist nicht Gottes Wille, sondern Adolfs. Ich habe es satt, jeden Tag zu bangen."

Inge schwieg. Sie hatte auch Angst, wenn ein Postbote kam. Furchtbare Angst.

„Schluss jetzt. Wir müssen das Turnier vorbereiten."

Werner erhob sich.

„Brüll Anuschka nicht so an. Bald kommen die anderen. Es ist nicht gut, wenn sie dich immer schreien hören. Alle haben es schwer."

„Ja, ja", maulte er vor sich hin, zog sich die Stiefel wieder an und ging nach draußen.

Inge stellte das Bild zu den anderen.

„Lieber Gott", betete sie leise, „mach, dass Otto und Bruno nichts passiert und dass sie heil wieder nach Hause kommen. Beschütze auch Anna und Regina!"

Sie schloss ihre beiden Töchter mit in das Gebet ein, obwohl die eine noch daheim lebte und die andere unweit ihres Elternhauses.

Anna war verheiratet, hatte zwei Kinder und lebte mit ihnen und deren Vater zusammen in einem kleinen Haus unweit des Gestüts.

Regina war noch nicht verheiratet, aber sie liebte einen jungen Offizier. Inge hoffte, dass er bald um ihre Hand anhielt, denn eine Frau ohne Trauschein war heutzutage schlecht angesehen.

Und wer wusste schon, wie lange Werner und sie noch auf dieser Erde weilten. Sie waren nun schon beide 70 und hatten ihr Leben gelebt.

Regina war nicht erwünscht, aber passiert. Und als Nachzügler unter den Geschwistern hatte sie bei allen den Bonus des Kindes, was wohl nie erwachsen wurde. Werner hatte sie lieben gelernt. Schon deshalb, weil sie diejenige war, die ihm nun am meisten auf dem Gestüt half.

Anna hingegen hatte mit der Erziehung der Kinder genug zu tun und mit ihrem Mann verstand sich Werner nicht besonders. In seinen Augen war er ein Taugenichts mit zwei linken Händen. Nur die Enkel, ja, die Enkel, die liebte er. Der kleine Paul war ein herzensgutes Kind und seine größere Schwester Jasmin hübsch und immer freundlich.

Inge lächelte bei diesem Gedanken vor sich hin. Doch ehe sie weiter träumen konnte, hörte sie ihren Mann schon wieder über den Hof schreien: „Koch etwas, ich habe Hunger."

Inge erhob sich von ihrem Stuhl. Sie wusste, dass sie das Essen Punkt 12 fertig haben musste, ansonsten war ihr Mann unausstehlich. Bereits seine Mutter hatte stets um die gleiche Uhrzeit das Essen gekocht und nun war dieser Rhythmus immer noch in seinem Blut: Nach so vielen gelebten Jahren war es einfach nicht aus ihm herauszubekommen.

Inge war ein ganz anderer Typ. Sie brauchte nicht immer um die gleiche Zeit etwas zu essen. Sie kam auch mal ganz ohne aus. Dabei war ihre Familie immer reich gewesen und seine, Werners, die war arm. Sie konnte sich noch genau daran erinnern, wie sie ihn damals ihren Eltern vorgestellt hatte. Was waren sie entsetzt! Entsetzt, dass sie sich den einzigen Burschen im Dorf geangelt hatte, der ohne jegliches Vermögen war. Aber Inge hatte sich diese Liebe nicht nehmen lassen. Und bereut?

Vielleicht den einen oder anderen Tag. Und im Alter gab es diese immer öfter.

Aber ihr war klar, dass sie bis ans Lebensende an diesen Mann gebunden war. Sie hatte es gelobt. Gelobt vor dem Herrgott. Und dieses Gelöbnis konnte man nicht einfach auflösen. Heutzutage war es schwer für eine Frau, alleine zu sein.

Inge ging am Spiegel vorbei und schaute hinein. Sie zupfte sich die grauen Locken zurecht.

„Ach, was bist du alt geworden", sprach sie zu ihrem Spiegelbild. Nicht nur, dass ihre Haare grau geworden waren. Nein, es waren die ganzen Falten im Gesicht, das Doppelkinn und die kleinen Augen, die dazu auch noch immer schwächer wurden. Schnell ging sie vom Spiegel weg: „Am besten hänge ich ihn zu."

Inge schlürfte in die Küche.

In der heutigen Zeit gab es nicht viel zu essen. Die Läden, wenn sie denn beliefert wurden, machten nur für ein paar Stunden auf, und da hatte man Glück, wenn man die richtige Zeit erwischte.

Gott sei Dank hatten sie einen Vorratskeller, der noch gut gefüllt war. Und da sie die meiste Zeit nur für drei kochen musste, leerte er sich auch nur langsam. Inge ging in den Keller, um zu sehen, was sie kochen konnte.

„Bohnen", flüsterte sie und freute sich, „Bohnen liebt er. Vielleicht wird dann seine Laune auch ein wenig besser."

Sie ging in die Küche, begann, Töpfe und Teller zu suchen, und zündete den Herd an.

Anna kam, setzte sich mit dem kleinen Paul an den Tisch und wendete sich ihrer Mutter zu, die so tat, als hätte sie nicht gemerkt, dass ihre älteste Tochter zu Besuch gekommen war.

„Was erschreckst du mich so?", fiel ihr fast einer der Töpfe hinunter.

„Hast du nicht gemerkt, dass ich gekommen bin? Und ich habe auch Paul mitgebracht."

„Hätte ich mich so erschreckt, wenn ich es mitge-kriegt hätte?"

Inge schaute ihre Tochter missbilligend an.

„Ich meine ja nur", sagte diese trotzig.

Inge wusste genau, weshalb ihre Tochter gekom-men war: „Wieder nichts zu essen daheim?"

„Es ist schwer dieser Tage", begann Anna.

„Es ist für alle schwer", wiederholte Inge.

Doch Anna ließ sich nicht beirren: „Ihr habt den Keller voll."

„Hättest du auch, wenn du nicht diesen Tauge-nichts ..."

Doch Anna unterbrach ihre Mutter: „Nicht vor dem Kind, ich bitte dich."

Inge schwieg. Wahrscheinlich hatte ihre Tochter recht, der kleine Junge konnte nun wahrhaftig nichts für seinen Vater.

„Also", wollte Inge den Streit schlichten, „was brauchst du?"

„Hättest du ein wenig Wurst und vielleicht Fleisch?"

„Das ist nicht gerade wenig, was du verlangst", ent-gegnete ihr die Mutter. Sie selbst hatte nur ein kleines Stückchen Fleisch zu den Bohnen geplant.

„Mutter", ließ nicht Anna locker, „Paul ist mitten im Wachstum und Jasmin scheint auch noch einmal einen Schub zu machen."

„Mit ihren siebzehn Jahren bestimmt nicht, erzähl mir also nicht so einen Mist." Inge sah wütend aus. Lügen war ein absolutes Tabu in ihrer Familie. Nein. So etwas gab es nie und würde es nie geben.

„Mutter lügt, weil sie wieder ein Kind erwartet", rief der kleine Paul schnell.

„Was?", Inge schaute von dem einen zum anderen „ist das wahr?"

Anna hatte ihrem Sohn bereits eine Kopfnuss verpasst. Doch als sie den strengen Blick ihrer Mutter bemerkte, nickte sie.

„Paul", sagte Inge zu dem kleinen Jungen, „geh raus und schau, ob du deinem Großvater helfen kannst."

Paul tat, was ihm seine Großmutter befohlen hatte. Schnell wie ein Blitz war er verschwunden.

„Aber schweig, hörst du", rief Inge ihm noch hinterher, „wir sagen es dem Großvater später."

„Heute ist kein guter Tag", wendete sie sich Anna zu.

„Welcher ist das schon bei ihm?", sah diese ihre Mutter nicht an, sondern folgte mit den Augen ihrem Sohn.

„Es gab auch gute Tage", erwiderte Inge.

„Vielleicht, aber ich kann mich an keinen solchen mehr erinnern", setzte sich Anna bedrückt an den Tisch.

„Als du geboren wurdest", gesellte sich die Mutter zu ihrer Tochter, „da war er so glücklich."

Inge strich ihrer Tochter über das Haar. Und sie merkte, dass auch ihre Tochter allmählich ergraute.

Anna war über vierzig. Normal also, dass auch an ihr das Alter nicht spurlos vorüberging.

„Lass das, Mutter", zog diese ihren Kopf weg, „du weißt, dass ich das nicht mag."

„Aber früher ..." Inge zog ihre Hand weg.

„Früher, früher", wiederholte Anna ihre Mutter sarkastisch, „früher hätte ich nicht um ein Stück Fleisch betteln müssen."

„Da war kein Krieg", entgegnete ihr die Mutter.

„Aber eure Vorratskammer ist noch genauso voll wie früher", Anna stand auf.

„Hast du spioniert?"

„Meinst du, dass ich das nötig hätte?", hatte Anna Tränen in den Augen.

„Woher weißt du dann ...?" Inge stockte.

Paul kam in die Küche gerannt, hielt inne, als er die beiden Frauen sah, konnte aber mit seinen wichtigen Informationen nicht hinter dem Berg halten: „Sie kommen. Sie kommen. Die Ersten sind da."

„Jetzt schon?" Die beiden Frauen waren abrupt aufgestanden und sahen sich an.

Werner kam in die Küche gerannt: „Die Ersten sind schon da!"

„Ich weiß, ich weiß", sagte Inge, setzte sich jedoch wieder und kümmerte sich um die Bohnen.

„Was schnippelst du? Komm und begrüße sie!"

„Schick Helmar, ich muss kochen", entgegnete sie ihm knapp.

„Schick Helmar, schick Helmar", äffte er sie nach, „als wenn er dich ersetzen könnte."

Inge schaute auf. Hatte er das wirklich gesagt? Meinte er etwa, dass er sie brauchte? Aber nein. Werner verbesserte sich sofort: „Es ist gut, wenn sie die Dame des Hauses sehen."

„Ich ..."

Doch Werner unterbrach sie in seinem gewohnten herrischen Ton: „Wir müssen die paar, die noch kommen, selbst begrüßen."

Inge schaute ihren Mann an. Vielleicht hatte er recht: In diesen Zeiten wusste man nie. Und sie konnten nicht mit den anderen Gestüten mithalten. Nun nicht mehr. Früher ja. Da waren sie ein Ausgleich gewesen: ein Ausgleich zu den großen preußischen Anwesen hier in Trakehnen. Kalpakin und Birkenwalde waren große Rivalen. Guddin und Jonasthal ebenso. Aber sie hatten nicht aufgegeben. Und mit Dakaro würden sie sich wieder einen Namen machen. Gerade jetzt, wo die besten Hengste von den anderen Gestüten weggeholt worden waren. Warum auch immer? Inge würde es wohl nie verstehen.

Sie war zu diesem Gestüt gekommen, weil sie ihre Eltern beerbt hatte, obwohl sie noch nie viel übrig gehabt hatte für diese Pferde.

Sie hatte weder Spaß am Reiten noch am Pflegen

dieser großen Tiere. Spaß machten ihr nur die Tiere, die noch am Hof geduldet wurden: Gänse, Hühner, Hunde und Katzen. Ja, die Katzen – die hatten es ihr angetan. Sie liebte jede Einzelne von ihnen, ob sie Miezi, Karli oder Stinki hießen.

Und sie war so froh, als Werner auf den Hof kam, als hätte er nie etwas anderes gewollt.

War es vielleicht auch so? Inge schüttelte in Gedanken versunken mit dem Kopf. Nein: Ihre Liebe war echt gewesen! Werner hatte sie ihretwillen gewählt und nicht, weil sie die Erbin des Gestüts war. Oder?

Sie strafte sich für derlei Gedanken.

„Altes, dummes Weib", schimpfte sie leise vor sich hin, „spinnst du jetzt vollends? Er hat dich und nur dich auserwählt. Er wusste nicht, dass er ..." Inge konnte, ihre Gedanken nicht mehr zu Ende spinnen, denn schon holte sie ihr Gemahl heraus.

„Komm doch jetzt endlich!"

„Ja, ja, ich komme schon", warf sie ihrer ältesten Tochter einen Blick zu, der zu sagen schien, dass sie besser gehorchen sollte.

Anna stand auf. Sie hatte verstanden. Lange genug hatte sie den despotischen Regeln ihres Vaters gehorcht und sie wusste, dass ihre Mutter keine andere Chance hatte, als sich diesen Regeln unterzuordnen. Was hatte sie geflucht, als sie den Mann, den sie liebte, ihren Eltern vorstellen musste. Natürlich würden sie ihn ablehnen. Er war nicht ihres Standes. Und trotzdem hatte sie gehofft, dass gerade ihr Vater sie verstand. Er, der genauso wenig von den Eltern seiner Angebeteten akzeptiert wor-den war. Wieso nur hatte er nicht das geringste Einfühlungsvermögen? Dabei müsste gerade er doch wissen, wie es ist, nicht willkommen zu sein, nicht akzeptiert zu werden. Anna hatte die Welt nicht mehr verstanden. Zumindest die nicht, die direkt um sie herum passierte. Sie verließ das Gestüt, ohne ihren Eltern einen Gruß zu sagen. Nur Paul warf sie ein Kopfnicken zu. Er wusste dadurch, dass er alleine nach Hause gehen musste. Aber da er oft ohne sie am Hofe war, war es kein Problem für ihn. Er liebte seine Großeltern. Und war gerne hier, half beim Misten der Ställe und bei Reparaturen, fuhr Traktor, worum ihn die Jungen in seinem Alter beneideten, und bemühte sich stets darum, es gerade seinem Großvater recht zu machen. Mit seiner Großmutter hatte er es nicht ganz so. Sie hatte sich darüber lustig gemacht, wie er auf den Pferden saß. Er liebte eben das Reiten nicht. Und so gab es Zeiten, da hatte er seine Großmutter regelrecht gehasst und den Hof wegen ihr gemieden. Lautstark hatte sie ihn als Memme bezeichnet, wenn er Angst zeigte vor diesen riesigen Tieren. Da hatte er das Reiten gelassen und auch die Besuche bei seinen Großeltern. Aber es hatte ihm gefehlt: dieser Hof, dieses Treiben! Auch seine Mutter hatte eine Zeit lang nicht mit ihren Eltern gesprochen. Ob nun deswegen oder nicht, war ihm egal gewesen. Er war froh, dass seine Mutter damals zu ihm gehalten hatte. Nun aber war er glücklich, dass sie wieder miteinander sprachen.

Vielleicht lag es aber auch an diesem Krieg, der alle zusammenschweißte. Jede Familie rückte näher und jede Familie hatte plötzlich andere Sorgen als früher. Er hatte einen Freund: Josef. Josef Blümling. Er hatte sich mit ihm immer sehr gut verstanden. Sie hatten in der Volksschule nebeneinandergesessen. 6. Klasse. Und sie hatten die gleiche Abneigung gegen diese dumme, ach so dumme Mathe – Lehrerin, die niemals auf der Welt irgendjemandem Mathe beibringen konnte. Nicht einmal ihnen beiden, die nun wirklich Mathematik liebten. Doch bei dieser Frau begannen sie, dieses Fach zu hassen.

Sie hatte immer den Rohrstock geholt, wenn ihnen ein Fehler unterlief. Und da sie einfach kein Mathe beibringen konnte, war das immer öfter passiert: Paul rieb sich bei dem Gedanken die Hände, die ihm immer noch schmerzten - seit seiner letzten Züchtigung.

Großvater hatte gesagt, dass auch er in der Schule Schläge erhalten hatte. Und wenn nicht dort, dann spätestens daheim, wenn sich der Lehrer bei den Eltern über ihn beschwert hatte.

Paul bekam eine Gänsehaut. Was würde passieren, wenn seine Lehrerin zu Hause vorsprach? Es schüttelte ihn. Aber nein! Eigentlich würde nichts passieren! Er hatte noch nie von seinem Vater Hiebe bekommen und außerdem wusste er, dass seine Lehrerin ihren Mann im Krieg vermisste. Sie würde also im Moment andere Sorgen haben, als bei den Eltern der Schüler anzutanzen. Paul lächelte vor sich hin: Danke Krieg!

Anders war es mit seiner Deutschlehrerin. Sie hatte er lieben gelernt. Sie war immer einfühlsam und fast wie eine Mutter zu all den Kindern. Aber, und das musste er sich selber auch eingestehen, war sie alleine: Eine echte Jungfer und alle lachten über sie. Und er! Ja, er liebte sie, und wenn er einmal groß sein würde, ja dann - dann würde er sie heiraten. Wenn sie auf ihn warten würde.

Paul hielt inne: Fräulein Volkmann. Ja, das war ihr Name. Und alle nannten sie nur „Völkchen", aber das wusste sie nicht. Sie hatte schwarzes, kurzes Haar, dunkelbraune Augen und einen roten, wirklich roten Mund, den sie mit nichts, absolut nichts, betonen musste. Paul lächelte vor sich hin, denn er wusste, dass seine Mutter ihre Lippen ab und an mit einem roten Stift beschmierte. Aber das hatte „Völkchen" nicht nötig gehabt! Nein: Sie war einfach nur schön.

Auch Josef war ganz verschossen gewesen in Fräulein „Völkchen".

Aber nun, seit fast zwei Wochen, war Josef nicht mehr in die Schule gekommen. Wo war er nur? Niemand wusste etwas. Paul war stehen geblieben.

„Was hängst du deinen Gedanken nach?", holte ihn sein Großvater aus seinem Tagtraum. „Such Helmar, diesen verdammten Säufer."

„Werner", mahnte ihn seine Frau.

„Werner, Werner, was soll das? Bin ich dein Kind?"

Inge schaute ihren Mann an und lachte: „Manchmal."

„Beherrsche dich Weib", fuhr er sie an.

„Und du dich auch vor dem Kind", erwiderte sie in einem ebensolchen herrischen Ton.

„Er kennt doch den alten Säufer", entgegnete ihr ihr Gemahl.

„Das spielt keine Rolle, denn er weiß nicht, wieso er zu einem Säufer wurde", erwiderte Inge.

„Ist doch egal: Er ist einer", Werner schaute sie an, als wüsste er genau, dass sie daraufhin nichts erwidern konnte. Doch sie entgegnete seinem Blick: „Hast du überhaupt eine Ahnung, was er durchgemacht hat?"

„Was bitte, was nicht alle anderen in dieser Zeit durchmachen?" Werner schaute seine Frau mit großen Augen an.

„Er hat seine Frau und sein Kind verloren." Inge war stehen geblieben.

„Wir haben unseren Sohn verloren", ging Werner weiter, ohne sie auch nur eines Blickes zu würdigen.

„Ja, das haben wir, aber wir haben noch andere Kinder und er? Er hat niemanden mehr." Inge blieb immer noch da, wo sie stand.

„Er ist auch ein Nazi", entgegnete Werner, ging zu seiner Frau, nahm sie am Arm und versuchte, sie fortzuziehen.

„Er hat es bereut", erwiderte sie, ohne auf sein Ziehen zu reagieren.

„Er hat trotzdem selbst Schuld." Werner stand immer noch neben seiner Frau.

„Ach", sagte sie, „plötzlich ist nicht Adolf schuld?"

„Doch", stammelte Werner, der sich in die Enge getrieben sah, „der ist der Oberschuldige, aber Helmar ..."

Inge fiel ihm ins Wort: „Helmar hat das gemacht, was jeder Deutsche tat: Er hat ihm geglaubt."

„Wer kann solch einem Despoten Glauben schenken?" „Was?" Inge glaubte, nicht richtig gehört zu haben. „Warst du es nicht, der ihm auch zugejubelt hat?"

„Vielleicht ganz am Anfang mal, aber dann nicht

mehr:" Werner ließ eine Pause: „Dann schon lange nicht mehr."

„Und Helmar darf diese Erkenntnis nicht haben?" Inge schaute ihren Gemahl an, der nun brummend vor ihr herlief.

„Jetzt hör schon auf", befahl er ihr. Inge wusste, dass sie dieses Wortduell gewonnen hatte. Aber sie wusste auch, dass es nichts half. Er würde Helmar fertigmachen: auf die eine oder andere Art und Weise. Werner hatte einfach etwas gegen die, die im Alkohol den Ausweg suchten.

Diese Leute waren ihm unverständlich – sie waren für ihn einfach nur Schwächlinge.

„Und wieso ist er nicht an der Front?", war Werner erneut stehen geblieben und blickte seine Frau an.

„Weil man ihn nicht wollte", gab sie zurück.
„Ach nein", erwiderte er zynisch, „stattdessen muss ich mich mit ihm herumschlagen."

Inge schaute ihren Mann an: „Er ist uns doch wohl eine große Hilfe oder etwa nicht?"

„Anuschka vielleicht, aber mir nicht", erwiderte Werner daraufhin und grinste.

„Was grinst du so? Meinst du etwa, dass sie ...?", blieben Inge die Worte im Halse stecken.

„Naja" Werner ließ eine Pause und grinste noch breiter: „So ein kaltes, einsames Bett muss doch wohl irgendwie gewärmt werden."

„Jetzt geht aber die Fantasie mit dir durch", lachte Inge laut, „Anuschka würde niemals mit diesem ..." Werner unterbrach sie: „Säufer." „Hör jetzt auf", ermahnte ihn seine Frau, aufs Neue, „sie würde niemals mit einem solchen Mann das Bett teilen."

„In der Not frisst der Teufel Fliegen", grinste Werner schelmisch.

„Unsinn", versuchte es Inge erneut.
„Tu nicht so, als wüsstest du nicht, wovon ich spreche", schaute Werner seine Frau gespannt an.

„Was willst du damit sagen?"
„Als würdest du nicht mit dem erst Besten ...", doch

er sprach nicht weiter, denn er spürte die Blicke seines Enkels auf sich gerichtet.

„Du versündigst dich, alter Mann", sprach seine Frau schnell, aber nicht, ohne dabei zu lächeln. Traute er ihr in diesem Alter wirklich noch eine solche Verfehlung zu? War er wirklich noch eifersüchtig? Dieser alte Narr!

Inge streckte sich. Mit einem solchen Kompliment hätte sie niemals gerechnet. Denn in ihren Augen war es ein solches.

Werner brummte vor sich hin. Das hatte sie jetzt mit Sicherheit anders verstanden, als er es gemeint hatte. Obwohl? Wie hatte er es gemeint? Das wusste er selber nicht. Natürlich war er noch eifersüchtig. Er liebte diese Frau. Das hatte er schon immer getan. Schon damals, als er sie das erste Mal gesehen hatte.

Wann war das noch gleich?

Ach ja, es war 1894 auf einem Dorffest. Die Uhren tickten damals anders als heutzutage. Und wer hatte schon damals eine Uhr? Es gab nur diese Pendler, die der ein oder andere daheim in seinem Wohnzimmer hatte. Werner lächelte vor sich hin: eine schöne Zeit: Damals.

Und als er Inge sah, in ihrem bunten, wunderschönen Kleid: Da war es um ihn geschehen. Und sie? Sie, die Tochter des einzigen altehrwürdigen Gestüts hier, sie verliebte sich auch in ihn, in den einzigen Burschen hier im Dorf, der nichts außer seiner Ehre besaß. In den, der völlig mittellos war. In den, der außer einem charmanten Lächeln fast nichts hatte. In ihn, der sich auf den ersten Blick in diese junge Frau verliebt hatte: was für ein Glück. Und diese Frau schenkte ihm fünf wundervolle Kinder. Nie hätte er sich sein Glück damals erträumen lassen. Und was hatten sie alles miteinander erlebt? Erst den Tod ihrer Eltern, und dass sie das Gestüt übernehmen musste. Dann die Geburt ihrer Söhne und Töchter und den Krieg, den verfluchten Krieg. Jeder hatte gedacht, dass er nur ein paar Monate dauern würde. Und dann? Dann zog er sich über vier Jahre hinweg. Er war eingezogen worden. Er, der noch nie einem Menschen etwas zuleide tun konnte, sah sich in den Gräben dieses Krieges noch kauern und hoffen, dass alles an ihm vorüberging. Und er hatte es geschafft: Er hatte in diesen vier Jahren nicht einen einzigen Menschen getötet. Niemandem, wirklich niemandem, hatte er dieses Geheimnis erzählt, denn man hielt ihn für einen Helden, als er wiederkehrte. Dass er dem Vaterland keinen einzigen Toten beschert hatte, verschwieg er. Und nun mussten seine Söhne dafür büßen. Dessen war er sich sicher. Sie mussten dafür bluten, dass er damals so ein Feigling war.

Werner hielt inne und sann seinen Gedanken nach. Wie war das damals?

Er war an der Westfront. Er hatte sich, wie alle jungen Männer seines Dorfes, zum Heeresdienst gemeldet. Wie alle jungen Männer? Er fühlte sich jung, damals, obwohl er auf die Vierzig zuging, seine Söhne geboren waren und seine Frau wieder in anderen Umständen.

Aber er dachte damals, dass er sich, seine Familie und auch sein Dorf, nun auch sein Gestüt, verteidigen müsse. Und ein jeder, wirklich ein jeder, hatte damals gedacht, dass dieser Krieg nicht lange dauern würde. Also hatte auch er sich gemeldet, seine Familie verlassen und sich dem Heer angeschlossen, welches gegen die verfeindeten Franzosen zog. Er hatte nicht viel Ahnung von Politik gehabt. Er wusste nicht, worum es ging. Er wusste nur, dass das Vaterland in Gefahr war. Und dies allein war Grund dafür, dass er alles im Stich ließ: Selbst seine hochschwangere Frau. Sie sollte stolz auf ihn sein. Sie sollte nichts bereuen müssen – als Held würde er wiederkehren. Doch ein Held zu sein in diesem verfluchten Krieg, war schwerer, als er es sich je gedacht hatte. Schon als er an die Front kam, wusste er, dass dies nie der Ort sein würde, an dem er sich als Held aufspielen konnte. Im Gegenteil: Er war die jämmerlichste Figur, die man sich je vorstellen konnte. Werner lief ein Schauer über den

Rücken. War er vielleicht deshalb zu einem solchen Fiesling geworden? Weil er damals so ein Feigling war? Unsinn! Er schüttelte mit dem Kopf. Paul, der die ganze Zeit schweigend neben seinem Großvater hergelaufen war, fragte: „Was ist Großvater?"

„Nichts", brummte dieser zurück, „scher dich um deine eigenen Probleme und lass mich in Ruhe."

Inge war ein paar Meter hinter den beiden. Sie hatte Mühe, mit ihnen Schritt zu halten.

Paul ärgerte sich, dass er überhaupt gefragt hatte. Er kannte seinen Großvater ganz genau und eigentlich wusste er, dass, wenn dieser seinen Gedanken nachhing, man ihn besser in Ruhe lassen sollte. Werner sah seinen Enkel erneut an: „Was wollte deine Mutter hier? Sie lässt sich doch nur blicken, wenn sie etwas will. Und?" Er schaute seinen Enkel fragend an: „Was ist es diesmal?"

„Nichts", Paul dachte an die letzten Worte seiner Großmutter, „sie wollte mich nur herbringen und euch sehen."

„Quatsch nicht so ein dummes Zeug", schaute er seinen Enkel böse an, „ich kenne sie ein wenig länger als du."

„Ja, Großvater", senkte Paul den Kopf und hoffte, dass sie so schnell wie möglich an den Stallungen waren.

„Solltest du nicht Helmar suchen?", fiel dem Großvater seine Anweisung wieder ein. „Was trampelst du also neben mir her?"

Paul erschrak. Ja, genau, er hatte ihn nach dem Mann geschickt, der hier im Gestüt arbeitete. Paul hatte genau gehört, was seine Großmutter erzählt hatte. Er hatte Angst vor diesem Helmar – egal welches Schicksal ihn ereilt hatte: Er war ein komischer Kauz und nie nett zu ihm.

Trotzdem rannte Paul los: Er wollte seinem Großvater gefallen, und wenn er diesen Helmar suchen sollte, dann musste er es eben tun.

Paul blickte auf seine Großeltern zurück und er sah, wie Inge versuchte, Werner zu erreichen und dessen Hand zu ergreifen. Doch Paul wusste genau, dass sein Großvater eine solche Geste verabscheute.

Werner lief schneller, um den Griffen seiner Frau zu entgehen. Er wollte jetzt keine Zärtlichkeiten austauschen und schon gar nicht in der Öffentlichkeit. „Beherrsche dich, Weib", sagte er zu Inge, die ihn kopfschüttelnd erreicht hatte.

„Ja, ja", erwiderte sie, „wie immer."

„Was soll das heißen?"

Werner war stehen geblieben.

„Wann?", fragte sie, „sag mir, wann wir das letzte Mal ..."

Sie hielt inne.

Er wusste genau, was sie meinte. Er hatte ewig nicht mehr neben, geschweige denn mit ihr geschlafen.

Er hatte, obwohl er sie liebte, keinerlei Gelüste mehr auf diese alte Frau. War er auch schon so alt geworden? War er auch so fett und unansehnlich wie sie? Er schämte sich für solche Gedanken, aber sie kamen und er konnte nichts dagegen tun.

„Ich weiß selbst, dass ich nicht mehr so ansehnlich bin wie früher ..."

Doch Werner fiel ihr ins Wort: „Können wir diese Diskussion auf später verschieben? Ich habe jetzt ganz andere Probleme."

Und in diesem Moment kamen schon die neu Angereisten auf ihn zu: „Sind Sie Werner Hoffer?"

„Jawohl", antwortete dieser mit einem breiten Lächeln im Gesicht, „der bin ich und ich begrüße Sie ganz herzlich auf dem Hofferschen Gestüt."

„Wir haben gehört, dass als Preisgeld einer der letzten Trakehner Hengste zur Verfügung steht."

„So ist es", nickte Werner stolz und zog seine Frau näher an sich heran.

Inge genoss es, dass er sie berührte und an sich zog. Wenigstens dies ließ er in diesem Moment zu. Und so begrüßte auch sie die ersten Teilnehmer des Turniers: „Es ist schön, dass Sie den Weg zu uns gefunden haben."

„Ja, weiß Gott, es ist schon eine Schande, dass

dieser Krieg nun schon so lange dauert und all die besten Hengste verschlungen hat."

„Und nicht nur die", entgegnete Werner.

„Da haben Sie recht. Wir sorgen uns um Pferde, dabei haben Familien ihre Söhne verloren, ihre Männer, ihre Angehörigen."

Inge stimmte sofort zu: „Unser Ältester musste sein Leben lassen und wir haben noch zwei, die an der Front kämpfen."

„Oh", sagte der Besucher verlegen, „das tut mir leid." „Schon gut", hatte Werner nicht die geringste Lust, darüber zu reden, „es ist, wie es ist."

„Sicherlich", stimmte Inge zu, „aber wieso leiden die einen mehr als die anderen?"

„Wir haben Glück: Meiner Frau und mir wurden nur Mädchen geschenkt", erwiderte der Gast.

„Ja", Inge schaute den Mann und die junge Frau neben ihm nachdenklich an.

Vielleicht war es wirklich Glück. Zumindest in der heutigen Zeit.

Früher galt ein Junge als Geschenk. Und was war Werner glücklich, als er die Jungen in den Armen hielt. Aber heute? Heute war es besser, Mädchen zu haben. Sie mussten nicht in den Krieg ziehen. Sie mussten nicht sterben. Inge stöhnte und Werner war dankbar, dass Paul mit Helmar zu der kleinen Gruppe stieß.

„Da seid ihr ja endlich", empfing er die beiden. Helmar schwankte und Werner wusste sofort, dass dieser wieder getrunken hatte. Doch er wollte sich nichts anmerken lassen. Die Neuankömmlinge sahen vielleicht nicht, in welchem jämmerlichen Zustand sich sein Stallmeister befand.

„Helmar", sprach er diesen an, „mach die erste Box fertig!"

„Ist schon", lallte dieser.

„Dann bring das Pferd in den Stall", lächelte Werner sorgenvoll.

Helmar ging zu dem Pferd, das gerade abgeladen wurde, und schnappte sich den Strick.

„Ich mach das schon", sagte die junge Besitzerin.

„Haben Sie kein Vertrauen zu mir?" Helmar schaute die junge Dame vorwurfsvoll an.

Diese antwortete verlegen: „Doch, doch, aber diese Stute ist sehr empfindlich."

„Mit den Empfindlichen kann ich besonders", wankte Helmar erneut und Werner wäre am liebsten in Grund und Boden versunken.

„Ich würde sie trotzdem gerne selbst nehmen", ließ die junge Dame nicht locker.

„Lass sie sie selbst in den Stall bringen", befahl Werner seinem Stallmeister und hoffte inständig, dass dieser seine Anordnung verstand und vor allem auch befolgte.

„Ja, ja, gewiss doch." Helmar hatte sehr wohl verstanden und gab den Strick wieder an die junge Frau ab, die glücklich über diese Wendung war.

„Wissen Sie", erzählte sie dem Stallmeister, der vor ihr lief, „sie ist etwas Besonderes für uns: Sie ist schon fünfzehn, begleitet mich ein Leben lang und nun möchten wir mit ihr ein Fohlen ziehen."

Mürrisch nickte Helmar mit dem Kopf. Klar doch. Mit diesem Ziel kam ein jeder her. Das beste Fohlen ziehen und Gewinn herausschlagen. Jetzt, wo die Besten der Besten im Kriege verschlungen worden waren, da kamen sie hierher: ans Hoffersche Gestüt. Hier gab es wenigstens noch den einen: den einen Hengst, der die Zucht vielleicht rettete. Die Zucht, die damals so viel für Preußen bedeutete.

Oh, was hatte er sich erhofft, als man ihm sagte, dass er nach Trakehnen reisen sollte, um hier seinen Dienst anzutreten. Man hatte ihn ausgemustert aus der Wehr und hier hatte er gehofft, so sehr gehofft, seinem Land dienlich zu sein. Wenn schon nicht als Soldat, dann wenigstens als Stallmeister. Und was war er enttäuscht gewesen, als er hierher kam. Was blieb ihm anderes übrig, als diesem Alkohol zu verfallen, damit er alles um sich herum vergaß: Diesen Gestütsmeister und seine jämmerliche Familie. Von nichts hatten die alle hier eine Ahnung. Weder von Pferden noch von ihrer Pflege – noch vom Leben!

Sie hatten das Hoffersche Gestüt in den Ruin

getrieben. Früher, ja früher, da hatte es noch einen Namen gehabt. Aber bis jetzt hatten die anderen Gestüte Gewinn gemacht und die Besten der Besten geliefert.

Dass es nun nur noch den fast einzigen Hengst hier gab, war nicht der Verdienst des Alten, sondern nur dem Krieg zuzuschreiben.

Helmar wusste, dass der alte Gestütsmeister ihn hasste, aber wieso sollte er auch nicht? Ihm ging es ja genauso.

Eigentlich wollte er sich in Kalpakin bewerben, aber die hatten angeblich keinen Stallmeister gebraucht.

„Bla, bla, bla", hörte er die Besitzerin der Stute immer noch erzählen und hätte ihr am liebsten das Maul gestopft, denn sie quatschte und quatschte und kostete Helmar so den letzten Nerv. Und seine Nerven waren derzeit sowieso nicht um das Beste bestellt.

„Hier hinein", waren sie endlich an der Box angekommen und Helmar hielt die Stalltür auf, um der Stute den Eintritt zu erleichtern.

Diese junge Frau hatte wahrlich nur ein Interesse. Helmar musste sich beherrschen, ihrem Redeschwall nicht Einhalt zu gebieten. Er wusste, dass dies jedoch noch mehr Ärger bedeutete, und dafür hatte er erst recht nicht die Nerven. Also versuchte er, sich so schnell wie möglich zu entfernen, indem er der jungen Frau vorlog, noch füttern zu müssen. Daraufhin nickte diese mit dem Kopf und ging zu ihrem Wagen zurück, an dem sich Werner und Inge immer noch mit ihrem Vater unterhielten. Dieser drückte noch einmal seine Dankbarkeit aus, dass sie an diesen Tagen ein solches Turnier veranstalteten: „Es muss wahrlich so sein, dass sie den einzigen Hengst haben. Hoffen wir also, dass unsere Tristess das Turnier gewinnt."

Inge lächelte vor sich hin und Werner warf ihr einen ermahnenden Blick zu. Dann reichte er dem Mann die Hand, als wollte er sagen: Viel Glück.

Doch er sprach nichts, denn eigentlich: Ja eigentlich war es ihm völlig egal, wer das Turnier gewann. Hauptsache es kam wieder Leben auf den Hof und vor allem Geld. Denn das hatten sie bitter nötig.

Das Hoffersche Gestüt gab es schon ewig. Schon bevor Friedrich Wilhelm I., der preußische Soldatenkönig, den Befehl gab, hier in Ostpreußen alle Pferdebestände zu vereinigen.

Dabei hatte man in dieser Gegend bereits gezüchtet. Zwar nicht nur Trakehner, sondern auch andere Rassen, aber man wusste um die Besonderheit der Trakehner.

Und nicht Friedrich Wilhelm war es zu verdanken, dass diese Rasse so erfolgreich wurde, sondern unter anderem auch Inges Vorfahren, die den Trakehner aus dem Schweike zogen, einem robusten, starken Pony, das von jeher als Pflugpferd genutzt worden war. Doch als das Stutamt mit all seinen Vorwerken nach Ostpreußen verlagert worden war, da hatte das Gestüt seine schlimmsten Zeiten erst noch vor sich gehabt. Und nun, nach all den Jahren, war es Werner gelungen, den großen Gestüten Trakehnens zu beweisen, dass sie noch existierten: Ja, dass sie es geschafft hatten, durchzuhalten, dass sie nicht untergegangen waren, wie man es geglaubt hatte. Nein: Jetzt sollte ihre Zeit kommen. Und auch mit Donnerschall hatte er die Zukunft gesichert, aber noch konnte er mit dem kleinen Hengst nicht rechnen.

Werner atmete tief durch, als der Pferdeanhänger vom Hof fuhr.

„Siehst du", fasste Inge nach seiner Hand, „wir haben es geschafft."

„Red nicht so viel", ermahnte er sie, „koch endlich. Ich habe Hunger."

Inge schüttelte angesichts der patzigen Art ihres Mannes den Kopf. Nie, niemals würde der sich ändern.

Sie verließ ihn und lief zum Haus zurück.

„Furchtbar, furchtbar", sagte sie leise, als sie die Bohnen in den Topf tat, „jetzt habe ich Anna gar nichts mehr mitgegeben. Und sie braucht es doch jetzt, wenn sie wieder ein Kind erwartet."

Inge ärgerte sich über sich selbst und stieß vor lauter Zorn einen der Töpfe um. Eigentlich kannte sie solche Gefühlsausbrüche nicht. Wurde es allmählich Zeit dafür?

Eine Stunde später rief sie ihren Mann zum Essen. Ihr Zorn war verflogen.

Paul folgte seinem Großvater auf dem Fuße. Und auch das Jüngste der Kinder, Regina, erschien zum Essen.

„Hast du deinen Unterricht beendet?", fragte Inge neugierig.

„Sonst wäre sie ja wohl nicht hier", beantwortete Werner mürrisch die Frage.

„Habe ich dich gefragt, alter Mann?", konterte Inge und wendete sich erneut ihrer Jüngsten zu.

„Ja, heute waren nur schreckliche Kinder da", erzählte Regina, als hätte sie das Geplänkel der Eltern überhört.

„Es gibt keine schrecklichen Kinder", entgegnete Inge ihrer Tochter, während sie allen etwas auf die Teller tat.

„Oh doch, Mutter", erwiderte Regina bereits den ersten Happen im Mund.

Inge lächelte Paul zu und schüttelte mit dem Kopf.

„Das hab ich gesehen", lachte Regina mit vollem Munde.

„Soso", konnte sich auch Inge ein Lachen nicht verkneifen, „dann erklär uns mal, was schreckliche Kinder sind."

„Das sind die, die immer noch nicht wissen, wie man ein Pferd putzt. Heute hat eins von hinten nach vorne gestriegelt, also gegen den Strich: Da könnte ich einen Affen kriegen."

„Dann musst du es eben noch einmal erklären", wollte Inge ihre Tochter beschwichtigen. Doch diese entgegnete mürrisch: „Nee, Mutter, wenn sie es beim zehnten Male nicht begreifen, dann hilft auch ein elftes Mal nicht. Das ist unnütz. Dann hatte ich noch ein Kind, das immer noch nicht satteln kann und das Kind ist schon fast ein Jahr hier. Das macht mich verrückt. Ich muss es wie ein kleines Kind betreuen und das Mädchen ist schon zwölf. Ich bitte dich! Es ist doch kein Wunder, dass ich nicht mehr kann."

„Maul nicht rum. Wir sind auf das Geld angewiesen, also kümmere dich gefälligst um diese Gören."

„Werner", schimpfte seine Frau, „langsam reicht es. Du vergreifst dich immer mehr im Ton."

„Ich?", schrie er zurück. „Ich vergreife mich im Ton? Das ist doch lächerlich."

„Iss", forderte seine Frau ihn auf, warf ihrer Tochter und auch Paul einen strengen Blick zu, setzte sich, betete und begann selbst zu essen.

Ruhe war jetzt das Einzige, was half, diese Situation zu beherrschen. Und ein Streit war heute auf alle Fälle zu vermeiden, denn es würden noch mehr Teilnehmer kommen.

Dabei verstand Inge ihre Tochter nur allzu gut. Oft genug hatte sie ihr zugeschaut, wie sie die Kinder des Dorfes unterrichtete, und sie machte es wirklich gut: Sie war die geborene Erzieherin. Dass sie ab und an die Geduld verlor, war allerdings auch verständlich, denn viele Kinder waren einfach nur ungelehrig. Sie wussten genau, welches Recht sie als Kundschaft hatten und dass Regina für ihre Arbeit bezahlt wurde. Also tanzten sie ihr ab und an auf der Nase herum, scherten sich einen Dreck um das, was sie sagte, und hörten ihr nicht richtig zu.

Trotzdem wollte Inge ihrer Tochter in ihrem Zorn nicht unterstützen, denn was ihr Gemahl sagte, stimmte: Sie waren, gerade in der heutigen Zeit, auf dieses Geld angewiesen, welches die Reitschüler einbrachten.

„Heute muss alles klappen", sagte Werner in die Runde hinein und löste somit die Stille ab.

„Es wird alles klappen", erwiderte Inge, „wir sind Profis."

„Ja, ja", sagte er und starrte auf seinen Teller.

„Ich werde Anuschka und Helmar ein wenig Essen bringen", sagte Inge und stand auf.

„Fang bloß nicht damit an", befahl ihr Werner.

„Aber", begann Inge erneut. Doch Werner unterbrach sie: „Hör auf damit. Am Ende hocken die beiden jeden Mittag hier."

„Ach, Unsinn", erwiderte ihm seine Frau.

Regina und Paul senkten die Köpfe. Sie wollten in den Streit nicht hineingezogen werden.

„Ich kann machen, was ich will", stand Inge erbost auf.

„Mach, was du denkst", erhob sich Werner ebenfalls und verließ die Küche.

„Er ist so ..." Inge stockte der Atem, ihr fehlten die Worte. Mal wieder.

„Gemein", half ihr Paul.

„Rede nicht so von deinem Großvater", gab ihm Inge eine Kopfnuss. Schon die zweite an dem heutigen Tag. Paul nahm sich vor, ab jetzt seinen Mund zu halten.

Und er war so froh, als Jasmin durch die Tür kam und rief: „Heute hat sie mich angewiehert."

„Wer, mein Schatz?", war auch Inge glücklich, ihre Enkelin zu sehen.

„Wer schon?", strahlte diese über beide Ohren.

„Schwindlerin natürlich."

„Ich weiß nicht, was du an der findest, sie ist hässlich, bockig und wird nie gute Fohlen geben." Inge ärgerte sich darüber, dass Jasmin so an der Stute hing.

„Du wirst sehen, dass aus ihr noch etwas Hübsches wird. Ich kann es in ihren Augen sehen." Jasmin schaute flehentlich ihre Großmutter an, denn sie wusste, dass sie das letzte Wort hatte, wenn es darum ging, ein Pferd zu verkaufen oder es gar dem Himmel zuzuführen.

Und diese Stute, die sie meinte, war wirklich alles andere als hübsch. Sie war schon hässlich zur Welt gekommen. Und trotzdem hatte sie sich in dieses kleine Fohlen verliebt. Es war vor drei Jahren gewesen, als ihr Großvater ihr endlich gestattete, bei einer Geburt dabei zu sein. Und Jasmin konnte sich genau an diese Nacht erinnern: Es regnete in Strömen und es war für Mai eisig kalt. Sie hatte sich sogar noch einen Schal übergezogen. Susi lag im Stall und man sah ihr an, dass sie Probleme hatte, das Fohlen aus sich herauszupressen. Großvater half der Mutterstute mit seinen geschickten Händen. Dakaro war der Vater des noch ungeborenen Fohlens und irgendwie hatte Jasmin das Gefühl, dass auch er unruhig war – in dieser Nacht. Obwohl er weit weg im Stall stand und gar nicht sehen konnte, wie die Stute um das eigene Leben und das ihres Fohlens kämpfte. Jasmin war so überrascht, dass sie immer zwischen beiden Pferden hin - und herlief: Sie erzählte Dakaro alle Einzelheiten, die er wohl hören wollte. Ob er es mitbekam oder nicht, wusste sie nicht, trotzdem rannte und rannte sie. Vielleicht war es auch gut so für sie, denn sie hielt es nicht aus bei der sich quälenden Stute. Und dann endlich – um Mitternacht – war es soweit, dass das Fohlen aus der Stute flutschte. Und als Jasmin das nasse Elend im Stroh liegen sah, stürzte sie hin. Sie sah auch, dass es nicht hübsch war. Doch irgendetwas hatte selbst ihren Großvater davon abgehalten, dieses Fohlen auf der Stelle seines Lebens zu berauben: Hatte auch er gespürt, dass diese Stute etwas Besonderes war? Jasmin jedenfalls hatte sich über das nasse Etwas gebeugt und den Schleim abgewischt, der es bedeckte. In diesem Moment hatte sie gespürt, dass sie sich niemals – absolut niemals – von diesem Tier trennen würde.

„Wir nennen sie Schwindlerin", hatte ihr Großvater ernst gesagt.

„Schwindlerin?" Jasmin fand den Namen nicht gerade passend.

Doch ihr Großvater hatte seine Wahl getroffen: „Weil wir dachten, dass sie ein Hengst wird, deshalb."

„Ach so", erwiderte Jasmin. Mit dieser Erklärung konnte sie leben, und sich so mit dem Namen anfreunden.

Natürlich nannte sie das Fohlen nicht Schwindlerin, sondern „Schwindi" oder „Schatzi". Aber auf „Schwindlerin" hörte die kleine Dame leider am besten.

Jasmin liebte dieses Pferd, was nicht so war, wie alle anderen: Es hatte seinen eigenen Kopf. Und gerade das war es, was es so besonders machte.

Kamen alle Stuten mit ihren Fohlen auf die eine Koppel, so versuchte Schwindlerin stets auf eine andere auszuweichen. Wenn Fohlenschau war, war sie meist kränklich und konnte nicht vorgeführt werden: Entweder lahmte sie, oder aber sie schnupfte so aus der Nase, dass ihr hässlicher Kopf noch hässlicher wirkte. Konnte ein Pferd wirklich so intelligent sein? Jasmin war sich sicher: Ja, diese Stute, auch wenn sie noch so jung war, war es!

Inge holte ihre Enkelin wieder auf den Boden der Tatsachen zurück: „Heute kommen viele Gäste auf den Hof. Vielleicht erbarmt sich ja einer von denen und nimmt sie mit."

Jasmin sackte auf einen Stuhl. Nein! Das konnte nicht sein, das durfte nicht sein: „Großmutter?"

„Jetzt stell dich nicht so an!", erwiderte diese, als sie die traurigen Augen ihrer Enkelin sah. „Ich habe einen Spaß gemacht. Behalte deine Schwindlerin."

Gott sei Dank. Jasmin fiel ein Stein vom Herzen. Inge sah sich um und warf auch einen Blick nach draußen, bevor sie ihre Enkelin erneut ansprach: „Sag mal, deine Mutter erwartet erneut ein Kind?"

Jasmin schaute ihre Großmutter mit aufgerissenen Augen an. „Woher weißt du ...?"

„Paul hat es erzählt".

Jasmin gab ihrem Bruder eine Kopfnuss, was die Anzahl dieser am heutigen Tag auf drei schnellen ließ.„Aua", schrie dieser mit Tränen in den Augen, „jetzt reicht` s mir langsam. Was kann ich dafür, wenn ihr alle so heimlich tut."

„Mutter wollte es doch noch nicht erzählen", versuchte sich Jasmin zu verteidigen, da sie den strafenden Blick ihrer Großmutter auf sich gerichtet spürte, „sie weiß es doch selber erst seit ein paar Tagen."

„Unsinn." Inge war erbost: „Eine Frau weiß so etwas gleich. Sie spürt es."

„Mutter hat nichts gespürt", wusste Jasmin nicht genau, wovon ihre Großmutter sprach, trotzdem wollte sie ihrer Mutter beistehen.

„Vielleicht hast du recht", entgegnete Inge, da sie merkte, dass die beiden Kinder für ein solches Gespräch nicht die geeigneten Partner waren, „schont eure Mutter jetzt."

„Ich glaube, dass wir nicht das Problem sind", merkte Paul kleinlaut an und hätte sich dieses Mal fast wieder eine Kopfnuss eingefangen, wenn er nicht schnell aus der Küche gerannt wäre.

„Lümmel", schrie ihm seine Großmutter noch hinterher.

„Aber hier", und Inge machte Jasmin einen kleinen Topf mit Resten fertig, „nimm das später nach Hause mit. Ich stell den Topf hier hin und lege nachher noch ein Stück Fleisch hinein."

Inge versteckte den Topf hinter der Tür und Jasmin verstand sofort: Es war besser, dass Großvater davon nichts wusste. Also nickte sie ihrer Großmutter dankbar zu.

Regina hatte die ganze Zeit still auf ihrem Stuhl gesessen und gewartet, bis Jasmin ebenfalls die Küche verlassen hatte. Diese wollte noch ein wenig in den Stallungen helfen, bevor sie nach Hause ging.

„Anna erwartet also erneut ein Kind. Findest du das gut, Mutter?"

„Gott bewahre, nein", erwiderte diese. „Aber nun ist es zu spät. Jetzt muss sie selbst sehen, wie sie es macht. Wie sie in der heutigen Zeit drei Kinder großziehen will ..." Inge blickte starr in eine Ecke.

„Mutter?", fragte Regina leise.

„Ja, mein Kind:"

„Was hast du?"

„Ich weiß es nicht, aber ich habe ein ganz ungutes Gefühl."

„Wegen Anna?"

„Nein, nicht wegen ihr."

„Wegen Otto und Bruno?"

„Nein, auch nicht. Es ist etwas anderes; ich weiß auch nicht, aber es wird etwas Schreckliches passieren." Inge fasste ihre Tochter an die Hände: „Merkst du, wie ich zittere?"

„Ja, Mutter und du bist ganz bleich." Regina erschrak. „Es ist etwas, was ich nicht einordnen kann. Deinen Brüdern geht es gut, wenn man das überhaupt so sagen kann. Nein, es wird etwas passieren, womit keiner rechnet."

„Du erschreckst mich", sagte Regina, „hör auf damit."

„Was unkt ihr hier herum?", polterte Werner in die Küche. „Langsam hab ich es satt, hin und her zu rennen, nur weil ich dich auf deine Pflichten aufmerksam machen muss. Kommt jetzt, die Nächsten sind schon auf den Hof gefahren."

Regina war froh, dass sie gehen konnte, und sie stupste auch ihre Mutter an, damit diese aus ihrer Trance kam und mit ihnen ging.

Inge atmete tief ein, als sie aus dem Haus trat. Vielleicht irrte sie sich und es blieb alles, wie es war, und bald kehrten ihre Söhne heim und sie konnten endlich wieder in Frieden leben. Dabei hatte sie ganz schlimme Nachrichten gehört von diesem Krieg, der um ein Vielfaches bestialischer war als der Erste. Dieser Hitler war ein Tier, eine grausame Bestie. Aber das würde sie nie laut sagen, niemals, denn noch kämpften ihre Söhne für diesen Mann und seine Ideen, für seine verschrobenen Pläne. Inge lief ein Schauer über den Rücken.

„Was ist mit dir?" Werner hatte gemerkt, dass seiner Frau Gedanken durch den Kopf gingen.

„Nichts", erwiderte sie. Er würde ihr sowieso nicht glauben.

„Dann komm, begrüßen wir die, die es sich noch trauen zu fahren und zu kommen."

„Eigentlich ist es doch Wahnsinn, was wir hier machen", blieb Inge stehen und Regina und Werner ebenso.

„Was meinst du?", fragte Regina leise.

„Wir veranstalten ein Turnier und woanders kämpfen unsere Jungs um ihr Überleben." Regina schaute betrübt auf den Boden.

„Und wir auch", entgegnete Werner schroff, „wenn wir nicht unserer Arbeit nachgehen und für unser tägliches Brot sorgen, dann haben die Jungs nichts, worauf sie aufbauen können, wenn sie wieder heimkommen."

„Wenn sie heimkommen?" Inge blickte gen Himmel.

„Ich habe dir gesagt, dass du mit dieser Unkerei aufhören sollst. Natürlich kommen sie heim. Du wirst es sehen." Werner klang verbittert, aber auch energisch. „Und wenn wir weg müssen?"

„Keiner interessiert sich für uns", ging Werner weiter, „uns haben sie nach dem ersten Krieg nicht von hier vertreiben können, also werden sie es dieses Mal auch nicht schaffen."

„Dein Wort in Gottes Ohr!" Inge folgte ihrem Mann und auch Regina ging stillschweigend hinter ihm her. „Nun ja, ich sagte dir ja schon: Ich glaube nicht, dass dein Gott etwas damit zu tun hat. Hier ist es wohl eher Adolf, der das verhindern kann."

„Soll ich etwa für den beten?" Inge blieb erneut stehen.

„Nein, bewahre, bete einfach nur, dass sie Trakehnen verschonen."

„Das habe ich die ganze Zeit vor, aber du hältst mich immer ab", klang Inge wie ein kleines Kind.

„Zum Beten ist heute Abend Zeit, jetzt mach, dass du deiner Arbeit nachkommst."

Inge und Regina stellten sich neben Werner, als er die nächsten Neuankömmlinge begrüßte.

Dieses Mal war es ein Ehepaar, was mit gleich zwei Pferden angereist kam.

„Eine willkommene Abwechslung in dieser Zeit", begrüßte sie der Mann.

„Ja, man hat ja sonst nichts mehr", nickte Werner.

„Es ist ein Grauen", stimmte die Dame zu, die

bereits den Pferdeanhänger öffnete, „Was machen Ihre Söhne?"

„Der Älteste von Dreien ist, wie Sie ja wissen, schon gefallen." Werner und Inge sahen sich an, denn diese Auskunft hatten sie zur gleichen Zeit und in der gleichen Stimmlage gegeben.

„Dann drücken wir nochmals unser Bedauern aus. Unser Sohn kämpft auch an der Westfront", sagte der Mann, der bereits seiner Frau zu Hilfe geeilt war, „wir hoffen täglich, keine Post zu bekommen."

Inge nickte stumm.

„Uns konnten sie nur noch die Marke schicken", sagte Werner ernst.

„Er ist fürs Vaterland gefallen", entgegnete daraufhin der Mann und Inge dachte sofort: Hoffentlich gewinnt der den Hengst nicht.

„In welchen Stall sollen die Pferde?", fragte die Frau, die hinter dem Hänger wartete.

„Eigentlich ist dafür mein Stallmeister zuständig. Helmar." Werner schrie so laut, dass es wohl bis Königsberg zu hören war.

Doch Helmar schien irgendwo seinen Rausch auszuschlafen.

Nur Paul kam in Windeseile angerannt: „Ich weiß, wo Ställe frei sind. Ich kann sie hinführen."

Paul warf seinem Großvater einen stolzen Blick zu.

„Dann auf, mein junger Stallmeister, zeige Herrn und Frau Schossnick, wo ihre Pferde stehen!" Werner lächelte seinen jungen Enkelsohn an.

Und Paul wuchs sichtlich an dieser Aufgabe und führte voller Stolz die beiden Pferdebesitzer samt ihrer beiden Pferde in den Stall.

Werner kannte die beiden sehr gut, ob er sie mochte, war eine ganz andere Frage. Herr Schossnick war Angestellter im örtlichen Postamt und sie war Sekretärin. Woher sie das ganze Geld hatten, war ihm allerdings schleierhaft. Vielleicht hatten sie geerbt und von diesem Geld die beiden Pferde erstanden, die zwar nicht sehr ansehnlich waren, aber trotzdem etwas darstellten.

Herr Schossnick hatte ein Knieleiden, welches er sich als Kind zugezogen hatte. Und seine Frau war nicht sehr ansehnlich, viel zu dick und hatte lange rote Haare. Trotzdem spürte man die Liebe, die zwischen beiden herrschte. Er trug sie auf Händen und sie himmelte ihn an, als wäre er Zeus persönlich. Werner konnte sich ein Lächeln nicht verkneifen, als er die beiden Hand in Hand aus dem Stall kommen sah. Dabei waren beide auch schon an die Sechzig.

Er warf seiner Frau einen Blick zu, der heißen sollte, dass er wohl niemals in seinem Leben so mit ihr gehen würde.

Inge schüttelte den Kopf: Nein, auch sie fand es einfach nur affig, wie die beiden sich gaben.

„Wann beginnt das Turnier?", fragte Herr Schossnick, nicht ohne die Hand seiner Gemahlin loszulassen.

„Morgen früh Punkt zehn Uhr, es soll warm werden", antwortete Werner.

„Dann sind wir gegen sechs Uhr da", erwiderte Herr Schossnick und schloss die Klappe des Hängers.

Ein Wunder, dass er seine Frau vorher losließ, ansonsten hätte er wohl oder übel die Hände seiner Frau eingequetscht.

Alle besprachen noch die Fütterung am Abend und dann verabschiedete sich das Paar.

Als sie vom Hof fuhren, winkte Werner ab und Inge nahm ihm die Worte aus dem Mund. „Hoffentlich gewinnen die nicht."

„Siehst du: Jetzt weißt du, wofür du beten kannst." Werner lachte.

„Spinnst du oder was?" Inge war empört. „Ich rufe doch Gott nicht wegen denen an."

„Wäre ja mal eine Idee und sorgt bei ihm vielleicht für ein bisschen Abwechslung." Werner lachte noch lauter.

Inge drehte sich auf dem Absatz um.

„Verschwinde jetzt ja nicht wieder im Haus. Ich laufe nicht wieder und hole dich." Werners Lachen war verstummt.

„Regina kann mich gut vertreten", warf sie ihrer Tochter einen liebevollen Blick zu.

„Hast du was vor?" Werner kannte seine Frau und er spürte, dass sie ruhelos war.

„Ich?", tat sie so, als wäre sie überrascht. „Ich will nur mal zu Anna gehen. Sie hat noch einen Topf von mir und den brauche ich morgen. Ihr kommt doch alleine zurecht, oder?"

„Als hätten wir nicht genug Töpfe, aber von mir aus: Mach, was du denkst, wenn dir der Topf so wichtig ist, alte Frau."

Regina wusste genau, was ihre Mutter bedrückte, doch sie schwieg und warf ihrer Mutter einen verständnisvollen Blick zu: „Ich kann mit Vater die Gäste empfangen."

Inge war stolz auf ihre Jüngste, ging zu ihr und umarmte sie.

„Weiber", schimpfte Werner und fasste Paul an die Schultern, „komm, mein Großer, wir suchen den versoffenen Kerl und schmeißen ihn endlich raus."

„Das kannst du nicht machen", mischte sich Inge in das Gespräch der beiden ein.

„Kümmere du dich um deine Töpfe und ich kümmere mich um die Angestellten", entgegnete ihr Werner knapp, nicht ohne seinem Enkel zuzuflunkern.

„Sei nicht so hart zu ihm", verlangte Inge noch, bevor sie sich umdrehte und zum Haus zurückging.

Sie kannte ihren Gemahl gut genug, als dass sie wusste, dass er sich in solche Sachen nicht hineinreden ließ. Und im Grunde genommen hatte er recht: Helmar hatte seine Chancen gehabt.

„Komm, Großer", sprach Werner zu Paul, der brav neben seinem Großvater herlief, „jetzt zeige ich dir mal, wie Männer das regeln."

Inge war froh, dass sie es geschafft hatte, das Gestüt zu verlassen.

Sie würde ihrer Tochter selbst das Essen bringen und noch ein paar Worte mit ihr wechseln können.

Hoffentlich war ihr verhasster Schwiegersohn

nicht da, denn Horst war alles andere als ein Mann der Taten.

Er brachte einfach nichts auf die Reihe. Werner hatte schon recht, wenn er meinte, dass er ein Taugenichts war.

Auch fragte sie sich, wieso gerade Anna sich solch einen Mann ausgesucht hatte. Sie war so eine hübsche, offenherzige, junge Frau gewesen und dann verliebte sie sich in diesen Horst, der nichts weiter konnte, als dumme Sprüche zu klopfen. Inge schüttelte mit dem Kopf, während sie allmählich, in den Händen den Topf haltend, die Straße entlangging. Plötzlich schaute sie sich um; wie menschenleer es hier war.

Früher wären, an einem Freitag wie heute, Dutzende Leute auf der Straße gewesen. Aber nun saßen sie alle vor ihren Funkapparaten, um zu hören, was es Neues von der Front gab. Konnte dieser Krieg nicht bald ein Ende finden? Dann kämen auch endlich ihre Jungs heim. Ihre Jungs! Der eine war schon 46 und der andere 44. Also wahrlich keine kleinen Jungs mehr. Aber beide hatten keine Familien. Also betrachtete Inge sie wieder als „ihre Kleinen".

Otto hatte eine Frau gehabt, aber sie war bei der Geburt ihres Kindes gestorben und der kleine Junge ebenso, den sie neun Monate in sich getragen hatte. Bruno, der Jüngste der Brüder, war auch verheiratet gewesen, aber seine Frau ist samt den Kindern fortgegangen. Sie hatte keinerlei Ehre im Leib gehabt: diese Schlampe. Sie ist mit den beiden Mädchen auf und davon. Man erzählte sich, dass sie mit einem Fremden fort ist. Mit einem, der von weit her war. Inge grinste vor sich hin: wahrscheinlich irgendein Lump.

Schade nur um die beiden Mädchen, sie waren wirklich süß gewesen und Inge hatte sie in ihr Herz geschlossen. Aber im Grunde werden sie wie ihre Mutter sein – also, was soll`s – sie sind fort. Aus den Augen, aus dem Sinn.

Karl, der Tote, er war anders: Er hatte nie geheiratet und auch keine Kinder gehabt.

Inge blieb stehen und flüsterte vor sich hin: „Dabei war er immer der gut Aussehendste und Herzlichste unter den Brüdern. Wieso hatte er nie eine Frau abgekriegt?"

Wieder schüttelte Inge den Kopf.

Und während sie ihren Gedanken hinterher hing, hätte sie beinahe das Haus ihrer Tochter verpasst.

„Verdammt!", schimpfte sie mit sich. „Du wirst alt."

„Mutter", begrüßte sie Anna, als sie vor deren Tür stand, „was machst du hier?"

„Ich, ich", stotterte Inge.

„Komm rein", forderte ihre Tochter sie auf, „ist alles in Ordnung mit Paul und Jasmin?"

Anna bemerkte in diesem Moment, dass ihre Mutter die Hände voll hatte: „Du bist hier …?"

Inge vervollständigte den Satz: „Um dir etwas zum Essen zu bringen."

„Mutter", sagte Anna, „das klingt, als wäre ich das erbärmlichste Wesen dieser Welt."

„So habe ich das nicht gemeint", entschuldigte sich Inge sofort, „jetzt lass mich schon rein. Es ist gruselig hier."

„Was meinst du?" Anna verstand nicht gleich.

„Es ist kein Mensch auf der Straße", rechtfertigte sich ihre Mutter.

„Das ist seit Monaten so, Mutter." Anna wusste nicht, was ihre Mutter beunruhigte.

Erst als sie ihre müden Augen sah, begann sie zu begreifen: „Mutter, seit der Krieg so nahe gerückt ist, sieht man keinen Menschen auf der Straße." Anna umarmte ihre Mutter, „die Menschen haben Angst." „Ich weiß doch, aber man darf doch die Angst nicht zeigen, dann haben sie doch erreicht, was sie wollten."

„Sicherlich, Mutter." Anna zog Inge langsam ins Haus: „Und deshalb ist es gut, wenn ihr dieses Turnier veranstaltet. Es holt die Leute aus ihren Häusern."

„Ja, genau", folgte Inge ihrer Tochter wie verwirrt.

Und Anna?

Anna merkte, dass ihre Mutter nicht mehr die war, die sie selbst glaubte, zu sein.

Inge hatte das Alter und die Zeit eingeholt – sie war alt geworden und Anna begann, zu begreifen, dass zumindest ihre Mutter Hilfe brauchte.

„Setz dich doch, Mutter!"

„Hör endlich auf, immer das Wort *Mutter* anzuhängen. Das hört sich an, als wäre ich schon senil!

„Ja, Mut ...", hielt Anna sich die Hand schleunigst vor den Mund.

„Ich kann nicht lange bleiben", sagte Inge schnell, während sie das Zimmer ihrer Tochter begutachtete.

Gott sei Dank war Anna eine gute Hausfrau geworden.. Es sah in dem Zimmer gemütlich aus, obwohl wenig Möbel darinnen standen.

Inge schämte sich, dass sie ihrer Tochter so wenig Hilfe hatten zukommen lassen. Und trotzdem hatte Anna ein gemütliches Heim geschaffen für sich und ihre Brut und ...

„Wo ist Horst?", fragte sie und starrte ihre Tochter herausfordernd an.

Anna wusste genau, dass ihre Mutter nur aus dem einen Grund fragte, und trotzdem blieb sie gelassen und ruhig. „Er ist im Wald und schlägt Holz."

„Soso", sagte Inge kühl.

„Hör auf, Mutter", forderte Anna sie auf, „es ist, wie es ist, und ich erwarte erneut ein Kind von ihm. Ihr habt nicht die leiseste Ahnung, wie mutig er ist. Ich liebe ihn."

Inge sah ihre Tochter mit klaren Augen an: „Ich weiß. Ich weiß."

„Also hör wenigstens du auf!" Anna hatte Tränen in den Augen.

„Ja, ich höre auf", versprach Inge und umarmte ihre Tochter.

„Es ist so menschenleer auf der Straße", sagte Inge erneut.

„Was erwartest du? Die Leute haben jetzt anderes zu tun, als auf der Straße Leute zu treffen", versuchte Anna, ihrer Mutter erneut diese Zeit zu erklären.

„Aber früher, da ..." schaute Inge nach draußen auf die Straße, „selbst im ersten Krieg ...", sie ließ erneut eine Pause, „ ... es war anders. Man hielt zusammen."

„Diesen Krieg jetzt kann man mit nichts vergleichen, Mutter. Er ist so ...", doch auch Anna stockte: Ihr fielen nicht die richtigen Worte ein, um zu beschreiben, wie sich das Scheusal „Krieg" seit damals verändert hatte.

Inge schaute ihre Tochter an und fasste mit ihrer linken Hand auf deren Bauch: „Hoffentlich wird alles gut."

„Ja, hoffentlich" Anna legte ihre Hand auf die ihrer Mutter.

„Es ist heiß dieser Tage." Inge nahm ihre Hand weg und setzte sich wieder.

„Ist noch jemand zum Turnier gekommen?" Anna wusste, wie wichtig das Turnier für den Hof war.

„Die Schossnicks sind gekommen", grinste Inge vor sich hin.

„Die Schossnicks?" Anna wusste genau, wen ihre Mutter meinte. „Hängen die immer noch wie die Kletten aneinander?"

„Ja", lachte ihre Mutter, „und es ist noch schlimmer geworden."

„Noch schlimmer?" Anna setzte sich neben ihre Mutter: „Das geht doch gar nicht."

Beide Frauen lachten herzhaft.

Dann verstummte Anna: „Meinst du, dass genug kommen werden?"

„Ja", antwortete ihre Mutter, „genug, um uns über den Winter zu bringen."

„Wie viele sind angemeldet?"

"An die Zehn", Inge hatte ihre Finger zu Hilfe genommen, um die Zahl der Turnierteilnehmer auch richtig auszurechnen.

„Nur zehn reichen?" Anna konnte sich an Turniere

erinnern, an denen an die fünfzig Teilnehmer gekommen waren.

„Heutzutage reichen zehn, die zahlen", wiederholte Inge noch einmal, „es muss reichen."

„Sicherlich", stimmte ihr ihre Tochter zu.

„Das ist nicht meine Angst", sagte Inge und senkte ihren Kopf.

Anna wurde hellhörig: „Du hast auch Angst?"

Inge nickte wortlos.

„Wovor fürchtest du dich?"

„Ich weiß es nicht genau", antwortete Inge.

„Was?", Anna fasste nach der Hand ihrer Mutter. „Was ist es, was dich quält?"

„Ich sagte dir doch schon, dass ich es nicht weiß", gab Inge mürrisch zurück.

„Dann ist es bestimmt nichts Schlimmes und du machst dir ganz umsonst Sorgen." Anna ließ die Hand langsam los.

„Du hast gut reden", stand Inge auf, „was sagst du da? Wieso soll ich mir keine Sorgen machen? Kein Mensch ist auf der Straße, deine Brüder im Krieg, dein Vater brüllt nur herum ..."

Anna unterbrach ihre Mutter und sagte leise: „Wann tut er das nicht?"

„Sei nicht so frech", ermahnte sie die Mutter. Dann fiel ihr Blick auf eins der Bilder, die auf einem der wenigen Schränke standen: „Du weißt gar nicht, wie er früher war."

„Doch, ein bisschen schon noch", erwiderte Anna nachdenklich.

„Nein." Inge setzte sich wieder: „Ich meine die Zeit, als du noch nicht geboren warst."

Anna grinste vor sich hin: „Wie soll ich das denn wissen? Du erzählst nie davon."

Inge verstand den Vorwurf, denn sie hatte wirklich kaum von ihren Jugendtagen mit Werner erzählt.

„Mit fünf Kindern und einem Gestüt ist das auch alles nicht so einfach", sah Inge ihre Tochter an und hoffte, Verständnis zu finden.

Doch Anna wollte ihre Mutter nicht freisprechen.

Sie hatte immer gedacht, dass sie ihre Eltern im Grunde genommen kaum kannte.

Manchmal hatte sie das Gefühl, Fremde vor sich zu haben.

„Dann erzähl mir jetzt von früher", forderte sie ihre Mutter auf.

Inge lächelte. Ja! Sie wollte ein wenig in Erinnerungen schwelgen: Es wurde langsam Zeit dafür.

„Es gab einen Zug nach Königsberg. Heute fährt er nicht mehr, aber damals schon. Ein Zug war etwas Besonderes. Damals." Inge schaute ihre Tochter erwartungsvoll an, und als diese nickte, wusste sie, dass sie ihr zuhörte. „Dein Vater und ich kannten uns nur wenige Wochen, aber wir wollten alleine sein und so kaufte er uns zwei Fahrkarten und wir fuhren in die Stadt. Deine Großeltern suchten nach mir und was meinst du, was ich mir anhören konnte, als wir wieder zurück waren?"

Anna fragte neugierig: „Haben sie dich bestraft?"

„Natürlich", bejahte Inge diese Frage, „damals bekam man noch richtig Prügel und nicht nur, wenn man klein war. Ich war 21 Jahre alt und groß gewachsen, aber als ich vor meinem Vater stand und er den Gürtel in der Hand hielt, da fühlte ich mich wie zehn. Ich konnte bestimmt eine Woche nicht sitzen."

Inge rieb sich den Po, als würde es immer noch schmerzen.

„Hast du es bereut?"

„Niemals", antwortete Inge schnell, „es war der schönste Ausflug mit deinem Vater, den wir je gemacht haben."

Inge starrte zum Fenster hinaus: „Nie wieder hatten wir Zeit für so etwas."

„Ich war noch nie mit Horst weg", starrte Anna ebenfalls aus dem Fenster.

„Ihr seid noch jung. Ihr könnt später noch verreisen", schaute Inge ihre Tochter an.

„Meinst du, dass der Krieg irgendwann einmal zu Ende ist?"

Inge wusste nicht, wie sie die Frage beantworten sollte.

Ihre Tochter erwartete ein Kind; ein Geschenk Gottes. Was also blieb ihr anderes übrig, als zu sagen: „Natürlich, mein Kind. Welcher Krieg dauert schon ewig?"

„Ja, ich weiß, irgendwer hat im Laden erzählt, dass immer wieder die deutschen Truppen geschlagen werden. Mutter", nahm Anna erneut Inges Hand, „der Krieg ist vielleicht wirklich bald zu Ende."

„Dann lass uns für deine Brüder beten", hielt Inge die Hand ihrer Tochter fest, „lass uns beten dafür, dass dieser Hitler bald kapituliert und unsere Kinder nach Hause lässt und nicht als Kanonenfutter verwendet. Gott im Himmel ...", und die beiden Frauen knieten nieder und sprachen ein Gebet.

Als sie fertig waren, setzten sie sich wieder auf. Sie schwiegen. Und ihr Schweigen wurde je unterbrochen, als Horst durch die Tür gepoltert kam.

„Anna", begrüßte er seine Frau liebevoll mit einem Kuss, ehe er seiner Schwiegermutter die Hand gab. Er wusste genau, wie seine Schwiegereltern von ihm sprachen. Anfangs hatte er sich darüber geärgert, aber nun, nach all den Jahren, war es ihm egal, was sie dachten, wie sie redeten und was sie von ihm hielten. Er liebte seine Frau und sie liebte ihn. Seine zwei Kinder waren Zeugnis dieser Liebe, und da nun noch ein drittes Kind unterwegs war, war er sich der Liebe seiner Frau ganz gewiss.

Was scherte ihn also das Geschwätz der beiden Alten. Lange würden sie sowieso nicht mehr auf dieser Welt weilen. Und bis dahin? Ja, bis dahin würde er warten können, und alles gelassen und ruhig hinnehmen.

„Du warst im Wald?", versuchte Inge ein Gespräch zu beginnen.

„Ja", antwortete Horst kurz.

„Hast Holz geschlagen?"

„Ja."

„Gutes Holz?"

„Gewiss."

„Wie kriegst du es her?"

„Mit Hilfe."

„Wer hilft dir?"

„Ein Kamerad."

„Du hast Kameraden? Warst doch nicht im Krieg." Inge konnte sich diesen Vorwurf nicht verkneifen.

„Mutter!" Anna glaubte nicht, dass ihre Mutter wieder mit Vorwürfen begann: „Du weißt doch genau, weshalb er nicht wieder in den Krieg muss. Er ist krank."

„Ja ja", sagte Inge, „aber Holz schlagen, das kann er." „Willst du, dass er wieder weg muss?" Anna hatte Tränen in den Augen und Inge bereute, was sie gesagt hatte.

„Ich verstehe nur nicht, weshalb Karl, Otto und ..."

Sie sprach nicht weiter, denn Horst unterbrach sie: „Ich habe meinen Teil geleistet."

„Ja", erwiderte seine Schwiegermutter kleinlaut, blickte ihre Tochter an, „ich will jetzt wieder gehen. Mach das Fleisch fertig und die Suppe. Dein Mann hat sicher Hunger von der schweren Arbeit", und damit wendete sie sich ab und ging in Richtung Tür.

„Soll Horst dich nach Hause bringen?", fragte Anna sorgenvoll.

„Bloß nicht", antwortete Inge leise und in der Hoffnung, dass die beiden es nicht gehört hatten.

Doch das hatten sie und Anna ergriff sofort die Hand ihres Mannes, um ihm zu verstehen zu geben, dass er sich einfach nichts daraus machen sollte.

Horst stand da und schaute seiner Schwiegermutter hinterher. Er atmete tief ein und aus, als die Tür hinter ihr ins Schloss fiel.

„Böse alte Frau", flüsterte er vor sich hin.
„Red nicht so von meiner Mutter. Immerhin hat sie uns etwas Bohnen und Fleisch gebracht und du weißt genau, dass es nicht einfach für sie war, hierher zu kommen."

Etwas murmelnd, was Anna gerade so verstand,

ging auch er nach draußen: „Ich frage Wilfried, ob er mir mit dem Holz hilft."

„Ja", rief Anna ihm nach.

Mit Wilfried war er in den Krieg gezogen, damals, gleich 39. Sie waren zur gleichen Einheit gekommen und sie wurden beide zur gleichen Zeit verwundet wieder nach Hause geschickt. Es glich einem Wunder, dass sie nicht wieder eingezogen wurden. Anna verkrampfte sich. „Gott im Himmel", betete sie erneut, „mach, dass sie ihn vergessen. Mach, dass sie ihn verschonen, vergessen, aus ihren Listen streichen." Und sie bekreuzigte sich und deckte dann den Tisch. Horst unterdessen ging drei Häuser weiter. Hier wohnte Wilfried mit seiner Familie: Er war verheiratet, hatte eine Frau und zwei Kinder.

Die beiden Töchter waren sieben und neun Jahre alt. Wilfried kannte er schon, seit sie ganz klein waren. Sie hatten zusammen fast alles erlebt: Kinderhort, Schule, erstes Verliebtsein, erstes Betrunkensein, die erste Zigarette, der erste Kuss, ihre Hochzeiten und dann die Geburten ihrer Kinder.

Und dann? Dann kam dieser verfluchte Krieg. Sie hatten sich gleich am Anfang zur Wehrmacht gemeldet. Gingen gemeinsam fort und zogen mit der Armee davon. Dass es so schlimm wurde, das hatten sie sich in ihren schlimmsten Träumen nicht ausmalen können. Und als die ersten Kameraden fielen, da heckten sie einen Plan aus. Einen, dem sie niemandem, wirklich niemandem, jemals erzählen würden. Das schworen sie sich beim Leben ihrer Kinder.

Horst klopfte an die Tür und Lisbeth öffnete.

„Komm, es laufen gerade Nachrichten", bat sie den besten Freund ihres Mannes schnell herein.

Horst setzte sich neben seinen Freund in die Küche.

Wilfried machte das Radio aus: „Der Kommandant von Paris hat kapituliert."

„Hitler wird nie, niemals kapitulieren. Eher holt er die Zehnjährigen hinter die Gewehre."

Lisbeth hielt sich erschrocken die Hände vor den Mund, damit keiner ihren Aufschrei hörte.

„Nein, nein", beschwichtigte Wilfried seine Frau, indem er Horst einen bösen Blick zuwarf, „soweit wird es nicht kommen."

„Und wenn doch?" Lisbeth senkte den Kopf auf die Schulter ihres Mannes.

„Nein, verdammt noch einmal. Hitler ist verrückt, aber so blöd ist er dann auch nicht."

„Na ich weiß ja nicht", konnte es sich Horst nicht verkneifen.

Und um nicht weiter über dieses Thema sprechen zu müssen, fragte Wilfried: „Hast du dein Holz fertig? Brauchst du meinen Traktor? Oder weshalb bist du hier."

„Genau aus diesem Grund", antwortete Horst und stand auf.

„Dass dir Werner keinen Traktor gibt, wundert mich", sagte Lisbeth.

„Du weißt doch, wie der Alte ist. Eher würde er sich selbst eine Hand abhacken, als etwas zu verborgen". Wilfried wusste genau, in welche Familie sein Freund eingeheiratet hatte. Er kannte die Hoffersche Familie allzu gut, und was er nicht wusste, das erzählte ihm Horst.

„Ja, aber Horst ist sein Schwiegersohn und immerhin der einzige, den er hat."

„Apropos", grinste Wilfried vor sich hin, „was ist mit deiner Schwägerin? Hat sie nicht vor, sich bald einen Mann zu angeln? An ihrer Stelle würde ich mich beeilen, denn bald gibt es keine jungen Männer mehr." Horst wusste von Anna, dass Regina sich in einen jungen Offizier verliebt hatte. Allerdings wusste er nicht, wie weit diese Liebe schon gediegen war.

„Ich glaub, dass sie schon einen in Aussicht hat. Einen Offizier", entgegnete er also seinem Freund.

„Na, grad dann sollte sie sich ein wenig beeilen. Das sind die Ersten, die ihr Leben lassen müssen, und am Ende stirbt sie noch als alte Jungfer." Wilfrieds Grinsen wurde immer breiter.

Er mochte Regina nicht. Sie war ihm zu burschikos, zu dürre und zu nervös.

„Man merkt, dass du sie ganz besonders in dein Herz geschlossen hast", merkte Horst zynisch an.

„Ja, ja", Wilfried nickte vor sich hin, „diese Zicke kann mir gestohlen bleiben."

„Red nicht so, sie ist immerhin Annas Schwester", ermahnte ihn seine Frau.

„Keine Ahnung, ob."

„Ich bitte dich! Was willst du Inge jetzt andichten. Schweig, wenn du keine Beweise hast."

„Keine Beweise. Ich bitte dich!", wiederholte er betont das letzte Wort. „Schau dir doch mal die beiden an. Kannst du eine Ähnlichkeit entdecken?"

„Es gibt Geschwister, die sich nicht ähnlich sind", erwiderte Lisbeth energisch.

„Aber nicht, wenn sich vier ähneln bis unter die Haut und das fünfte Kind gar nichts, absolut gar nichts mit den anderen gemein hat. Komisch, oder?"

Lisbeth konnte daraufhin nichts mehr erwidern: „Hilf mir doch Horst."

„Wie soll ich dir helfen, wenn ich genau wie Wilfried denke?", antwortete dieser. „Regina sieht eben nicht aus wie ein Kind meines Schwiegervaters."

„Inge hätte niemals mit einem anderen ..." Lisbeth bekreuzigte sich.

„Stille Wasser sind tief", sagte Wilfried schnell, „und wenn`s daheim nicht mehr klappt, dann sucht man sich ..."

Lisbeth unterbrach ihren Mann zornig: „Willst du damit sagen, wenn es bei uns nicht mehr klappt, dann kriechst du unter die Bettdecke einer anderen?"

„Nein, nein, mein Schatz" Wilfried war dabei, sich um Kopf und Kragen zu reden, wenn er jetzt nicht klein beigab: „Männer reden so. Du hast schon recht: Kinder müssen ihren Eltern nicht ähneln."

Und er ging zu seiner Frau und gab ihr einen Kuss: „Und außerdem kann es uns ganz egal sein, wenn Werner ein Kuckuckskind großgezogen hat."

„Jetzt fängst du schon wieder damit an. Hör auf",

stupste Lisbeth ihren Mann in die Taille, lachte aber dabei laut auf.

„Jetzt macht, dass ihr eure Arbeit schafft. Ich mache inzwischen das Essen. In einer Stunde will ich dich wieder sehen. Hörst du?"

Wilfried brummte etwas und verließ mit Horst das Haus.

„Alle Weiber halten zusammen, egal wie alt sie sind", sagte er zu Horst, während er sich draußen vor dem Haus die Schuhe anzog.

„Wem sagst du das? Anna könnte ich nie nach Reginas Herkunft fragen. Selbst wenn sie es wüsste, würde sie nie etwas verraten. Weibsbilder schweigen, wenn es um so etwas geht."

„Und wer weiß schon von uns, wer seine eigene Brut großzieht?"

„Also meine sind definitiv von mir", lachte Horst. Und Wilfried rief ins Haus hinein: „Und meine hoffentlich auch."

„Schert euch", schrie Lisbeth von drinnen hinaus. Die beiden Freunde lachten laut auf und liefen wie kleine Jungen davon. So wie früher, als sie den Leuten im Dorf alle möglichen Streiche gespielt hatten. Einmal hatten sie dem Nachbarn Hummrich im Winter einen Eimer Wasser über den Weg gegossen. Das Wasser wurde so schnell zu Eis, dass sie selbst aufpassen mussten, nicht zu fallen. Dann hatten sie sich hinter einem Baum versteckt und gewartet und gewartet, bis der Alte das Haus verließ und der Länge lang mit der Nasenspitze zuerst auf den Boden klatschte. Was hatten sie sich dabei die Hände gerieben. Wenn Horst daran noch dachte, musste er immer wieder lachen. Hummrich war zwei Jahre später gestorben, genau wie viele der anderen, an die sich Horst noch erinnern konnte.

Leer war es nun hier in den Straßen. Viele kehrten aus dem Krieg nicht mehr heim, andere waren vor Gram gestorben, andere noch nicht tot, aber man sah sie nicht mehr. „Verdammter, verdammter, verdammter, verdammter Krieg", murmelte Horst vor sich hin.

Die beiden Männer liefen zum Traktor, fuhren in den Wald, luden auf, während sie sich Geschichten von früher erzählten, und kamen exakt eine Stunde später wieder nach Hause. Lisbeth und Anna erwarteten ihre Männer bereits mit dem Essen.

Horst ging kurz weg. Er musste noch etwas erledigen, was kein Mensch wissen durfte, außer Anna. Und dann ging er zu sich nach Hause.

„Wo sind die Kinder?", fragte Horst seine Frau.

„Im Gestüt", antwortete Anna und hielt die Hand ihres Mannes, „lass sie. Es macht ihnen Spaß. Ansonsten alles klar?"

„Ja klar und sicherlich lasse ich sie. Nur du", und er legte seine Hand auf den Bauch seiner Frau und sprach mit dem Kind, welches dort heranwuchs, „du wirst mal richtige Angst vor diesen Viechern haben und gehst schön mit Papa in den Wald."

Da lachte Anna: „Du bist ein Quatschkopf."

Und während die beiden aßen, sich über die neuesten Nachrichten von der Front unterhielten und sich über das Wesen und den Charakter des Ungeborenen ausließen, kamen Jasmin und Paul herein.

„Und?", fragte ihre Mutter. „Wie viele sind noch gekommen?"

„Nicht so viele, wie Großvater gehofft hatte, aber vielleicht kommen morgen ja noch ein paar", antwortete Jasmin.

„Großvater hat Helmar rausgeschmissen", erzählte nun Paul, „er hat in einem der Ställe gelegen und seinen Rausch ausgeschlafen."

„Woher hast du nur solche Ausdrücke?", fragte Anna, die fast schon wieder dabei war, und ihrem Sohn eine Kopfnuss verpassen wollte. Doch Horst hielt ihre Hand fest: „Er kann nichts dafür, wenn sein Großvater ihm so etwas beibringt."

„Ich muss mit meinem Vater reden", sagte Anna, „es ist nicht gut, wenn er dem Kleinen solche Wörter beibringt."

„Ich bin nicht klein", erwiderte Paul daraufhin trotzig.„Jedenfalls zu klein, um das Wort *Rausch* auszusprechen, geschweige denn dessen Bedeutung kennen zu müssen", erwiderte sein Vater.

„Was ist ein Rausch?", fragte Paul.

„Siehst du", Anna hätte ihm am liebsten erneut eine Kopfnuss verpasst, doch sie schaute ihren Mann an, der mit dem Kopf schüttelte.

„Ein Rausch ist etwas, was man bekommt, wenn man von irgendetwas zu viel bekommen hat."

Paul schaute seinen Vater interessiert an: „Und von was hat Helmar zu viel bekommen?"

„Von etwas, was du noch lange, lange nicht probieren darfst", antwortete Horst.

„Schnaps?", fragte Paul.

„Ja, genau, Schnaps", antwortete sein Vater ruhig.

„Was ist Schnaps?"

„Ein Getränk."

„Ich trinke auch viel. Krieg ich dann auch einen Rausch wie Helmar?"

„Von Milch kriegt man keinen Rausch", war es nun Anna, die sich in das Gespräch einmischte.

„Und wieso nicht?", wendete sich Paul nun seiner Mutter zu.

„Weil, weil", stotterte sie und sah Hilfe suchend ihren Mann an.

„Weil Milch kein Alkohol ist, denn nur von Alkohol bekommt man einen Rausch und dieser Rausch bewirkt, dass man ganz, ganz viel müde ist und sich nicht mehr konzentrieren kann und gar nichts mehr machen kann."

„Ja", flüsterte Paul, „Helmar konnte auch nichts mehr machen."

„Siehst du", bestätigte ihm sein Vater.

„Großvater tut gut damit, wenn er diesen Trunkenbold entlässt", fügte Anna hinzu.

Und Paul fragte wieder: „Was ist ein Trunkenbold?"

„Einer, der ständig diesem Rausch erliegt", antwortete Horst ruhig.

„Jetzt aber Schluss", forderte Anna alle auf, „lasst uns von etwas anderem reden."

„Ja", stimmte ihr Jasmin zu, „Schwindlerin hat

mich heute angewiehert und ich habe mit ihr Stangen geübt."

„Toll", sagte ihr Vater und sein Gesichtsausdruck verriet, wie er dieses Thema hasste.

Anna allerdings wusste, wie sehr Jasmin an dieser Stute hing: „Und? Was hat sie zu den Stangen gesagt?"

Jasmin war ihrer Mutter so dankbar für ihr Interesse: „Mutter. Sie ist so sorgsam gegangen, als wüsste sie genau, was sie machen musste. Sie ist so intelligent, so klug."

„Pferde sind doof", mischte sich Horst in das Gespräch ein und grinste dabei seinen Sohn verschmitzt an.

„Pferde sind sehr klug", entgegnete ihm Jasmin, „sie vergessen nie, aber sie verzeihen."

„Woher hast du denn diesen Spruch?", wollte ihr Vater sofort wissen.

„Den hat mir Tante Regina beigebracht und er stimmt", sagte Jasmin trotzig.

„Unsinn", erwiderte ihr Vater, „Pferde sind wie alle Tiere: Nur auf ihren Besitzer geeicht und gehorsam, damit sie versorgt sind."

„Schwindlerin ist anders", erwiderte Jasmin trotzig.

„Sie ist genau wie jedes Pferd."

„Ist sie nicht."

„Ist sie doooch", ärgerte Jasmin ihr Vater.

„Du wirst es noch sehen." Jasmin hätte ihrem Vater am liebsten den Suppenteller über den Kopf geschüttet.

„Nun", gab er kleinlaut bei, „ich nehme alles zurück, wenn du mich vom Gegenteil überzeugst."

„Dann warte ab", sagte Jasmin stolz, „irgendwann wird sie es beweisen: Sie ist so klug. Klüger als wir alle."

„Klar doch", grinste Jasmins Vater vor sich hin.

Und währenddessen die Familie einträchtig darüber nachsann, wie klug oder weniger klug Pferde doch waren, hatte Inge in der Küche bereits das Abendbrot fast fertig. Zum Ärger ihres Gatten hatte sie auch Anuschka eingeladen. Wenn Helmar nun nicht mehr am Gestüt war, kam auf diese jetzt immerhin viel mehr Arbeit zu und Inge wusste, dass sie auf Hilfe angewiesen waren. Sie konnten nicht auch noch auf Anuschka verzichten und sie war eine, die sich nicht alles gefallen ließ. Sie sagte, was sie dachte, und das direkt hinaus. Sie gehörte zu jenen Menschen, die das Herz auf der Zunge trugen, die sagten, was sie dachten und nicht groß überlegten. Kurz und gut: Sie war eine starke Frau!

Und Werner hatte nicht recht, wenn er glaubte, dass sie etwas mit diesem Helmar hatte. Inge schüttelte in Gedanken mit dem Kopf. Nein, Anuschka wäre sich viel zu schade für diesen Kerl gewesen.

Obwohl! Inge hielt mit dem Belegen der Brote inne: Eine Witwe würde sie auch nicht bleiben – dafür liebte sie das Leben zu sehr.

Und Inge konnte sich noch genau daran erinnern, wie Anuschka vor zwei Jahren auf das Gestüt kam. Sie sah elend aus, trug ganz verschmutzte Sachen und hatte ungekämmtes, langes Haar. Und sie hatte um Arbeit gebeten, da sie nun alleine dastand: ohne Mann und Sohn, die beide ihr Leben hatten geben müssen.

Doch aus dieser Frau, die so elend aussah, war nach ein paar Monaten ein lebensfrohes Wesen geworden, dem man nicht über das Maul fahren konnte. Und auch Werner hatte sein Schaff mit ihr: Immer wieder musste er sie antreiben, damit sie auch ihre Arbeit erledigte. Anuschka gehörte nämlich zu den Frauen, die gerne tratschten und über alles auf dem Gestüt Bescheid wissen mussten. Sie liebte es, zu hören, was es Neues gab, wenn jemand auf den Hof kam. Sie fragte auch die Kinder, die zum Reiten kamen, über deren Familien aus. Sie war also bestens darüber informiert, wer welche Probleme hatte.

Inge lächelte vor sich hin. Ein taffes Weibsbild! Und als hätte sie vom Teufel gesprochen, erschien Anuschka auch schon an der Küchentür: „Was gibt es denn zum Abendbrot?"

Typisch Anuschka, dachte Inge, jeder andere hätte sich erst einmal bedankt, aber diese Frau ist eben anders als andere.

„Setz dich und iss, was dir angeboten wird", erwiderte Inge.

„Ja, ja", schnaubte Anuschka, „kommen die anderen auch?"

„Ich hoffe mal schon", antwortete Inge und schaute auf ihre Uhr.

Eigentlich war Punkt sieben der Abendbrottisch gedeckt, also würden Werner und Regina auch gleich kommen. Natürlich hatten sie jetzt durch die eingestellten Pferde länger zu tun.

Doch nur zehn Minuten später erschienen die beiden, waren überrascht von der Anwesenheit ihrer Stallarbeiterin, nahmen es aber hin und setzten sich an den gemachten Tisch.

Alle schwiegen und aßen. Niemand wollte ein Gespräch beginnen, bis Inge endlich sagte: „Wie viele sind denn nun gekommen?"

„Noch nicht genug", antwortete Werner in seiner gewohnten mürrischen Art.

„Das war keine Antwort auf meine Frage", entgegnete Inge trotzig.

„Es sind noch zwei andere gekommen", war es nun Regina, die mit vollem Munde sprach.

„Und wer? Kenne ich sie?", fragte Inge und nahm sich ein Brot.

„Ja, ich glaube schon, dass du sie kennst", schluckte Regina ihren Happen herunter, „die von Weldens und die Bergs?"

„Die von Weldens? Ich dachte, dass sie schon längst fort waren", fragte Inge neugierig.

Und natürlich wusste Regina nichts über diese Familie, aber Anuschka schon, die sich auch sofort einmischte: „Sie wollten weg und man erzählt sich, dass sie auch schon alles gepackt hatten, aber dann ist wohl die Tante gestorben, zu der sie wollten."

„Ja, ich weiß", stimmte ihr Inge zu, „da gab es eine Tante von ihrer Seite in Berlin."

„Jetzt jedenfalls müssen sie hier bleiben wie wir

alle", wollte Werner das Getratsche beenden, „und sie sind Zahler."

„Man kann trotzdem an ihrem Schicksal teilhaben", entgegnete Inge, die allmählich von der schlechten Laune ihres Mannes die Nase voll hatte.

„Unsinn", erwiderte er schroff, „was gehen uns die Geschichten der anderen an?"

„Und genau das ist das Problem." Inge war auf hundertachtzig: „Wenn sich keiner mehr für den anderen interessiert, dann gehen wir zugrunde.

"Werner hielt inne: „Was unkst du schon wieder herum?"

„Ich war heute im Dorf und ich habe niemanden, absolut niemanden, auf der Straße getroffen."

„Na und? Jeder muss heute sehen, wie er zurechtkommt", entgegnete Werner. „Was willst du jedem dein Schicksal erzählen? Jeder sorgt für sich selbst."

„Ein blöder Spruch. Fällt dir nichts Besseres ein?"

Inge stand auf: „Ich muss mich über dich wundern, Werner Hoffer, du bist zu einem Ekel verkommen!"

Werner riss seine Augen auf. Solche Worte aus dem Munde seiner Frau, und dann noch, wenn Besuch da war, hatte er noch nie gehört.

Und Inge sah, wie er schluckte, und sie bereute schon, was sie gesagt hatte. Sie setzte sich ruhig auf ihren Stuhl. Voll in Erwartung, ein Donnerwetter über sich ergehen lassen zu müssen.

Doch Werner sagte nichts. Er saß nur da und starrte an die Wand und dann erlebten seine Frau, sein Kind und auch seine Angestellte etwas, was sie nie für möglich gehalten hatten: Er stimmte Inge zu: „Vielleicht hast du recht."

„Ich habe recht?", fragte sie ungläubig nach.

„Ja, verdammt noch einmal", Werner erhob sich von seinem Platz, „ich, ich", stammelte er, „ich weiß selber, dass ich im Moment nicht zu genießen bin. Ich will, dass dieser Hof hier funktioniert, dass, wenn die Jungs nach Hause kommen, alles zum Besten

steht. Ich will uns durchbringen durch all die Scheiße hier."

„Vater", mischte sich nun auch Regina ein, „nicht
solche Worte."

„Ach nein? Sagt wer? Dein Herr Offizier, der sich
schon wochenlang nicht gemeldet hat? Blicke endlich den Tatsachen in die Augen: Entweder er will
dich nicht oder er ist tot."

Regina starrte ihren Vater an: „Wie kannst du so
reden? Du weißt nichts von Tommi, absolut nichts:
Er liebt mich, und", sie holte tief Luft, „er ... ist ...
nicht ... tot." Zwischen den Worten lagen Pausen,
sodass sie ellenlang wirkten und somit der Überzeugung Reginas Stärke gaben.

„Warum hat er dann noch nicht um deine Hand
angehalten, hä?", fragte Werner zornig.

„Weil er, weil er", standen Regina Tränen in den
Augen, „noch zu denen gehört, die nicht fragen,
wenn sie es sich nicht leisten können."

„Er kann es sich nicht leisten?" Anuschka hatte
aufmerksam zugehört.

Regina kam in Erklärungsnot angesichts der drei
Augenpaare, die sie anstarrten.

„Er träumt von einer großen Hochzeit", sagte sie
und senkte den Kopf, „dabei wäre mir das ganz
egal."

Sie saß da wie ein Krümelchen Elend und senkte
den Kopf. Anuschka und auch Inge hatten Mitleid
mit der jungen Frau, die da vor ihnen saß und mit
den Tränen kämpfte.

„Er ist ein Dummkopf, wenn er wegen so
etwas ..."

Doch Inge fiel ihrem Mann ins Wort: „Er meint es
gut. Dann warten wir eben."

„Wie lange sollen wir warten?", war es nun wieder Werner, der erbost klang und seiner Frau einen
befremdlichen Blick zuwarf.

Doch Inge wollte sich nicht einschüchtern lassen:
„Gib den jungen Leuten Zeit. Es ist doch schön,
wenn er eine große Hochzeit will. Ich mag das."

„Du willst nur viele Leute treffen", erwiderte ihr ihr Mann.

„Und? Es würde gut tun in dieser schrecklichen Zeit", blickte sie ihren Mann unnachgiebig an.

„Eine große Hochzeit? In dieser Zeit? Glaub mir: Es wäre absolut nicht gut. Wer will schon feiern in dieser verfluchten Zeit?"

„Hör jetzt auf, Vater, ich kann es nicht mehr hören"., bat nun die Tochter.

„Ich geh ja schon", erwiderte er daraufhin, „und dann könnt ihr Weiber vor euch hindümpeln."

Er stand auf, nahm sich eins der Brote und ging. Inge sah ihm sehnsüchtig hinterher. Wie gerne wäre sie ihm gefolgt und hätte ihn umarmt. Sie hasste es, mit ihm zu streiten.

Egal, welches Ekel er auch im Moment war: Sie liebte ihn.

Doch sie wandte sich ihrer Tochter zu: „Er hat dich also gefragt?"

„Ja", nickte Regina verlegen, „vor zwei Monaten und ich habe Ja gesagt."

„Und seitdem hast du nichts mehr von ihm gehört?", fragte Anuschka neugierig.

„Nichts", antwortete Regina und erneut standen ihr die Tränen in den Augen.

„Das muss heutzutage nichts heißen", wollte ihr die Mutter Mut zusprechen.

Genau", stimmte Anuschka ihr zu, „sie sagen sofort Bescheid, wenn sie seine Marke gefunden haben. Mir haben sie innerhalb von zwei Tagen gleich zwei geschickt."

Doch Anuschka verzog dabei keine Mine mehr. Vielleicht hatte sie genug geweint. Genug, dass es für ein Leben reichte.

„Ich habe ein ungutes Gefühl, denn wenn er könnte, dann hätte er sich schon bei mir gemeldet", schluchzte Regina.

„Es werden so viele vermisst", warf Anuschka noch einmal ein.

„Willst du hier schlafen?", fragte Inge Anuschka so, als wolle sie das Gespräch darüber beenden.

Anuschka nickte. Ja, es war mal wieder schön, nicht alleine die Nacht zu verbringen, sondern Mitglied einer Familie zu sein.

Regina fragte kleinlaut: „Hast du eigentlich noch irgendwo Verwandtschaft?"

„Nein", schüttelte die Frau den Kopf, „ich bin die Letzte meiner Art", und dabei lachte Anuschka laut.

„Wie du das sagst?" Inge war entsetzt, mit welcher Gleichgültigkeit Anuschka sprach und wie bösartig sie daraufhin lachte.

„Aber es ist so", erwiderte Anuschka, „wenn ich sterbe, ist niemand da, der um mich auch nur eine Träne weint, geschweige denn mein Grab pflegt. Und deshalb will ich auch keins."

„Wie?" Regina schaute die Angestellte ungläubig an. „Du willst kein Grab? Aber jeder Mensch kriegt doch eins."

Regina sah ihre Mutter verwundert an, die ihr bestätigend zunickte.

„Vielleicht, aber ich will keins", bestätigte Anuschka noch einmal ihre Aussage.

„Komm jetzt, ich mache dir das Bett fertig und dann gehen wir schlafen. Es wird morgen ein anstrengender Tag." Inge wollte nicht mehr über den Tod sprechen. So viele Jahre war er nun Teil ihres Lebens und sie wollte ihn in diesem Moment verdrängen.

Inge löschte eine halbe Stunde später das Licht und legte sich neben ihren Gatten, der vor sich hin schnarchte. Sie merkte aber auch, wie unregelmäßig sein Schnarchen war. Teilweise war sein Atmen nicht zu hören, als wenn er aussetzt,e und da betete sie: Sie betete für ihn.

Dann schlief auch sie ein. Endlich.

Jasmin war schon früh auf den Beinen. Niemand hatte sie wecken müssen. Zur Schule musste sie nicht mehr und eine Arbeit konnte sie sich auch nicht suchen, denn es gab sowieso keine. Also war es das Beste für sie, wenn sie die Zeit am Gestüt verbrachte. Heute wollte sie mit der kleinen Stute das Rückwärtsgehen üben. Eine Übung, die volle

Konzentration von dem Pferd abverlangte, denn Jasmin wollte ihr beibringen, eine bestimmte Richtung beim Rückwärtsgehen einzuschlagen. Und so verließ sie das Haus, bevor alle anderen aufstanden. Außerdem wusste sie, dass ihre Großeltern mit Sicherheit auch schon auf den Beinen waren, denn die Fütterung aller Pferde begann schon um sieben Uhr in der Früh. Sie wollte dabei helfen und rannte regelrecht zum Gestüt.

„Schnell", wurde sie von ihrer Großmutter empfangen, „hilf deinem Großvater. Es sind noch Turnierreiter angekommen und die Schossnicks machen ihn verrückt."

„Die Schossnicks?" Jasmin warf ihrer Großmutter einen fragenden Blick zu, während sie in Richtung der Ställe lief.

Jasmin kannte die Familie Schossnick, die außerhalb des Ortes wohnte. Sie fand sie schon immer komisch. Aber ihr Jüngster war wirklich nett gewesen. Jasmin hatte ab und an in der Schule neben ihm gesessen. Ein netter Kerl, dieser Junge, auf dessen Namen sie einfach nicht mehr kam. Und er war ein Roter gewesen. Doch da sich Jasmin nicht um Politik kümmerte, war ihr sein Schicksal egal gewesen. Sie hatte nur gehört, dass er in Königsberg in U-Haft saß. Und sie hatte auch gehört, dass seine Eltern ihn dort nie besuchten. Für sie gab es nur den einen Sohn: den, der fürs Vaterland kämpfte und ihnen Ehre machte. Jasmin verstand nicht, wie Eltern so sein konnten. Sie schüttelte sich und rannte zu ihrem Großvater: „Brauchst du Hilfe?"

„Gut, dass du da bist. Die machen mich verrückt. Die rennen schon seit sechs hier herum und bringen mir die Pferde ganz durcheinander", sagte Werner außer sich.

Jasmin blickte um sich und entdeckte das Ehepaar, das gerade dabei war, seine Pferde aus den Ställen zu holen, um sie für das Turnier fertigzumachen. Jasmin beobachtete die beiden, wie sie mit den Pferden umgingen. Nervös und hektisch waren sie, was man den Pferden auch anmerkte: Die Stute tänzelte neben ihrer Besitzerin her und der Wallach versuchte ständig, seinen Besitzer zu beißen. Arme Pferde, dachte sie.

„Wer ist denn alles neu gekommen?", fragte sie ihren Großvater.

„Silvia ist mit ihrer Stute eben gekommen, dann die Bergs und von Weldens gestern noch. Und die Funkes."

„Die Funkes sind auch gekommen?", fragte Jasmin erfreut. Sie mochte das Ehepaar: Sie war wirklich stets gut gelaunt und zu jedermann freundlich. Und er war ein Mann, der immer mit einer Zigarre im Mund für gute Laune sorgte. Jasmin war überrascht, dass sie gekommen waren, denn sie wusste, dass er immer wenig Zeit hatte. Aber heute war Samstag und sicherlich hatte seine Frau ihn überredet, zum Gestüt zu fahren.

„Jasmin", wurde sie auch sofort begrüßt, und als sich die junge Dame umdrehte, erkannte sie auch schon Frau Funke.

„Wie geht es Ihnen?", fragte sie erfreut.

„Nun, wie kann es einem schon gehen in der heutigen Zeit?", erwiderte diese auf die Frage mit einer Gegenfrage.

„Es ist schön, dass Sie gekommen sind", umarmte Jasmin die Frau.

„Es ist immer wieder schön, hierherzukommen. Was machen deine Eltern und dein Bruder?"

„Meinen Eltern geht es gut und Paul auch", erzählte Jasmin.

Frau Funke kam näher und flüsterte in Jasmins Ohr: „Und? Ist die Konkurrenz allzu stark?"

„Ich denke nicht", flüsterte Jasmin zurück.

„Wir haben also Chancen auf den Sieg?"

„Mit Sicherheit."

„Wer sind denn unsere Konkurrenten?"

„Die Schossnicks sind keine", sagte Jasmin und deutete mit ihrem Kopf auf das Paar. Frau Funke folgte ihrem Blick und lachte leise.

„Dann sind noch die Bergs, die von Weldens, ein Vater mit seiner Tochter, naja und Silvia ist da."

„Silvia?"

„Ja?"

„Die habe ich ewig nicht mehr gesehen. Wie geht es ihr?"

„Ich habe noch nicht mit ihr gesprochen", antwortete Jasmin.

„Die war immer so durcheinander", erinnerte sich Frau Funke.

„Ich denke, dass sie das immer noch ist", bestätigte ihr Jasmin.

„Was klönst du hier herum?", kam ihr Großvater an. „Hast du dir schon den Turnierplatz angeschaut? Um zehn Uhr wollen wir anfangen."

„Ja", gehorchte seine Enkelin, „ich gehe gleich schauen, ob alles in Ordnung ist."

Werner nickte ihr zu. Und Jasmin fiel ein Stein vom Herzen: wenigstens einmal ein freundlicher Blick!

Sie schaute ihrem Großvater nach, der zum Haus ging. Seine Schritte waren schwer und er lief gebückt. Er war vielleicht an die 1, 65m, hatte stets eine Kappe auf dem Kopf, damit niemand sah, dass er kaum noch Haare auf dem Kopf hatte. Jasmin musste lächeln, denn sie hatte irgendwo gehört, dass mit der Weisheit die Haare schwanden. Also, dass das Gehirn wuchs und die Haare dadurch weichen mussten. Was ein Quatsch, dachte sie, denn dann wäre ihr Großvater absolut weise. Oder war er es vielleicht ja?

Jasmin ging in den Stall, in welchem Schwindlerin stand: „Guten Morgen, meine Kleine."

Die Stute sah auf, als sie die vertraute Stimme hörte, machte zwei Schritte und stand mit ihrem Kopf direkt vor der Tür.

„Willst du mitgehen?", Jasmin streichelte durch die Gitter der Tür die Nase des Pferdes.

Schwindlerin schnaubte.

„Das soll wohl ein *Ja* bedeuten", lachte Jasmin und ergriff das Halfter, welches neben der Tür hing. Sie öffnete die Tür und die kleine Stute hielt ihren Kopf hin, als wüsste sie genau, was nun folgte.

Jasmin holte ein Stück Zucker aus ihrer Jackentasche und reichte es dem Pferd. Schwindlerin tastete langsam und vorsichtig danach und ließ es sich schmecken. Jasmin unterdessen legte ihr das Halfter an.

„Brav", sprach sie mit der Stute, „du bist das tollste Pferd der Welt."

Schwindlerin schnaubte erneut, als würde sie verstehen, was ihr gesagt wurde.

Jasmin führte die kleine Stute auf die Stallgasse. Und während sie sie dann nach draußen führte, erzählte sie: „Es ist ein Turnier an diesem Wochenende, also werde ich wenig Zeit für dich haben."

Jasmin blieb stehen und sagte: „Zuuuurück." Das Pferd wusste nicht, was es machen sollte.

Jasmin zog es am Halfter und wiederholte ihren Befehl. „Geh ein paar Schritte zuuuurück."

Und um dem Pferd zu zeigen, was sie meinte, ging auch Jasmin zurück. Schwindlerin verstand und setzte ein paar Schritte.

„Super", lobte sie das Pferd, „das hast du toll gemacht."

Und sie gab der jungen Stute erneut ein Zuckerstück. Schwindlerin schien zu verstehen: Das Kommando „Zurück" bedeutete, ein paar Schritte rückwärts zu laufen. Und es war kein Problem für sie.

Und Jasmin war stolz auf das junge Pferd, welches jeden Befehl absolut zügig umsetzen konnte.

„Du bist soooo schlau", sagte sie und dabei prustete das junge Pferd vor sich hin.

Jasmin lachte.

Dann erreichten beide den Turnierplatz und Jasmin lief mit ihrem Pferd den gesamten Platz ab. Sie ließ der jungen Stute mit ihrem Strick so viel Spielraum, dass sie wie ein Hund alles riechen konnte: die Balken, den Sand, die Blumen, die der Großvater an alle vier Ecken des Platzes hatte stellen lassen, und die Stühle, auf denen die Richter sitzen sollten.

„Siehst du", versuchte Jasmin ihrem Pferd die

Szenarien zu erklären, „hier sitzen die, die entscheiden, wer gewinnt."

Schwindlerin näherte sich vorsichtig den Stühlen. Sie war angespannt.

„Keine Angst, meine Kleine", versuchte Jasmin sie zu beruhigen, „du stehst ja nicht in der Kritik. Aber irgendwann einmal, versprich mir das", und sie streichelte dem Pferd über den Kopf, „irgendwann einmal werden wir beide antreten und wir werden es allen zeigen."

Das Pferd hob den Kopf, als hätte es genau verstanden. Und es bäumte sich auf und wieherte.

„Genau, meine Kleine, ruf es den anderen ruhig zu", lachte Jasmin.

Dann erschienen die Schossnicks mit ihren beiden Pferden auf dem Übungsplatz.

„Wen hast du denn da?", fragten beide gleichzeitig.

„Das ist Schwindlerin ", antwortete Jasmin stolz.

„Sie sieht toll aus. Sie hat sich gemacht im letzten Jahr", erwiderte Frau Schossnick, die zu tun hatte, ihre eigene Stute zu zügeln.

Das Pferd machte mal wieder mit ihrer Reiterin, was es wollte. Und Frau Schossnick saß obendrauf und rief: „Brr, Carlotta, brr."

Carlotta! Wer gab einem solchen Pferd schon diesen Namen? Carlotta hatte ein Stockmaß von unter 1,60 m, war komisch braun mit drei schwarz gezeichneten Beinen und in ihren Augen hatte sie den Schalk sitzen. Und Carlottas Besitzerin war viel zu schwer für das kleine Pferd.

Das musste ja schief gehen, dachte sich Jasmin. Und in diesem Moment sah sie, wie das Pferd samt seiner Reiterin über den Platz galoppierte. Frau Schossnick konnte sich nicht mehr halten und flog in hohem Bogen gegen die Bande des Turnierplatzes.

Schwindlerin hob den Kopf, als würde sie lachen. Jasmin jedoch zog ihre junge Stute am Halfter, damit diese hinter ihr her und zu der verletzten Frau Schossnick lief.

Auch Herr Schossnick war von seinem Pferd

abgestiegen. Natürlich dauerte es bei ihm eine ganze Weile, denn sein Leiden behinderte ihn beim Auf - und Absteigen.

Jasmin beugte sich über die Frau, deren lange Haare das Gesicht bedeckten, sodass Jasmin nicht sehen konnte, wie es der Frau ging.

Doch als Frau Schossnick sich selbst die Haare aus dem Gesicht strich, sah Jasmin, dass sie lachte.

„Das macht sie manchmal mit mir, die kleine Carlotta."

Was? Jasmin glaubte, nicht richtig gehört zu haben. Frau Schossnick sprach wie von einem kleinen Kind, was eben ein bisschen ungehorsam war. Und komischerweise sprach sie auch so, die Frau Schossnick, so, als würde sie mit einem kleinen Kind sprechen.

Heididei: du böses Kind! Jasmin hätte fast etwas gesagt, biss sich aber auf die Lippen.

Was war los mit den beiden? Das Pferd brauchte Erziehung und mehr nicht. Carlotta war inzwischen zu den Stallungen gelaufen.

Und Tammy, der junge Wallach des Herrn Schossnick, schnaubte nervös und tänzelte neben seinem Besitzer hin und her.

Nur Schwindlerin blieb ruhig und beobachtete das Treiben um sich herum. Jasmin strich ihr über den Hals und diese Liebkosung gefiel der jungen Stute sichtlich.

Herr Schossnick brüllte sein Pferd an: „Ruhig, Tammy, sei doch ruhig."

Warum brüllte er?, fragte sich Jasmin. Das Brüllen machte das Pferd nur noch verrückter. Anstatt ruhig zu bleiben, regte Herr Schossnick sein Pferd nur noch mehr auf.

„Tammy, Tammy", schrie er erneut, und als das Pferd das zweite Mal seinen Namen hörte, riss es seinen Kopf hoch, scharrte mit den Vorderhufen, sodass Herr Schossnick die Zügel seiner Trense loslassen musste. Dem Pferd bot sich somit die Gelegenheit, sich so schnell wie möglich aus dem Staub zu machen.

Es kam kurz hinter Carlotta am Stall an.

Ganz schön schnell, dieser Tammy, dachte Jasmin noch, während sie dem braunen Wallach hinterher sah. Tammy war ein zierliches Pferd, hatte aber ein Stockmaß von 1,70 m, war sehr sensibel. Der einzige Mensch auf dieser Welt, der das nicht wusste, war Herr Schossnick, sein Besitzer.

„Dieser blöde Gaul." Er schrie so laut, dass sogar Werner dies im Haus noch hörte. Er kam hinaus und lief auf die kleine Gruppe zu: „Was ist passiert?"

Jasmin erklärte mit wenigen Worten, was vorgefallen war, und Werner schüttelte immer wieder mit dem Kopf.

„Gehen wir", forderte er Jasmin und das Ehepaar auf. Herr Schossnick half seiner Frau beim Aufstehen. Sie keuchte. Jasmin blickte die Sechzigjährige mitleidig an. Jetzt humpelte sie auch noch. Für beide war dieses Turnier wohl gelaufen.

Frau Funke kam aus den Ställen heraus gerannt: „Wie geht es Ihnen? Ich habe die beiden Pferde in ihre Boxen gestellt."

„Danke", sagte Herr Schossnick verlegen.

„Dann scheiden Sie sicherlich aus dem Turnier aus?"

„Ja", antwortete Herr Schossnick mürrisch, „das müssen wir wohl."

„Aber nicht doch", entgegnete ihm seine Frau: Du kannst doch wohl antreten und uns den Sieg holen."

Frau Funke und Jasmin schauten sich an und rollten mit den Augen. Errechneten sich die Schossnicks wirklich einen ersten Platz? Die waren wirklich verrückt!

Jasmin führte Schwindlerin in deren Box. Und als sie wieder nach draußen kam, hatten sich fast alle Turnierteilnehmer um die Schossnicks versammelt. Herr Funke, der wie immer ein Pfeifchen im Mund hatte, begrüßte alle anderen Teilnehmer.

Er gab den von Weldens die Hand, begrüßte Silvia mit einem festen Handschlag, hob seine Hand an seinen Hut, um den Vater mit seiner Tochter zu begrüßen, die sich als Neulinge vorstellten und als

Familie Sommer. Auch die Bergs gaben jedem die Hand.

Werner hasste diese Vorstellerei. Er wollte endlich beginnen, denn er wusste, dass niemand mehr kommen und am Turnier teilnehmen würde. Es waren zu wenig. Zu wenig, um genug Geld in die Kasse zu spülen.

Ärgerlich hielt er alle an, die Pferde fertigzumachen. Sicherlich würden auch die beiden Richter bald kommen. Und wenn er daran dachte, wurde ihm nur noch schlechter, denn die beiden Herren musste er ja auch noch bezahlen. Er wollte mit ihnen reden und einen anderen Preis für ihre Arbeit aushandeln. Also verließ er die Gruppe und ging zum Tor des Gestüts. Er erfreute sich des Anblicks. „Ein schönes Fleckchen Erde, mein Ostpreußen", schwärmte er still vor sich hin. Er sah die Weite des Landes, die Hügel, die Bäume, die in ihrer Pracht standen und in einem herrlichen Grün erstrahlten.

Es war halb zehn und die Sonne brannte bereits auf die Erde hernieder. Werner erreichte schwitzend das Tor des Gestüts. Er warf einen Blick zurück auf das herrschaftliche Haus. Was für ein bezaubernder Anblick: Das Gestütshaus gehörte zwar nicht zu den größten hier in Ostpreußen, aber durch seinen ganz eigenen Charme konnte es mit den großen Villen der Nachbarn mithalten: Es hatte eine riesige Eingangstür, deren Holz verziert war. Die Fensterläden erstrahlten in einem dunklen Grün und die Front des Hauses in einem herrlichen Weiß, was gerade an einem solchen schönen sonnigen Tag noch intensiver wirkte. Werner drehte sich um und blickte auf die Straße, die am Tor des Gestüts entlang führte. Die Straße machte einen kleinen Bogen, um dann in die Hauptstraße einzubiegen. Da kamen sie: die zwei Richter. Sie saßen, ganz standesgemäß, in zwei kleinen Kutschen und winkten dem Gestütsmeister zu.

Es war zwar nicht Werners Art, aber trotzdem begrüßte er die beiden ebenfalls winkend.

Der Erste hielt an: „Moin, Moin, seien Sie mir gegrüßt."

Werner entgegnete den Gruß und setzte sich neben den Mann, der ihm freundlich einen Platz angeboten hatte.

„Wie viele sind gekommen?"

„Nur an die sechs", antwortete Werner, der auch schon fragen wollte, wie es mit weniger Bezahlung aussah.

„Dann berechnen wir weniger", nahm sein Nachbar aber schon die Antwort voraus.

Werner lächelte. Was eine freundliche Geste!

„Ich bewundere Sie", sagte der Mann, der seine Kutsche vorsichtig auf den Hof lenkte.

„Wieso?"

„Nun", blickte der Mann Werner an, „gerade jetzt ein Turnier zu veranstalten, ist recht mutig."

„Man muss die Leute aus den Häusern holen. Wir dürfen uns nicht kleinkriegen lassen."

„Horch, horch", sagte der Kutscher, „ganz im Sinne des Gauleiters."

Werner nickte. Er wusste genau, von wem der Richter sprach: Erich Koch. Man konnte sagen, dass er der Hitler Ostpreußens war. Er sprach nicht nur wie der Führer, sondern ähnelte ihm auch wie ein Zwilling. Werner hasste ihn. Schon deshalb, weil er es gewesen war, der seine Söhne in den Krieg geschickt hatte.

Koch hatte ihm auch angeboten, einen polnischen Zwangsarbeiter bei sich zu beschäftigen oder auch zwei oder drei. Doch Werner hatte abgelehnt. Er wollte keinen Polen auf seinem Hof.

Und dann bekam er den versoffenen Helmar zugewiesen. Werner ärgerte sich immer noch über den Kerl, den er entlassen musste. Es bedeutete für alle anderen viel mehr Arbeit, vor allem auch für ihn selbst. Aber über die Entscheidung, keinen Polen zu nehmen, ärgerte er sich nicht.

Die beiden Kutschen hielten auf dem Hof. Werner stieg ab und begrüßte nun auch noch den zweiten Richter.

Die beiden Herren folgten Werner ins Haus. Inge hatte frischen Kaffee gebrüht und das ganze Haus durchzog der Duft dieses edlen Getränks.

Werner sah, wie erfreut die beiden Richter waren: Kaffee war in der heutigen Zeit eine Rarität.

Der Gestütsmeister forderte die beiden auf, in die Küche zu gehen. Die Zeiten, da man die Gäste im edlen Salon begrüßte, waren längst vorbei. Heute traf man sich in den Küchen, die allerdings nicht weniger gemütlich und schön eingerichtet waren. Werners und Inges Küche war in einem dunklen Gelb gestrichen, was einladend wirkte. Es war wahrhaftig nicht seine Idee gewesen, eine Farbe an die Wände zu malen, aber nun, als er hier saß und seine Gäste beobachtete, war er froh, dass er sich von den Malermeistern dazu hatte überreden lassen.

Inge sah ihrem Mann die gute Laune an, denn er lächelte. Und dieses Lächeln hatte er schon wochenlang weder seinem Gesicht noch den Gesichtern anderer gegönnt.

„Ich hörte, dass die ersten Flüchtlinge unterwegs sind", schlürfte Herr Maier, der erste Richter, an seinem Kaffee.

„Die ersten Flüchtlinge?" Inge war überrascht.
„Man sagt, dass sie aus Masuren kommen. Da sieht es ernst aus. Die Evakuierung wurde von oberster Stelle angeordnet."

„Aber wenn die Masuren gehen, dann ...", Inge stockte.

„Unsinn", unterbrach sie Werner, „die Russen können Masuren ruhig haben. Den Rest von Ostpreußen kriegen sie nicht."

„Das ist die richtige Einstellung", mischte sich nun auch der andere der beiden Herren in das Gespräch ein, „heil Hitler", hob er seinen rechten Arm.

Herr Maier und Werner hoben ihre Arme bis zu den Ohren. Es war der Gruß, den die nicht so Besessenen als Erwiderung zeigten.

Die beiden Männer schauten sich kurz an und nickten sich im Stillen zu.

Der andere tat so, als hätte er diese Bekundung nicht gesehen, und wendete sich der Dame des Hauses zu: „Madame Hoffer, Sie sehen so jung geblieben aus. Mein Kompliment."

Inge wäre fast die Kanne aus der Hand gefallen. Was für ein Schleimer, dachte sie. Als wüsste sie nicht, dass sie im letzten Jahr um Jahre gealtert war. Trotzdem bedankte sie sich höflich bei dem Mann und schenkte ihm sogar ein Lächeln.

„Wann soll das Turnier losgehen?", fragte sie ihren Gemahl kurze Zeit später, als wüsste sie die Zeit nicht. Werner verstand sofort, stand auf und erwiderte: „Oh, die Ersten werden schon fertig sein. Lassen wir sie bei der Hitze nicht so lange warten."

„Sie haben recht", stimmte ihm Herr Maier zu, „ein ungewöhnlich heißer Sommer dieses Jahr."

Die Herren gingen hinaus und als wollte die Sonne zeigen, welche Kraft und Stärke in ihr steckte, strahlte sie die drei Männer an. Werner standen sofort wieder die Schweißperlen auf der Stirn.

„Sie haben hoffentlich an einen Sonnenschutz für uns gedacht?"

„Sicherlich, sicherlich", erwiderte Werner.
Natürlich hatte er keinen, also galt es, einen solchen so schnell wie möglich zu organisieren.

Regina war gerade dabei, alle Gestütspferde auf die Koppeln zu treiben, als sie sah, wie ihr Vater um sich gestikulierte.

Sie verstand: Ein paar Sonnenschirme mussten her, denn ihr Vater wurde von den Turnierrichtern begleitet.

Sie reagierte sofort.

„Jasmin, Jasmin", rief sie ihre Nichte, die auch schnell   gerannt kam. Sie half ihrer Tante beim Herausführen der Pferde und war gerade dabei, eine der Koppeln zu schließen, als sie das Rufen hörte..

„Was ist?", fragte das Mädchen.

„Haben wir Sonnenschirme für die Richter?"

Jasmin blieb stehen und schaute ihre Tante überlegen an.

„Was ist denn?", fragte diese nervös zurück.

Jasmin lächelte: „Klar habe ich Sonnenschirme hingestellt."

„Du bist ein echter Schatz", sagte Regina und nickte ihrem Vater zu, dem ihr Nicken allzu gut gefiel. Also war alles bestens vorbereitet. Werner führte die beiden Richter auf den Turnierplatz. Er gab ihnen die Liste der anzutretenden Pferde.

„Ah", nahm Herr Maier die Liste entgegen, „dann lassen Sie mal sehen, wer von den Leuten hier noch den Mut hat, anzutreten."

Er las die Liste laut vor: „Fräulein Sommer mit Tristess, Herr Schossnick mit Tammy, eine Frau Schossnick wurde gestrichen, sehe ich?" Herr Maier schaute Werner fragend an und dieser sagte: „Ja, sie hatte auf dem Abreiteplatz einen kleinen Unfall."

„Ist Schlimmeres passiert?"
„Nein, sie hat sich nur die Hüfte ein wenig verletzt", log Werner, der absolut nicht im Bilde darüber war, welche Verletzungen sich die Frau tatsächlich zugezogen hatte. Aber sie war noch gelaufen und dies war ein Zeichen dafür, dass es so schlimm nicht sein konnte.

„Gut, dann", erwiderte Herr Maier, „dann haben wir noch einen Herrn von Welden mit Appolina, einer Haflingerstute", er sah den anderen Richter an, „keine Ahnung, warum die immer wieder teilnehmen: Ein Haflinger, egal wie er läuft, kann solch ein Turnier nie gewinnen." Und er grinste die beiden anderen Herren an: „Dann haben wir die Bergs, die mit den Stuten Maria und Luanda antreten. Ach du Schreck", und er schaute erneut auf, „da ist eine hässlicher wie die andere."

Nun musste auch der andere Richter grinsen. Und Werner dachte nur, wie voreingenommen diese Richter doch waren.

„Mmh, wen haben wir dann noch?" Die beiden Herren gingen allmählich über den Platz. „Aha." Dann schauten sie auf die Leute, die ihre Pferde auf dem Abreiteplatz warm ritten: „Die Funkes sind da mit ihren beiden Stuten Sieg und Samira, zwei hervorragende Turnierpferde. Sicherlich wird Frau

Funke beide vorstellen." Der andere Richter nickte zustimmend.

„Dann ist noch eine Frau Silvia Engel da, die uns die Stute Diwa vorführt. Ich glaube, dass wir die im letzten Jahr schon einmal gesehen haben. Also nichts Besonderes heute: Ich denke, dass die Sieger schon feststehen."

Werner versuchte, wegzuhören. Was eine Farce, das Ganze hier. Aber ihm blieb nichts anderes übrig: Er brauchte die Einnahmen aus diesem Turnier. Egal, wie unfair es auch war.

„Dann lasse ich Sie jetzt alleine", sagte er, „meine Tochter wird Limonade servieren."

„Limonade ist immer gut", grinste Herr Maier und setzte sich unter einen der Schirme, „beginnen wir mit der Startnummer 1", schrie er von seinem Platz aus. Werner ging zum Haus zurück. Er blickte nur kurz auf den Platz, auf dem sich die Turnierreiter alle Hoffnungen machten. Wie unfair, dachte er, war dies alles hier. Doch sich weiter Gedanken darüber zu machen, war sinnlos und Kraftverschwendung.

Dieses Jahr war keiner aus seinem Gestüt dabei, der als Konkurrenz antreten würde. Irgendwann, so hoffte er im Geheimen, irgendwann einmal würde seine Enkelin antreten: Sie hatte das Zeug dafür, sie ritt, als würde sie mit den Pferden im Takt verschmelzen. Ja, seine Jasmin war die geborene Reiterin: Sie fühlte den Takt der Pferde. Sie ritt, wie er es nie für möglich gehalten hatte. Sie war seine ganze Hoffnung in den nächsten Jahren.

Seine eigene Tochter war gut, aber sie hatte nicht das Einfühlungsvermögen: Sie war unsensibel und manchmal viel zu grob. Vielleicht sein Erbgut.

Werner lächelte vor sich hin: Er wusste, wie sich die Leute darüber das Maul zerrissen, dass Regina nicht seine Tochter war.

Sie ähnelte ihren Geschwistern überhaupt nicht und doch wusste er, dass sie sein Fleisch und Blut war. Sie war genauso wie seine Großmutter. Keiner hatte sie mehr gekannt; nur er konnte sich noch sie erinnern: an die Frau, die nicht war wie alle.

Regina hatte ihre Haare von ihr, die so dick waren, dass kein Kamm sie zähmen konnte. Sie hatte ihre Art von ihr: dieses Nervöse, ständig mit dem Schlimmsten rechnend, dieses nicht Ausdauernde und diese Figur.

Auch an Regina ging nichts dran, genau wie an seine Großmutter, die selbst in ihren Schwangerschaften, und davon gab es reichliche, nie mehr als 100 Pfund auf die Waage brachte und das bei einer Größe von über 1, 65 m.

Inge stand an der Tür: „Und?"

„Was und?" Werner ging an seiner Frau vorbei hinein ins Haus.

„Erzähl schon", bohrte Inge weiter, während sie hinter ihrem Gemahl herlief.

„Die haben doch schon ihren Sieger", sagte er und ließ sich auf einen der Stühle plumpsen.

„Aber das geht doch nicht", entgegnete ihm Inge.

„Und ob", erwiderte er, „aber eigentlich kann uns das ja egal sein."

„Und hast du ihnen gesagt, dass es weniger sind?"

„Ja:" Werner wollte nicht mehr erzählen. Er wollte sich ein wenig ausruhen; sein Rücken schmerzte und seine Füße taten höllisch weh: „Jetzt lass mich." Inge wusste, dass es keinen Sinn mehr machte, ihn anzusprechen. Sie gönnte ihm also die Ruhe, die er sich erhoffte. Sie zog sich ihre Schuhe an und ging nach draußen. Ein herrlicher Tag, dachte sie und schaute zum Himmel. Ob ihre Jungs gerade das Gleiche dachten? Irgendwie hatte sie dieses Gefühl. Sie fasste sich mit der rechten Hand ans Herz und sie betete für Bruno und Otto in der Hoffnung, dass sie das Mutterherz schlagen hörten. Dann ging sie über den Hof des Gestüts. An die sechsunddreißig Pferde standen hier, verteilt auf 5 Stallungen. Alle Stallungen waren vom Hof aus zu betreten. Die meisten ihrer Pferde hatten sie selbst aufgezogen und gehörten ihnen. Sie lebten nun auf dem Gestüt ein ruhiges Leben, selbst, wenn sie ab und an als sogenannte Lernpferde in die Pflicht genommen wurden. Es gab so nahe am Ort kein weiteres Gestüt. Das war ein Glück, denn so konnten die Hoffers wenigstens ein bisschen Geld durch Reitunterricht verdienen.

Das begann damals, als es vorbei war, mit Pferden zu handeln. Die Leute brachten mit Ostpreußen nur Trakehnerpferde in Verbindung, und da auf dem Hofferschen Gut nicht nur diese Rasse existierte, musste sich Werner etwas Neues einfallen lassen: Und dies war der Reitunterricht.

Dank Dakaro hatten sie aber auch immer Trakehner im Stall. Der letzte kleine Hengst, der von ihm abstammte, stand gerade auf der Koppel. Ein wundervolles Tier, von dem Werner sich viel Geld erwartete: *Donnerschall* haben sie ihn genannt, den kleinen Wirbelwind. Für Inge war er viel zu hektisch, dieser Donnerschall.

Sie ging an der letzten offenen Stalltür vorbei. An die sechs Katzen folgten ihr schreiend. Eine jede erhoffte sich von ihrem Frauchen natürlich eine Leckerei. Doch Inge scheuchte sie mit einem „Psch" davon. Sie wollte nicht, dass die Katzen ihr bis zum Turnierplatz hinterherliefen. Am Ende geriet noch eines ihrer Lieblinge unter die Hufe. Nein! Das durfte nicht passieren.

Inge sah Regina und Jasmin an der Absperrung stehen. Die Mittagssonne brannte unerbittlich. Inge taten die Turnierteilnehmer leid, die unermüdlich Höchstleistungen von ihren Pferden abverlangen mussten und natürlich auch von sich.

„Und", sprach sie die beiden an, die sich auch ihr sofort zudrehten. „Wie sieht es aus?"

„Die Haflingerstute ist super gelaufen, die anderen", Regina schüttelte mit dem Kopf.„Und gleich ist Samira dran. Sie ist meine Favoritin."

Und Jasmin fügte schnell hinzu: „Meine auch."
Inge blickte wie ihre Tochter und ihre Enkelin auf den Platz.

Frau Funke trug eine enge schwarze Jacke, eine weiße Bluse darunter und eine schwarze schicke Reithose. Unter ihrem Reithelm lugten die blonden

Locken hervor. Und mit ihrem charmanten Lächeln im Gesicht sah die Reiterin locker und trotzdem energisch aus. Inge bewunderte diese Frau, die bestimmt nun auch schon an die Fünfzig war. Inge wusste, dass den Funkes Kinder verwehrt geblieben waren. Was hatte Frau Funke deswegen schon für Tränen verloren! Und was hatte Inge sie bemitleidet. Aber nun, in dieser Zeit, wendete sich dieses Mitleid in Neid. Wenn man keine Kinder hatte, dann musste man sich auch nicht solche Sorgen um sie machen. Was also war besser?

Nein, Inge schüttelte hastig den Kopf: Sie wollte die Kinder nicht missen. Und Sorgen machten nicht sie, sondern dieser ach so verfluchte Krieg.

„Was ist, Mutter?" Regina hatte gesehen, wie Inge kopfschüttelnd dastand.

„Alte Leute sind oft in Gedanken versunken und denken nach."

„Über was hast du nachgedacht?"

„Über Frau Funke, und dass sie keine Kinder hat", antwortete Inge.

„Ja, das ist schade, weil sie so liebe Menschen sind. Ein Kind hätte es bei den beiden sicherlich sehr gut gehabt", mischte sich nun Jasmin in das Gespräch ein. Inge wollte nicht weiter über Frau Funke und ihre Kinderlosigkeit erzählen, also lenkte sie ab: „Ist eine Jacke nicht viel zu warm?"

„Mutter", Regina schaute ihre Mutter entsetzt an, „du weißt doch wohl, dass das Pflicht ist."

„Ja doch, das weiß ich", erwiderte diese. Und dann schauten die drei Frauen der Dressur zu.

Das Pferd lief harmonisch und leicht. Es war ein schöner Anblick: Reiterin und Pferd. Und fünf Minuten später ließ Frau Funke ihre rechte Hand zum Gruß abwärtsfallen und strich ihrem Pferd über den Hals. Samira schnaubte: ein Zeichen dafür, dass sie sich wohlfühlte. Überglücklich stieg Frau Funke von ihrem Pferd, nachdem sie den Platz verlassen hatte. Ihr Mann umarmte sie und nahm ihr das Pferd ab. Er führte es in Richtung Stall und sie folgte den beiden, während sie sich ihrer Jacke und ihres Hutes entledigte. Sie warf Jasmin noch ein Lächeln zu und ein Kopfnicken. Auch Jasmin nickte mit dem Kopf, denn auch sie wusste, dass einem Sieg fast nichts mehr im Wege stand. Aber es gab auch noch den morgigen Tag. Und wer wusste schon genau, was da passierte? Pferde waren unberechenbar. Lief es an einem Tag gut, dann konnte es am anderen Tag genau so schlecht laufen. Jasmin verließ die beiden Frauen. Sie wollte noch auf die Koppeln schauen, auf denen die Pferde trotz der Hitze gemütlich grasten.

Jasmin erblickte Schwindlerin. Die junge Stute stand abseits der Herde. Sie war eben eine Einzelgängerin und würde es wohl auch immer bleiben.

Aus Spaß, und nur um zu sehen, was Schwindlerin machte, pfiff Jasmin. Schwindlerin hob den Kopf, erblickte Jasmin, wartete auf ein Zeichen von ihr, woraufhin diese noch einen Pfiff ausstieß – und in diesem Moment raste sie von der hintersten Ecke auf das junge Mädchen zu. Jasmin schrie vor Freude: „Ja, komm meine Kleine."

Jasmin schaute sich um. War niemand da, der das sehen konnte?

„Großmutter", rief sie, „Tante Regina."
Doch niemand war da. Niemand war Zeuge dieser festen Bindung der beiden. Und schon stand die Stute vor Jasmin. Diese nahm ein Stück Zucker aus der Tasche, krabbelte durch den Zaun und gab es dem jungen Pferd.

Jasmin standen die Tränen in den Augen: „Du bist die Beste." Schwindlerin schnaubte und als wäre dies ihr Abschiedsgruß, wendete sie sich von Jasmin ab und galoppierte wieder dorthin, woher sie gekommen war. Jasmin lief zum Stall. Sie musste unbedingt jemandem erzählen, was sie erlebt hatte.

Unterdessen standen Regina und ihre Mutter immer noch am Turnierplatz.

„Hast du von Masuren gehört?" Inge war froh, dass ihre Enkelin gegangen war, denn so konnte sie mit ihrer Tochter alleine sprechen.

„Nein", starrte diese weiter auf den Abreiteplatz, wo sich Frau Berg auf Maria quälte, „was ist damit?"

„Einer der Richter erzählte, dass man Masuren evakuiert und dass die Flüchtlinge unterwegs sind."

„Ehrlich?", jetzt schaute Regina ihre Mutter an. „Er hat es gesagt."

„Wie viele werden das sein?"

„An die Tausend."

„Schrecklich", erwiderte Regina, „meinst du, dass wir auch ...?"

Inge unterbrach ihre Tochter: „Bist du verrückt? Gott bewahre! Ich werde hier nie fortgehen. Das ist meine Heimat und außerdem ...", sie stockte, „wohin sollten dann Otto und Bruno gehen? Sie kommen doch hierher zurück."

„Sicherlich, Mutter, sicherlich." Regina sah, dass ihre Mutter Tränen in den Augen hatte, und versuchte sie zu beruhigen: „Du wirst sehen: Es wird alles gut. Die haben Masuren vielleicht hergegeben, weil es nichts wert ist. Da steckt bestimmt ein Plan dahinter."

„Und wenn nicht? Wenn die Russen schon so nahe sind und auch zu uns ...?"

Dieses Mal unterbrach die Tochter ihre Mutter: „Dann werden sie uns warnen."

„Gewiss, das werden sie, das müssen sie, das ist ihre Pflicht" erwiderte Inge.

Dann drehte sie sich um und ging in Richtung Haus. Sie ging an den Ställen vorbei und sie hörte ihre Enkelin erzählen, die wieder voller Stolz von dieser kleinen hässlichen Stute sprach. Inge schüttelte lächelnd mit dem Kopf. Was ihre Enkelin für einen Narren an diesem Tier gefressen hatte. Unverständlich!

Dann ging sie ins Haus. Es wurde Zeit für das Mittagessen.

Werner war eingeschlafen, also schlich sie an ihm vorbei. Natürlich nicht ohne einen Blick auf ihn zu werfen. Und sie strich ihm sanft über sein Gesicht: Seine Augenbrauen zuckten, während sie das tat. Früher hatte er es gemocht, wenn sie ihn streichelte. Heute aber durfte sie ihn kaum noch berühren. Dabei sehnte sie sich doch so danach.

„Egal, jetzt", motivierte sie sich selbst, „denk an deine Pflichten", und sie ging schweren Schrittes in den Keller und suchte heraus, was es zum Essen gab. Heute würde sicher auch Jasmin mitessen.

Und als hätte sie vom Teufel gesprochen, stand diese auch schon hinter ihr.

„Gott, hast du mich erschreckt", sagte Inge.
„Oh", entschuldigte sich Jasmin, „verzeih. Kann ich heute hier essen?"

„Natürlich", erwiderte Inge, „willst du daheim noch Bescheid sagen?"

„Nee", antwortete Jasmin, „Mutter denkt sich das bestimmt."

„Meinst du, dass Paul auch noch kommt?"
„Jetzt kommt er bestimmt nicht. Wenn, dann heute Nachmittag", erwiderte Jasmin.

Paul liebte solche Turniere nicht. Er war noch zu klein, um selber an einem teilzunehmen, also wartete er lieber, bis sie vorbei waren.

Jasmin nahm ihrer Großmutter die Gläser ab.
„Gut." Inge schloss die Tür zum Keller.

„Großmutter", sagte Jasmin zaghaft, „kann ich dir noch was erzählen?"

Inge wusste genau, was das wohl sein würde, und entweder gestattete sie es ihrer Enkelin und konnte sich über eine ellenlange, langweilige Geschichte ärgern, oder aber sie lenkte ihre Enkelin ab. Zweiteres gefiel ihr besser, also fragte sie: „Hat dir deine Mutter schon einmal beigebracht, wie man saure Klopse macht?"

„Hä", Jasmin verstand nicht.
„Nun ja, es wird Zeit mein Kind, dass du kochen lernst. Du bist eine junge Frau und irgendwann wirst du einen Mann kennenlernen und du wirst ihn bekochen müssen."

„Ich will keinen Mann", erwiderte Jasmin kindlich. Inge lachte: „Ach nein?"

„Nein", entgegnete Jasmin mürrisch.
„Glaub mir, es wird die Zeit kommen, und nun hilf

mir: Ich zeige dir, wie man diese sauren Klopse, die man auch *Königsberger Klopse* nennt, zubereitet."

Jasmin wusste, dass ihre Großmutter jetzt nicht mehr davon abzuhalten war, trotzdem versuchte sie noch einmal ihr Glück: „Muss das ausgerechnet heute sein, wo so viele Gäste da sind, und außerdem wollte ich dir ..."

Doch Inge ließ ihre Enkelin nicht aussprechen: „Papperlapapp, es sind immer Leute auf dem Hof, also sei eine gute Enkeltochter und hilf mir."

Was hätte Jasmin darauf erwidern können? Natürlich wollte sie eine gute Enkeltochter sein. Also ergab sie sich ihrem Schicksal. Jedoch nicht, ohne zu bereuen, dass sie ins Haus gekommen war. Das hatte sie nun von ihrer Angeberei.

Regina half unterdessen allen Teilnehmern. Sie hatte mit ihrem Vater abgesprochen, dass auch diese Pferde auf separate kleine Koppeln kamen, damit sie sich von dem stressigen Tag erholen konnten. Morgen fand der zweite Durchlauf statt, nach dem dann schließlich und endlich der Sieger gekürt wurde. Regina war wie immer nervös und dirigierte in ihrer hektischen Art die Teilnehmer und ihre Pferde hin und her. Als sie sah, dass die Koppeln doch nicht ganz reichten, wollte sie ihren Vater holen, doch Frau Funke hielt sie zurück: „Stellen wir einfach einige der Stuten zusammen und den Wallach extra."

„Was?", Regina wurde nur noch nervöser. Sie war einfach nicht in der Lage, sich schnell auf Neues einzulassen. „Und wenn was passiert?"

„Was soll passieren?", erwiderte Frau Funke. „Und außerdem", und sie blickte in die Runde, „sind wir doch alle damit einverstanden?"

Sie sah, wie die Leute um sie herum nickten.
Regina musste sich der Mehrheit ergeben: „Na gut, wenn Sie das alle so wollen, dann machen wir das so."

Und so brachten alle ihre Pferde auf die Koppeln, sie stellten Tammy auf eine der Koppeln, dann Maria, Carlotta, Luanda und Appolina auf die daneben und Sieg, Samira, Diwa und Tristess auf die gegenüber.

Alle Pferde waren so entspannt, dass auch Regina staunen musste.

„Es sind brave Pferde", resümierte sie.
„Natürlich", stimmte ihr Herr Funke zu, „es sind alles Profis."

Familie Sommer nickte, die von Weldens lächelten, die Bergs räusperten sich, nur Silvia Engel schüttelte mit dem Kopf: "Also meine ist kein Profi. Sie ist einfach nur fertig."

Da mochte sie recht haben. Es war kurz nach Mittag und bestimmt immer noch um die 35 Grad im Schatten. Keins der Pferde hat Lust, sich auch nur ein Stück zu bewegen. Fressen, ja, fressen ging immer und so sahen sie, wie die Pferde ihre Köpfe senkten und mampften.

„Meine Mutter hat für heute Abend ein kleines Beisammensein geplant. Es gibt ein bisschen was zu essen und Musik", Regina log, aber sie hatte Lust darauf, am heutigen Abend noch einmal mit allen zusammenzusitzen. Vielleicht war es aber auch eine gute Gelegenheit, sich ein wenig abzulenken.

„Wir kommen", sagten die Funkes sofort, „hat Ihr Vater auch noch einen edlen Tropfen?"

„Bestimmt", bejahte Regina die Frage, und als sie sah, dass auch die anderen alle mit den Köpfen nickten, wusste sie, dass sie eine gute Idee mit der kleinen Feier hatte.

War feiern gut in dieser Zeit?
Ja, wenn sie in diese Gesichter sah. Man feierte ja die Pferde. Obwohl! Was würde ihre Mutter sagen?

Würde sie schimpfen, wenn sie hörte, was Regina vorgeschlagen hatte? Eine Feier! Jetzt, hier und heute. Regina schlich langsam zum Haus. Sie roch, was es zum Mittagessen gab: Fleisch und hoffentlich Klopse dazu. Und wenn ihre Mutter Klopse machte, dann war das ein gutes Zeichen. Und Regina staunte nicht schlecht, als sie sah, wer mit ihrer Mutter in der Küche stand: Es war ihre Nichte, die voller Eifer die Klopse rollte.

„Ah", sprach sie sie auch gleich an, „du lernst kochen?"

„Ich muss", erwiderte Jasmin und rollte dabei mit den Augen, „Tante Regina", versuchte Jasmin nun bei ihrer Tante ihr Glück, „kann ich dir mal was erzählen?"

„Oh nein", Regina hatte ganz andere Sorgen, als sich schon wieder die Storys über die junge Stute anzuhören, denn sie ahnte schon, dass es nur darum gehen konnte, „ich muss mal mit deiner Großmutter reden." Beleidigt warf Jasmin die Klopse in den Topf mit heißem Wasser.

„Nicht so werfen", ermahnte sie ihre Großmutter, „siehst du nicht, wie das Wasser schwappt?"

Jasmin holte schnell ein Tuch und wischte das Wasser vom Boden.

„Was ist?", wendete sich Inge ihrer Tochter zu. „Ich habe den Leuten gesagt, dass wir heute ein wenig feiern werden, und habe auch vorgeschlagen, dass es ein wenig zu essen und zu trinken gibt"

Regina war schon auf ein Donnerwetter gefasst. Doch nichts dergleichen passierte: im Gegenteil.

Inge nickte ihrer Tochter zu: „Das hast du gut gemacht. Es ist an der Zeit, dass wir mal alle Sorgen vergessen, und wer weiß, wann wir wieder einmal alle sehen."

„Hä?", fragte Jasmin, die immer noch auf dem Boden kniete. „Wieso? Machen wir nächstes Jahr kein Turnier? Wir haben doch jedes Jahr mindestens eins veranstaltet?"

„Ich meine ja nur so: Man soll eben Feste feiern, wie sie fallen", versuchte Inge, ihre Aussage zu begründen.

Regina nickte ihrer Mutter zu: Sie hatte verstanden.

„Ich kümmere mich um alles", sagte Inge und ihrer Enkelin zugewandt, „sag auch deinen Eltern Bescheid, dass sie kommen können."

Jasmin freute sich: endlich mal wieder ein kleines Familienfest. Das hatte es solange nicht mehr gegeben. Nicht mehr seit dem Tode ihres Onkels. Onkel

Karl: Sie hatte ihn so geliebt. Er hatte schwarzes Haar gehabt, einen dicken Bart und blaue Augen. Aber am meisten hatte ihr seine Art gefallen. Er war immer lustig gewesen und hatte Witze erzählt und er war ein exzellenter Reiter gewesen. Jasmin wollte immer so reiten wie er: Er konnte jedes Pferd zähmen. Er war wie ein echter Pferdeflüsterer.

„Was ist?", fragte Inge, als sie sah, dass ihre Enkelin in Gedanken versunken war.

„Nichts", gab Jasmin zurück. Sie wollte ihrer Großmutter nicht sagen, an wen sie gerade dachte, denn sie wusste, dass gerade der Verlust des ältesten geliebten Sohnes sehr schmerzhaft für die Großeltern war: „Ich freue mich."

Inge nickte ihrer Enkelin zu: „Sind die Klopse fertig?" „Sie schwimmen alle oben", antwortete Jasmin.

„Endlich", kam der Großvater in die Küche, „wird ja auch Zeit."

Die vier aßen und sprachen über den heutigen Abend. Es sollte Brote geben und dazu sollte Pillkaller serviert werden, schlug Werner vor und dann zitierte er einen Spruch: „Es trinkt der Mensch, es säuft das Pferd. In Pillkallen ist es umgekehrt."

Alle Frauen lachten lauthals los und Jasmin hätte sich beinahe an einem der Klopse verschluckt, wenn nicht ihre Tante kräftig auf ihren Rücken geklopft hätte.

Und so saßen die Vier noch in der Küche, erzählten sich von dem heutigen Tag und nun endlich wurde auch Jasmin ihre Geschichte von Schwindlerin los. Alle drei Zuhörer lobten sie und drückten ihre Bewunderungen mit einem „Oh" und „Ah" aus, was Jasmin unendlich stolz machte.

Dann räumten sie den Tisch ab und Inge begann, das Abendessen vorzubereiten. Jasmin und ihre Tante wuschen das Geschirr.

„Die Zeiten haben sich geändert", sagte Regina, während sie einen der Teller trocknete.

„Wie meinst du das?"

„Nun ja", lächelte diese, „früher hatten wir Leute für so was."

„Opa wollte doch keine Polen."

„Ich weiß", erwiderte Regina, "das ist ja das Ärgerliche."

Regina hatte ihrem Vater in dieser Sache nicht zugestimmt.

Sie konnte sich noch an Zeiten auf dem Gestüt erinnern, in denen es an die fünf Angestellte gab.

Nacheinander waren alle gegangen. Entweder waren sie zu Kriegsbeginn fort, oder aber ihr Vater hatte sie entlassen.

Regina konnte sich noch an eine Haushälterin erinnern, die zum Schluss an die sechzig Jahre gewesen, und seit sie denken konnte, ihrer Mutter zur Hand gegangen war: Frieda. Frieda Enkelsohm.

Regina hatte diese Frau geliebt. Vor allem auch deshalb, weil sie ihr immer wieder Leckereien zugesteckt hatte.

Frieda war gegangen, als Hitler an die Macht gekommen war. Sie wollte in einem solchen Land nicht leben, wo alle „wie Marionetten tanzten" und außerdem wollte sie das bisschen Leben, was sie noch hatte, genießen. Regina war traurig, als sie ging, aber sie konnte die Frau auch verstehen. Ob sie wohl noch lebte?

Und dann waren nach und nach alle anderen fort. Und ihr Vater und sie waren die Einzigen, die nun das Gestüt bewirtschafteten. Gut, da war noch Anuschka, aber selbst Helmar war nun fort.

„Er hätte ein paar Polen nehmen sollen", sagte Regina und griff nach dem nächsten Teller.

„Ich weiß nicht", entgegnete Jasmin, die mit dem Abwaschen innehielt, „man behandelt sie wie Vieh. Wolltest du, dass man so mit dir umspringt?"

„Was vergleichst du mich mit diesen minderwertigen Menschen? Sie haben es nicht anders verdient: Wir sind die Herrenrasse."

„Was erzählst du da?", mischte sich nun Inge in das Gespräch zwischen Tante und Nichte ein, „Herrenrasse? Was führt ihr für ein absurdes Gespräch.

Ich will nicht, dass ihr so etwas in meiner Küche sprecht." „Aber", begann Jasmin sich zu verteidigen, „ich meinte doch nur, dass ..."

„Es ist mir egal, was du meinst, Schluss jetzt." Inge hatte keine Lust, mit ihrer Enkelin weiter darüber zu diskutieren, und auch ihrer Tochter warf sie einen strengen Blick zu.

Regina schaute verärgert drein. Gerne hätte sie ihrer Nichte dazu noch einige Worte gesagt, ihr die richtige und einzige Ideologie erklärt, denn Regina wusste, dass weder Anna noch ihr nutzloser Mann mit ihrer Tochter über Politik sprachen.

„Wieso bist du eigentlich nicht bei dem Bund Deutscher Mädel", fragte sie leise, sodass ihre Mutter es nicht hören konnte.

„Da müsste ich nach Königsberg und du weißt doch, dass es schwierig ist, dorthin zu kommen", antwortete Jasmin, die langsam nervös wurde. Wieso interessierte sich ihre Tante gerade jetzt dafür? Die ganzen Jahre hatte sie nicht danach gefragt. Wieso jetzt?

„Und außerdem löst er sich doch eh gerade auf", fügte Jasmin hinzu, "es gibt sie doch kaum noch."

„Genau", stand Anna plötzlich hinter den beiden. „Mutter", rief Jasmin, die unendlich glücklich war, dass ihre Mutter zu ihrer Unterstützung gekommen war.

„Bubi Drück Mich, ist vorbei", sagte Anna und lächelte ihrer Tochter zu.

„Was erzählst du da?", Regina war entsetzt, wie ihre Schwester solche Vergleiche nur aussprechen konnte. „Ich bin jedenfalls froh, dass meine Tochter nicht in solch einen Verein gegangen ist. Nicht wahr, Mutter?", versuchte sie nun ihrerseits Verstärkung zu bekommen.

„Ja", stimmte ihr diese zu, „ich habe nur Schlimmes gehört. Man sagt auch, dass sie ..."

„Hört auf mit dem Getratsche", kam Werner in die Küche, „macht den Abwasch und dann Schluss mit dieser Politik. Jasmin", und er wendete sich seiner Enkelin zu, „du hilfst mir bei den Pferden."

„Jawohl Großvater", hielt sie wie ein Soldat ihre Hand an die Stirn.

Inge warf ihren beiden Töchtern einen schelmischen Blick zu: Ja, Jasmin wusste ihren Großvater richtig zu nehmen – mit Humor.

„Mutter", Jasmin richtete ihren Kopf zu Anna, während sie schon hinter ihrem Großvater herlief, „Großmutter und Großvater geben heute ein Fest. Ihr kommt doch auch, oder?"

Anna war überrascht. Überrascht, weil ihr Tochter scheinbar der Annahme war, dass sie fragen musste, ob sie kommen würden. „Natürlich kommen wir", sagte sie voller Inbrunst, „soll ich dir etwas helfen?", wendete sie sich ihrer Mutter zu.

Inge schaute sie an und hatte beinahe auf den Lippen: „Nein, schon dich." Doch sie beherrschte sich und schüttelte nur mit dem Kopf: „Was gibt es schon zu tun? So viele sind es nun auch nicht."

„Nun denn, dann sage ich Horst Bescheid", drehte sich Anna auf dem Absatz um und ging zur Tür hinaus.

Als Anna gegangen war, sagte Regina zu ihrer Mutter: „Wir müssen es ihm sagen."

„Nein, müssen wir nicht", entgegnete Inge, „er wird es merken. Er hat es immer gemerkt: Er ist ein guter Vater!"

Regina sah ihre Mutter fassungslos an. Er war ein guter Vater? Was sollte das heißen?

Und Einfühlungsvermögen hatte er nie gehabt: Für ihn waren es immer die Buben, die etwas zählten – nie die Mädchen.

Sie behandelte eher wie Abkömmlinge, die einfach nur Pech bedeuteten. Nein, Regina konnte sich nicht daran erinnern, dass er sie jemals in die Arme genommen hätte, ihr jemals zugehört hätte, sie jemals verstanden hätte: Selbst jetzt, wo sie sich in einen jungen Mann verliebt hatte, da hörte er nicht richtig zu.

Gut! Ihr Verhältnis hatte sich geändert, seit sie mehr mit ihm auf dem Gestüt zu tun hatte, aber von Vaterliebe – von Vaterliebe – spürte sie nichts.

Karl war immer sein Liebling gewesen. Und als sie von seinem Tod erfuhren, da hatte er sich eingeschlossen: ganze zwei Tage lang. Ja, vielleicht war er ein guter Vater gewesen – für ihn – den Karl! Aber nicht für sie: die Tochter, die erst ganz spät geboren worden war. Für die, die eigentlich gar nicht mehr hätte kommen sollen. Für die, die ihn abgöttisch liebte!

Regina zog sich ihre Stiefel an.

„Wohin gehst du?", fragte Inge nervös. „Ich dachte, dass du mir bei den Vorbereitungen hilfst."

„Aber du hast doch gesagt, dass ..."

Doch Regina musste nicht weitersprechen, denn Inge verstand.

„Hau schon ab und hilf ihm", sagte sie lächelnd, „aber erzähl ihm noch nichts."

Regina verstand ebenso: Nein, sie würde ihrem Vater nicht erzählen, dass er erneut Großvater wurde.

Dabei war sie es, die endlich an der Reihe war, ihm Enkelkinder zu schenken. Aber was sollte sie machen? Sie hatte sich in einen Mann verliebt, der das Militär liebte und die alten Gebräuche über alles stellte.

Hier im Ort hatte sie keinen Mann gefunden, der ihren Funken entflammen konnte. Das waren alles Jungs, die kindlich waren und nicht wussten, wie sie zu nehmen war. Aber Tommi. Er war der Mann, der genau wusste, was ihre Wünsche waren, ihre Sehnsüchte, was ihre Flamme zum Lodern brachte. Und sicherlich gehörte er zu jenem Stand, dem Traditionen über alles ging, und trotzdem hatten sie die Ehe vollzogen, bevor ein Pfarrer sie für dergleichen hielt. Und sie hatte sich ihm hingegeben; mit voller Inbrunst und im Besitz jeglichen Verstandes.

Ja. Sie hatte gewusst, dass er der Richtige war. Und sich dem Richtigen hinzugeben, konnte doch nicht falsch sein, oder? Und er hatte sie danach gefragt. Ja, er hatte sie, Regina Hoffer, gefragt, ob sie ihn ehelichen würde. Und sie, Regina Hoffer, hatte Ja gesagt. Und nun? Nun hatte sie so lange nichts mehr von ihm gehört. Verflucht!

Nein, fluchen durfte sie nicht. Das würde auch ihm nicht gefallen, denn er kam aus einer sehr katholischen Familie.

Er hatte ihr erzählt, dass er aus dem Hunsrück kam, wo immer das auch lag.

Wer bitte kannte schon dieses Gebiet, welches er als *das schönste Fleckchen Erde* bezeichnete?

Und sie würde es sich so gerne einmal anschauen, so gerne.

Er hatte ihr erzählt, dass er es als Pflicht angesehen hatte, sich zum Kampf zu melden. Er war der einzige Sohn und musste doch die Ehre seiner Familie retten! Im Frühjahr hatten sie ihn hierher geschickt. Hierher nach Ostpreußen.

Erst hatte er gedacht, dass er hier kämpfen könnte, aber es kam anders: Er hatte, in seinen Augen, nur lächerliche Aufgaben zu erfüllen: Er betreute die Lager der Kinder, die hier in Ostpreußen in den Sommerurlaub kamen. Es war kaum zu glauben, so erzählte er ihr, als sie in seinen Armen lag, dass er nun auf „kleine Gören" aufpassen musste. Dabei war er, Tommi Wittner, schon in Russland gewesen, hatte am Feldzug teilgenommen, war verwundet worden und hatte es einem Kameraden zu verdanken, dass man ihn fand und gesund pflegte. Seine Füße waren schwarz gewesen und seine Finger waren allesamt gebeugt: Es war kalt gewesen. Kalt im grauen Russland. Und alle seine Gliedmaßen waren erfroren gewesen. Er hasste das Land und seine Bevölkerung und er hasste es, dass er nun so deformierte Hände und Füße hatte. Doch als Regina sie küsste, jeden einzelnen Finger und jede einzelne Zehe, da wusste er, dass er diese Frau nie wieder gehen lassen würde. Und Regina wusste, dass sie ihn auch so liebte: so wie er war: Blond, nicht allzu groß, ein rundes Gesicht, kurz geschnittene Haare und herrliche grüne Augen. Augen, die sie so verliebt ansahen.

„Hilfst du mir oder willst du deinen Gedanken hinterher hängen?"

Werner starrte seine Tochter an.

„Nein, nein", sagte sie verwirrt, „ich helfe dir."

Jasmin summte leise vor sich hin. Sie freute sich auf den heutigen Abend.

„Ob alle Turnierteilnehmer kommen?", fragte Regina, während sie noch einmal kontrollierte, ob auch alle Ställe ordnungsgemäß gemistet waren.

„Ich denke schon", erwiderte Jasmin.

Werner, Regina und Jasmin holten in Ruhe alle restlichen Pferde von den Koppeln. Sie holten jede Gruppe einzeln, ließen alle bis zu einem Zaun laufen und führten sie dann nacheinander in ihre Ställe.

Jasmin beeilte sich, denn sie wollte unbedingt ihre Stute abfangen und an ihren gewohnten Platz bringen.

„Hey du", empfing sie das Pferd, das sich auch sofort an ihr rieb.

„Du weißt doch, dass das von wenig Respekt zeugt", ermahnte Jasmin die junge Stute.

Doch Schwindlerin rieb sich weiter an dem jungen Mädchen.

„Hör auf, hör auf", rief Jasmin lachend.

„Du musst sie erziehen", sagte Regina, „sonst macht sie irgendwann mit dir, was sie will."

„Ja, ja", antwortete Jasmin genervt. Ihr gefiel das vertraute Spiel trotzdem.

Und so führte sie das Pferd in ihre Box, gab ihr noch ein Leckerchen und ging dann, um auch noch die anderen Pferde in die Boxen zu führen.

Auch die Pferde der Turnierteilnehmer kamen in Ruhe angetrottet, scheinbar hatten sie genug gefressen und freuten sich auf ein kühles Plätzchen und Ruhe.

Und so wurde es früher Abend, bis alle Pferde gefüttert waren und ruhig und entspannt in ihren Boxen standen.

„Ich gehe nach Hause und ziehe mich um", rief Jasmin ihrer Tante und ihrem Großvater zu.

„Zieh dir aber etwas an, was man in der heutigen Zeit trägt", rief ihr Regina noch hinterher.

Jasmin drehte sich zu ihr um und warf ihr einen fragenden Blick zu.

Meinte sie etwa, dass sie wie all die dummen Mädchen herumlaufen sollte? Diese dummen Weiber, die diesem Bund angehörten und nur noch eines im Sinn hatten?

Niemals würde sie zu diesen Mädchen gehören. Nein, nein und nochmals nein.

Und leise vor sich hinfluchend, kam sie bei sich zu Hause an.

„Was hast du?", öffnete ihr ihre Mutter die Tür.
„Tante Regina hört einfach nicht auf, mich mit diesem Quatsch zu nerven."

„Ich stehe wohl grad auf der Leitung. Was meinst du?" Anna gab ihrer Tochter das Zeichen, die Tür hinter sich zu schließen.

„Sie hört einfach nicht auf mit diesem Nazizeug", antwortete Jasmin und setzte sich auf das Sofa, welches schon älter war als sie selbst, „ich habe gar keine Lust mehr, auf das Fest zu gehen."

„Hör schon auf", setzte sich ihre Mutter neben sie, „vielleicht ist ja sowieso bald alles vorbei."

„Wie meint du das jetzt?" Dieses Mal wusste Jasmin nicht, worauf ihre Mutter hinauswollte.

„Nun ja", Anna ließ eine kurze Pause, "dein Vater hat mir erzählt, dass die Deutschen Paris aufgegeben haben".

Anna schaute ihrer Ältesten in die Augen. Sie wollte genau sehen, wie sie darauf reagierte.

Und ihre Tochter tat das, womit sie gerechnet hatte: Sie strahlte über beide Ohren: „Du meinst also, dass es bald vorbei sein könnte?"

Wie klug dieses Kind doch war. Anna war stolz. Stolz darauf, dass sie so eine taffe Tochter hatte: Eine, die sich nichts vormachen ließ; eine, die nicht wie ein Lamm hinter dem Schäfer herlief, eine, die genau wusste, was sie wollte.

Gut: Sie hatte nur die Pferde im Kopf. Aber das war etwas, was man tolerieren konnte. Sie hätte sich niemals damit abfinden können, dass ihre Tochter in diesen Mädchenbund eingetreten wäre, so wie die Tochter von Trudi. Ach Trudi! Anna blickte auf eins der Fotos auf ihrem Schrank. Sie konnte sich noch genau daran erinnern, als es gemacht worden war. Trudi und sie waren beste Freundinnen gewesen - damals nach dem Krieg – damals vor dem Krieg. Sie waren 23, als sie das Foto machen ließen und dazu extra nach Königsberg gefahren waren. Was hatten sie schon im Zug gelacht, und erst als sie vom Friseur kamen und sich einen schicken Pagenschnitt hatten machen lassen, da waren sie aus dem Lachen nicht mehr herausgekommen. Dann waren sie zum Fotografen gegangen, hatten ihr Erspartes auf den Tresen gelegt und sich wie Models gefühlt, als sie vor diesem Gerät saßen, das von ihnen Ebenbilder erschuf.

Und was hatten ihre Mütter geschimpft, als sie nach Hause gekommen waren: ohne ihre langen Zöpfe. Anna fiel noch genau ein, was sie gesagt hatte, als sie mit ihrer Mutter stritt: „Das trägt man heute so. Das ist modern. Nur weil ich hier im absoluten Hinterland lebe, muss ich nicht so herumlaufen wie eine Bäuerin."

„Bäuerin? Bäuerin?", hatte Inge gerufen. „Du bist weit davon entfernt, zu wissen, wie eine Bäuerin herumläuft. Scher dich auf dein Zimmer, du ungehorsames Kind."

Und Anna wusste noch, dass sie sich an diesem Tag geschworen hatte, nicht mehr länger bei diesen Eltern zu wohnen, die sie wohl nie, niemals in ihrem Leben verstehen würden.

„Was ist Mutter?" Jasmin sah, dass ihre Mutter ihren Gedanken hinterher hing.

„Ich musste an Trude denken", antwortete Anna. „Wo ist Tante Trude eigentlich jetzt?" Jasmin konnte sich noch genau an sie erinnern: an die Frau, die immer so freundlich und lustig war.

„Seit das mit Annemarie passiert ist, habe ich nicht die leiseste Ahnung", entgegnete Anna und versank erneut in Gedanken.

Annemarie war die Tochter von Trude. Ein aufgewecktes, lebhaftes junges Ding war sie gewesen. Anna hatte sie geliebt, die Kleine, die ein Jahr vor Jasmin geboren worden war.

Trude hatte einen netten jungen Mann in Königsberg kennengelernt und geheiratet. Doch als Annemarie auf die Welt gekommen war, da hatte er sie verlassen, einfach so verlassen, Mutter und Kind alleine gelassen: schändlich, schändlich.

Und Trude war zurück zu ihren Eltern gegangen: ein schwerer Schritt für sie, die immer so eigenständig gewesen war. Sie hatte mit der Kleinen in ihrem winzigen Zimmer leben müssen, war von ihren Eltern abhängig gewesen. Die hatten den kleinen Lebensmittelladen im Dorf, waren also dem Getratsche der gesamten Kundschaft ausgesetzt. Und erfuhren so auch alles. Brühwarm Und was machten sich die Leute im Dorf für Gedanken? Doch Anna hatte zu Trude gehalten. Bis, ja bis Annemarie diesem Bund beitrat, mit nur 13 Jahren. Und Trude war begeistert davon, was Anna nicht verstehen konnte.

Annemarie hatte nicht ausgesehen wie dreizehn - eher wie fünfzehn oder sechzehn. Sie hatte eine ganz andere Entwicklung genommen als Jasmin, die mit zwölf aussah, als wäre sie gerade einmal acht geworden: Kaum Brüste, gebogener Gang und vor allem lispelte sie wie ein kleines Kind. Kurz und gut: Anna musste sich keine Sorgen um ihre Tochter machen.

Aber Trude? Sie hätte sich Sorgen machen müssen um dieses überdurchschnittlich entwickelte junge Mädchen, deren Haare bis zu den Pobacken reichten, und die einen Busen hatte, um den sie jede Frau beneidete.

Anna griff sich bei diesem Gedanken an die eigenen Brüste. Jämmerlich! Dachte sie. Obwohl – und sie hob sie an – langsam werden sie wieder etwas fester und schwerer – liegt wohl an der Schwangerschaft. Anna grinste vor sich hin.

„Mutter", holte Jasmin sie aus ihren Gedanken, „ich gehe auf mein Zimmer."

„Tu das", nickte Anna ihrer Tochter zu und stand ebenfalls auf, „aber zieh dich nicht so aufreizend an." „Mutter", warf Jasmin ihr einen ermahnenden Blick zu, „da sind nur Pferdeleute."

Genau das war es, was Anna an ihrer Tochter so liebte: Sie hatte auch jetzt noch keinerlei Ambitionen, an so etwas wie Sex zu denken.

„Und genau das ist es, was ich an dir so mag", entgegnete Anna.

„Hä?", Jasmin verstand ihre Mutter nicht, ging auf ihr Zimmer und dachte sich, wie kompliziert doch schwangere Frauen waren.

Auch Paul machte sich für den Abend zurecht, obwohl er wusste, dass er nur für kurze Zeit daran teilnehmen durfte. Was ihm auch sofort bestätigt wurde, als er eine Stunde später mit den anderen seiner Familie an der Tür stand.

„Hast dich aber fein gemacht", sagte seine Mutter und Paul nickte verlegen.

Und seine Zuversicht, dass der Abend vielleicht doch länger gehen würde, wurde jäh vernichtet, als sein Vater sagte: „Um zehn gehen wir wieder."

Mist, dachte Paul, dabei war er schon dreizehn und alt genug, um auch einmal bis zwölf wach zu bleiben.

Aber er wollte nichts sagen, denn wer wusste genau, wie sein Vater darauf reagiert hätte: Am Ende hätte er ihm das Fest ganz verboten.

Also freute sich Paul wenigstens über die paar Stunden Abwechslung.

Als Anna mit ihrer Familie am Gestüt ankam, war alles im Garten zurechtgemacht. Ein riesiger Tisch stand mitten auf der Wiese, die sich vor dem Haupthaus erstreckte und bis an die Stallungen reichte. Auf dem Tisch leuchtete in der Abendsonne eine weiße Damasttischdecke.

Inge hatte sich viel Mühe gegeben. Anna sah jedoch auch, wie es sie angestrengt hatte: das Hin - und Herlaufen, das Tragen, die Verantwortung.

„Mutter", rief sie ihr hinterher, die mit mühevollen

Schritten zum Haus ging, „kann ich dir nicht noch etwas helfen?"

Inge brummte etwas wie: „Jetzt brauchst du auch nicht mehr kommen", doch da Anna nicht verstand, setzte sie sich an den gemachten Tisch.

Paul spielte mit den Hunden, die endlich mal aus ihrem Zwinger kamen. Regina ließ sie nur am Abend heraus, denn sie hatte Angst, dass sie weglaufen würden.

Wieso auch nicht, denn nur in einem Käfig zu sein, war mit Sicherheit nicht das Leben, was Hunde glücklich machte.

Paul spielte mit dem Kleinsten der drei Hunde: Lilly, die irgendeiner Straßenmischung entsprungen war, jedoch das Herz am rechten Fleck hatte. Sie war gerade mal ein Jahr alt, gewitzt wie zehn und sah aus wie fünf. Sie war unheimlich schlau, dachte Paul, denn immer, wenn er ein Bällchen warf, holte sie es, egal aus welcher versteckten Ecke, und brachte es ihm wieder. Obwohl er ihr das nie beigebracht hatte. „Brav, Lilly", lobte er die kleine Hündin. „Wasch dir dann aber die Hände", ermahnte ihn seine Mutter.

„Ja, ja", erwiderte er genervt und spielte weiter. Die anderen beiden Hunde waren die Mutter von Lilly und deren Bruder, der ein Jahr älter war als seine kleine Schwester.

Jasmin kam nach zehn Minuten aus dem Stall in Richtung des Gartens gelaufen: „Schwindlerin ist total fertig."

„Natürlich", sagte Anna, „es ist heiß dieser Tage." „Pferde können die Hitze gut ab", gesellte sich Annas Vater an den Tisch, „sie sind nicht wie Menschen."

Klar musste er seine Tochter wieder einmal belehren. Die Tochter, die keine Ahnung von Pferden hatte und der das Gestüt total egal war.

Doch Anna hatte nicht die geringste Lust auf ein Streitgespräch, also tat sie so, als hätte sie seinen Kommentar nicht gehört.

Und was war sie froh, als die ersten Gäste eintrafen.

Herr und Frau Funke hatten ihre beiden Hunde dabei, was Lilly und ihre beiden Verwandten äußerst freute, denn sie rannten sofort zu den beiden Hunden und begrüßten sie in ihrer typischen Art und Weise: Bellend und mit dem Schwanz wedelnd.

Die Funkes waren dabei ziemlich entspannt: Sie lösten ihre beiden Hunde von den Leinen und gaben ihnen somit die Chance, sich dem Begrüßungsritual völlig anzupassen und eventuellen hündischen Attacken des Begrüßungskommandos auszuweichen, was Bella und Resi, die beiden Gasthunde, auch sofort taten – sie flüchteten zunächst in die hinterste Ecke, „besprachen" dort ihre gemeinsame Gegenattacke und liefen dann bellend auf die anderen drei los, die wiederum ihrerseits die Flucht ergriffen.

„Regina", schrie Werner ins Haus hinein, „bring die Hunde in den Zwinger. Es fehlte mir noch, wenn die andere anfallen und ..."

Doch Frau Funke unterbrach ihn: „Lassen Sie die Hunde das ruhig machen. Es passiert schon nichts."

Jasmin liebte diese Frau: Sie war über allem erhaben und vor allem so tierlieb und tiererfahren.

Also wetzten alle fünf Hunde über die Wiese und genossen ihr freies, ungezwungenes Leben.

Nur Paul ärgerte sich, denn Anna warf ihm den bösen Mutterblick zu, der heißen sollte, dass er ins Haus gehen und sich die Hände waschen musste. Paul nickte mit dem Kopf und tat, was seine Mutter von ihm verlangte.

Als er endlich wieder nach draußen kam, war der Tisch schon fast vollständig besetzt. Was war er froh, dass sein Vater neben ihm einen Platz frei gehalten hatte. Nur leider saß neben ihm diese Silvia, die von allen anderen immer als *total daneben* beschrieben wurde.

Und diese Eigenschaft musste auch er ihr zugestehen, denn sie machte sich alle möglichen Sachen auf den Teller, die nicht zusammenpassten.

Doch dies zu beobachten, war bei Weitem besser, als diesen Gesprächen zuzuhören, die sich immer und immer wieder nur um das eine Thema drehten: Krieg, Krieg und nochmals Krieg.

Was hatte er dieses Thema satt. Also begann er, die Personen am Tisch zu betrachten.

Herr Funke steckte sich erst einmal ein Pfeifchen an, was ihm einen bösen Blick seiner Frau einbrachte. Doch er entgegnete ihr mit einem Lächeln. Herr Funke war ein stämmiger Mann. Er trug eine Kappe auf dem Kopf, aber sein Lächeln war sehr sympathisch. Auch Frau Funke war sehr nett. Paul wusste, dass seine Schwester diese Frau mochte, was er nun auch verstehen konnte. Sie sah freundlich aus mit ihren großen grünen Augen, ihrem lockigen, blonden Haar und der Strähne, die ihr immer im Gesicht hing und die sie immer ganz galant wegpustete.

Paul mochte, wie sie mit ihren Hunden umging: Sie war streng, aber gerecht und ….. sie warf ihnen ab und an, wenn es keiner sah, etwas vom Tisch herunter, und das gefiel ihm absolut. Vor allem, weil es augenscheinlich nur einer mitbekam und das war er!

In diesem Moment zwinkerte sie ihm zu. Paul sah schnell weg. Hatte sie bemerkt, dass er es bemerkt hatte?

Pauls Blick glitt zu den anderen Gästen an der Tafel. Die von Weldens waren unnahbar, fand er. Sie taten immer, als wären sie etwas Besonderes. Schon wie sie nach den Hunden schauten – abwertend und voller Ekel. Paul mochte sie nicht. Sie entstammten altem ostpreußischen Adel, hatte er mal irgendwann gehört und sich gedacht: Na und, wir auch.

Obwohl er nicht genau wusste, wo seine Wurzeln begonnen hatten.

Er wusste nur, dass seine Großmutter immer davon erzählte, dass ihre Ahnen schon immer hier gelebt hatten und dass sie schon immer Pferde gezüchtet hatten. Lange, lange bevor die Preußen kamen. Also waren er und seine Familie bestimmt schon vor den von Weldens da.

Pauls Blick blieb bei den Sommers haften: Vater

und Tochter saßen eng beieinander. Irgendwie waren sie Einzelgänger, denn keiner unterhielt sich mit ihnen, was ihnen scheinbar auch sehr recht war. Sie hatten sich wohl selbst genug zu erzählen.

Ganz im Gegensatz zu den Schossnicks, die am laufenden Band erzählten, was keiner hören wollte: Die Erlebnisse ihres, ach so tollen, Sohnes an der Front.

Paul schaute zu Jasmin, denn er wusste, dass sie auch den anderen Sohn der Schossnicks kannte, den, den seine Eltern unerwähnt ließen bei all den Geschichten. Jasmin steckte sich den Finger in den Mund und tat so, als müsste sie sich imaginär übergeben. Paul prustete los, was ihm einen Ellenbogenstoß seines Vaters einbrachte.

Dann schaute Paul zu den Bergs, die einträchtig den ganzen Gesprächen am Tisch lauschten. Paul wusste, dass sie gerade ein Kind bekommen hatten und eigentlich die Frau noch gar nicht hätte reiten dürfen. Aber wie alle träumten auch sie von dem Zuchtergebnis, was ihre Existenz sichern konnte.

Paul verstand nicht, was alle an diesen Trakehnern fanden. Für ihn war ein Pferd wie das andere, ob es ein Vollblut, ein Warmblut oder ein Mischling war: Für ihn zählte nur das Herz!

Und eine ganze Stunde später und als sie alle schon von diesem Gesöff intus hatten, fragte Frau Funke plötzlich: „Haben Sie etwas Musik?"

Musik? Alle hörten auf mit Essen und mit dem Sprechen und mit dem Trinken.

Musik? In dieser Zeit?

Und Jasmin sah ihren Großvater flehentlich an.

„Ich gehe ja schon", erwiderte er ihren Blick.

„Hat dein Großvater einen Apparat?"

„Und ob", sagte Jasmin und folgte ihrem Großvater mit einem dankenden Blick.

Werner hievte das Grammofon nach draußen, betätigte die Kurbel und alle Anwesenden lauschten der Platte, die bereits auf dem Apparat lag. Natürlich war es Marschmusik, die lief.

Jasmin schüttelte mit dem Kopf, was Frau Funke zum Anlass nahm und in ihre Tasche griff.

Sie holte eine kleine Platte heraus. „Die habe ich von einer Freundin, die bei den Fliegern arbeitet", flüsterte sie Jasmin zu.

„Und was ist da drauf?", fragte Jasmin nervös zurück. Frau Funke lächelte sie geheimnisvoll an: „Lass dich überraschen."

Die Funke stand auf, redete ein paar Worte mit dem Gastgeber, der dann ebenfalls lächelnd die Platte an sich nahm und zum Grammofon ging.

Und was alle Anwesenden dann hörten, war alles andere als normal: Eine ganz neue Musik erfüllte den abendlichen Himmel. Musik, die das Leben in einem neuen Glanz sehen ließ. Musik, die Freiheit und Glück ausstrahlte. Musik, die zum Tanzen anregte wie keine andere.

„Das nennt man Swing", rief Frau Funke in die Runde und begann auch sofort, ihre Hüfte zu bewegen.

Jasmin stand auf und ahmte die Bewegungen der Frau nach.

„Vater", ermahnte Regina ihren Vater, „das ist deutschfeindlich. Mach die Musik sofort aus oder willst du, dass ...?"

Werner sah Regina ernst an: „Was?", er ließ eine kurze Pause. „Lass sie tanzen. Es ist gute Musik."

„Aber?", Regina sah ihren Vater befremdlich an. „Dein Liebster wird schon nichts erfahren."

„Was soll das denn jetzt?" Regina war entsetzt.
„Streitet nicht", blickte Inge beide fassungslos an, „genießt den Abend."

Selbst Horst und Anna standen auf und wiegten sich im Rhythmus der Musik. Paul ging zu ihnen und tanzte mit. Er genoss die Unbekümmertheit seiner Eltern.

Regina dagegen stand auf und ging mürrisch ins Haus. „Was hat sie?", fragte Jasmin ihre Mutter.

„Mach dir mal keine Sorgen", erwiderte Anna, „sie denkt an ihren Tommi."

Diese Erklärung reichte Jasmin, um sich wieder ganz dem Tanzen hinzugeben.

Gegen elf, und nachdem die Platte zum X-ten Mal gelaufen war, erklärte Werner den Abend und die Feier für beendet.

Alle zogen lachend und beschwingt davon. Einige schauten noch einmal in den Ställen vorbei, was zu mehr Aufregung bei den Pferden führte, als angenommen.

Und auch Jasmin, Paul, Anna und Horst steuerten ihr Zuhause an, Jasmin immer noch tanzend und von der Musik beseelt, Paul müder, als er gedacht hatte und froh darüber, dass sein Vater die Zeit vergessen hatte, und Horst und Anna glücklich darüber, dass sie bald in ihr Bett kamen.

Anna hielt ihre Hand auf den Bauch: schützend über dem Ungeborenen.

„Geht`s ihm gut?", fragte Horst und drückte Annas Hand.

„Ja, sehr gut", antwortete Anna.

„Es war ein schöner Abend", sagte Horst, bevor er die Tür aufschloss.

„Ja", riefen alle gleichzeitig.

„Morgen ist Sonntag. Vielleicht sollten wir in die Kirche gehen." Horst traf auf taube Ohren. Weder seine Frau noch die Kinder hatten Interesse daran, den morgigen Tag zu planen und schon gar nicht, wenn der Begriff „Kirche" fiel.

Horst verstand: „Wir werden morgen weitersehen, jetzt schert euch alle ins Bett."

Eine gute Idee, und schon waren Paul und seine Schwester verschwunden, und auch Anna war dabei, sich auszuziehen und bettfertig zumachen.

Als die beiden nebeneinanderlagen, schwärmte Anna noch einmal von der Musik.

„Du weißt aber schon, dass man nur schon alleine für den Besitz einer solchen Platte in den Knast kommen kann?"

„War doch nicht unsere", reagierte Anna sofort.

„Meinst du, dass die unterscheiden, wem die Platte

gehört? Dein Vater hat sie abgespielt. Das ist genauso strafbar."

„Wer sollte ihn anzeigen?"

„Da wäre als erstes Mal deine Schwester zu nennen." „Regina?", Anna ließ eine kurze Pause. "Sie würde Vater niemals anzeigen."

„Dann einer der Turnierteilnehmer." Horst sah seine Frau gespannt an, obwohl sie ihm schon den Rücken zugedreht hatte.

„Das sind Pferdeleute. Die halten zusammen wie Pech und Schwefel und außerdem haben die andere Sachen im Kopf, als sich um Musik zu scheren, die vielleicht verboten ist."

„Schossnicks würde ich es zutrauen", sagte Horst überzeugt.

„Den Schossnicks?", Anna lachte laut auf.„Das sind Schwätzer, aber keine Verräter."

Mürrisch drehte sich Horst ebenfalls zur Seite.

Es musste etwa drei Uhr nachts gewesen sein, als Horst durch etwas aufwachte, was er nicht einordnen konnte.

„Anna, Anna", flüsterte er.

„Jetzt lass schon", flüsterte sie wie in Trance, „alles wird gut."

"Nein, hör doch", forderte Horst sie auf. Anna setzte sich auf und blickte in Richtung des Fensters: „Was ist das?"

„Das hört sich an wie Bomber", antwortete Horst, der nun ebenfalls im Bett saß.

„Sie fliegen Richtung Front, oder? Das sind doch unsere?"

„Ich habe keine Ahnung."
„Lass uns wieder schlafen", Anna legte sich zurück und schlief sofort wieder ein.

Horst blieb wach, bis der erste Hahn den Morgen begrüßte.

Auch Werner hatte das laute Geräusch fliegender Maschinen gehört. Doch er hatte Inge schlafen lassen. Es war ein anstrengender Tag für sie gewesen und der heutige würde nicht weniger von ihnen abverlangen. Manchmal war er müde: Müde, das Leben weiter zu leben. Manchmal wünschte er sich, dass er das Krähen des Hahnes nicht mehr hören musste, dass er weiter schlafen konnte, dass er für immer schlafen konnte.

Als es sieben Uhr war, stand er auf. Inge schlief immer noch und machte nicht die kleinsten Ansätze, aufzuwachen. Ihr Atem ging ruhig und gleichmäßig. Sie hatte nicht solche Aussetzer wie er, von denen er manches Mal aufwachte. Er wusste, dass es ein Zeichen des Himmels war. Ein Zeichen dafür, dass der Sensenmann schon um ihn schlich, die Sense schärfend.

Werner ging zu den Ställen und begann mit der Fütterung.

Eine Stunde später trampelten fast alle Teilnehmer des Turniers im Stall herum und Werner musste sich beherrschen, nicht alle zurechtzuweisen. Bis auf Jasmin, die ihre Handgriffe beherrschte und ihrem Großvater so eine große Hilfe war.

Plötzlich kam Silvia angerannt. Ihr Gesicht war kreidebleich und ihre Lippen ebenso: „Habt ihr es schon gehört?"

„Was?", riefen fast alle gleichzeitig.

„Königsberg wurde zerbombt."

„Was?" Frau Funke sackte neben Frau Schossnick zusammen.

„Unsinn", versuchte Werner Hoffer, alle zu beruhigen, „warum sollte man Königsberg bombardieren?"

„Sie haben es aber", erwiderte Silvia, „haben Sie einen Funkapparat?"

„Ja." Werner antwortete nur widerstrebend, denn er ahnte schon, was jetzt folgte: Alle starrten ihn an.

„Ich, ich", stammelte er und dann gab er das Zeichen, dass alle ihm folgen sollten.

Werner schlug den Weg zu seinem Wohnhaus ein. Ihm folgten in gebührendem Abstand die von Weldens, Mann und Frau, Silvia, dann die Bergs, genau wie die Funkes, und dahinter folgten Jasmin und die

Schossnicks, die humpelnd versuchten, mit den anderen mitzuhalten. Jasmin sah immer wieder zurück, ob sie auch schafften, der Postmeister und die Sekretärin.

„Komm Jasmin, komm", hielt Frau Funke das junge Mädchen an.

„Ich würde lieber nach Hause gehen", rief Jasmin ihr zu.

„Aber vielleicht irrt sich Silvia ja auch", rief diese leise zurück.

„Und wenn nicht?" Jasmin blieb stehen und die Schossnicks wären beinahe gegen sie gerannt.

„Dann kannst du immer noch nach Hause", beantwortete Herr Schossnick die Frage.

Also folgte Jasmin der ganzen Horde.

Inge war inzwischen erwacht und hatte Kaffee aufgesetzt, als sie aus dem Fenster sah: Oh, Schreck! Sie sah die Leute kommen und sie hatten wahrlich einen schnellen Schritt. Sogar Werner rannte fast.

„Was ist geschehen?", fragte sie überrascht.

„Silvia sagt, dass sie Königsberg bombardiert hätten", antwortete Werner im Vorbeigehen.

„Was?"

„Ja, Großmutter."

Werner holte das Radio aus dem Schrank. Er hatte es seit Karls Tod nicht mehr herausgeholt. Damals, bevor sie die Todesnachricht bekamen, ja, da hatte er sich noch dafür interessiert, was die Wehr machte. Aber dann, nein, dann nie wieder.

„Ruhe", brüllte er alle an, die sich in Inges Wohnzimmer versammelt hatten.

Auch Inge stand nun unter den Leuten. Und sie stand neben ihrer Enkelin und suchte deren Hand.

Keiner hatte sich die Schuhe ausgezogen und Inge wusste, dass sie den ganzen Tag mit Putzen verbringen würde. Wenn, ach wenn, dies alles nur eine Fehlmeldung war.

„Wer hat noch mal davon erzählt?", fragte sie leise ihre Enkeltochter.

„Silvia", flüsterte diese zurück und blickte ihre

Großmutter an. Hatte sie dies nicht eben erst erfahren? „Silvia?"

Jasmin nickte.

„Die erzählt viel, wenn der Tag lang ist", lächelte Inge ihre Enkelin an.

Jasmin musste ihrer Großmutter recht geben. Und während ihr Großvater einen Sender suchte, dachte sie über diese junge Frau nach.

Silvia! Sie hatte halb langes blondes Haar und alle machten sich über diese kleine Frau lustig. Sie wog wohl kaum mehr als an 100 Pfund, hatte früher einmal einen Mann gehabt, der abgehauen war, und war jetzt das Gespött aller. Wenn sie auf irgendeinen Hof kam, dann wusste man, dass das Chaos regierte. Sie hatte sich eine kleine Stute namens Diwa gekauft. Ein wirklich süßes Ding, was absolut nicht zu ihrer Besitzerin passte. So verpeilt, wie Silvia war, so ruhig war ihre kleine Stute.

Und trotzdem: Die beiden waren zusammengewachsen und nahmen Rücksicht aufeinander.

Jasmin blickte die junge Frau an. Sie war vielleicht an die Dreißig.

Jasmin wusste, dass Silvia ihre Stute aus einem schlimmen Stall geholt hatte. Vielleicht waren sie deshalb so aneinander gebunden: aus Dankbarkeit.

Werner suchte immer noch nach einem Sender und so hatte Jasmin Zeit, auch die anderen Teilnehmer des Turniers genauer unter die Lupe zu nehmen.

Die Bergs, aus dem Nachbardorf, waren mit zwei Stuten angereist. Eine kränklicher wie die andere.

Luanda war ein hässliches Pferd: irgendwo in Polen gezogen. Dick und fett sah sie aus, ganz anders als ihre Besitzerin, die schmal, klein und überaus umgänglich war. Im Gegensatz zu ihrem Mann, der überhaupt keinen Pferdeverstand zu haben schien.

Er tolerierte dies alles nur und hasste es eigentlich, wenn seine Frau ihn auf irgendwelche Turniere mitschleifte.

Aber jetzt, jetzt schaute er ganz interessiert, was der Gestütsmeister tat.

Die zweite Stute, Maria, stand auch gut im Futter, sah allerdings im Gegensatz zu ihrer Konkurrentin nicht so fett aus.

Trotzdem hing ihr Rücken durch und Jasmin fragte sich, warum die Bergs wieder an dem Turnier teilnahmen. Sie hatten auch bei dem letzten, das sie noch schwanger besucht hatte, nur einen der hinteren Ränge belegen können.

Die Bergs waren noch nicht lange ein Paar. Warum er nicht an der Front war, wusste Jasmin nicht, denn er gehörte mit zu den jüngsten Männern hier. Vielleicht war er auch nur auf Urlaub da?

Herr Funke fragte Inge galant, ob er sich ein Pfeifchen anstecken dürfe.

Inge nickte: Sie liebte den Geruch von Zigarren. Ihr Mann hatte erst vor wenigen Jahren mit der Qualmerei aufgehört. Aber ihr Vater hatte zeit seines Lebens Zigarre geraucht und Inge erinnerte sich immer an ihn, wenn sie den Geruch dieses Qualms in die Nase bekam. Werner hatte alles andere geraucht als wohlriechenden Tabak, deshalb war sie sehr froh gewesen, als er das Rauchen aufgegeben hatte.

Sie erinnerte sich an seine Atemaussetzer in der Nacht. Sie kamen bestimmt von der jahrelangen Qualmerei. Sie wollte Jasmin fragen, hob schon ihre Hand, um ihre Enkelin zu berühren, als Herr Funke plötzlich fragte: „Kann nicht jemand etwas erzählen, während Herr Hoffer den Kanal sucht? Es scheint ja schon noch ein bisschen zu dauern, und ehe wir hier alle vor Ungeduld sterben, wäre ein bisschen Unterhaltung ganz gut.“

Frau Funke rammte mit ihrem Arm ihren Mann in die Seite. „Niemand will jetzt etwas erzählen“, flüsterte sie für alle hörbar.

Frau von Welden lächelte zynisch: „Es war ja klar, dass nur ihrem Mann der Ernst der Lage nicht bewusst ist. Für ihn ist doch alles immer nur ein Witz.“

„Bitte?", Frau Funke sah die Frau ernst an.

„Ruhe jetzt", hatte Werner Hoffer endlich einen Sender gefunden.

„Die Luftangriffe der britischen Wehrmacht haben nur den äußeren Ring von Königsberg getroffen ..."

Alle atmeten auf: Königsberg war also nicht ganz ausgelöscht. Sie hatten nur das Äußere getroffen.

„Liegt dort das Gefängnis?" Frau Schossnick war kreidebleich.

„Ihm wird nichts passiert sein", stellte sich Jasmin neben die Frau und legte ihre Hand über deren Schulter.

Frau Schossnick lächelte das junge Mädchen an.

„Was machst du dir Sorgen um diesen Verräter?", humpelte Herr Schossnick in Richtung Tür.

Es war für alle Anwesenden überraschend, dass er so mit seiner Frau sprach.

Ganz kleinlaut erwiderte sie: „Aber er ist unser Sohn!"

„Meiner nicht", entgegnete er und verließ das Zimmer. Alle starrten ihm hinterher.

Inge schüttelte den Kopf: „Mag jemand einen Kaffee?"

Und als hätten alle die Frage überhört, verließen sie das Haus der beiden alten Leute.

„Jasmin", hielt die Großmutter ihre Enkelin fest, „ich mache mir Sorgen um Großvater."

Jasmin, die eigentlich nach Hause wollte, hielt inne: „Warum?"

Inge zog ihre Enkelin zur Seite: „Er atmet nachts sehr unregelmäßig und manchmal setzt sein Atem aus."

„Oma", nahm die Enkelin die Hand ihrer Großmutter, „ich bin kein Arzt. Geh zu einem, denn ich kann dir nicht helfen."

Inge nickte. Was hatte sie sich nur dabei gedacht, eine Siebzehnjährige um Rat zu fragen.

„Ja, du hast recht. Ich muss ihn zu einem Arzt schicken", und damit ließ sie ihre Enkelin gehen.

Jasmin folgte den Leuten auf den Hof. Jeder

machte seinen Anhänger fertig und nacheinander verließen sie das Gestüt.

Jasmin und ihr Großvater standen und beobachteten die Abreisenden.

„Großvater?", Jasmin blickte ihn an. „Was wird passieren?"

Werner schaute seiner Enkelin in die Augen. Wie hübsch sie war: Sie hatte kurze schwarze Haare, war groß und schlank und hatte ganz intensive blaue Augen genau wie Karl. Er war so stolz auf sie.

Doch ihr dieses zu sagen, fiel ihm unendlich schwer und so antwortete er nur: „Nichts wird passieren. Alles wird sich wieder beruhigen."

„Aber sie reisen alle ab", erwiderte Jasmin nervös.

„Sie haben Angst", entgegnete Werner.
„Und du? Hast du keine?"

„Ich habe auch Angst und ich sorge mich um die Zukunft."
„Wird es denn eine geben?"

„Natürlich wird es eine geben", wendete sich der Großvater von ihr ab und ging auf seine Frau zu, „damals hat man auch geglaubt, dass es keine Zukunft gäbe und nun schau uns an."

„Meinst du damals nach dem Krieg?"
Jasmin wusste genau, dass er den ersten großen Krieg meinte. Den Krieg, an dem auch er teilgenommen hatte, und wiedergekehrt war.

„Damals haben sie alle gedacht, dass es uns nicht mehr geben wird." Werner war stehen geblieben und hielt die Hand seiner Frau, die ebenfalls nach draußen gegangen war. „Weißt du noch?"

„Ja", antwortete ihm Inge, „damals dachten wir, dass alles vorbei war. Und als du am Tor standest und ich dich gesehen hatte: Da wusste ich, dass es wieder aufwärtsgeht und dass wir alles noch retten können. Und das haben wir geschafft."

Inge warf Werner einen Blick zu, der zeigte, wie stolz sie auf ihn war und immer noch ist.

„Siehst du, meine Kleine, es geht immer alles

gut. Auch diesen verdammten Krieg werden wir überleben."

Werner blickte seiner Enkelin in die Augen: „Geh jetzt und schau nach deiner Mutter und deinem Bruder."

Inge und Jasmin blickten sich an: Hatte er das wirklich gesagt?

Und schon war Jasmin dabei, sich auf dem Absatz umzudrehen und nach Hause zu rennen.

Und was war sie erschrocken, als sie aus dem Tor trat. „Großvater", rief sie so laut, dass gleich alle aus dem Gestüt angelaufen kamen.

Anuschka kam gerade über die Straße gerannt. Sie war außer Atem: „So sieht es überall aus. Man kommt kaum durch."

Werner und Inge kamen langsamen Schrittes näher und sahen auf die Straße: Kolonnen von Menschen zogen darüber. Sie hatten ihr ganzes Hab und Gut dabei, teils trugen sie es auf ihren Schultern – geschnürt in Bündeln - teils hatten sie es auf Wagen geladen. Pferde und Ochsen zogen die Wagen und es schien so, als hätten die Leute selbst den ältesten Klepper und den dünnsten Ochsen vor die Wagen gespannt, nur damit sie noch ein bisschen mehr ihres Besitzes mitnehmen konnten.

„Großvater?" Jasmin konnte nicht aufhören, diese Masse von Menschen anzustarren. „Wohin wollen die alle?"

„Es sind Flüchtlinge."

„Wohin wollen sie aber?"

„Sie haben Angst."

„Aber wohin wollen sie?"

„Dorthin wo keine Bomben fallen", erwiderte er, sich aber wohl bewusst, dass diese Antwort eine Gegenfrage implizierte.

„Aber wie weit müssen sie dann laufen?"

„Sehr weit, mein Kind, sehr weit."

„So weit kann man gar nicht flüchten", sagte Anuschka in ihrer gewohnt nüchternen Art.

„Müssen wir auch flüchten?" Jasmin sah ihre Großeltern an.

„Nein", entgegnete Inge, „diese Menschen sind aus dem Osten und Norden und südlicher von hier. Bis zu uns kommen weder die Russen noch die Amis. Mach jetzt, dass du nach Hause kommst."

Jasmin lief dem Strom entgegen und sie war froh, als sie eine Seitenstraße einschlagen konnte: Weg von diesem Elend, denn sie sah Kinder, die schreiend neben den Wagen herliefen, Frauen, die sich kaum noch auf ihren Beinen halten konnten. Und sie sah, wie elend die Tiere aussahen, die ihren Besitzern folgten, auch wenn diese sie immer wieder fortjagten. Jasmin kam zu Hause an. Tränen liefen über ihr Gesicht.

Sie wurde bereits von ihrer Mutter erwartet: „Habt ihr es auch gehört?"

„Was gehört?"

„Na die Meldungen?"

Anna stand nur da und nickte.

„Und hast du auch schon auf die Straße geschaut?"

„Du weinst ja. Was ist los?"

Anna umarmte ihre Tochter und schaute dann nach draußen: „Ich kann nichts sehen."

„Geh zur Hauptstraße und sag, ob du nichts siehst."

Jasmin rannte nach oben auf ihr Zimmer.

Paul und Horst waren auch nach draußen getreten, als sie das Gespräch zwischen Mutter und Tochter gehört hatten.

Mittlerweile war es Mittag geworden, und da es schon tagelang nicht geregnet hatte und die Sonne unerbittlich brannte, waren die Flüchtlinge in eine solche Staubwolke gehüllt, die sie kaum sichtbar machte. Anna, die Mann und Sohn gefolgt war, hielt sich ein Taschentuch vor Mund und Nase und zeigte Paul an, dass er das Gleiche tun sollte.

„Ich bin gleich wieder da", sagte Horst und war in diesem Moment auch schon verschwunden.

„Wo will er hin?", fragte Paul seine Mutter.

„Ich habe keine Ahnung", antwortete diese und sah ihrem Mann nach, der auch schon hinter der nächsten Häuserecke verschwunden war.

„Mama? Paul schaute wieder auf die Menschenmassen, die sich durch die Straßen quetschten. „Wohin wollen die alle?"

„Ich kann es dir nicht sagen, komm jetzt, wir gehen wieder ins Haus zurück."

Anna ergriff Pauls Hand.

„Nein", riss er sich los, „ich will noch ein bisschen schauen."

„Das ist nichts, was man sich anschauen sollte." Anna strafte ihn mit ihren Blicken.

„Ich will aber trotzdem schauen", wehrte sich Paul und entzog sich ihrem Griff, indem er zwei Schritte zur Seite ging, sich umdrehte und davonrannte.

Anna konnte ihm nur hinterherrufen, dass er aufpassen solle.

Doch Paul hörte sie nicht mehr. Er wollte dorthin gehen, wo er vermutete, dass ein paar seiner Klassenkameraden dem Treck ebenfalls zusahen. Und das war eine Stelle, die den Jungs schon immer als Treffpunkt galt. Hinter dem letzten Haus des Ortes musste Paul rechts abbiegen, an zwei alten Pappeln vorbei, über einen Erdhügel hüpfen, und dann musste er Laute wie eine Eule machen. Dann erst wussten die Jungs, dass keine Gefahr drohte und sie unentdeckt Pläne schmieden konnten, die sie dann innerhalb weniger Tage ausführten. Dabei kamen nicht selten böse Streiche heraus, die den Jungs oft Stubenarrest oder auch noch schlimmere Strafen einbrachte.

Paul konnte sich noch genau daran erinnern, wie sie Frau Schmidke ärgern wollten. Sie hatte einen der Jungen verdächtigt, geklaut zu haben. Da dies aber nicht der Fall gewesen war, mussten sie ihr einfach einen Streich spielen.

Sie hatten einen Baum vor ihrem Haus angesägt, und als der nächste Sturm kam, da fiel er direkt vor die Tür der Alten, die um Hilfe schrie wie ein jämmerliches, kleines Kind.

Wie die Erwachsenen herausgefunden hatten, dass die Jungen den Baum präpariert hatten, wusste

Paul nicht. Aber an die Backpfeife, die ihm seine Mutter gegeben hatte, konnte er sich noch genau erinnern und die tat immer noch weh.

„Die alte Schmidke ärgern. Wie kommt ihr nur auf so einen Quatsch? Das hat sie nicht verdient", hatte Anna ihren Sohn damals angeschrien.

Die Schmidke war früher Hebamme gewesen, hatte fast alle Kinder aus dem Ort zur Welt gebracht und war vor zwei Monaten gestorben. Auch Paul und Josef mussten der Beerdigung beiwohnen. Für Paul die Erste, die er mitgemacht hatte. Und er konnte sich auch noch genau daran erinnern, wie die Leute geweint hatten, als sie Blumen auf den Sarg schmissen.

Und Paul? Er hatte immer noch das Bild vor Augen, wie sie damals geschrien hatte. Er musste lachen, wurde aber sofort von seiner Mutter mit einem ernsten Blick bestraft.

Pauls Eulenruf stieß auf keine Resonanz, also war er der Einzige im Versteck. Wo waren die anderen nur? Und was vermisste er Josef. Paul war so oft an seinem Haus vorbeigegangen, doch alle Fenster waren verdunkelt: Seine ganze Familie war wie vom Erdboden verschluckt und das über Nacht.

Selbst Fräulein Volkmann war überrascht, als Josef eines Morgens nicht mehr neben Paul saß. Und als sie in die Klasse gefragt hatte, hatte irgendjemand gerufen: „Das Judenpack ist endlich weg."

„Wer hat das gesagt?"

Und Paul hatte nicht verstanden, was damit gemeint war, was einer aus der Klasse gesagt hatte. Die Blümlings Juden? Für ihn war Josef immer Josef gewesen. Es wäre im egal gewesen, ob er Jude, Christ oder sonst war: Er war doch sein Freund.

Als er damals nach Hause gekommen war und die Geschichte seinen Eltern erzählt hatte, da hatten sie ganz bedrückt geschaut, hatten sich aber gegenseitig zugenickt.

„Habt ihr gewusst, dass sie Juden sind?", hatte Paul neugierig gefragt.

Sein Vater hatte mit dem Kopf genickt und war

dann aus dem Haus gegangen. Sicherlich hatte er mit Paul nicht weiter darüber sprechen wollen. Und Paul war auf sein Zimmer gegangen und hatte geweint: Er wollte nicht, dass sie wussten, was für eine Memme er war.

Nun saß Paul hier und beobachtete von Weitem den Fluss der Menschenmassen, der kein Ende fand. Er sah die vollen Wagen, die Kinder, die nebenher liefen und mit den Hunden um den Platz kämpften. Und es waren viele Kinder in seinem Alter dabei.

Doch was war das? War da nicht sein Vater? Paul rieb sich die Augen. Das war doch sein Vater. Paul hob seinen Kopf noch weiter in die Höhe. Und war das nicht …?

„Josef", schrie Paul.

Doch niemand drehte sich um, niemand hatte ihn gehört.

Paul lief aus seinem Versteck. Er musste den ganzen Weg zurücklaufen, damit er den Treck erreichte. Wie sollte er seinen Freund dann wiederfinden?

Egal dachte er. Er musste es probieren. Also rannte er schneller.

Anna ging währenddessen in das Zimmer ihrer Tochter. Jasmin lag auf dem Bett.

„Erzähl mir, wie es Großvater und Großmutter geht", forderte Anna ihre Tochter auf und setzte sich neben sie.

„Alle Teilnehmer haben das Gestüt verlassen. Großvater hatte seinen Funkapparat an und wir haben die Meldungen gehört."

„Ja, wir auch", Anna nahm ihre Tochter in die Arme, "ich hoffe nur, dass es vielleicht ein Versehen war".

„Ein Versehen?" Jasmin sah ihre Mutter ungläubig an. „Nun ja", versuchte Anna ihre Behauptung zu rechtfertigen, „es soll schon vorgekommen sein, dass sie sich vertan haben."

„Mutter" Jasmin konnte nicht fassen, dass ihre Mutter so naiv war, „eine Stadt zu bombardieren, ist bestimmt kein Versehen."

„Aber warum Königsberg?"

„Warum Paris? London? Rom?"

„Das sind alles wichtige Städte."

„Königsberg vielleicht auch?"

„Königsberg?"

„Ja, Mutter."

„Was wollen die hier?"

„Ich weiß es nicht, aber sie sind da."

Der Krieg war bisher so weit weg gewesen. Aber nun, in diesen Stunden, in dieser Minute, war er ganz nahe. „Sie haben Königsberg nicht ganz getroffen", versuchte Anna immer noch zu glauben, dass dieser Angriff ein Irrtum war.

Doch Jasmin wusste, dass der Krieg auch sie erreicht hatte.

Paul lief um das Haus und erreichte den Treck der Menschenmassen. Er lief zwischen den Leuten entlang, die ihn anschauten, als wäre er verrückt.

„Josef, Josef", rief er immer wieder und schaute in die Gesichter der Flüchtlinge.

Ausgemergelt sahen sie aus und verzweifelt.

„Du kannst hier niemanden finden", sagte eine ältere Frau zu ihm, „es sind zu viele. Mach lieber, dass du wieder nach Hause kommst, und bete. Du bist doch hier vom Dorf?"

Paul war stehen geblieben und nickte der alten Frau zu, die das Glück hatte, auf einem Wagen zu sitzen.

„Aber ich habe meinen Freund gesehen. Er war verschwunden mit seiner ganzen Familie, aber nun ist er hier; er muss irgendwo hier sein."

Paul suchte verzweifelt die Leute mit den Augen ab.

„Wenn er hier ist, dann nicht ohne Grund. Geh nach Hause, Junge, und bedaure ihn, bete für ihn und seine Familie."

Paul sah ein, dass die Alte recht hatte. Er würde seinen Freund in diesem Wirrwarr nicht finden können und vielleicht, ja vielleicht, hatte er sich ja doch geirrt und es war weder Josef noch sein Vater, die er gesehen hatte.

Gesenkten Hauptes und mit Tränen in den Augen drehte er den Menschen den Rücken zu. Die Alte sah dem Jungen hinterher und schüttelte mit dem Kopf.

Paul lief nach Hause.

„Da bist du ja endlich wieder", empfing ihn Anna, „wieso bist du so verschwitzt?"

„Ich dachte, dass ich Vater und Josef bei diesen Leuten gesehen habe."

„Bei welchen Leuten?"

„Bei denen, die flüchten", erwiderte Paul.

„Unsinn", entgegnete seine Mutter, „dein Vater wird bei Wilfried sein und die Blümlings sind fort, und außerdem hatte ich dir doch verboten, so nahe zu gehen. Du siehst ganz staubig aus. Geh dich waschen."

Paul ging mürrisch ins Bad. Warum glaubte ihm seine Mutter wieder einmal nicht?

Jasmin kam ins Bad, wo Paul gedankenversunken schon minutenlang seine Hände wusch.

„Was ist los?", fragte ihn seine Schwester.

„Mutter glaubt mir nicht, dass ich Vater und Josef mitten unter den vielen Menschen gesehen habe", erwiderte er und drehte den Hahn zu.

„Aber wieso sollten die beiden bei den Flüchtlingen sein?"

„Ich habe doch keine Ahnung", erwiderte Paul und setzte sich auf den Toilettendeckel.

„Setz dich da nicht drauf", ermahnte ihn seine Schwester, „am Ende fällst du noch durch." Jasmin grinste und Paul ebenso.

Sie hatte es mal wieder geschafft, ihren kleinen Bruder abzulenken.

Dann hörten die beiden, dass ihr Vater nach Hause kam. Sie gingen die Treppe hinunter und hörten ihre Eltern flüstern.

„Pst", flüsterte Jasmin ihrem Bruder zu, „setz dich und sei leise."

Paul folgte Jasmins Handbewegung, die ihm deutete, dass er sich auf eine der oberen Stufen setzen sollte.

Paul klammerte sich an den Streben des Geländers fest.

„Und sie sind fort?", hörte er seine Mutter fragen.

„Ja, ich habe ihnen noch genug zum Essen mitgegeben", antwortete ihr Vater, „sie müssten es die nächsten Wochen schaffen."

„Das ist gut und im Treck fallen sie nicht auf", erwiderte Anna, „das hast du gut gemacht."

Paul sah seine Schwester fragend an. Was sollte das Ganze?

Von wem sprachen sie?

„Mein Kleiner", nahm Jasmin seine Hand, „da haben dich deine Augen wohl doch nicht getrübt."

„Hä?"

Jasmin musste ihm wohl ihre Gedanken erklären: „Ist doch ganz klar: Mutter und Vater haben den Blümlings geholfen, zu fliehen."

Paul verstand immer noch nicht.

„Du bist ein Dummkopf", flüsterte Jasmin, „es wird Zeit, dass du erwachsen wirst."

„Ich weiß nicht, wovon du sprichst", ärgerte sich Paul so laut, dass seine Eltern es hörten und die Treppe hinauf stiegen.

„Was habt ihr gehört?", fragte Anna, die hinter ihrem Mann stand.

„Alles", log Jasmin.

„Ich habe nichts gehört", schrie Paul verärgert.

„Unsinn", erklärte Jasmin weiter, „er hat alles gehört, aber nichts verstanden."

„Kommt", befahl Horst, „setzt euch! Es wird Zeit, dass ihr es erfahrt."

Und dann erzählte er. Und Paul und Jasmin trauten ihren Ohren nicht.

„Mutter und ich haben die Blümlings versteckt. Es war zu gefährlich für sie geworden und wir wollten ihnen bei der Flucht helfen. Und so haben wir sie mit bei den Flüchtlingen untergebracht. Eine kleine Chance für sie."

„Aber wieso habt ihr mir nichts gesagt?" Paul hielt die Hand seiner Mutter ganz fest..

„Es war besser, dass du es nicht wusstest", erwiderte Anna.

„Und du meinst, dass sie das überleben werden?", fragte Jasmin ihren Vater.

„Wenn, dann nur im Schutz der Massen, denn da fallen ein paar Juden nicht auf. Die Leute haben dort ganz andere Sorgen, als sich um eine kleine Familie Juden zu kümmern. Dort wird sie niemand verraten." Jasmin nickte. Ja, wenn sie an ihre Tante dachte, dann hatte ihr Vater recht. Tante Regina würde vielleicht sogar ihre eigene Schwester anschwärzen, wenn sie davon wüsste. Na und ihren Schwager sowieso.

„Lasst uns für sie beten", hockte sich Anna auf ihre Knie und begann das Gebet.

Jasmin und Paul falteten die Hände und Horst tat es seiner Frau gleich.

„Hoffen wir, dass ihnen die Flucht gelingt", schloss der Vater das Gebet ab.

Und dann erinnerte sich Horst daran, wie er Barthel Blümling kennengelernt hatte: Es war gewesen, noch bevor ihre Jungs zur Welt gekommen waren, da traf er diesen Mann im Dorfladen. Zugezogene hießen sie hier, dabei waren sie aus Königsberg. Horst hatte mal wieder nicht genug Geld dabei zum Bezahlen. Das passierte ab und an und er konnte anschreiben lassen. Dieses Mal jedoch gewährte man ihm keinen Kredit mehr und da war es Barthel, der ohne Wenn und Aber dem Horst, ihm, etwas vorstreckte.

Horst war so angetan von diesem Mann und es war der Beginn einer Freundschaft, die nicht öffentlich, aber aus reinem Herzen kam, denn Horst war diesem Mann unendlich dankbar und hatte diese Geste nie vergessen.Nun war er froh, dass er dieses Geschenk wieder zurückzahlen konnte.

Als Barthel vor ein paar Wochen zu ihm kam und ihn fragte, ob er ihn und seine Familie verstecken könne, da hat Horst nicht lange überlegt und ihnen einen Unterschlupf im alten Holzhaus gewährt. Aber

Horst wusste auch, dass es im Winter viel zu kalt werden würde.

Es musste also eine andere Lösung gefunden werden, und als er nun die Flüchtlinge sah, da hatte er die geniale Idee, die Blümlings unter den Massen verschwinden zu lassen. Niemand würde sie entdecken und sie konnten still und heimlich aus dem Dorf verschwinden.

Horst grinste vor sich hin.

„Wenn ich das Großvater erzähle, dann ..."

Doch Jasmin unterbrach ihren Bruder: „Bist du verrückt? Hast du es immer noch nicht kapiert?"

„Was denn?", versuchte Paul sich zu wehren. „Ich wollte es doch nur Großvater sagen. Der würde niemals ..."

Doch dieses Mal war es Anna, die ihren Sohn unterbrach: „Es ist besser, wenn dieses Geheimnis nur unter uns bleibt. Du weißt doch, dass Großvater schon ziemlich alt ist. Er würde das alles vielleicht nicht verstehen, also erzähle ihm lieber nichts davon und freue dich für deinen Freund."

„Ich hätte ihm gerne noch *Leb wohl* gesagt" Paul sah auf den Boden. Er schämte sich.

„Vielleicht siehst du ihn ja irgendwann einmal wieder", streichelte Anna über Pauls Kopf.

„Meinst du?", schaute er sie freudestrahlend an.

„Man weiß ja nie", gab Anna zurück.

„Hör auf, ihm solche Flausen in den Kopf zu setzen. Er wird ihn nie wiedersehen", warf Jasmin ihrer Mutter einen bösen Blick zu. Ihrerseits kassierte sie aber einen ebensolchen von ihrem Vater.

„Und wenn doch?", war nun Paul wieder zuversichtlich.

„Wo denn? Und wann denn?", neckte ihn seine Schwester, „die laufen doch jetzt bis ... ach egal", Jasmin hatte ihre Hand gehoben und sie wieder nach unten fallen lassen.

„Bis wohin laufen die Leute?", fragte Paul seinen Vater.

„Nun", ließ dieser eine kurze Pause, „sie laufen

und fahren bis nach Berlin und dann vielleicht weiter in Richtung Westen."

„Und warum gehen sie weg?"

„Sie haben ihre Heimat verloren und suchen sich eine neue."

„Sind das alles Juden?"

„Juden? Wie kommst du darauf?"

Natürlich! Paul hatte noch nicht verstanden, dass Leute aus allen Regionen Ostpreußens unterwegs waren und ihre Heimat verlassen mussten. Das wurde nun allen klar. Aber wie sollte man einem Kind von knapp dreizehn Jahren, was immer wohl behütet aufgewachsen war, solch etwas Schreckliches erklären?

„Weißt du, was Bomben sind?", machte es Jasmin kurz.

„Ja, Fräulein Volkmann hat uns das schon einmal erzählt", antwortete Paul.

„Und die sind überall geworfen worden, und nun gehen die Leute von dort weg."

„Das verstehe ich", sagte Paul.

„Müssen wir auch weg, wenn die Bomben unser Haus treffen?"

Die drei anderen sahen sich sprachlos an.

Doch Horst fand als Erster seine Stimme wieder: „Nein, warum sollten sie unser kleines Dorf bombardieren?"

„Weil wir Deutsche sind", antwortete Paul.

„Das ist wohl wahr, aber trotzdem werden sie es nicht tun und jetzt hör auf mit dieser Fragerei. Wie geht es im Gestüt?", wendete sich Horst seiner Tochter zu.

„Alle Turnierteilnehmer sind weg", erzählte sie, „ich gehe gleich morgen früh wieder hin und helfe."

„Ja, mach das."

Als Jasmin am nächsten Morgen zum Gestüt lief, musste sie sich die Ohren zuhalten, denn riesige Bomber flogen über das Dorf hinweg und machten einen solchen Lärm, dass die Leute aus ihren Fenstern schauten und gen Himmel blickten.

Ein Schauer lief Jasmin über den Rücken: Ja, der

Krieg hatte nun auch sie erreicht. Sie alle hier, die glaubten, dass sie davonkommen würden.

Es waren an die zehn Stück, die den Himmel so dunkel färbten, als wäre es Nacht.

Jasmin glaubte sogar, die Piloten erkennen zu können, die schamlos grinsten.

Sie rannte. Rannte immer schneller, bis sie außer Atem im Gestüt ankam: „Hast du sie auch gesehen?" „Wie sollte ich nicht? Sie waren ja laut genug", erwiderte ihr Großvater.

„Woher kamen sie?"

„Ich habe es im Funk gehört."

„Und?", blickte Jasmin ihren Großvater mit ihren großen Augen an.

„Und? Und? Sie haben Königsberg dem Erdboden gleichgemacht."

„Was?"

„Es gibt kein Königsberg mehr", wiederholte Werner. „Aber? Das geht doch nicht", war Jasmins Blick starr, „so viele unschuldige Menschen. Das können sie doch nicht tun."

„Meine Kleine", Werner nahm seine Enkelin in den Arm, „im Krieg darf man alles, selbst Unschuldige hinmetzeln."

„Aber ..." Jasmin begann, zu weinen.

„Hör auf damit", forderte ihr Großvater sie auf, „denk lieber daran, was jetzt aus uns wird."

„Was sollte aus uns werden? Großvater?"

Werner blickte zu den Pferden und er betrachtete eins nach dem anderen und dann sagte er nachdenklich: „So viel Kraft habe ich in diesen Hof gesteckt, so viel Schweiß und so viel Arbeit ..."

Jasmin unterbrach seine Worte: „Meinst du, dass auch wir gehen müssen?"

„Ich gehe hier nicht fort", war es Inge, die zu den beiden stieß.

„Du bist schon auf?", schaute sie Werner fragend an.

„Wer hätte bei einem solchen Lärm schlafen können? Natürlich bin ich wach und ich habe frischen Kaffee aufgesetzt."

„Wie kannst du jetzt an Kaffee denken?", fragte Jasmin zornig.

„Du musst noch viel lernen", lächelte Inge ihre Enkelin an, „vor allem deine Großmutter ernst zu nehmen."

„Aber ich ...", versuchte Jasmin sich zu rechtfertigen.

„Ich bin alt, aber nicht doof", fiel ihr die Großmutter ins Wort.

„Das würde ich niemals behaupten, geschweige denn denken." Jasmin stieg die Röte ins Gesicht.

„Ich habe schon mehr Bomber in meinem Leben gesehen als du, glaub mir."

„Nein, nein", stammelte die Enkelin, „ich meinte nur, dass ..."

„Mein Kind", blieb Inge ruhig, „dein Großvater hat doch schon gesagt, dass wir hier nie weggehen werden. Wir müssen auf Bruno und Otto warten. Sie werden bald kommen und den Hof übernehmen. Wir werden also Kaffee trinken und in Ruhe warten."

„Inge", war es nun Werner, der seiner Frau widersprach, „wir werden sehen, was kommt."

„Was soll das heißen?", fragte sie entsetzt und schaute ihm tief in die Augen.

„Wenn wir fliehen müssen, dann müssen wir."
„Ich nicht", schaute sie ihn mit starrem Blick an.

„Noch ist es ja auch noch nicht so weit, oder Großvater", versuchte nun Jasmin, ihre Großmutter zu beruhigen, indem sie ihrem Großvater einen Blick zuwarf, der wohl heißen sollte, dass es besser war, Großmutter nicht noch mehr aufzuregen.

Und Werner? Er spürte auch, dass dies alles für seine Frau zu viel war. Und er? Er wusste, als er die Bomber am Himmel sah, dass die Zeit gekommen war, über eine Flucht nachzudenken.

„Lasst uns hören, was die im Funk erzählen. Ich denke, dass sie wieder aus dem Westen gekommen sind, oder was meinst du?" Und er warf seiner Enkeltochter dabei einen fragenden Blick zu.

„Der Richtung nach könnte das stimmen", antwortete sie.

„Dann gibt es Königsberg nicht mehr", sagte Inge gedankenversunken, während alle drei in Richtung des Hauses gingen, aus dem bereits Regina angerannt kam.

„Sie haben Königsberg dem Erdboden gleichgemacht", rief diese ihren Eltern zu.

„Dann werden noch mehr Flüchtlinge hier entlang kommen", erwiderte Werner.

„Es werden Massen sein", fügte Jasmin hinzu.

„Massen?", schaute ihr Großvater sie an. „Ja. Massen!"

„Es werden nicht mehr sein als die letzten Tage", sagte Inge nüchtern.

Jasmin, Regina und Werner blickten sich an. Ja, hierin konnten sie Inge wohl nicht widersprechen.

„Jetzt lasst uns Kaffee trinken", forderte die alte Frau die drei auf. Diese folgten ihr ohne Worte in die Küche. Und obwohl Jasmin keinen Kaffee mochte, trank sie ihrer Großmutter zuliebe doch eine Tasse aus dem edlen Geschirr, das sie eigenartigerweise aus dem Schrank geholt hatte.

„Das ist noch von deiner Urgroßmutter", sagte Inge stolz.

„Aha", schaute Jasmin Regina verwundert an.

Regina hob die Schultern, als wolle sie ihrer Nichte damit sagen, dass sie keine Ahnung hatte, warum ihr das gesagt wurde.

Inge bemerkte den stummen Austausch von Worten und fügte hinzu: „Es ist wichtig, dass du das weißt", und Regina zugewandt, „dass ihr das wisst, denn man kann nie wissen, wie lange ..."

Regina unterbrach ihre Mutter: „... solch ein Geschirr hält."

„Richtig", warf Werner nun ein, „jedes Geschirr geht einmal kaputt ..."

„Dieses hier nicht", unterbrach ihn wiederum Inge, „es darf nicht kaputt gehen." Und als sie das sagte, hatte sie Tränen in den Augen.

„Es wird nichts passieren", nahm nun Werner seine Frau in die Arme.

„Doch", entgegnete sie ihm, „es wird Schlimmes passieren."

„Großvater?", Jasmin sah ihn mit großen Augen an.

„Es wird alles gut. Ihr werdet es sehen."

Und in diesem Moment hörten sie ganz leise im Funk, wie Erich Koch sprach, Werner drehte den Apparat lauter: „Der Feind will uns demütigen, aber wir geben nicht auf. Niemand verlässt das Land. Wir, wir sind das Bollwerk. Niemand wird evakuiert, alle bleiben, und wenn jemand flüchtet, dann kann er sofort erschossen werden."

Werner machte den Apparat aus. Er hatte genug gehört.

„Will er alle Menschen umbringen lassen?" Inge lachte, als sie dies sagte.

„Er schwatzt dummes Zeug, dieser Hitlerverschnitt", erwiderte Werner, woraufhin ihn seine Tochter ermahnte.

Jasmin jedoch dachte darüber nach, warum dieser Mensch das sprach. Waren schon so viele auf der Flucht? Mussten sie auch weg von hier? Und wenn, dann wann?

„Schluss jetzt", Werner stand auf, „machen wir mit den Ställen weiter. Wann kommt Anuschka? Sie verspätet sich jeden Tag mehr."

„Hör auf, auf ihr herumzuhacken", ermahnte ihn Inge.

„Ich hacke nicht auf ihr herum", redete sich Werner heraus, „sie soll nur ihre Arbeit machen. Immerhin wird sie dafür bezahlt."

Inge musste ihm zustimmen: Anuschka bekam zwar nicht viel Lohn, aber er hielt sie über Wasser.

Und als hätte man vom Teufel gesprochen, stand Anuschka auch schon an der Tür.

„Die Ersten sind schon wieder unterwegs. Ich habe mit ein paar gesprochen: Königsberg muss katastrophal aussehen, kein Stein steht mehr auf dem anderen und dann sind auch ..."

„Mach, dass du an deine Arbeit kommst", unterbrach sie Werner.

„Aber ..."‚ Anuschka wollte weiter erzählen, aber Werner schaute sie dermaßen böse an, dass sie besser ihren Mund hielt.

Doch als er aus dem Hause trat, schauten ihn vier Augenpaare an.

„Das wollte ich Ihnen erzählen", sagte Anuschka eingeschnappt und ging in Richtung der Ställe.

„Was wollt ihr hier?"‚ fragte Werner die beiden jungen Männer.

„Wir sind aus Königsberg geflüchtet und suchen Arbeit", sagte einer der beiden.

„Dann habt ihr aber einen Umweg gemacht. Alle fliehen nach Westen und Arbeit habe ich keine", sagte Werner schroff.

„Aber Werner", trat Inge hinter ihm aus der Tür, „ein bisschen Hilfe könnten wir doch schon gebrauchen, da doch Helmar weg ..."

„Könnt ihr misten und kennt ihr euch mit Pferden aus?"

Die beiden jungen Männer nickten mit den Köpfen.

Werner konnte also nicht wissen, ob sich das Kopfnicken auf den ersten Teil der Frage oder den zweiten bezog, aber er schaute Inge an und nickte ebenfalls mit dem Kopf: „Dann kommt."

Jasmin trat hinter ihrer Großmutter aus dem Haus und blickte hinter den drei Männern her.

Den einen schien sie von irgendwoher zu kennen, aber als sie hörte, dass sie aus Königsberg kämen, verwarf sie den Gedanken sofort wieder. Aus Königsberg! Nein, daher kannte sie niemanden.

Jasmin lief zu ihrer Stute, die bereits mit dem Kopf an der Tür darauf wartete, hinausgeführt zu werden.

Und schon begann das Ritual, was sie kannte: Alle Pferde wurden der Reihe nach abgeholt. Und als endlich die Tür zu Schwindlerins Stall geöffnet wurde, war diese ganz aufgeregt und tänzelte neben Jasmin einher.

„Hast die Bomber wohl auch gehört?"‚ fragte Jasmin ihre kleine Stute.

Schwindlerin hob den Kopf, als hätte sie verstanden, was sie gefragt wurde.

„Meine Kleine", beruhigte sie Jasmin, indem sie ihr den Hals entlang strich.

Dann lachte Jasmin auf: „Na so klein bist nun auch nicht mehr, oder."

Jasmin stellte sich neben Schwindlerin. "Mmh", sprach sie leise weiter, „wenn ich etwa 1, 73 m bin, dann bist du vielleicht einen Zentimeter kleiner als ich."

Jasmin hob ihre Hand bis zum Widerrist: „Du bist echt groß geworden. Und wenn man bedenkt, dass ihr bis fünf oder sechs noch wachsen könnt, dann wirst du ganz schön riesig."

Wieso sollte sie klein bleiben? Ihr Vater war immerhin auch ganz schön groß! Jasmin lief weiter bis zur Koppel.

Da sah sie ihren Großvater und Regina. Sie besprachen etwas, was anscheinend für Jasmins Tante sehr traurig war, denn sie ließ ihren Vater stehen und rannte weinend davon.

„Tante Regina, Tante Regina", rief Jasmin, doch die Gerufene antwortete nicht.

Jasmin ließ Schwindlerin auf die Koppel, die ihr Glück kaum fassen konnte und wie eine Wilde zu den anderen Pferden rannte, bevor Jasmin auf ihren Großvater zusteuerte:

„Was hat Tante Regina?"

„Keine Ahnung, was sie hat, dabei kennt sie es doch mittlerweile schon."

„Was kennt sie?"

„Es hat keinen Sinn mehr mit Sofie. Sie ist alt und kostet uns nur noch Geld."

„Aber Sofie ist ihr Pferd. Sie hat es von ganz klein auf."

Jasmin konnte nicht fassen, dass ihr Großvater gerade jetzt an so etwas dachte.

„Es ist, wie es ist. Wir überleben die Tiere nun einmal, so Gott will." Das Letzte fügte er an, indem er sich bekreuzigte.

„Aber gerade jetzt. Muss das sein?" Jasmin wusste, dass sie mit dieser Frage ihre Position in der Familie überzogen hatte. Es stand ihr nicht zu, sich in die Entscheidungen ihres Großvaters einzumischen. Trotzdem fragte sie, denn sie verstand diese Entscheidung nicht.

„Wann bitte ist die richtige Zeit für so etwas?" Jasmin schüttelte mit dem Kopf: Sicherlich gab es nie den richtigen Zeitpunkt.

„Ich habe ihr gesagt, dass sie sich mit dem Gedanken vertraut machen soll. Das war alles."

Also hatte er seiner Tochter eine Gnadenfrist gegeben. Eine Frist, die sie mit dem Gedanken vertraut machen sollte, dass ihr 26 Jahre altes Pferd bald nicht mehr unter den Lebenden weilen würde. Nicht mehr das Koppelleben genießen könnte, nicht mehr mit den anderen spielen könnte.

Jasmin standen Tränen in den Augen.

„Jetzt fang du auch noch an", schaute Werner Jasmin böse an.

Und Jasmin tat das, was auch ihre Tante vorher getan hatte: Sie rannte zum Haus.

Regina lag in den Armen ihrer Mutter und Jasmin fiel beiden um den Hals.

„Ich hasse ihn", stöhnte Regina.

„Nein, das tust du nicht", entgegnete ihr ihre Mutter liebevoll, „denn du weißt, dass er das Richtige tut."

„Nein", erwiderte Regina stöhnend, „das weiß ich nicht."

„Doch, das weißt du. Das wisst ihr beide", und Inge nahm die beiden weinenden jungen Frauen in die Arme, „er muss diese Entscheidungen treffen. Er hat ein ganzes Gestüt unter sich und er muss den Zeitpunkt wählen, wenn es die Pferde nicht selbst tun."

„Aber Sofie geht es so gut", Regina sah ihre Mutter flehentlich an.

„Er hat die Entscheidung getroffen und damit Schluss."

„Oh, Mutter", sagte Regina, denn sie wusste, dass sie damit keine Chance mehr hatte, ihre Eltern umzustimmen: Der Entschluss war gefallen – ihr Pferd würde spätestens in einer Woche nicht mehr leben.

Und diese Woche verlief so schnell.

Schon angesichts der Tatsache, dass Hunderte von Menschen, trotz des Verbots des Gauleiters auf der Flucht waren und am Gestüt vorbeizogen.

Alle im Dorf hatten gedacht, dass die Leute betteln würden und um Unterkunft und Essen baten, aber nichts dergleichen war geschehen.

Die Menschen liefen in ihren Bahnen. Sie hatten ihren Platz in den Trecks und den gaben sie nicht auf. Keiner verließ ihn mit Absicht.

Nur die beiden jungen Männer hatten den Weg ins Gestüt gefunden. Selbst Werner musste zugeben, dass es eine glückliche Fügung war, dass er die beiden eingestellt hatte, die außer Kost und Logis nichts wollten.

Und als es Samstagabend war, da holte Werner Sofie aus ihrem Stall und gab den beiden jungen Männern ein Zeichen. Sie nickten daraufhin, nahmen sich einen Sack und eine Axt und liefen hinter dem Stallmeister und dem Pferd her.

Jasmin wusste genau, wie es ablief: Ihr Großvater hatte es ihr erzählt, als sie noch jünger war und er ihr von seinem Vater erzählt hatte. Und genauso würde es wieder ablaufen: Da hatte sich in so vielen Jahren nichts geändert – hier – hier in Ostpreußen.

Da wurden die zu schlachtenden Pferde in den Wald geführt, man stülpte ihnen einen Sack über den Kopf und schlug dann auf diesen ein, bis das Tier fiel und der Sack voller Blut war.

Jasmin bekam eine Gänsehaut. Nie! Niemals würde sie dies bei ihrem Pferd zulassen.

Und Johann? Er strich das Blut von der Axt. Was hätte er anderes tun sollen? Ihm blieb einfach keine andere Wahl – angeordnet ist angeordnet. Und lieber das Pferd als er!

Und endlich war er frei! Was war es für eine

Fügung des Schicksals gewesen! Ja: Er würde alles tun, um zu leben. Und dazu musste er hier arbeiten, auch wenn ihn dieses Pferd angestarrt und um sein Leben gebettelt hatte. Nein – er hatte keine andere Wahl gehabt! Und so hieb er mit aller Wucht gegen die Seite des Kopfes. Und er hatte so doll zugeschlagen, dass es hoffentlich schnell gegangen war. Der Gaul fiel zu Boden und das ganze Blut strömte aus ihm heraus. Ja, verdammt, es musste schnell gegangen sein. Johann steckte die Axt an die Halterung und mistete weiter die Ställe. Bald würde es Abend. Endlich. Was ein verfluchter Tag.

Jasmin ging nach Hause, wo ihre Mutter mit dem Essen auf sie wartete. Doch an diesem Abend bekam sie keinen Bissen herunter. Anna konnte es ihr nicht verdenken, denn auch sie wusste, welches Leid es bedeutete, solch ein Tier zu verlieren.

Anna konnte sich genau daran erinnern, wie auch sie ein Pferd geliebt hatte. Der Reiterei hatte sie noch nie etwas abgewinnen können, der Pflege schon.

Es war ein kleines Pferdchen, was sie als Kind ins Herz geschlossen hatte. Helikan hieß es, war wild und unzähmbar. Anna hatte dieses Pferd so geliebt. Und eines Tages war sie auf die Koppel gekommen und Helikan hatte dagestanden und sein rechtes Vorderbein hatte in der Luft gehangen. Er hatte es nicht mehr aufstellen können. Ihr Vater hatte das Pferd auf der Stelle erschlagen und sie hatte einen ganzen Tag und eine ganze Nacht geweint. Und sie hat die Bilder nie wieder aus dem Kopf bekommen: Wie er da lag, und alles war voller Blut gewesen.

Nein, da hatte sie sich vorgenommen, ihr Herz nie wieder an solch ein Tier zu hängen. Dann, nämlich nur dann, würde ihr solch ein Schmerz erspart bleiben.

Anna ging zu Jasmin und streichelte ihr über den Kopf.

Und Jasmin stöhnte bei jeder der Berührungen. Es tat so gut!

Und sie schlief ein und träumte, und als sie am nächsten Morgen erwachte, war sie schweißgebadet.

Paul kreuzte ihren Weg zum Bad: „Was macht die Schule?"

„Nichts", antwortete er.

„Nichts?", fragte Jasmin und schaute ihren Bruder mit großen Augen an, „was lernt ihr dann?"

„Nichts", erwiderte er erneut.

„Ihr müsst doch irgendetwas lernen?"

„Nee, im Moment sprechen wir nur über die Besiedlung von Amerika."

„Was?", Jasmin glaubte nicht richtig gehört zu haben, also fragte sie noch einmal nach. „Ihr sprecht über Amerika?"

„Ja doch", bestätigte ihr ihr Bruder.

Mmh, dachte Jasmin, dieses Fräulein ist ja interessant und sehr mutig. Anstatt über den Krieg zu sprechen, erzählt sie den Kindern etwas über Amerika.

„Und was lernt ihr da so?", wollte es Jasmin genauer wissen.

„Sie erzählt uns etwas über diesen Kolumbus und so und über die Indianer."

„Aha, und wer waren die Indianer?"

„Frag nicht so blöd", ärgerte sich Paul, der genau wusste, dass seine Schwester in Geschichte immer sehr gut war.

Jasmin lachte: „Musst mal Mama fragen: Ich glaube, dass sie einen Karl May im Regal stehen hat."

„Ehrlich?"

„Ja, geh und frag sie", erwiderte Jasmin immer noch lachend.

Und schon hatte Jasmin sich ihren Platz im Bad erobert. Sie wusste genau, dass ihre Mutter einen Winnetou -Band besaß, aber ob sie diesen noch fand, war eine andere Sache. Für Jasmin spielte es keine Rolle. Erstens hatte sie das Buch schon gelesen und zweitens musste sie nicht mehr in die Schule gehen.

Trotzdem: Wieso unterrichtete diese Lehrerin in der heutigen Zeit die Geschichte des Feindes. Wenn das herauskam, dann landete sie mit Sicherheit im Knast. Jasmin tat die Lehrerin jetzt schon leid.

Aber andererseits musste sie selbst wissen, was sie tat. Jasmin stieg unter die Dusche. Und sie wusch sich den Schweiß ab, der sich in der Nacht ihres Körpers bemächtigt hatte.

Sie dachte an Karl May, dessen Fantasie so groß gewesen war, dass er solche Werke hatte schreiben können. Was für ein Genie!

Warmes Wasser rann Jasmin über den Rücken. Was für eine herrliche Erfindung, dachte sie. Und wie froh war sie, als ihr Vater eine solche Errungenschaft in ihr Haus eingebaut hatte.

Gut. Das Wasser war nicht lange warm, denn der Boiler musste mit frischem Holz versorgt werden, aber immerhin reichte es, um den ganzen Körper mit diesem warmen Nass zu säubern.

Jasmin lief nach unten. Sie hatte sich angezogen und wurde sofort Zeugin der intensiven Suche ihrer Mutter nach dem „Winnetou", der sich in einem der Regale versteckt haben musste.

Anna warf Jasmin einen missbilligenden Blick zu. Sie hatte nämlich erfahren, dass sie es gewesen war, die ihren kleinen Bruder auf diese Fährte gelockt hatte.

Und für Anna bedeutete dies ein erfolgloses Suchen. Sie hatte das Buch ewig nicht mehr in der Hand gehabt.

„Wenn du das findest, dann kriege ich bestimmt eine Eins", animierte Paul seine Mutter weiter.

Und Anna durchsuchte ein Regal nach dem anderen und sie legte eine Akribie an den Tag, die Jasmin verwunderte.

„Ich hab es", rief Anna wenige Minuten später und schaute dabei ihre beiden Kinder siegessicher an.

„Super", lobte sie Jasmin.

„Klasse", sagte Paul und schnappte sich auch schon das Buch.

„Du musst es aber auch lesen", rief Jasmin hinter ihrem Bruder her, der auch schon in seinem Zimmer verschwunden war.

„Wieso die Lehrerin das durchnimmt?", Anna schüttelte mit dem Kopf.

„Ich finde es gut", sagte Jasmin, über sich selbst überrascht, „man muss ja schon über Geschichte informiert sein."

„Vielleicht hast du recht", erwiderte Anna, „und die Kleinen werden schon genug mit der jetzigen Geschichte zu tun haben, also sollen sie lieber in diesen Geschichten ihre Träume finden."

„Genau", stimmte ihr ihre Tochter zu und die beiden Frauen sahen sich an und lachten.

Anna machte eine Gestik wie ein Indianer und lief durch das Zimmer und Jasmin tat es ihrer Mutter gleich und lief grölend hinterher.

„Was ist denn hier los?", kam Horst herein.

„Wir sind Old Shatterhand und Winnetou und du bist der böse Weiße", sagte Anna.

„Nun gut", sagte Horst, hob seine Arme, als hätte er ein Gewehr in der Hand, und folgte den beiden Frauen, die kreischend vor ihm herliefen.

Auch Paul, der den Lärm mitbekommen hatte, gesellte sich zu den Dreien.

Und alle vier rannten durch das Zimmer, sie lachten und erlebten den Sieg der Weißen über die Indianer, die keuchend auf das Sofa fielen und sich der Überzahl ergaben.

„Sieg", rief Horst.

„Sieg heil", rief Paul übermütig und das Lachen aller anderen verstummte.

„Was ist?", fragte Paul bedrückt.

Sieg heil, das rufen nur die Nazis", erklärte ihm sein Vater, „das hat man damals nicht gerufen."

„Oh", Paul stand da wie ein begossener Pudel.

„Ruf noch einmal!", forderte ihn seine Mutter auf.

Und Paul rief voller Inbrunst: „Sieg über die Indianer. Ja, wir haben euch besiegt."

„Genau, mein Schatz", rief Anna und sank noch einmal auf dem Sofa nieder.

Alle lachten und fielen sich in die Arme.

Und Jasmin? Sie war froh, dieses Spiel mitgemacht zu haben. Sie war froh, eine solche Familie zu haben: solch eine Mutter, solch einen Vater, solch einen tollen Bruder.

„Ich gehe jetzt zu den Großeltern", raffte sie sich auf und verließ alle, die sehnsüchtig hinter ihr herschauten.

„Es wird kälter dieser Tage", sagte Anna in die stumme Runde.

„Ja", stimmte ihr Horst zu, „es wird Herbst."

„Ich finde es immer noch ganz warm", stand Paul auf.

Als Jasmin die Straße entlang lief, lachte sie immer noch.

Doch als sie den Zug der Menschen sah, der, wie gestern auch, durch den Ort strömte, verstummte ihr Lachen.

Niemand von denen würde wohl an einen Karl May denken wollen.

Und wie recht sie damit hatten!

„Sag Mal", nahm Anuschka Jasmin gleich zur Seite, „hat er Sofie wirklich ...?", und sie hob ihre Hand zum Hals und bewegte ihre Hand hin und her.

„Ja", antwortete Jasmin.

„Und deine Tante?"

„Hasst Großvater deswegen."

„Das kann ich verstehen", entgegnete Anuschka betroffen.

„Großvater ist manchmal so hart", suchte Jasmin Trost.

„Ja, das kommt einem so vor, aber er wird seine Gründe haben."

„Welche denn bitte?", schaute Jasmin sie an, „Sofie lebt schon seit Jahren hier, ohne etwas dafür zu tun. Und nun auf einmal?"

„Wie gesagt", erwiderte Anuschka, „er wird seine Gründe haben."

„Dann weißt du mehr als ich", wendete sich Jasmin von Anuschka ab.

Und da sah sie wieder die beiden jungen Männer, die auf dem Hofe halfen.

Wieder kam ihr der eine bekannt vor. Doch verflucht noch einmal: Wo sollte sie ihn hinstecken?

Jasmin hatte keine Lust mehr, darüber nachzudenken und ging in Richtung der Ställe.

Mal sehen, was sie ihrem Pferd heute beibringen konnte. Sicherlich wartete die Süße schon auf sie.

Und tatsächlich: Schwindlerin stand bereits mit dem Kopf an der Tür.

„Hey, Kleine!", begrüßte Jasmin sie.

„Du nennst dein Pferd *Kleine*?", sprach sie plötzlich jemand an.

Jasmin drehte sich in die Richtung, aus der die Stimme kam.

„Ja."

„Die sieht aber nicht klein aus", erkannte sie einen der jungen Männer und auch die Stimme kam ihr nun bekannt vor. Aber woher nur?

„Du bist Jasmin, oder?"

„Wer will das wissen?"

„Nur ich."

„Und wer ist dieser *Ich*?"

„Na ich", und Johann näherte sich der jungen Frau, „erkennst du mich nicht mehr?"

„Johann?", fragte sie, obwohl sie kaum erkennen konnte, ob sie richtig lag, denn der aufgehende Sonnenschein verhinderte, dass sie ihr Gegenüber genauer wahrnehmen konnte.

Wieso sie gerade auf Johann kam, wusste sie auch nicht, aber sie lag definitiv richtig mit ihrer Vermutung, denn der mit Johann Angesprochene nickte zaghaft mit dem Kopf.

Seine Haare waren fast abrasiert und sein Gesicht sah ausgemergelt und sein Körper dürre aus.

„Ich wusste, dass ich dich kenne", lächelte Jasmin ihn an.

„Ja, aber sag bitte niemandem hier, dass ich es bin."

„Aber wieso bist du nicht bei deinen Eltern?"

Dieses Mal war es Johann, der lächelte, allerdings verbissen: „Und warum sollte ich zu denen gehen?"

„Ganz einfach: Weil sie deine Eltern sind."

„Eltern?"

„Ja, deine Eltern", erwiderte Jasmin und machte bereits die Boxentür auf.

„Unter *Eltern* verstehe ich etwas anderes", gab er zurück und näherte sich ihr einen Schritt.

Nun erkannte Jasmin ihn wirklich – ja, er hatte ganz markante Augenbrauen. Sie waren dick und schwarz. Und Jasmin konnte sich noch genau daran erinnern, wie schön sie diese schon damals fand.

Natürlich verstand Jasmin ihn, denn die Schossnicks waren wahrhaftig nicht die besten Eltern. Obwohl?

„Warst du nicht im Gefängnis? Haben sie dich etwa freigelassen?"

„Ich hatte Glück", war alles, was er antwortete.

„Und nun hilfst du hier? Warum?"

„Ich muss von irgendetwas leben", gab er zurück.

„Und dein Freund da", Jasmin nickte in Richtung nach draußen. „Ist der auch aus …?"

Johann nahm ihr die Worte aus dem Mund: „Ja, er hatte auch Glück."

„Wahre Glückspilze", sagte Jasmin ironisch. Sie konnte sich beim besten Willen nicht vorstellen, dass man die beiden einfach so entlassen hatte. Nicht in dieser Zeit. Aber? Moment! Königsberg wurde zerbombt. Konnte es sein, dass auch das Zuchthaus …?

Doch sie schaute Johann an. Sein Blick verriet ihr, dass er daraus ein Geheimnis machen wollte. Und wem würde es schaden, wenn es eines blieb? Jasmin würde keinem etwas sagen und schon gar nicht, wenn er es nicht wollte.

„Hilfst du mir mal?", lenkte sie einfach auf ein anderes Thema und hielt ihm den Strick des Pferdes entgegen.

Johann griff zu.

„Hast wohl keine Angst?", neckte ihn Jasmin und tat dabei so, als müsse sie sich die Schuhe binden.

„Nö", gab er zurück und streichelte sogar den Kopf der Stute.

„Deine Eltern haben noch nicht so lange Pferde", begann Jasmin erneut das Gespräch.

„Nö", erwiderte er.

„Bist ja nicht sehr gesprächig."

„Nö."

Sie lachten beide, und bevor sie wieder miteinander reden konnten, erschall schon die Stimme Werners in den Stall hinein. „Bursche!.Mach, dass du die Zäune der Koppeln kontrollierst und halt nicht Maulaffen feil."

„Ich komme", rief Johann so laut, dass Schwindlerin ihren Kopf vor lauter Schreck hob.

„Keine Ahnung von Pferden hast du", nahm Jasmin ihm den Strick aus der Hand.

„Versprich mir, dass du keinem ... ", doch er musste nicht zu Ende sprechen, denn Jasmin hatte schon verstanden.

„Ja, ja doch, jetzt geh", gab sie ihm das Zeichen, dass er verschwinden sollte, „du riskierst, dass er dich rauswirft."

„Sehen wir uns nachher noch?", schaute Johann noch einmal im Laufen zurück.

„Ich denke mal schon", rief Jasmin hinter ihm her und auch dieses Mal scheute die Stute an ihrer Seite.

„Och", beruhigte sie Jasmin, „jetzt sei nicht so empfindlich!", und sie streichelte dem Pferd über den Hals.

Schwindlerin schnaubte, während Jasmin dies tat, und bekam dafür auch ein Leckerchen.

Dann ging sie auf den Platz, der dafür vorgesehen war, mit den Pferden zu arbeiten.

Und so vergingen die Tage. Und in diesen Tagen wurden die Flüchtlinge nicht weniger. Im Gegenteil: Es wurden immer noch mehr: Mehr Menschen, die ihr Glück im Westen suchten, und obwohl Erich Koch dringlich daraufhin wies, dass niemand flüchten sollte, ignorierten die meisten diesen Befehl und verließen ihre Heimat.

„Ein Brief ist gekommen", rief Regina eines Tages ganz nervös.

„Mach ihn auf!", riet Anuschka.

Regina öffnete das Kuvert und entnahm ihm den Brief.

„Er lebt", schrie sie, „er lebt!"

„Dann sei froh", Anuschka nahm die Karre in die Hand und ging kopfschüttelnd in Richtung der Ställe.

Jasmin hingegen nahm sich ein Herz und lief auf Anuschka zu.

"Wie findest du den Größeren von beiden?", flüsterte sie.

„Das ist jetzt nicht dein Ernst?" Anuschka mistete die Ställe weiter, während Jasmin auf eine Antwort wartete.

„Dass du jetzt an so etwas denkst, ist ehrlich ein Witz", sagte Anuschka, „aber wenn du mich schon fragst, dann ist er ganz nett."

„Ganz nett?" Jasmin hätte sich mehr erwartet.

„Was soll ich sagen?", erwiderte Anuschka. „Ich kenne die beiden doch gar nicht."

„Schon gut", Jasmin konnte sich also von Anuschka keine klare Antwort erhoffen. Dabei wurde ihr jetzt immer so flau im Magen, wenn sie Johann sah. Was war das nur?

War es, weil er so unheimlich gut aussah? War es, weil er so liebevoll mit den Pferden umging? War es, weil er sie immer so ansah? So ...

Jasmin konnte sich keinen Reim darauf machen. Sie stellte sich an eine Ecke des Stalls, von der aus sie einen guten Blick auf Johann hatte.

Er bemalte die Wände des Stalls. Natürlich eine Anordnung ihres Großvaters, der nach wie vor ein strenges Regiment führte und nicht die kleinste Unachtsamkeit tolerierte.

Aber Johann machte seine Aufgabe wirklich gut. Er erfüllte alle ihm gestellten Aufgaben mit Bravour, sodass selbst Werner eines Abends sagte: „Gut, dass diese Kerle gekommen sind."

„Du lässt die Ställe streichen?", fragte Jasmin ihren Großvater, nachdem sie sich endlich von ihrem Posten entfernt hatte.

„Ja", gab dieser ohne eine nähere Erklärung als Antwort.

„Es sieht gut aus", erwiderte Jasmin daraufhin.

„Das ist der Sinn und Zweck", entgegnete ihr ihr Großvater.

„Wenn dein Großvater an den Ställen arbeitet, dann ist das ein gutes Zeichen", mischte sich nun auch Inge in das Gespräch ein, „wir lassen uns nicht unterkriegen."

„Gewiss doch", warf Jasmin ein.

Sie wusste genau, dass ihre Großmutter Angst hatte. Angst davor, dem Treck der Menschen irgendwann anzugehören, ihn begleiten zu müssen. Fliehen zu müssen.

Und dass ihr Großvater nun die Wände streichen ließ, zeigte ihr, dass er hoffte, hier nicht weg zu müssen.

Inge hoffte dies auch und war dementsprechend in Höchstform: Sie grüßte alle höflich, schmuste mit jeder der Katzen, buk Kuchen und hielt dann und wann ein Pläuschchen mit Anuschka.

Ostpreußen September 1944

Werner versuchte alles, um die Normalität am Hofe zu gewährleisten. Er schaute, genau wie seine Frau, weg. Er ging nicht auf die Straße und so blieb ihm der Anblick der vielen Flüchtlinge erspart.

Nur Jasmin, die jeden Tag den gleichen Weg nehmen musste, sah, welches Elend sich vor dem Gestüt abspielte, und mittlerweile war es schon Ende September.

Die Tage wurden kürzer und die Nächte länger. Die Wiesen verdörrten zusehends und die Pferde nahmen den Geruch des nahenden Winters wahr.

Manche begannen schon, ihr Fell zu wechseln. Auch Schwindlerin hatte es damit eilig. Ein Zeichen dafür, dass ein harter Winter bevorstand.

Es war der 29. September, ein Freitag, als plötzlich die Funkes mit ihren Hunden am Gestüt auftauchten. Bella war, wie auch Lilly, ein Straßenmischling und der andere war ein kleiner Dackel. Den Dackel hatten sie sich angeschafft, weil auch Herr Funke einen Begleiter wollte und er bei Bella nicht gerade auf große Liebe gestoßen war. Bella war eben der Hund seiner Frau und diese schenkte Bella all ihre Aufmerksamkeit, was natürlich auf Gegenseitigkeit beruhte. Und so hatten die beiden eine Übereinkunft gefunden: Sie kümmerte sich um Bella und er sich um die kleine, witzige Resy. Und dies schien für alle vier die beste Lösung zu sein.

Und so stand Herr Funke da: mit Resy auf dem Arm.

Jasmin lief sofort zu den beiden: „Wie geht es Ihnen?" „Wie soll es uns schon gehen?", erwiderte Frau Funke die Frage mit einer Gegenfrage.

„Ja", stieß nun Jasmins Großvater zu den Dreien, „es ist ein Jammer."

„Und genau aus diesem Grunde sind wir hier", erwiderte Frau Funke, „wir haben gehört, dass die Gestüte geräumt werden."

„Was?", Jasmin glaubte, nicht richtig gehört zu haben. „Ja, es geht das Gerücht, dass die Russen schon lange die Ostgrenze überwunden haben und Schandtaten verüben an Frauen und Kindern." Frau

Funke streichelte ihren Hund, der die Aufmerksamkeit sichtlich genoss.

„Kann man es ihnen verübeln? Unsere Leute waren ebenso bestialisch", schaute Herr Funke in die Runde. Er stieß allerdings auf kein Verständnis, was diese Aussage betraf.

„Du kannst das nicht vergleichen", blickte Frau Funke ihren Mann böse an.

„So unrecht hat Ihr Gemahl nicht", war es nun Werner, der Partei für den Mann neben sich ergriff.

„Ich hörte von Massakern an den russischen Frauen, also vergelten sie Gleiches mit Gleichem. So ist das im Krieg nun einmal."

„Aber?", Frau Funke stöhnte. „Das darf doch nicht sein."

„Und wer will das verbieten?" Werner schaute ihr fragend in die Augen.

„Wir sind nur hier, um zu fragen, ob sie fortgehen?", lenkte Frau Funke auf den eigentlichen Grund ihres Besuches.

„Ich, ich", begann Werner zu stammeln. „ich weiß es noch nicht!"

„Großvater", klang Jasmin entsetzt, „ich wusste nicht, dass du überhaupt darüber nachdenkst."

„Jasmin", wendete sich Frau Funke der jungen Frau zu, „er muss darüber nachdenken. Er trägt die Verantwortung."

Und Werner Hoffer zugewandt, sagte Herr Funke: "In diesem Fall würden wir sie gerne begleiten."

„Was soll das bedeuten?", verstand Jasmin immer noch nicht.

„Meine liebe Jasmin", legte die Frau ihre Hand auf Jasmins Schulter, „überall heißt es, dass die Russen nicht mehr aufzuhalten sind. Es wird uns allen keine andere Wahl bleiben, als auch ..."

„Aber Erich Koch hat doch gesagt, dass ...", unterbrach Jasmin die Frau.

„Koch, Koch, Koch", wiederholte Herr Funke sarkastisch, „der hat sich längst aus dem Staub gemacht, genau wie sein Pendant Adolf. Auch der hat seine Wolfsschanze schon längst verlassen. Und wir? Wir sollen hier ausharren? Wie lange bitte schön? Bis sie kommen und unsere Frauen vergewaltigen, ermorden und unser Hab und Gut vernichten, unsere Tiere abschlachten? Nein, niemals wird das geschehen."

Werner sah den Mann an, der dieses Mal keine Pfeife im Mund hatte. Seine Augen sahen aus, als würden sie aus den Augäpfeln springen, so sehr hatte er sich seiner Überzeugung hingegeben.

Werner nickte zustimmend mit dem Kopf. Und Jasmin?

Sie lief davon. Tränen rannen über ihr Gesicht. Sie schlug den Weg nach Hause ein, vorbei an all den Menschen, die den Entschluss, den ihr Großvater erst noch zu fällen hatte, bereits hinter sich hatten, ob freiwillig oder gezwungenermaßen.

Außer Atem und mit dicken, verquollenen Augen betrat Jasmin ihr Zuhause. Sie rief nach ihrer Mutter, doch niemand antwortete ihr. Sie rief noch einmal, doch auch dieses Mal hörte sie scheinbar niemand.

Und entgegen den Anordnungen ihrer Mutter zog Jasmin ihre Schuhe nicht aus, sondern ging mit den Stallschuhen ins Wohnzimmer.

„Hast du mich nicht rufen hören?", sprach sie ihre Mutter an, die ganz in Gedanken versunken auf dem Sofa saß.

„Was hast du gesagt?", fragte diese zurück und hob den Kopf dabei.

„Ich habe gerufen, aber du hast ...", Jasmin stockte, als sie sah, wer noch im Wohnzimmer saß.

„Tante Trude?", fragte sie überrascht.

„Ja, mein Kind, ich bin es", und Trude stand auf und umarmte Jasmin, „du bist eine richtige Frau geworden."

Jasmin merkte, wie die Röte ihr Gesicht verfärbte.

„Annemarie und du", stöhnte Trude leise vor sich hin, „ihr hättet euch sicherlich gut verstanden."

„Lass gut sein, Trudi!", sagte Anna und stand auf.

Und Jasmin zugewandt, fragte sie: „Was ist los? Warum bist du nicht im Stall?"

„Die Funkes kamen und haben Großvater gefragt, ob er von hier weggeht. Sie haben erzählt, dass die Russen schon so weit vorgedrungen sind. Mutter? Stimmt das? Müssen wir von hier fort?"

Anna blickte Trudi an, als wolle sie sie um Hilfe bitten. Trudi verstand ihre Freundin ohne Worte: „Was diese Leute sagen, stimmt. Ich komme aus Königsberg. Man kann dort nicht mehr leben. Es ist alles zerstört. Ich habe es versucht, aber alle sind fort. Ich bin zu euch gekommen, weil ich unter Freunden sein wollte. Wenn ihr bleibt, dann bleibe ich auch, aber wenn ihr fortgeht, dann würde ich mich euch anschließen wollen."

„Genau wie die Funkes", erzählte Jasmin, „sie haben Großvater auch gefragt, ob sie sich anschließen können."

„Ich kann sie verstehen", erwiderte Trude, „zusammen ist besser als alleine."

„Aber von hier fort? Ich will nicht weg von hier", Jasmin hatte schon wieder Tränen in den Augen.

„Meinst du, die ganzen Leute, die dort draußen vorbeiziehen, wollten weg? Meinst du, dass sie freiwillig ihre Heimat verlassen haben?", fragte Trude.

„Nein", antwortete Jasmin kleinlaut.

„Glaub mir", mischte sich nun auch Anna in das Gespräch ein, „wenn wir weg müssen, dann müssen wir. Ich will, dass du lebst, mein Kind, und Paul und ...", Anna legte ihre Hände auf den Bauch, „und wenn ihr hier nicht mehr leben könnt, dann lieber woanders. Dann werden wir irgendwo eine neue Heimat finden."

„Ach Mutter", stöhnte Jasmin, „und die Pferde? Ich gehe nicht ohne Schwindlerin von hier fort."

„Meinst du, dass Großvater seine Pferde hier lässt? Den Russen überlässt? Niemals würde er das tun."

„Du meinst, dass er es wagen würde und mit allen wegzieht?"

„Natürlich würde er das", umarmte Anna ihre

Tochter.„Er würde wahrscheinlich eher mich vergessen als einen seiner Gäule."

„Mutter", ermahnte Jasmin sie, „sprich nicht so abfällig von den Pferden!"

„Ja, ja", stimmte diese zu und zwinkerte Trudi dabei an.

„Tante Trude?", Jasmin fragte verlegen. „Wo ist Annemarie?"

Trude blickte das junge Mädchen an. Sollte sie ihr die ganze Geschichte erzählen? Wollte sie sie ihr erzählen? Schaffte sie es, sie ihr zu erzählen?

Anna machte einen Schritt auf ihre Freundin zu: „Trudi, du musst nicht, wenn du nicht ..."

„Doch, es ist in Ordnung", schaute Trude Anna an und nickte dabei mit dem Kopf.

„Annemarie ist tot", sagte Trude und setzte sich langsam hin.

Jasmin setzte sich neben die Frau, die sie so mochte.

„Was ist passiert?"

„Sie war in diesem Mädchenbund und dann ging sie fort mit einem dieser Soldaten. Er muss ihr alles Mögliche versprochen haben. Annemarie war noch so unbedarft, so naiv: Sie glaubte alles, was man ihr vorlog. Sie glaubte, dass dieser Mann sie liebte, doch dem war nicht so ..."

Trude ließ eine Pause und schaute aus dem Fenster: „Meine arme Kleine! Sie war so ein liebes Kind."

„Und wie ist sie gestorben, wenn sie doch ...?", Jasmin stockte, denn sie nahm den Blick ihrer Mutter wahr und das Kopfschütteln, als wollte diese sagen: *Frag das lieber nicht.*

„Ganz einfach", erwiderte Trude jedoch und ihr sarkastisches Lachen dabei verriet ihr Unverständnis gegenüber der ganzen Situation, „sie sollte nicht nur diesem einen Soldaten gehören, sondern allen."

„Was?", Jasmin stand auf.

„Ja, sie war die Hure der ganzen Truppe", bestätigte Trude, "und darüber ist sie gestorben. Ihr ganzer Körper sah aus, als ..."

„Jetzt aber Schluss damit!", Anna wollte nicht,

dass ihre eigene Tochter sich mit dem Tod dieses Mädchens beschäftigte und die detaillierte Beschreibung des toten Mädchens war schon gar nichts für sie: Jasmin war einfach noch nicht so weit. Sie war ... sie war ... sie war eben noch ein Kind!

Doch als hätte Jasmin die Gedanken ihrer Mutter gelesen, sagte sie: „Ich bin kein Kind mehr, Mutter!"

„Ich weiß", erwiderte Anna schuldbewusst, „trotzdem denke ich, dass dir die Details erspart bleiben sollten. Annemarie ist tot. Gott sei ihrer Seele gnädig. Und damit Schluss!"

Für Anna stand fest, dass sie nicht wollte, dass Jasmin mehr darüber erfuhr, an welchen bestialischen Folgen die Tochter ihrer besten Freundin gestorben war.

Es reichte vollkommen, dass sie wusste, dass sie tot war.

„Also komm jetzt", wandte sie sich ihrer Freundin zu, „ich zeige dir, wo du schlafen kannst. Jasmin", und den Blick an ihre Tochter gerichtet, „du schläfst in Pauls Zimmer."

„Ja klar", stimmte diese sofort zu. Anna war stolz auf ihr Mädchen.

Und Trude richtete sich in Jasmins Zimmer ein. Wo sollte sie auch anderes hin? Ihre Eltern waren mittlerweile gestorben und Trude hatte nur noch Anna, die ihr die Familie ersetzte.

Nur Jasmin zu sehen, das war schwer für sie. Ach, wenn doch ...!

Trude musste sich selbst zurechtweisen. Es gab derzeit so viel Elend anzusehen, dass es ein Jammer war. Immer mehr Menschen kamen in Trecks vorbei. Wohin sie nur gingen? Wo erhofften sie sich Frieden? Trude hatte gehofft, dass sie hier bleiben könnte, aber dem schien nicht so zu sein.

Jasmin erzählte jeden Tag aufs Neue, dass selbst ihr Großvater daran dachte, Ostpreußen zu verlassen. Und wenn sogar die Alteingesessenen gingen, dann war alles verloren.

Eines Tages kam Jasmin vom Gestüt und rief in Hektik nach ihrer Mutter.

„Was ist passiert?", kam Anna auch sofort angerannt.

„Großmutter ist dabei, all ihre Sachen in Kisten vor dem Haus zu vergraben", erzählte Jasmin hastig.

„Was?", klang Anna schockiert.

„Ich weiß ja auch nicht. Sie lässt Johann lauter Löcher graben."

„Wer ist Johann?" Anna konnte sich nicht daran erinnern, diesen Namen schon einmal gehört zu haben.

„Ach", Jasmin tat es mit einer abwertenden Handbewegung ab, über Johann zu sprechen, „Großvater hat ihn und seinen Freund vor ein paar Wochen eingestellt als Stallhilfen."

Doch Anna wollte dieses Thema noch nicht beenden: „Und das erfahre ich erst jetzt?"

„Mutter", ermahnte sie Jasmin noch einmal, „das ist doch jetzt nicht das Thema."

„Wie alt sind diese beiden Burschen?"

„Ach, Mutter", klang Jasmin vorwurfsvoll, „jetzt lass doch."

„Antworte mir wenigstens auf diese Frage", ließ Anna nicht locker.

„Johann ist ein halbes Jahr älter als ich und der andere, das weiß ich nicht." Jasmin tat so, als wäre ihr dies alles total egal. Obwohl es längst nicht so war. Johann war der Grund, weshalb sie nun noch länger am Gestüt war als sonst.

Er war so männlich, so hübsch und nett, so zuvorkommend, so hinreißend. Jasmin spürte, wie ihr die Röte ins Gesicht stieg.

„Wirst du gerade rot?" Anna war ihre Mutter und Mütter spürten, wenn ... „Bist du etwa verknallt?"

„Mutter!" Jasmin war es mehr als peinlich, so etwas gefragt zu werden.

Anna ließ locker. Sie wusste, dass ihre Tochter ihr erzählen würde, wenn da etwas war, was sie wissen musste. Also lenkte sie auf das andere wichtige Thema: „Großmutter räumt also alles weg?"

„Das habe ich dir doch schon gesagt", erwiderte Jasmin zickig.

„Ja, ja", blieb Anna ruhig, „es wird sein, wie es sein wird!"

„Was soll das denn bitte heißen?"

Jasmin konnte mit der Aussage ihrer Mutter nichts anfangen und ihr Gesichtsausdruck zeigte Anna, wie wenig Jasmin von der heutigen Zeit verstand.

„Wenn Großvater meint, dass wir gehen müssen, dann werden wir gehen."

Doch entgegen ihrer Annahme blieb Jasmin ganz ruhig: „Meinst du auch, dass es bald soweit ist?"

„Dein Vater ist auch dabei, unsere Wertsachen zu verstecken."

„Was? Und wo?", fragte Jasmin verwirrt. Sie hatte nicht das Geringste mitbekommen.

„Du warst jeden Tag bis zum Abend am Gestüt. Ich konnte es dir nicht erzählen", entschuldigte sich Anna bei ihrer Tochter.

„Aber warum?"

„Warum?", fragte Anna zurück.

„Ganz einfach", Anna setzte sich, „wir werden bald wieder zurückkommen und dann graben wir alles wieder aus. Die Russen werden nichts finden. Gar nichts. Und ich denke, dass deine Großmutter genauso denkt."

„Sicherlich. Aber Großvater wird doch nicht mit allen Pferden ...?"

„Das habe ich dir doch schon einmal erklärt", sagte Anna ein wenig herablassend, „er wird nicht einen Gaul zurücklassen."

„Du sollst nicht so sprechen!", ermahnte ihre Tochter sie. Und dann ging Jasmin auf ihr Zimmer.

Sie tat das, von dem alle sprachen: Sie packte ihre wertvollsten Sachen in Kisten.

Und während sie ein Stück nach dem anderen sicher verpackte, rollten ihr die Tränen über das Gesicht.

Wenn sie wirklich von hier wegmussten, dann für

wie lange? Und was sollte sie am Leibe tragen? Was war ihr so viel wert, dass sie es nicht in einer Kiste verscharren wollte? Und was war, wenn sie nicht wieder zurückkommen würden?

„Unsinn", sagte Jasmin zu sich selbst, „Großmutter glaubt daran und Mutter auch. Also werden wir wiederkommen. Ganz gewiss."

Und dann packte sie erneut. Nur eines packte sie nicht weg: ein Foto.

Inge hingegen packte jeden Tag mehr. Das gute Geschirr packte sie in eine ganz feste Kiste, umwickelte jeden einzelnen Teller und jede einzelne Gabel, jedes einzelne Messer, jeden einzelnen Löffel. Dann kamen die alten Vasen dran, die Kerzenständer, die Tischtücher, obwohl sie ahnte, dass diese der Tortur eines Winters in einer Kiste nicht standhalten würden.

Aber egal – Hauptsache die Russen bekamen sie nicht.

Inge starrte aus dem Fenster. Werner lief die Ställe entlang.

Sie hatte nie weggewollt, aber als ihr Mann die Tage kam und ihr sagte, dass sie fort mussten, da hat sie genickt.

Sie hatte nichts weiter gesagt. Was hätte sie auch sagen sollen?

Im Angesicht der vielen Menschen, die ihre Heimat verließen, denn auch im Ort machten sich immer mehr auf den Weg, -ja - da hatte sie auch schon daran gedacht, hier wegzugehen.

Und nun nahm er ihr die Entscheidung ab.
Sie waren ja nicht für immer fort!
Inge beobachtete Werner erneut.
Sicherlich überlegte er, was er mit den Pferden machen sollte. Sie mitzunehmen, war zu schwierig. Sie alle töten, zu bestialisch. Sollte er sie einfach alle in den Ställen lassen?

Würden sich die Russen um die Gäule kümmern?

Inge war froh, diese Entscheidung nicht treffen zu müssen.

Und dann setzte sie sich hin und schrieb zwei Briefe: einen an Bruno und den anderen an Otto. Sie mussten wissen, wo ihre Familie war und was sie vorhatten.

Inge schrieb:

„Geliebter Sohn! Vater und ich verlassen Ostpreußen. Wie gehen nach Halle, wo noch eine Verwandte eures Vaters lebt. Sollte dieser Krieg irgendwann einmal enden, dann kehren wir zurück. In Liebe deine Mutter.“

Eine Verwandte! Das war kurios. Werner hatte sich irgendwann erinnert, dass eine Schwester seines Vaters nach Halle geheiratet hatte.

Und dieser Tage war solch eine Verwandtschaft mehr wert als Gold.

Inge hatte keine Verwandten im Westen.

Würde sie sie freundlich empfangen? Diese Tante.

„PS“, schrieb sie noch, „diese Tante heißt Ruth Schellmann und wohnt: Am Wasserweg.“

Schellmann! Kein deutscher Name!

Werner hatte gesagt, dass es ein schlesischer Name sei. Schlesien!

Ob es ihnen so erging wie den Ostpreußen? Inge packte gedankenversunken weiter. „Am Wasserweg, klingt gut“, murmelte sie vor sich hin.

Wasser! Wasser hatten sie hier keins. Ob dieser Weg wirklich am Wasser lag? Inge hielt inne: „Ich muss doch irgendwo einen Atlas haben.“

Inge suchte in allen Regalen und Schränken. Endlich fand sie das vergilbte Ding. Es war eine Ausgabe von 1902. Inge schlug Deutschland auf.

„Aha“, sagte sie, als sie mit dem Finger die Mitte Deutschlands entlang suchte, „da bist du ja.“

„Die Saale fließt durch die Stadt. Also wird der Wasserweg an diesem Fluss liegen. Schön“, und sie klappte den Atlas wieder zu und verstaute ihn in einer der Kisten.

„Ein Buch in Kisten packen, ist vielleicht nicht sehr clever“, stand plötzlich Werner in der Tür.

„Ich, ich", stammelte Inge, „war in Gedanken."

„Wann bist du das mal nicht?", warf er ihr vor.

„Hör auf! Das alles ist schon schwer genug."

„Du hast es schwer?", fragte Werner vorwurfsvoll. „Was soll ich dann sagen?"

Inge wusste, dass er recht hatte.

Bei ihm lag die ganze Verantwortung. Er musste sehen, was aus dem Gestüt wurde. Wo er die ganzen Pferde unterbrachte. Was geschah mit den Hunden und Katzen?

Inge wurde ganz übel. Ja? Was passierte mit ihren Lieblingen? Sollte sie jemanden im Ort fragen? Aber wer war noch da? Wer war geblieben? Wer würde bleiben?

Die alte Bremmer war schon weg. Der alte Fritz? Der konnte mit Katzen nichts anfangen. Die Neumanns waren noch da. Sollte sie morgen einmal dorthin gehen und fragen? Aber was sollte sie sagen? Wir gehen weg. Kümmert ihr euch um unser Vieh? Unsinn. Niemand würde sich einem ganzen Gestüt annehmen!

Aber die Katzen: Wenigstens die Katzen sollten doch überleben können!

Inge atmete tief ein und aus.

„Was ist?", fragte Werner.

„Ich überlege, die Katzen wegzugeben."

„Die Katzen? Die Katzen? Hast du keine größeren Sorgen?"

„Aber die müssen auch irgendwohin", versuchte Inge, sich zu verteidigen.

„Deine Katzen sind mir scheißegal", schrie Werner.

„Schrei nicht so!Jeder kann dich hören", ermahnte ihn Inge ebenso laut.

„Auch das ist mir scheißegal."

„Werner?", fragte Inge in einem ruhigen Ton. „Was ist mit dir?"

„Ich, ich", stotterte er dieses Mal, „ich weiß nicht, was ich machen soll. Die Pferde, die Pferde", er sank auf den Boden, „ich kann sie nicht hier lassen."

„Du musst", sagte Inge in einem sanften Ton.

„Ich kann nicht", erwiderte er.

„Dann, dann", Inge holte tief Luft, „müssen wir sie eben mitnehmen."

„Was?" Werner glaubte, nicht richtig gehört zu haben. „Du willst mit allen Gäulen ziehen?"

„Aber du hast doch gerade eben gesagt, dass du nicht weißt, was du machen sollst", versuchte Inge, ihren Vorschlag zu rechtfertigen.

Werner ging auf seine Frau zu und küsste sie: „Ich wusste, als ich dich damals gesehen hatte, was ich an dir habe."

Inge erwiderte seinen Kuss leidenschaftlich. Es war seit Monaten der erste innige Gefühlsaustausch der beiden Alten.

„Ich liebe dich", sagte Werner kurz und knapp, „das habe ich schon immer getan."

„Ich weiß", schluckte Inge, „ich liebe dich auch." Mit siebzig noch so etwas zu hören und zu sagen, war das Schönste auf der Welt. Und Inge wusste, dass sie diesem Mann überall hin folgen würde, und egal ... egal, was auch passierte: Sie würde zu ihm halten.

„Die Bücher sollen sie haben", lenkte sie ab.

„Ja, scheiß auf die Bücher!", erwiderte er.

„Was sollen wir Anuschka und Johann und seinem Freund sagen?"

„Die kommen mit. Die brauchen wir."

„Und Anna?"

„Anna?", fragte er verschmitzt. „Die nehmen wir auch mit und ihr Ungeborenes."

„Du weißt es?" Inge sah ihn verwundert an. „Wer hat es dir gesagt?"

„Meinst du, dass ich meine Tochter nicht kenne?"

„Ich weiß, dass du sie liebst." Mehr brauchte Inge nicht zu sagen:

„Und Regina?"

„Regina weiß schon Bescheid."

„Das ist auch gut", war Inge beruhigt. Die Töchter kämen mit und den Söhnen würde sie geschrieben haben.

Was also machte ihr Sorgen? Sie hatten eine

Adresse. Sie hatten alles geplant. Sie würden bald wieder hierher zurückkommen. Was also machte Inge noch Sorgen?

„Was ist?", fragte Werner, als er in das fragende Gesicht seiner Frau blickte.

„Wie sollen wir mit fast vierzig Pferden so weit kommen?"

„Ich weiß es nicht", entgegnete er ihr und das war die Wahrheit, denn er hatte nicht die geringste Ahnung, wie er mit so vielen Pferden und so wenig Begleitung in den Westen ziehen sollte. Und dann wollten sie auch noch in eine Stadt. Was passierte dann mit den Pferden?

Aber sicherlich würden sie ein Obdach finden, denn alles war besser, als sich und die Pferde den Russen zu überlassen.

Doch eines hatte er nicht berechnet. Würden Anuschka, Johann und Stefan überhaupt mitkommen? Und wie sah es aus mit den Funkes? Das bedeutete ja noch mehr Pferde. Reichten denn dann überhaupt alle Betreuer?

Inge konnte er als Aufsicht nicht mitzählen. Sie war eher eine Last als eine Hilfe. Genau wie Anna und ihr Mann, der Versager. Schon eher konnte er sich auf Jasmin und ihren Bruder verlassen, auf Regina und ... verflucht, dass dieser Helmar nicht mehr da war. Besoffen, wie der immer war, wäre er ja doch keine Hilfe gewesen, versuchte Werner, sich selbst aufzumuntern und seinen Entschluss zu rechtfertigen.

„Hilfst du mir mal?", holte Inge ihn aus seinen Gedanken.

„Was ist?"

„Ich will die Gläser noch verstecken!"

„Meinst du nicht, dass du ein bisschen zu viel Aufwand betreibst?"

„Bist du verrückt?", sah ihn Inge beleidigt an. „Wir kommen bald zurück und dann stelle ich alles wieder an seinen Platz."

„Wenn ...?"

„Unke nicht herum", ließ ihn Inge erst gar nicht zu

Ende sprechen, „bald... bald sind wir wieder da... und dann richten wir wieder alles so her, wie es war. Dann sind die Jungs da, Anna hat ihr Kind, wir feiern die Hochzeit von Regina, Jasmin gewinnt das nächste Turnier. Wir geben Abendgesellschaften und ich werde alles genießen."

„Ja, ja", sagte Werner, drehte sich um und ging. „Du wolltest mir doch helfen", rief Inge hinter ihm her.

„Ich schicke dir einen der Jungs", rief er und verschwand.

Ostpreußen Oktober 1944

Die Tage vergingen: Inge packte und Werner kümmerte sich um die Pferde und die Stallungen. Er hatte mit Anuschka gesprochen, die einwilligte, die Hoffers zu begleiten. Sie wollte allerdings nur bis zur Grenze mitkommen und dann zurückgehen, denn ihre Heimat, ja, ihre Heimat wäre hier. Komisch, denn Verwandte hatte sie doch keine mehr!

Johann und Stefan nickten sofort mit dem Kopf, als Werner ihnen von seinem Plan erzählte, die Flucht nach Westen zu ergreifen.

Die Frage Johanns, ob denn die ganze Familie Hoffer dann mitgehen würde, überhörte er beflissentlich.

Er war ja nicht blind und hatte schon mitbekommen, dass dieser Johann immer in der Nähe seiner Enkelin weilte.

Aber Johann war ein fleißiger und kluger Kerl. Was also sollte er gegen einen Flirt zwischen den beiden haben?

Gut: Früher wäre so etwas nicht möglich gewesen. Aber die Zeiten hatten sich geändert.

Und außerdem – er war ja wohl nur der Großvater.

Werner grinste vor sich hin.

Und er hätte wohl noch immer gegrinst, wäre es nicht der Morgen des 17. Oktober 1944 gewesen.

Die Nächte wurden schon kälter. Werner musste sich eine Jacke überziehen, als er die Pferde füttern ging.

Jasmin war, wie die letzten Tage auch, zum Füttern erschienen. Und so waren sie zu sechst, um allen Pferden gerecht zu werden.

Johann und Stefan kümmerten sich um die älteren Pferde. Jasmin und Regina um die anderen. Anuschka begann schon mit den Boxen und Werner? Werner kümmerte sich darum, dass alles richtig gemacht wurde.

Dann plötzlich - gegen sieben Uhr - erschien ein Mann auf dem Hof.

Werner musste zweimal hinschauen, ob er auch keine Halluzination hatte: Es war Helmar.

"Sie haben den Abmarschbefehl bekommen. Herr Hoffer, Herr Hoffer", schrie Helmar in den Stall hinein.

Die Morgensonne war gerade dabei, sich ihren Platz in den Ställen zu erobern, als dieser Mann wie aus dem Nichts erschienen war und in den Stall brüllte.

Werner ging ihm entgegen: „Was sagst du da?"
„Sie ziehen ab. Sie ziehen ab mit all ihren Pferden", antwortete Helmar außer Atem.

„Wohin ziehen sie?"
„Gen Westen, gen Westen", antwortete Helmar und er schien wirklich Herr seiner Sinne zu sein.

„Aber, aber", stotterte Werner, „wenn sie abmarschieren, dann folgen wir ihnen. Aber wie wollen sie mit all den Pferden so weit kommen? Wie viele sind es?"

„Zu viele", erwiderte Helmar, „sie sind zu viele. Ich schätze, dass sie etwa dreihundert auf Wagen verfrachten und mit dem Rest werden sie zu Fuß marschieren. Aber sie haben zu wenig Aufseher. Auf achtzig Pferde kommt einer."

„Wieso bist du dann hier?", fragte Werner seinen ehemaligen Stallmeister ungeniert.

„Sie wollten mich nicht mitnehmen", gestand dieser ehrlich, „sie sagten, dass ich nur eine Last sei."

So jämmerlich, wie sein Gegenüber dastand, hatte Werner Mitleid.

„Dann bleib", sagte er, „hilf uns!"
„Ich, ich", begann Helmar, „ich weiß, dass ich es nicht verdient habe, aber ich will auch fort von hier und ich werde all ihre Befehle befolgen."

„Ich bin kein General", erwiderte Werner, „aber ich brauche dich bei den Pferden. Wir ziehen in zwei Tagen, also - mach alles fertig." Helmar nickte zustimmend und erleichtert.

Ja, er würde von hier wegkommen, und wenn es mit dieser Familie war, die er eigentlich hasste.

Aber immerhin war es seine Chance und die würde er sich nicht nehmen lassen. Verflucht noch einmal! Eher würde er auf den Alkohol verzichten, als nicht mitzugehen.

Apropos – wo hatte er noch ein Fläschchen. Heute würde seine Arbeit doch sicherlich nicht beginnen. Und so zog er sich zurück und genoss seinen Entschluss.

Jasmin und die anderen hatten gehört, was passiert war.

„Also ist es soweit?", fragten fast alle gleichzeitig. „Ja", antwortete Werner. Und er lief in Richtung des Hauses, um Inge die Nachricht zu überbringen.

Er wusste, dass sie bis zum heutigen Tage gehofft hatte, dass alles sich zum Guten wendete und sie nicht fort mussten. Aber nun war der Tag gekommen: Die Abreise stand bevor!

Werner ging ruhigen Schrittes. Nein! Wahrlich! Er hatte es nicht eilig.

Er hatte es gewusst. Gewusst, dass der Tag kommen würde, an dem sie ihre geliebte Heimat verlassen mussten. Er wusste es an jenem Tag im August, als die ersten Trecks am Ort vorbei zogen.

An jenem Tag, als die Turnierteilnehmer das Turnier verließen.

Und als er mit den Stiefeln im Wohnzimmer stand, da musste er nichts sagen, da wusste auch Inge, dass die Zeit gekommen war!

Sie nickte nur still mit dem Kopf. Sie hatte sogar schon die Koffer gepackt, die sie hoffte, mitnehmen zu können.

Sie wusste, dass Werner einen alten Wagen hatte und auf den musste eben alles hinaufpassen.

Anna hatte sie die letzten Tage Bescheid gegeben. Auch sie hatte gepackt. Und Regina?

Die hatte nicht viel, was sie packen musste: Die hatte noch keinen Hausrat – keine Erinnerungsstücke, keine Dinge, an denen sie hing.

Aber Inge! Die hatte viele davon.

Da war der Teller, den Karl als kleines Kind benutzt hatte, da war das winzige Buch, welches Horst als Erstes gelesen hatte, da war das erste Foto ihres kleinen Bruno, da war das Geschirr ihrer Eltern, die

Gläser ihrer Großmutter, die vergilbte Tischwäsche ihrer Großeltern, die ersten Schuhe ihrer Töchter, die Briefe ihrer Jungs, die Marke ihrer toten Sohnes, die gemalten Bilder ihrer Enkel, die ...

Inge hatte Tränen in den Augen. Was? Was verflucht noch einmal sollte sie hier lassen? Woran hing ihr Herz am wenigsten? Was würde sie nicht vermissen? In der Fremde!

Denn, niemals – nein, niemals würde sie wieder eine Heimat finden. Eine Heimat wie diese, mit all den Erinnerungen, mit all dem Glück ... mit all dem Schmerz!

„Mach", Werner wusste genau, was seiner Frau durch den Kopf ging, „mach und entscheide dich. Wir können nur wenig mitnehmen!"

Dann ging er wieder, denn er wusste, dass er seiner Frau nicht helfen konnte, und als er auf seinen Hof zurückkam, traute er seinen Augen nicht: Da standen etliche Anhänger auf dem Hof. Anhänger, die er kannte, denn es waren jene, die er schon vor ein paar Wochen gesehen hatte. Die Turnierteilnehmer der Augusttage hatten sich bei Hoffers zusammengefunden.

Sie hofften alle, dass sie gemeinsam die Flucht antreten würden. Denn: Nur gemeinsam würden sie es schaffen können!

Werner blieb stehen und sah auf die Menschen, die sich um ihn versammelten.Und als er ihre Blicke sah, da war ihm klar: entweder alle oder keiner!

„Silvia", schrie Frau Funke, „mach nicht so einen Stress!"

Zwei Tage war es nun her, dass das große Trakehnergestüt weggezogen war.

Werner lag also im Plan, wenn er heute loszog. Selbst Inge gab ihm das Zeichen, dass sie fertig war und zum Abmarsch bereit.

Und Werner sah vom Küchenfenster aus auf seine Schützlinge: Den Treck führten Johann und Stefan mit den alten Pferden an: Sonja, Carina, Libelle,

Kara, Ronja, Kaspor, Ronny, Willi, Woltan, Donar und Ladylein.

Dann folgten Helmar und Anuschka mit den Pferden mittleren Alters: Dakaro, Milano, Sternschnuppe, Drama, Sora und Susi, Giwisi, Blitz, Rosina, Eddy, Tonja, Cologna und Domina.

Jasmin und Regina führten die jungen Pferde und natürlich hatte Jasmin ihre Schwindlerin am Strick.

Ihnen folgten Donauprinz, Cowboy, Ramina, Elvira sowie Kalina Gundi und Zonia.

Um Donnerschall, den jungen Hengst, wollte sich Werner persönlich kümmern, denn er wusste, dass ihm dieser, wenn denn alles gut ging, sein Altersbrot und das seiner Familie sicherte.

Jasmin war es ganz recht, denn der kleine Racker war wirklich nicht einfach. Auf keinen Fall so einfach wie die Stute, die neben ihr herlief und die glaubte, dass sie einfach nur ein wenig spazieren gingen.

Dann kam der Wagen mit Hafer und Heu und den Behältnissen für Wasser. Ihn zogen die beiden Pferde Laredo und Ikarus. Und der Wagen war gleichzeitig der, der Inge und Anna als fahrbarer Untersatz dienen sollte. Und wahrscheinlich auch dieser Trude, die Werner nicht so richtig mochte.

Werner wollte nicht mehr Wagen mitnehmen, denn Wagen waren nur Ballast.

35 Pferde hatten er und seine Angestellten zu beaufsichtigen.

Dann kamen die, die sich dem Treck anschlossen: Und man hätte es wohl kaum geglaubt, wenn man es nicht gesehen hätte: Es waren genau 44 Pferde, die am 19. Oktober 1944 das Hoffersche Gestüt in Richtung Westen verließen!

Alle in der Hoffnung, unversehrt im Westen eine neue Heimat zu finden.

Inge bestieg den Wagen, der für sie bereitstand. Neben ihr nahmen Trude und Anna Platz, die Mühe hatte, auf den Wagen zu kommen. Horst half ihr, was bei Werner sofort ein Kopfschütteln hervorrief.

„Sie soll sich nicht so anstellen", flüsterte Werner in der Hoffnung, dass es keiner hörte. Doch leider hatte er sich darin geirrt: Es hatten alle vernommen. Vor allem die, die hinter ihm standen.

Und das waren genau die, für deren Ohren es eben absolut nicht bestimmt war: die, die nicht der Familie angehörten, nämlich die, die sich nur angeschlossen hatten und hinter dem Proviantwagen fuhren: die Funkes mit ihren beiden Stuten und natürlich ihren beiden Hunden, Silvia mit ihrer Stute, die Bergs mit Maria und Luanda und dem Baby im Arm, dann die von Weldens mit Appolina, die nervös hin- und hertänzelte, Herr und Frau Schossnick mit ihrer Carlotta und Tammy und zum Schluss hatten sich noch die Sommers angeschlossen, die mit Tristess folgten. Diese musste den Wagen ziehen, da sie ganz in Familie reisten. Frau Sommer schien allerdings genauso wenig Ahnung und auch Liebe zu Pferden zu empfinden wie Inge, denn sie schrie immer auf, wenn Tristess irgendwelche Anzeichen nach hinten machte, um zu sehen, was alles auf dem Wagen war. Dann kam Herr Sommer und beruhigte seine Frau.

Familie Sommer war für alle Mitflüchtlinge die Rettung, denn auf deren Wagen konnten sie alles verstauen, was Werner sich geweigert hatte, mitzunehmen.

Werner hatte schon genug mit den eigenen Sachen zu kämpfen, als dass er sich mit dem Zeug der anderen herumschlagen wollte.

Und so wurde es Mittag, bis sie alle loszogen und Werner endlich durchschnaufen konnte: Er hatte es geschafft, ein ganzes Gestüt in Bewegung zu setzen und dazu noch fremde Leute im Schlepptau zu haben. 44 Pferde, samt Betreuern und Besitzern, zogen um Punkt 12 Uhr los in Richtung Westen. Welche Strapazen vor ihnen lagen, ahnten sie nicht im geringsten! Welche Opfer sie bringen sollten, ebenso wenig!

Aber sie fuhren los und Werner?
Er blickte noch einmal zurück. Zurück auf seinen Hof, auf sein Leben.

Inge jedoch schaute nicht ein einziges Mal

zurück. Und das war auch gut so, denn dem Treck folgten nicht nur die Hunde, sondern auch die Katzen.

Miezi schrie und schrie, doch nach etwa zweihundert Metern hörte sie auf mit dem Rufen. Sie war alt und ihre Füße trugen sie nicht mehr so weit. Inge hatte die Katzen nirgendwo unterbringen können. Keiner wollte sich ihrer erbarmen, keiner hatte ein Herz für Katzen in dieser Zeit.

Sie hatte Werner ihr Leid geklagt, doch er hatte abgewunken: „Ich habe keine Zeit für diese Viecher. Sie werden es schon irgendwie schaffen: Es sind Katzen."

Katzen fänden immer irgendwelche Herren, die sie füttern, hatte er noch hinzugefügt.

Doch Inge wusste, dass sie einem jämmerlichen Tod ausgesetzt waren.

„Du oder sie?", hatte ihr Mann gefragt.
Und natürlich hatte sie sich für ihr eigenes Leben entschieden.

Würde sie es bereuen?
Die Hunde heulten und rannten neben den Pferden her.

Inge beobachtete Paul, der neben Jasmin seinen Platz gefunden hatte. Er schaute immer wieder auf die kleine Lilly, die mit ihrem einen Jahr ihre Schwierigkeiten haben würde, mit dem Treck mitzuhalten.

Immer wieder forderte er den jungen Hund auf, zu spielen.

Lilly sollte wohl vergessen, wo ihr Zuhause war. Er wollte sie unbedingt mitnehmen. Und Inge musterte ihren Enkel.

Die Mutter von Lilly und auch ihr Bruder blieben nach ein paar Kilometern stehen und blickten zurück.

Überlegten die Hunde wahrhaftig, dem Treck zu folgen? In das Ungewisse zu gehen? Oder dachten sie daran, umzukehren?

Paul bemerkte, dass Lillys Mutter und Bruder stehen geblieben waren. Sie heulten wie kleine Kinder.

Lilly lief noch neben ihm und forderte ihr Stöckchen. Und nun tat Paul etwas, was einem Dreizehnährigen wohl nie zugetraut worden wäre: Er suchte einen Strick und band Lilly an sich.

So hatte der Hund keinerlei Wahl und musste dem Kind folgen, welchem das Schicksal des Hundes nicht egal war.

Paul sah kurz zurück: Cidney und Anton waren zurückgeblieben. Sie folgten ihren Herren nicht und somit war ihr Schicksal besiegelt: Sie würden in Gefangenschaft oder Schlimmerem enden. Paul hatte der kleinen Lilly dieses Schicksal erspart. Oder aber würde er ihr das schlimmere zumuten?

Inge schüttelte mit dem Kopf: Nichts war schlimmer, als alleine gelassen zu werden.

Und so schaute sie doch zurück und flüsterte: „Bald! Bald, ihr Süßen, kehre ich zurück!"

Und sie sah nach vorne. Ja, die alle hier würden dafür sorgen, dass sie bald wieder da war.

Sie sah es als Ausflug, der nur wenige Wochen dauerte, und dann wäre sie wieder da und könnte ihre Kisten auspacken und ihre geliebten Katzen in die Arme nehmen.

Wie sehr sie sich irrte, sollten die nächsten Wochen und Monate zeigen!

„Ich habe Tommi geschrieben, dass wir fort sind", sagte Regina plötzlich und Jasmin schaute ihre Tante verwirrt an. Warum sagte sie ihr das jetzt? Jasmin hatte ganz andere Sorgen.

„Das ist gut!", rief Anuschka von vorne. Regina und Jasmin schauten sich an. Hatte Anuschka das wirklich gehört?

„Schau, dass du auf die Pferde achtest", rief plötzlich Werner von hinten.

„Ja, ja", erwiderte Anuschka in ihrer gewohnt patzigen Art.

„Der ist ein bisschen balabala", flüsterte Helmar Anuschka zu und machte eine ergänzende Handbewegung.

„Was?", fragte Anuschka.

„Das Gestüt ist mit 800 Pferden losgezogen und

er macht hier mit 44 ein Affentheater", Helmar schwenkte seine rechte Hand erneut vor der Stirn hin und her.

„Sei froh, dass er dich überhaupt mitgenommen hat", entgegnete Anuschka ihrem Nebenmann jedoch, dem nun klar wurde, dass sie den Hoffers gegenüber loyal eingestellt war. Nein: Sie hatte ihnen viel zu viel zu verdanken, als dass sie sich nun auf die Seite dieses versoffenen Kerls stellte.

Helmar schwieg. Anuschka konnte er nicht auf seine Seite ziehen und vielleicht? Vielleicht hatte sie sogar recht: Das Gestüt hatte ihn nicht mitgenommen, aber der alte Hoffer schon.

War es vielleicht langsam Zeit, umzudenken?

Helmar sah nach hinten. Da lief der Alte und kümmerte sich um diesen kleinen Hengst, der wie verrückt um den Wagen sprang.

Helmar blickte in die Gesichter der anderen.

Diese komischen Mitreisenden? Wieso hatten sie sich angeschlossen?

Da war dieses ulkige Ehepaar, das zwei Hunde mitführte, und das ständig mit den anderen stritt.

Dann diese einsame junge Frau, die wie verloren zwischen den anderen herlief.

Dann dieses Ehepaar, welches sich scheinbar um ihre Pferde mehr Sorgen machte als um das Baby. Und ein Pferd war hässlicher wie das andere.

Dann waren von Weldens da, die sich aufführten, als wären sie etwas Besonderes. Dabei hatten sie eine komische Haflingerstute dabei, die nur auf Ärger aus war.

Und vorne weg fuhren diese Sommers, die glaubten, dass sie diese alte Frau, die im Wagen saß, ständig beruhigen mussten.

Und dann war ein Ehepaar dabei, welches sich scheinbar irre liebte, denn sie gingen immer Hand in Hand, obwohl er wie ein Kriegsversehrter humpelte.

Und außerdem schauten sie immer auf den jungen Kerl, der den Treck anführte. Helmar bemerkte aber auch, wie dieser junge Mann den Blicken der beiden auswich. Ja! Er versteckte sich förmlich vor ihnen. Was sollte dies alles?

„Helmar", schrie Werner von hinten, „schau auf die Straße!"

Hatte dieser Hoffer etwa bemerkt, dass er sich nicht auf die Pferde konzentrierte?

Dabei hätte der Hoffer die aus seiner Gruppe leicht auch zurücklassen können. Ganz geschweige denn die aus der ersten Gruppe, die den Treck viel zu langsam anführten.

Wie sollten sie so die fast 1000 Kilometer schaffen? Und das noch vor dem Winter?

„Was schüttelst du so mit dem Kopf", schaute Anuschka Helmar an.

„Nichts. Es ist nichts. Lass mich in Ruhe", antwortete er.

Inge sah die Pferde vor sich laufen. Alle, die die Gruppen anführten, hatten jeweils zwei an Stricken neben sich und die anderen Pferde trotteten hinterher. Inge hatte das Gefühl, als wüssten die Pferde genau, worum es ging. So brav liefen sie den anderen nach.

Inge schaute neben sich: Da saß Anna und hielt sich ihren Bauch.

„Dein Vater weiß es", sagte sie zu ihrer Tochter.
„Ich weiß, dass er es weiß", erwiderte Anna und griff mit ihrer Hand nach hinten. Da saß Horst, der ihre Hand ergriff. Trude beobachtete die beiden, aber Inge bemerkte diese Geste nicht.

Sie dachte daran, dass sie ihren Atlas zu Hause gelassen hatte. Dieses alte Ding war viel zu schwer, als dass sie es hätte mitnehmen können.

Werner verfügte über eine Karte. Das hatte sie vor ein paar Tagen schon gesehen, als er in der Küche im Kerzenschein saß und Striche zog.

Aber auf ihre Frage, wie lange sie denn bräuchten, da hatte er nicht geantwortet, sondern nur die Karte zugeklappt.

Inge sah wieder auf die Pferde vor sich, die so viel Staub aufwirbelten, dass sie den Anfang des Trecks nicht mehr erkennen konnte.

Auch Anna hielt sich mit einem Tuch Mund und Nase zu. Horst unterdessen war vom Wagen abgestiegen. Er nahm die Zügel von Laredo in die Hand und führte das Pferd, welches mit Ikarus den Wagen zog.

Ikarus gehörte, wie auch sein Nachbar, zu den zuverlässigsten Pferden, obwohl er über nur ein Auge verfügte. Er hatte es schon als Fohlen verloren. Horst hatte die Geschichte nur einmal gehört. Die Geschichte von dem Fohlen, welches beinahe daran gestorben war, dass es sich das linke Auge ausgestochen hatte. Nun war an dieser Stelle nur noch eine Höhle. Es war wohl einem jungen Tierarzt zu verdanken, dass dieses Pferd überhaupt noch lebte. Und scheinbar war dieses Tier so dankbar dafür, dass es bei den Hoffers das liebste und gehorsamste war.

Und dieser Laredo war eines Tages einfach am Gestüt abgegeben worden. Er war vierjährig gewesen und noch in die Schule des Karl gegangen.

Horst würde wohl nie verstehen, wie diese Pferde tickten. Geschweige denn ihre Besitzer.

Sein Schwiegervater machte um diesen komischen kleinen Hengst mehr Geschiss als um seine Familie. Wieso musste dieser Hengst am Wagen gehen? Donnerschall! Schon der Name war doch eindeutig. Kein Wunder also, dass dieses Tier sich so benahm. „Pass auf dich auf", hörte Horst seine Frau sagen, die genau wusste, dass er mit Pferden nicht allzu viel am Hut hatte.

Werner hatte mit Johann und Stefan die erste Wegstrecke besprochen. Auf keinen Fall wollten sie dem Treck der Menschen begegnen, also waren sie hinter dem Ort und hinter dem Gestüt aufgebrochen.

Sie wählten den Weg durch ein kleines Wäldchen. Wenn sie pro Tag 20 Kilometer schafften, dann könnten sie vor Weihnachten in Halle ankommen. Aber das war nur Theorie, denn Werner wusste, dass noch viel dazwischen kommen konnte. Denn wer wusste schon, wann der Winter einsetzte? Wer wusste, wie sich die Mitreisenden anstellten?

Werner hatte keinem gesagt, dass die Russen weit über die Grenzen von Ostpreußen gekommen waren. Wie schnell würden sie vorankommen? Wer würde sich ihnen entgegenstellen?

Er hatte gehört, dass nur noch Kinder die Grenzen schützten: Junge Männer im Alter zwischen 14 und 16 Jahren gruben um ihr Leben und das der ostpreußischen Bevölkerung. Aber ehrlich! Wie tief konnten diese Kinder graben?

Wenn sie einen Meter kamen, dann war das viel. Und was nützte ein Graben von einem Meter Tiefe? Darüber würden die Russen doch nur lachen.

Werner hielt Johann und Stefan an, schneller zu gehen. In dem Tempo, welches sie eingelegt hatten, würden sie bis Ostern noch laufen.

Er wollte heute wenigstens bis Friedland kommen. Es war die Route, von der er sich erhoffte, dass sie von anderen Flüchtlingen gemieden wurde, weil die an die Küste wollten.

Auch hatte er Helmar gefragt, welchen Weg das Trakehnergestüt nehmen würde.

Helmar meinte, dass er gehört hatte, dass sie zur Küste wollten und dann an der Küste entlang in Richtung Mecklenburg vorstoßen wollten. Er hatte aber auch erfahren, dass sie eventuell über Allenstein liefen.

Vielleicht würde Werner zu ihnen stoßen, denn auch ihm war das Hinterland sicherer.

Die Felder lagen trostlos da. Teils waren sie abgemäht und man sah das Stroh und Heu liegen und schimmeln.

„Eine Schande", sagte er und warf einen Blick zu Inge, die seinem Blick gefolgt war und ebenfalls mit dem Kopf schüttelte.

Die ostpreußischen Höfe galten immer als die gepflegtesten. Die Bauern waren fleißig, die Gutsherren ordentlich. Aber dies alles zählte heutzutage nichts mehr.

Und an jedem Hof, an dem sie vorbei kamen, sahen sie, dass die Menschen entweder schon fort waren oder auch aufbrachen.

„Was für eine Zeit", sagte Inge und griff nach der Hand ihrer Tochter.

„Ich habe Angst", sagte Anna.

„Ich auch", erwiderte Inge, nachdem sie an dem vierten Gehöft vorbei kamen, das menschenleer stand. „Wir werden nie zurückkommen", sagte Anna.

„Wir werden", entgegnete Inge und lächelte ihrer Tochter zu.

„Fahr nicht zu dicht auf", befahl Frau Sommer währenddessen ihrem Mann.

„Lass mich machen, wie ich will", trotzte er ihr.

„Ist ja schon gut", versuchte seine Frau, ihn nicht mehr zu reizen.

Sie wäre geblieben, aber er und Doris wollten fort.

Die zwei ältesten Töchter waren geblieben.

Sie wollten nicht gehen, da sie Familie hatten und ihre Männer im Krieg waren. Sie befürchteten, dass sie sie nie wieder sehen würden, wenn sie gingen, und so hatte sich Elvira Sommer dafür entschieden, mit ihrer Jüngsten und ihrem Mann den Weg nach Westen einzuschlagen.

Als er ihr erzählte, dass sie nicht alleine gingen, da hatte sie zugestimmt.

Und wahrlich: Sie fühlte sich in diesem Treck geborgen, obwohl ihr diese Pferde Angst machten.

Elvira Sommer versuchte, die Pferde zu zählen. „Fünfunddreißig, sechsunddreißig ..."

„Es sind genau vierundvierzig", mischte sich Ludwig ein.

„Gut", sagte seine Frau, „das geht ja."

„Und hinter uns laufen alle die, die nicht zum Gestüt gehören. Die es wie wir machen."

„Was meinst du?"

„Nun ja, ich meine, die sich auch nur angeschlossen haben, damit sie nicht alleine sind."

Elvira Sommer nickte mit dem Kopf.

Ja, sie verstand. Alle hatten Angst und in Gesellschaft ertrug sich diese eben einfach leichter.

„Wir werden bald Friedland erreichen und dort

schlagen wir das Nachtlager auf", rief Werner nach vorne und hinten.

Horst war froh, denn er konnte schon kaum mehr laufen.

Johann hatte Mühe, dem Blick der Schossnicks immer wieder auszuweichen.

Jasmin bemerkte, wie nervös er war, aber sie hatte genug damit zu tun, ihrer kleinen Stute den Weg schmackhaft zu machen.

Bei allen Pferden machten sich nach Stunden Ermüdungserscheinungen bemerkbar.

Jasmin musste mit ihrem Strick immer wieder die Stute reizen, doch weiter zu laufen. Dazu blieb sie stehen und schlug der Kleinen vorsichtig an den Körper.

Das Stehenbleiben machte den Treck langsam und sie mussten doch vorankommen.

Endlich – gegen acht Uhr abends - erreichten sie Friedland.

Einen Ort, den sie links von sich liegen ließen.

Werner hatte Umzäunungen dabei, die er mit Johann und Stefan aufbaute. Die anderen Männer kümmerten sich um Wasser für die Pferde.

Die Frauen dagegen um die Versorgung der Menschen.

Jede hatte etwas zu Essen dabei, doch ob dies wochenlang reichen würde, stand in den Sternen.

Eine Stunde später hatten sie alle Pferde sicher untergebracht. Die mitgeführten Wagen hatten sie jeweils gegenüber aufgestellt. In der Mitte hatten sie ein Feuer gemacht, welches sowohl dazu dienen sollte, das Essen zuzubereiten, als auch sie alle zu wärmen.

Die Nächte Ende Oktober wurden schon ziemlich kalt und Inge stellte erschrocken fest, dass sie viel zu wenig Decken mitgenommen hatte.

Wenigstens klappte die Versorgung aller.

Jeder steuerte bei, was er mitgenommen hatte. Und so wurde es am ersten Abend ein üppiges Mahl.

Man schlief im Freien, nutzte die Wagen als

Deckung und alle suchten sich einen Platz im Wirr-warr der ganzen Menschen.

Inge und Werner schliefen auf dem Vorratswagen, die Sommers auf ihrem. Die Funkes hatten dicke Decken dabei, unter denen auch die Hunde ihren Platz fanden.

Anna und Horst schliefen neben dem Wagen ihrer Eltern. Regina, Jasmin und Paul teilten sich ihr Lager daneben. Johann und Stefan schliefen in der Nähe der Pferde. Und eigentlich hatte dies auch Anuschka vor. Doch als sie hörte, wie Helmar schnarchte, ging sie mit ihrer Decke zu den anderen, die zwischen den Wagen lagen. Die von Weldens schliefen ebenfalls in der Nähe der Koppel, wo Appolina nicht zur Ruhe kam. Die Bergs machten es sich neben dem Wagen der Sommers bequem und hofften vergeblich darauf, dass sie eingeladen wurden, auf dem Wagen zu schlafen. Silvia Engel aber schlief ganz abseits. Sie traute sich nicht, näher zu rutschen. Und die Schossnicks? Sie suchten die Nähe zu Johann. Irgendwie hatten sie das Gefühl, dass sie diese Nähe bräuchten. Und Johann?

Er tat so, als würde er dies ignorieren.
Er versuchte auszuweichen, und als es Mitternacht wurde, schlich er sich zu Jasmin: „Jasmin, Jasmin."

Er war ganz leise und streichelte ihre Stirn und ihre Wangen.

Jasmin erwachte und sah sein Gesicht über dem ihren. Sie wollte aufschreien, doch er hielt ihren Mund zu: „Komm!"

Jasmin sah neben sich: Alle schliefen.
„Was ist?"

Sie folgte Johann.
„Ich weiß nicht, was ich machen soll", suchte er ihren Rat.

„Johann", sprach sie verschlafen, „es ist mitten in der Nacht. Wir liegen hier im Nirgendwo und du hast keine anderen Sorgen?"

„Es … es sind meine Eltern", sagte er, ohne auf ihren Kommentar einzugehen.

„Wieso bist du dann zu uns gekommen?"

„Ich wusste nicht, wohin", entschuldigte er sich.

„Du hättest ziehen sollen und nicht zurückkommen", sagte Jasmin und blickte den Mond an, der in all seiner Pracht vom Nachthimmel strahlte.

„Es war furchtbar im Gefängnis", sagte er.

Jasmin schaute Johann ins Gesicht: „Das glaube ich." Doch plötzlich hörten sie ein Geraschel.

Irgendjemand schlich um sie herum.

Johann ergriff Jasmins Arm und drückte sie damit hinter sich.

Jasmin gefiel diese Art des Schutzes und sie versteckte sich hinter ihm.

„Wer ist da?", fragte er, während er sich hinunterbeugte und einen dicken Ast ergriff.

„Ich bin es", hörten die beiden Frau Schossnicks Stimme, „ich wusste es! Ich wusste, dass du es bist, mein Sohn."

Frau Schossnick kam näher und im Mondenschein blieb sie vor ihrem Sohn stehen.

„Nichts wissen Sie", erwiderte Johann. „Ich bin nicht Ihr Sohn. Sie müssen mich verwechseln."

„Johann", kam nun Jasmin hinter seinem Rücken hervor, „lass gut sein!"

„Nein", versuchte er seine Stimme nicht derart zu erheben, dass alle aufwachten, „sie hat keinen Sohn mehr!"

„Ich weiß", machte Frau Schossnick einen Schritt auf ihn zu, „du hast allen Grund dazu, das zu denken."

„Sie ...du ...", stammelte er vor sich hin.

„Habe mich nicht um dich gesorgt", vollendete sie seinen Satz, „aber es ist Schicksal, dass wir uns hier wiedersehen."

„Ich wollte ...", begann er erneut.

Und dieses Mal war es Jasmin, die ihn unterbrach: „Du wolltest in ihrer Nähe sein."

„Nein, das sicherlich nicht", erwiderte er.

„Weshalb sonst bist du bei uns gelandet?", versuchte Jasmin, seine Gründe zu hinterfragen.

„Ich musste mich verstecken, denn sonst hätten

sie mich in eins der Lager gesteckt und da wäre ich nie wieder herausgekommen."

„Es gibt keine solchen Lager", erwiderte Frau Schossnick.

Johann schaute seine Mutter missbilligend an: „Du hast nicht die geringste Ahnung!"

„Lager, Lager, hör aber auf damit."

„Sie sperren alle Feinde dort hinein und niemand kommt wieder heraus. Es gibt sie: Diese Lager", versuchte er sich zu verteidigen.

„Die sind für die Juden und nicht für solche, wie du", war sie es nun, die versuchte, ihre Einstellung zu verteidigen.

„Du hast echt nicht die geringste Ahnung", wendete er sich von ihr ab, „du willst nur sehen, was du sehen willst."

„Ich will nur nicht, dass du vergisst, woher du kommst", sprach sie.

„Woher komme ich?"

„Aus einem guten Elternhaus", antwortete sie.

„Aus einem, das die Augen verschließt", entgegnete er ihr.

„Wir verschließen die Augen nicht", sagte sie trotzig. „Natürlich tut ihr das", sagte er, „ihr seid so blind, dass ihr nicht erkennt, welchen perfiden Plan dieser Hitler verfolgt. Schau dich doch um, Mutter", und er hob seine Hand gen Himmel, „wo bist du hier!"

„Ich stehe hier mit meinem Sohn", erwiderte sie. „Nein", schrie er sie an, „eben nicht."

„Was willst du?", schrie sie ebenso zurück.

„Ich will, dass du erkennst, dass dieser Hitler ein Ungeheuer ist."

„Er will nur, dass wir ..."

Doch Johann unterbrach seine Mutter: „Sie hätten mich nach Dachau gesteckt."

„Dachau?", mischte sich nun auch Jasmin ein.

„Ja, ich bin der Feind", antwortete Johann.

„Dachau", wiederholte Frau Schossnick.

„Wenn sie nicht das Gefängnis getroffen hätten, dann wäre ich womöglich jetzt ..."

„Tot", vervollständigte Jasmin.

„Mein Liebling", Frau Schossnick öffnete ihre Arme und wollte ihren Sohn umarmen.

„Lass das!", forderte Johann sie auf. „Du hast dich die letzten Jahre nicht um mich gekümmert, also brauchst du es jetzt auch nicht."

„Ich wollte, aber. ...", Frau Schossnick hatte Tränen in den Augen.

„Aber du konntest mich nicht besuchen, weil du dich geschämt hast", fügte er hinzu.

„Keiner war wie du", erwiderte sie.

„Und gerade das hätte Sie stolz machen müssen", sagte Jasmin.

Die Frau schaute das junge Mädchen an.

Und Johann war unheimlich stolz auf Jasmin, welche er lieben gelernt hatte. Und er wusste nun, warum er sich zu Jasmin so hingezogen fühlte. Ja, sie war die Frau an seiner Seite! Sie liebte ihn und er liebte sie. Jasmin nahm seine Hand in die ihre und zeigte ihm damit, dass sie verstand, wovon er sprach.

„Ich will wiedergutmachen, was ich versäumt habe", sagte Frau Schossnick.

„Dann hilf, dass wir das hier überleben", sagte Johann und drückte die Hand von Jasmin ganz fest.

„Ja, das werde ich", sagte seine Mutter, die immer noch hoffte, dass sie das Kind, welches sie vor 18 Jahren gebar, umarmen konnte.

Doch Johann legte keinen Wert auf diese Geste. Nein: Für ihn waren seine Eltern gestorben. Genau wie er für sie vor etlichen Jahren.

Dass er zurückgekehrt war, an den Hofferschen Hof kam, war nur Zufall. Genauso gut hätte er an jeden anderen Hof kehren können, aber erst bei Hoffers hatte er eine Anstellung gefunden.

Denn er hatte nicht eine müde Mark. Er brauchte jemanden, der ihm Kost und Logis bezahlte, denn im Knast hatten sie ihm alles genommen. Nur seine Ehre, seine Ehre nicht.

„Lasst uns noch ein wenig schlafen. Der heutige Tag wird anstrengend", sagte Jasmin in das Schweigen hinein.

Frau Schossnick nickte mit dem Kopf.

Dieses junge Mädchen war viel vernünftiger als sie. Und so folgte sie den beiden jungen Leuten zum Lagerplatz.

Doch plötzlich hielten alle inne! Was war das?
Ein Donner grollte. Waren das Kanonen, die in der Ferne zu hören waren?

Die meisten der Schlafenden streckten ihre Köpfe in die Höhe.

„Was war das?", fragte Silvia Engel als Este und zog sich die alte Decke über den Kopf.

„Ein Gewitter zieht heran", antwortete Werner Hoffer ebenfalls ganz verschlafen.

„Woher wollen Sie wissen, dass das nichts anderes ist?", fragte Frau Funke neugierig.

„Ganz einfach", entgegnete er, „ich kann den Himmel beobachten und dort hinten", und er zeigte in Richtung Osten, „ziehen Gewitterwolken heran und die bringen Regen."

„Regen?", war nun auch Inge zu hören.

„Deshalb lasst uns die Nacht beenden und weiter ziehen", erhob sich Werner und stieg vom Wagen herunter. Die Nächte, die allmählich kühl und nass wurden, machten seinen Gelenken schwer zu schaffen.

„Soll ich dir helfen?", fragte Horst seinen Schwiegervater.

Doch Werner schnauzte ihn an: „Sehe ich so aus, als würde ich deine Hilfe brauchen?"

Anna hielt aber schon ihre Hände entgegen, um die Hilfe ihres Mannes anzunehmen.

Sie schüttelte mit dem Kopf, sodass es nur Horst sehen konnte. Es sollte so viel bedeuten wie: Reg dich ja nicht auf! Das wusste Horst selbst. Ein Streit dieser Tage wäre für alle nicht gut – einschließlich ihm.

Und so packten alle schnell zusammen.
Unter Planen wurden die Decken versteckt.

Die Pferde, die sich zum Schlafen gelegt hatten, waren durch das Grollen am Himmel ebenfalls erwacht.

Manche liefen ganz nervös hin und her - vor allem die jungen Pferde, die es zum einen sowieso nicht gewöhnt waren, nachts draußen zu verbringen, und zum anderen auch ein Gewitter nur selten erlebt hatten.

Schwindlerin war auch eines jener Pferde, das sein ganzes junges Leben lang behütet im Stall groß geworden war. Dementsprechend nervös war sie jetzt und Jasmin hatte zutun, ihre kleine Stute zu beruhigen.

Nur die alten Pferde standen gelangweilt da. Scheinbar konnten sie die ganze Aufregung nicht verstehen.

Der Mond strahlte noch so hell, dass alles gut zu sehen war, was eingepackt werden musste.

Nur Silvia Engel suchte noch nach etwas, was die ganze Gruppe um sie herum in den Wahnsinn trieb.

„Was suchst du denn noch?", schrie Frau Funke sie an.

„Mein Medaillon", antwortete sie verzweifelt.

„Das werden wir nie finden bei diesem Licht", sagten Frau Sommer und Frau Berg gleichzeitig.

Dabei schauten sie sich an und lächelten schüchtern.

„Ich habe mich Ihnen noch gar nicht vorgestellt", streckte Frau Sommer der jungen Mutter die Hand entgegen und nannte ihr ihren Namen.

„Christiane Berg heiße ich", erwiderte die junge Frau. „Ja, ich weiß. Mein Mann sagte mir, dass Sie ein Baby haben."

„Ja, eine kleine Tochter", hielt ihr die junge Mutter das Kind entgegen.

„Wie heißt sie denn?"
Doch ehe Christiane antworten konnte, rief Silvia: „Ich hab `s."

„Na, Gott sei Dank."
„Dann los, vielleicht können wir dem Regen entfliehen", hörten sie den alten Hoffer, der Johann und Stefan das Zeichen gab, dass es losgehen konnte. Die beiden machten noch die letzten Streben der

provisorischen Zäune ab und schmissen sie auf den Wagen. Dann ging es auch schon los.

„Müssen die Pferde nicht morgens fressen?", fragte Inge Werner leise.

„Nein", gab dieser schroff zurück, „wir müssen mit dem Futter sorgsam umgehen. Es gibt nur jeden zweiten Tag etwas."

„Na hoffentlich gilt das nur für die Pferde", steuerte Inge noch leise bei und riskierte einen bösen Blick ihres Mannes.

Endlich waren alle abmarschbereit und folgten den alten Pferden und Johann und Stefan.

Die Funkes ritten und ihre beiden Hunde gingen brav an den Seiten der Pferde. Frau Sommer hatte Frau Berg mit auf ihren Wagen geholt, was diese angesichts des schreienden Kindes als sehr wohltuend empfand. Herr Berg wich Frau und Kind nicht von der Seite.

Ihre beiden Stuten hatten sie mit zu der Gruppe der alten Pferde gegeben, denn dort schienen sie am besten aufgehoben zu sein.

Die Schossnicks trotteten hinter dem Wagen der Sommers mit ihren Pferden her: Frau Schossnick hörte man erzählen. Doch keiner konnte verstehen, was sie ihrem Mann flüsterte.

Nur hörte man am Brummen des Mannes, das ihm nicht gefiel, was ihm erzählt wurde, und so bekam der kleine Tammy mehr Hiebe als nötig.

Herr Schossnick war einer, der durchaus seine Launen am Pferd ausließ.

Und dies zum Erschrecken der von Weldens, die den beiden folgten. Frau von Welden führte die Haflingerstute Appolina am Strick. Scheinbar hatte sich diese ihrem Schicksal gefügt, denn sie lief ruhig und konzentriert neben ihren Besitzern einher.

Und Silvia Engel hatte sich mit ihrer Stute zu Jasmin und Regina gesellt.

Sie beobachtete das junge Mädchen, wie es umging mit Schwindlerin, wie es sie beruhigte, wie es mit ihr sprach.

„Du machst das toll", lobte sie Jasmin, „ich werde nie so sein können."

„Unsinn", erwiderte Jasmin, „Sie werden das auch lernen."

„Aber Diwa ist immer so nervös!"
Jasmin lächelte vor sich hin und am liebsten hätte sie laut gesagt: Weil Sie es sind.

Aber sie verkniff sich diese Anmaßung. Es stand ihr nicht zu, einer Frau, die älter war als sie, so etwas ins Gesicht zu sagen.

Jeder war anders und vielleicht kam auch die Zeit dieser beiden.

„Das wird schon", sagte sie stattdessen, „es dauert eben seine Zeit."

„Dein Wort in Gottes Ohr", lächelte Silvia und streichelte Diwa über den Kopf, während sie liefen.

Im Schein des Mondes erkannten sie Friedland. Ruhig und still lagen die Häuser der Stadt in der Nacht. Und allmählich merkten alle, wie der Mond von den Wolken verdeckt wurde. Das Gewitter zog immer näher.

Johann und Stefan legten einen Schritt zu. Vielleicht, ja vielleicht, konnten sie dem Regen entkommen.

Doch die Pferde waren zu langsam.

Und als Regina gerade zu ihrer Nichte sagte: „Ich habe gerade den ersten Tropfen abbekommen", prasselte es auch schon auf alle nieder.

Inge schrie und hielt die Plane, die eigentlich das mitgeführte Heu schützen sollte, über Anna und sich. „Schneller, schneller", rief Johann und trieb alle Pferde an.

Doch all das Rennen half nichts: Jeder wurde nass bis auf die Haut.

Und ehe der Morgen graute, waren sie alle dermaßen durchnässt, dass sie mit den Zähnen klapperten.

Auch Paul zitterte am ganzen Körper, bis der Himmel sich endlich erbarmte und die Wolken zerstob.

Aber die Herbstsonne hatte längst nicht mehr die Kraft, ihre Körper zu wärmen.

„Mir ist so kalt", kam Paul an den Wagen seiner Großmutter und Mutter. Und in seinen Händen hielt er, immer noch an einem Strick, die kleine Lilly.

Auch der Hund zitterte und Paul streichelte ihm über das nasse Fell.

„Komm hier hoch", befahl ihm seine Mutter.

„Lilly auch?", fragte er.

„Du kannst den Hund nicht auf den Wagen nehmen", antwortete Inge schnell.

„Dann laufe ich auch", sagte er, und lief schnell davon, „beim Laufen wird uns sicherlich warm."

Lilly fasste das Ganze sofort als lustiges Spiel auf und bellte wie verrückt neben dem Jungen her.

„Du machst die Pferde ganz verrückt!", ermahnte ihn sein Großvater.

Doch Paul tat so, als hätte er nichts gehört und rannte nach vorne zu den beiden Männern.

„Wie weit ist es bis zum nächsten Halt?"

Johann sah ihn an und zuckte mit den Schultern.

„Ich habe keine Ahnung. Das hängt von deinem Großvater ab."

„Großvater hat also den Plan?"

„Ja, frag ihn", riet ihm Stefan.

Paul war stehen geblieben. Er überlegte. Jetzt den Großvater zu fragen, war sicherlich keine gute Idee und so machte er, dass er schnell wieder aufholte. Er trieb Lilly an und trottete mit ihr neben den Männern her.

„Mir ist total kalt", sagte Regina und sprang neben ihrem Führpferd auf und ab.

„Großvater wird sicherlich bald eine Pause machen", hoffte Jasmin.

„Das glaube ich nicht", erwiderte ihre Tante, „er will Strecke machen."

„Dann muss uns die Sonne wärmen", sagte Jasmin.

„Ich habe wirklich nicht die richtigen Sachen eingesteckt, merke ich gerade."

„Ich habe viele dicke Sachen dabei", erklärte Jasmin, die ihrer Stute an den Hals griff, um sie zu streicheln. „Ich weiß auch nicht, was ich mir dabei gedacht habe", sagte Regina nachdenklich, scheinbar habe ich mich von Mutter irreführen lassen. Sie sagte immer: *Bald sind wir wieder da. Bald sind wir wieder da.* Sie hat mich ganz irre damit gemacht."

„Du hättest eben selber überlegen müssen", Jasmin erschrak in dem Moment, als sie dies sagte.

Kam das nicht ein wenig frech herüber?

Ihre Tante war sehr nachtragend, wenn es um solche Äußerungen ging.

Doch dieses Mal schien Jasmin recht zu haben, denn Regina nickte mit dem Kopf.

"Ja, sie ist zu alt, um das Ganze hier zu begreifen."

„Ja", stimmte Jasmin zu, „sie glaubt wirklich, dass wir bald wieder zurückkehren."

„Glaubst du das nicht?", fragte Regina überrascht.

Doch Jasmin wusste genau, wovon sie sprach.
„Nein, ich glaube das nicht."

„Aber was denkst du?", fragte Regina neugierig.
„Ich denke, dass wir nie wieder hierher zurückkommen."

Regina war stehen geblieben: „Was?"
Schwindlerin schnaubte, als Jasmin ebenfalls abrupt stoppte.

„Tante Regina", sagte diese ganz ruhig, „überleg doch mal!"

„Was soll ich überlegen? Was soll ich überlegen?", wiederholte sie ihre Frage zweimal.

„Wenn wir jetzt gehen, dann gibt es kein Zurück mehr", antwortete Jasmin.

„Aber, unser Hof, unser Hab und Gut ...?"
„Ist verloren", antwortete Jasmin schnell.

„Aber ...?", Regina stand da und konnte nicht fassen, mit welcher Gleichgültigkeit ihre Nichte sprach.

Doch Jasmin war nicht gleichgültig, sondern realistisch.

„Überleg doch mal, weshalb die Trakehnen den Befehl gegeben haben, zu evakuieren!"

„Weil sie die Pferde brauchen", antwortete Regina, die immer noch nicht wusste, worauf ihre Nichte hinauswollte.

„Sicherlich brauchen sie Pferde", bestätigte diese, „aber sie räumen das große Gestüt doch nur, weil sie genau wissen, dass es keine Hoffnung mehr gibt. Tante Regina", und Jasmin blieb erneut stehen, „Ostpreußen ist dem Untergang geweiht. Und", Jasmin ließ eine Pause, „Großvater weiß das."

„Meinst du?", fragte Regina noch einmal nach.
„Natürlich", bejahte diese die Frage, „wäre er sonst mit uns allen fort?"

„Nee, bestimmt nicht", mischte sich nun auch Anuschka in das Gespräch der beiden ein. „Aber ich sage euch, dass ich wieder hierher zurückkomme."

„Wir werden sehen", erwiderte Jasmin gelassen.
„Wetten wir?", fragte Anuschka amüsiert.

„Bestimmt nicht", antwortete Jasmin.
„Feigling", erwiderte Anuschka.

„Wer ist ein Feigling?", war auch schon ihr Schatten neben ihr.

Helmar hatte Gefallen an seiner Weggefährtin gefunden und zeigte dies auch öffentlich.

Jasmin und Regina grinsten sich an.
„Mach und kümmere dich um die Gäule", schnauzte Anuschka Helmar an.

Der wiederum wusste mit der Schelte nichts anzufangen, fügte sich allerdings den Anordnungen seiner Angebeteten.

Und dabei hatte er schon einen Tag nichts getrunken! Er musste sich eingestehen, dass es ihm wie Regina ging: Auch er hatte mit dem ganzen Dilemma nicht gerechnet. Er hatte viel zu wenig eingepackt, und was er eingepackt hatte, würde für den Winter und die ganze Reise hier bei Weitem nicht reichen. Auch er hatte scheinbar nicht mit diesen Ausmaßen gerechnet, die diese Flucht mit sich führte. Er hatte gerade einmal drei Pullover bei, von denen jeder irgendwelche Risse aufwies. Er hatte weder eine dicke Decke dabei noch irgendwelche Regen abweisenden Utensilien. Kurz und gut: Er war auf diese Reise einfach nicht vorbereitet. Er hatte sich nicht die geringsten Gedanken darüber gemacht, wie das Ganze hier ablaufen würde. Er war doch nur der Übermittler gewesen. Er hatte doch nicht gewusst, dass diese Nachricht solche Konsequenzen hatte!

Der Gestütsleiter von Trakehnen hatte nur zu ihm gesagt, dass er den Hoffers Bescheid geben sollte, und dass man ihn nicht mitnehmen konnte.

Und das war alles gewesen: Er hatte seinen Auftrag erfüllt!

Gut! Er wollte in der Hektik auch weg. Aber nun? Nun wollte er wieder lieber zurück! Warum tat er sich dies alles hier an? Er hätte sicherlich mit den Russen ein Arrangement gefunden!

Er – den man sowieso nicht ernst nahm.

Ihn – den man sowieso verspottete.

Ihm – dem sowieso alles egal war.

Egal?

Nein, das war es nicht!

Es war ihm nicht egal: sein Leben. Seine Familie! Damals!

Er hatte Frau und Kind gehabt. Und er hatte sie geliebt!

Aber als die Bomber kamen, da hatte er plötzlich keine Familie mehr gehabt. Da hat man sie ihm genommen!

Und von da an war der Schnaps sein bester Freund geworden.

Wer sollte ein Urteil über ihn fällen?

Über ihn, der sein geliebtes Weib und sein Kind verloren hatte? Wer, bitte?

Wie sollte er seinen Kummer begreifen? Sein Schicksal?

Wie gerne wäre er dabei gewesen, als sie den Todesstoß erhielten!

Als sie blutüberströmt dalagen, Arm in Arm!

So gerne hätte er sich zu ihnen gelegt, aber dann hatte er gedacht, dass er sie doch lieber begraben musste, und das hatte er dann auch getan.

Dann war er fortgegangen. Er hatte geglaubt,

dass er sie rächen müsse und sich gemeldet. Man sagte ihm, dass sie jeden nehmen.

Doch ihn – nein – ihn hatten sie nicht genommen.

Und dann kam er nach Ostpreußen. Hier sagte man ihm, dass man ihn bräuchte.

Mist, das alles.

Und nun? Nun war er hier. Kämpfte mit ein paar Verrückten ums Überleben.

Wie sollten sie es schaffen?

Am Trakehnergestüt ging alles ganz schnell. Um fünf Uhr in der Frühe hatten sie den Befehl erhalten, das Gestüt zu evakuieren.

Und dann zogen sie auch schon los.

So viele Pferde mit so wenig Begleitern. So viel Vieh, mit viel zu wenig Futter.

Der Hoffer hatte bestimmt auch zu wenig Futter dabei.

Helmar hätte am liebsten mit irgendjemandem eine Wette abgeschlossen. Aber wer wettete schon mit einem Säufer, wie er einer war?

Dabei hatte er doch eben von einer Wette gehört. Ach egal, was ging ihn das alles schon an. Er würde sowieso bei der nächsten Gelegenheit abhauen.

Und so zogen sie weiter.

Silvia Engel hatte dem Allen nur ganz ruhig zugehört, und sich dann allmählich nach hinten fallen lassen.

Werner schaute auf die Karte. Sein nächstes Ziel hieß Bartenstein.

Sie mussten nur der Alle folgen,.einem Fluss, der fast halb Ostpreußen durchfloss. Sie waren schon die ganze Zeit dem Fluss gefolgt, hatten so auch den Hauptflüchtlingsweg neben sich liegen lassen und schlugen nun eher die Richtung Hinterland ein.

Es war Werners einzige Hoffnung, unbeschadet mit den Pferden durchzukommen und einen freien Weg zu haben.

Horst hatte sich vom Wagen der schnatternden Weiber entfernen können und beobachtete seinen

Schwiegervater, wie er ab und an auf seinen Plan schaute.

Weiß Gott: Dieser Mann war wirklich nicht so dumm, dachte er.

Dieser Mann verfügte über eine Art „Bauernschläue". Er wusste ganz genau, wohin er wollte und was er tat. Horst begann, diesen Mann zu bewundern und ihm Respekt zu zollen.

„Kann ich dir irgendwie helfen?", hatte er seinen Schwiegervater eingeholt.

„Nee, du nicht", erwiderte dieser mürrisch.

„Lass uns doch wenigstens für die nächsten paar Wochen so tun, als wären wir miteinander verwandt", schlug Horst vor.

„Wir?" Werner blieb stehen und schaute Horst vorwurfsvoll an.

Doch Horst wusste, dass er dieses Mal nicht kleinbeigeben wollte, im Gegenteil: Er musste hier und jetzt seinen Mann stehen, denn ihm war klar, dass er in den nächsten Wochen an der Seite dieses Mannes stehen musste, wenn sie überleben wollten.

Was hatte er Wilfried überreden wollen, mitzuziehen. Aber dieser sture Kerl war einfach nicht zu überzeugen gewesen.

Und auch Lisbeth war Horst in den Rücken gefallen. Immer wieder hatten sie ihm gesagt, dass eine Flucht aussichtslos war und er mit seiner Familie doch hier bleiben sollte.

Aber Horst war sich darüber im Klaren, dass Anna ihre Eltern niemals hätte alleine ziehen lassen.

Und geschweige denn ihre Tochter und ihren Sohn: Jasmin und wahrscheinlich auch Paul wären auch ohne ihre Eltern gegangen. Und dann?

Dann hätte er sich ewig Vorwürfe gemacht, dass er sie hatte ziehen lassen.

Und ehrlich! In diesem Moment war ihm die Familie wichtiger als die Freunde.

Als er sich von Wilfried, Lisbeth und deren Töchtern verabschiedete, da hatte er Tränen in den Augen gehabt.

Alle hatten sich gegenseitig viel Glück gewünscht und sich umarmt.

„Wir sehen uns bald wieder", hatte Wilfried seinem Freund hinterhergerufen, bevor dieser hinter der nächsten Ecke verschwunden war. Für die beiden Männer war es die erste Trennung gewesen und ihnen war nicht klar, dass es eine für ewig war!

„Jetzt lass mich dir endlich helfen", versuchte Horst es erneut bei seinem Schwiegervater.

„Was willst du mir denn helfen?", fragte Werner in einem weniger aggressiven Ton.

„Ich könnte dir bei der Route helfen", schlug Horst vor, „ich bin gar nicht schlecht darin, den richtigen Weg zu finden."

„Du meinst wohl den, der dich am besten vor allem bewahrt?"

Werner grinste schamlos, aber auch schuldbewusst.

„Hör auf, mir Vorwürfe zu machen", blieb Horst ruhig, „denn du kannst mir keine machen, nur weil ich zu meiner Familie zurück wollte."

„Ich weiß", erwiderte Werner. Und Horst ahnte nicht, wie sehr ihn sein Schwiegervater verstand.

Horst starrte Werner an. Hatte er das jetzt richtig gehört?

War da ein kleines bisschen Verständnis?

„Mir ging es damals genauso", starrte Werner auf den Weg, „ich habe auch ..."

Doch zu mehr konnte er sich nicht hinreißen. Nein! Er hatte es sich geschworen! Er würde niemals jemandem mitteilen, wie er den Krieg überstanden hatte.

Doch Werner spürte auch, dass es langsam an der Zeit war, es jemandem, irgendjemandem, zu erzählen. Noch bevor ihn der Sensenmann holte, noch bevor er vor Gott trat.

Aber war dieser Schwiegersohn der Richtige? Dieser Tölpel, der nichts weiter konnte, als seiner geliebten Tochter Kinder machen?

Zu mehr war er doch wahrhaftig nicht in der Lage. Werner grinste vor sich hin. Oder doch?

Hatte Werner vielleicht doch nicht mehr den richtigen Blick? War dieser Tölpel doch anders?

Wenn man sich die Kinder anschaute, dann konnte man durchaus so etwas vermuten, denn als Paul mit diesem Hund angerannt kam, musste ihm Werner instinktiv die Hand auf die Schultern legen: „Mir gefällt, wie du dich um diesen Köter kümmerst.‟

„Großvater‟, sagte Paul ernst, „Lilly ist kein Köter.‟ „Oh ja‟, entgegnete Werner gespielt, „sie ist dein bester Freund.‟

Paul nickte, aber er wusste auch, dass er nicht über Lilly sprechen wollte, die brav neben ihm hertappte.   „Die anderen haben gesagt, dass du den Weg kennst.‟ „Nun‟, berichtigte Werner seinen Enkel, „den ganzen Weg kenne ich nicht, aber die Richtung schon.‟

„Prima‟, war Paul froh, „wann machen wir dann die nächste Rast?‟

„Kommst wohl doch nach deinem Vater‟, resümierte Werner, und Paul wusste genau, dass dies kein Kompliment war.

Der kleine Junge hatte schon oft bemerkt, dass sein Großvater mit seinem Vater nicht konnte. Irgendwie sprachen sie nicht die gleiche Sprache. Es war, als verstünde der eine den anderen nicht und umgekehrt. Wenn doch Paul seinem Großvater von den Blümlings erzählen könnte. Aber nein, fiel ihm ein: Alle hatten es ihm verboten.

Ob die Blümlings schon weiter waren? Ob Josef auch so fror wie er?

„Was ist?‟, fragte Horst seinen Sohn.
„Ich musste gerade an Josef denken‟, antwortete dieser.

„Es geht ihm gut‟, sagte Horst und zwinkerte seinem Sohn zu.

„Woher willst du das wissen?‟, mischte sich Werner in das Gespräch zwischen Vater und Sohn ein.

Paul sah erst auf seinen Vater und dann auf seinen Großvater und dann wieder auf seinen Vater und wieder anders herum.

„Ich weiß es eben‟, erwiderte Horst.

„Erzählte man sich nicht, dass sie Juden waren?"

„Die Leute erzählen viel, wenn der Tag lang ist."

„Wenn es welche waren, dann hatten sie ganz schönes Glück."

„Wie meinst du das?", fragte Paul verwirrt.

„Nun ja", Werner schaute seinen Enkel an, denn er wusste, dass der Sohn der Blümlings sein Freund gewesen war, „in anderen Orten hätte man sie gleich 39 fortgeschafft."

„Fortgeschafft?", richtete sich Paul an seinen Vater. „In ein Lager gesperrt", antwortete dieser, nicht ohne seinem Schwiegervater einen bösen Blick zuzuwerfen, der so viel heißen sollte, wie: Warum erzählst du dem Jungen das jetzt?

„Da müssen diese Leute für ihre Existenz arbeiten", fügte Werner Horsts Erklärung hinzu.

„Und warum müssen sie dafür arbeiten?"

„Weil die Juden ..."

Doch Horst unterbrach seinen Schwiegervater: „Weil die Deutschen glauben, dass sie mehr wert sind als andere."

Paul sah wieder abwechselnd auf die beiden Männer:

„Aber Josef ist mein bester Freund und irgendwann werde ich ihn wiedersehen, er war ..."

Werner war sich bewusst, dass an einem solchen Tag nicht mehr über solche Fragen diskutiert werden musste, denn wo waren sie schließlich? Sie waren hier: auf der Straße nach ... Werner schaute sich um. Wo war die Alle?

„Wieso gehen wir nicht mehr am Fluss entlang?", schrie er nach vorne.

Alle, einschließlich der meisten Pferde, schauten sich nach dem Brüllenden um.

„Der Weg entfernt sich vom Fluss", rief Johann von vorne.

Werner hielt inne und schaute auf seiner Karte nach. Horst stand hinter ihm und blickte ebenfalls auf das Papier, welches Werner vor sich geöffnet und mit zitternden Händen hielt.

„Der Weg ist richtig", sagte Horst.

„Das sehe ich auch." Werner war sauer. Er wollte sich nicht so weit vom Fluss entfernen, denn das Wasser war wichtig für die Tiere und würde sie noch eine Weile erfrischen können.

„Wir sind ja bald wieder am Fluss", wollte Horst seinen Schwiegervater beruhigen.

„Das weiß ich auch", entgegnete dieser grob, „also macht schneller", trieb er die jungen Männer vorne an, indem er erneut schrie.

„Der Alte ist wirklich arg nervös", sagte Stefan zu Johann.

„Er hat eben Angst", erwiderte dieser und schaute auf die Herde, die Jasmin anführte.

Und er staunte, denn auch die jungen Pferde liefen ruhig hinter den anderen her.

Dann versuchte er, noch einen Blick nach ganz hinten zu werfen.

Und tatsächlich konnte er seine Eltern ausmachen, die ihre beiden Pferde hinter den anderen führten.

Er sah seinen Vater humpeln und seine Mutter nebenher gestikulieren.

Sicherlich hatte sie ihm erzählt, dass sein jüngster Sohn hier vorne lief.

Hatte Johann Lust auf ein Wiedersehen? Hatte er vor allem den Nerv, seinem Vater in die Augen zu schauen?

Fritz war immer der, den sie mehr liebten. Das war schon, als sie noch ganz klein waren.

„Fritz ist viel besser als du", hatten sie immer gesagt und, „Fritz hätte das nie gemacht", und so weiter und so fort. Ja, ja, ja - ihr Fritz. Und als er sich schließlich gleich zur Wehr meldete, da waren sie so stolz auf ihn gewesen: so unendlich stolz. Und als sie mitbekamen, dass ihr Zweitgeborener sich für das ganze Gegenteil interessierte, da hatten sie keinen zweiten Sohn mehr! Da war es nur noch Fritz, von dem sie sprachen.

Obwohl: Johann war ungerecht. Fritz hatte er geliebt und er ihn auch. Sie waren zwar wie Apfel und Birne, aber sie waren Obst.

Johann musste lächeln, als ihm dieser Vergleich einfiel.

Und außerdem musste er an Obst denken.

Was würde er für einen Apfel geben oder eine Birne? „Wir müssen heute noch bis an den Fluss kommen!", hörte er den Alten bis nach vorne rufen.

Das war Johann schon klar, denn die Pferde mussten trinken können. Hielt ihn der Alte für so bescheuert? Selbst wenn sie jetzt dem Weg folgten, dann wusste er, dass sie bis zum Abend eine Tränke gefunden haben mussten.

Doch plötzlich wurde er in seinen Gedanken unterbrochen. Von hinten hörte er Geschrei, das klang, als würden alle Sirenen eines Ortes zusammen ertönen. Sirenen! Die letzten Sirenen hatte er gehört, bevor ihm die Flucht gelang, und ihr Geheul hatte er noch immer in den Ohren.

Johann schaute nach hinten und er sah, wie nervös plötzlich alle Pferde wurden, und er bemerkte auch, wie sie alle nach vorne drängten.

Jasmin rief ihm zu: „Beeile dich, beeile dich!"

„Was ist denn plötzlich?", schrie Stefan neben ihm, der ebenfalls ganz nervös nach hinten schaute.

„Ich habe keine Ahnung", gab Johann zurück, war aber gleichzeitig damit beschäftigt, die Pferde um sich herum, einigermaßen zu beruhigen.

Frau Funke hingegen war nach hinten geritten.

„Haut ab!", schrie sie die Männer an, die sich um Silvia und deren Stute im Kreis aufgestellt hatten.

Silvia hielt ihre Peitsche nach oben und war gerade dabei, sie einem der Männer über den Schädel zu schlagen.

Und dieses Mal wirkte sie gar nicht verpeilt: Sie wusste genau, was sie tat. Sie wusste genau, dass sie das Leben ihrer Stute schützen musste.

Herr Funke war zu den beiden Frauen gestoßen, während Bella und Resi wie verrückt bellten.

„Ihr habt so viele Pferde", sagte einer der Männer, der eine Axt in den Händen hielt, „gebt uns nur eines ab und wir nehmen auch das kleinste."

„Das ist nicht zum Essen", erwiderte Silvia, „schert euch, dass ihr wegkommt."

„Lasst uns nur das eine", bat wiederum einer der Männer, „wir haben Frauen und Kinder dabei."

„Haut ab!", schrie Silvia erneut.

„Habt ihr nicht gehört, was die Dame gesagt hat?", Herr Funke saß auf Samira und versuchte mit ihr, die Männer zurückzudrängen.

„Wir brauchen doch nur eines eurer Pferde", wiederholte sich der erste der Männer.

„Nichts ist", und Silvia ließ die Peitsche knallen.

Und in diesem Moment schnellte ihre Stute davon.

Silvia stand da mit dem Strick in der Hand.

„Diwa", rief sie dem Pferd noch hinterher, aber die kleine Stute suchte das Weite.

Silvia machte einige Schritte, doch sie wusste, dass sie keinerlei Chancen hatte, ihrem kleinen Vollblut zu folgen.

„Diwa", rief sie noch einmal ganz leise, „Diwa."

Doch die Stute hatte die Flucht ergriffen.

Silvia blieb wie angewurzelt stehen.

Mittlerweile hatten sich auch die anderen Männer neben Herrn Funke versammelt.

Wie eine Mauer schützten sie den Rest des Trecks.

Herr Schossnick hielt einen riesigen Ast in der Hand, Herr Sommer eine Peitsche, Herr Berg hielt ein Messer in der Hand, was er von einer in die andere Hand gleiten ließ, und selbst Herr von Welden stieß dazu und bedrohte die Angreifer mit einer Schaufel, wo auch immer er die herhatte.

Und so ergriffen die anderen Männer die Flucht und Silvia fiel Frau Funke, die eilends abgestiegen war, erschöpft in die Arme.

„Wir müssen weiter", sagte diese.

Doch Silvia schluchzte: „Ich kann nicht, ich muss sie suchen! Ich gehe nicht ohne sie!"

„Aber?"

Frau Funke sah sich Hilfe suchend um, doch niemand sagte ein Wort.

Bis Werner erschien: „Wir müssen ab jetzt ständig damit rechnen, dass sie uns überfallen. Wir müssen näher aneinanderrücken und dürfen nicht solche großen Lücken lassen."

Die Männer nickten.

„Silvia will ihre Stute suchen", wendete sich Frau Funke Werner zu.

„Ist sie fort?"

Werner wusste nicht, dass das Tier abgehauen war.

„Ich, ich", stammelte Silvia, „ich kann nicht ohne sie ... Was sollte ich ohne sie machen?"

„Sie ist nur ein Pferd", hörten alle Herrn Berg sagen. „Sie ist für mich nicht nur ein Pferd", gab Silvia zurück, „sie ist meine Familie."

Herr Berg steckte sein Messer in die Hosentasche, ging und schüttelte mit dem Kopf.

„Ist denn jemand bereit, nach dem Tier zu suchen?", fragte Werner.

Frau Funke sah ihren Mann flehentlich an, der daraufhin mit dem Kopf nickte. Auch Herr Sommer willigte ein und spannte Tristess schnell aus. Und auch Herr Schossnick kam schneller auf sein Pferd, als alle gedacht hatten.

„Sie haben zwei Stunden. Sehen Sie sich vor!"

Silvia konnte ihr Glück kaum fassen: „Sie ist bestimmt noch nicht weit. Nehmen Sie mich mit?"

Herr Funke sah die junge Frau an und reichte ihr auch schon die Hand, um sie hinter sich auf das Pferd zu hieven.

Und so stoben die Vier davon, in der Hoffnung, das Pferd zu finden und zum Treck zurückzubringen. Herr Sommer nahm eines der Hofferschen Pferde, denn Tristess auszuspannen, kostete doch mehr Zeit.

Werner indessen hatte alle stoppen lassen. Eine Pause würde allen guttun und außerdem musste besprochen werden, wie sie die Pferde vor solchen Angriffen schützen konnten. Werner war sich bewusst, dass, je länger sie unterwegs waren und je mehr sie sich dem Westen näherten, sie mehr und mehr solcher ausgehungerten Menschengruppen begegnen würden. Und manche von denen würden sich von ein paar hochgehaltenen Ästen und Schaufeln nicht zurückschrecken lassen.

Warum nur hatte er seine Gewehre verscharrt und nicht mitgenommen?

Ja, er wusste genau, warum. Er wollte keine Waffen mit sich führen, falls sie auf Soldaten trafen.

So galten sie als Zivilisten, und Zivilisten zu erschießen – nein – das galt von jeher als Tabu unter den Soldaten, egal, welcher Nationalität sie angehörten. Oder? Hatte sich das seit dem letzten Krieg geändert?

Sollte er bereuen, kein Gewehr mitgenommen zu haben?

Er ging langsamen Schrittes zu Inge, die mittlerweile vom Wagen heruntergestiegen war.

„Was ist?"

Werner schüttelte mit dem Kopf: „Eins der Pferde ist fort."

„Und nun?"

„Sie suchen es. Ich habe ihnen zwei Stunden gegeben. Horst", wendete er sich seinem Schwiegersohn zu, „sag den anderen Bescheid."

„Eine Pause ist gut", wollte Inge ihrem Mann zustimmen. Sie ahnte, dass es ihm schwergefallen war, eine solche anzuordnen.

„Meinst du, dass sie das Pferd finden? Und welches ist es überhaupt? Eines von unseren?"

„Wie denn?", fragte Werner grob zurück. „Unsere laufen doch wohl vor dir."

„Stimmt", erwiderte Inge, „also welches dann?"

„Es ist das von der Engel."

„Arme Silvia", sagte Anna.

Sie wusste, dass gerade Silvia sehr an ihrem Pferd hing.

„Was ist mit der Frau?", fragte Trude leise.

„Die Silvia ist ein bisschen daneben. Viele lachen über sie, aber ich mag sie. Sie hat schon Schweres hinter sich, die Arme."

„Erzähle", forderte Trude ihre Freundin auf.

„Mmh, ich weiß, dass sie in einem kleinen Häuschen

gewohnt hat, außerhalb jeglicher Ortschaften. Sie war ganz für sich alleine. Ihre Mutter war gestorben, als sie fünfzehn war. Irgendeine Erbkrankheit. Und man erzählt sich, dass sie die auch hat. Ihr Vater ist ein Jahr später vor Gram gestorben und dann war Silvia ganz alleine. Als sie Mitte dreißig war, da hatte sie einen Mann kennengelernt und geheiratet und dann war sie schwanger und hat das Kind verloren."

„Wie schrecklich", unterbrach Trude.

„Sie wird nie wieder Kinder kriegen können und ihr Mann ... ja, der ist fortgegangen, und hat sie alleine gelassen mit all ihrem Kummer."

„Männer!", Trude wusste genau, wovon sie sprach. Trude hatte es auch durchgemacht. Dieses allein gelassen werden! Sie hasste das männliche Geschlecht!

Anna erzählte schnell weiter: „Und dann holte sie sich dieses kleine Ding, diese kleine Stute, und lebte mit ihr zusammen. Sie wurde ihr Familienersatz."

„Traurig, traurig", entgegnete Trude.

„Es gibt Schlimmeres, als ein Pferd als Familie zu haben", mischte sich nun Jasmin ein.

Natürlich hatte sie Schwindlerin dabei, die sie wohl nie loslassen würde.

„Nee, nee, klar doch", stimmte ihr Trude zu.

„Ob sie sie finden werden?", fragte Jasmin die Frauen.

„Ich habe keine Hoffnung", hörte sie ihren Großvater sagen, „hilf und sieh nach den Pferden", befahl er seiner Enkelin. „Schau, ob sie Verletzungen haben."

„Ich habe Hunger", war nun auch Paul zu seiner Familie gestoßen.

Anna suchte nach etwas, was sie ihrem Sohn geben konnte.

Inge streckte ihr ein wenig Brot entgegen, was Anna dankbar annahm und ihrem Sohn reichte.

Es war hart und fast schon schimmlig, aber es genügte Paul und er nahm es in den Mund.

„Gib aber dem Hund nichts", forderte ihn seine Mutter auf.

„Ja, ja", wendete er sich ab und ging.

Als wenn er dem Hund ...? Lilly sah ihn mit ihren riesigen Hundeaugen an.

Paul schaute sich um. Niemand beobachtete ihn und zack, hatte die kleine Lilly einen kleinen Happen abbekommen.

Nein, lieber würde er hungern, als diesem Tier nichts abzugeben!

„Das habe ich gesehen", stand Jasmin hinter ihm und gab ihm eine Kopfnuss.

„Wenn du mich verrätst, dann ..."

„Was dann?", fragte ihn seine große Schwester schelmisch.

„Dann sag ich dir niemals wieder etwas", gab er kindlich zurück.

„Oh, das wäre ja wirklich schlimm, vor allem, weil du so viel weißt", lachte Jasmin und entfernte sich von ihrem Bruder.

Schwindlerin prustete, als ob sie unterstützen wollte, was ihre Besitzerin gesagt hatte.

„Doofes Vieh", sagte Paul leise und Lilly winselte ihn an.

„Du doch nicht", sprach er zu dem Hund, „ich meinte doch dieses blöde Pferd, das ist so ..."

Doch weiter konnte er nicht sprechen, denn ein Schuss hallte durch den Morgen. Ein Schuss, der alle Menschen und alle Tiere gleichermaßen erschreckte. Inge schrie auf und Anna und Trude setzten sich vor Schreck: „Was war das?"

„Mutter, Mutter", lief Paul zurück zum Wagen.
Auch Horst kam angelaufen und ergriff sofort die Zügel von Laredo und Ikarus. Die beiden Pferde schnauften.

Johann lief auf Werner zu: „Was sollen wir machen?" „Wir warten hier. Beruhigt die Pferde! Gebt ihnen ein wenig Futter, aber nur ein wenig, hörst du", rief er hinter dem jungen Mann her.

Johann war bereits dabei, zum Futterwagen zu laufen.

Es war wirklich nicht viel, was der Alte mitgenommen hatte. Gut, es war Herbst und auf den Wiesen stand noch Gras, aber wann bitte sollten die Gäule die Zeit haben, zu fressen?

Und so nahm Johann einen Schwung voll Heu in seine Arme und ging wieder nach vorne.

Auf dem Weg dorthin lief er an Jasmin vorbei. Er warf ihr ein Lächeln zu.

Und Jasmin lächelte zurück.

„Hoffentlich ist unseren Leuten nichts passiert", kam Frau Funke angerannt und war sichtlich nervös.

„Kann jemand etwas sehen?", fragte sie die anderen, die ebenfalls in die Richtung blickten, aus der der Schuss zu hören gewesen war.

Frau Berg hielt ihr Baby im Arm. Frau Sommer und ihre Tochter standen direkt neben der jungen Frau.

„Es wird ihnen nichts passiert sein", versuchte Frau Sommer ganz leise, alle zu beruhigen.

Dann krachte erneut ein Schuss.

„Verdammt noch einmal", hörten alle Werner rufen, „es wird Zeit, dass sie zurückkommen. Wir müssen hier weg."

Horst bat Paul die Pferde festzuhalten und ging zu seinem Schwiegervater: „Was willst du tun?"

„Wir müssen machen, dass wir hier wegkommen."

„Sie werden uns jagen, wenn uns nichts einfällt."
„Das weiß ich auch. Der Hunger macht die Menschen zu Bestien."

„Dann lass uns den Weg verlassen."
„Und die Wagen?"

„Wir werden sie durchziehen."
Werner blickte auf die Umgebung, die sich vor ihnen erstreckte.

Allmählich hörten die Wiesen auf und der Wald nahm mehr und mehr zu. Aber die Wiesen brauchte er als Futterquelle. In den Wäldern war nicht genug zu finden. Und er hatte, verflucht noch einmal, nicht genug Futter mitgenommen. Nicht genug für alle Pferde.

Und wenn sie in diesem Tempo weiter machten, dann reichte das Futter sowieso nicht, denn dann würde sie der Winter schneller überraschen, als sie es ahnten. Dann war es egal, ob sie über Wiesen liefen, oder ob sie durch die Wälder gingen. Dann war jegliche Hoffnung verloren.

„Such nach einem Weg!", gab er Horst die Karte.
„Ich soll?", fragte dieser verwirrt zurück.

„Du hast doch gesagt, dass ich dir vertrauen soll, also such!"

Werner ging zu Inge.
Diese sah ihren Mann schon kommen und kletterte vom Wagen herunter: „Was ist?"

„Wir werden einen anderen Weg nehmen. Diese verfluchten Aasgeier werden unsere Tiere abschlachten."

„Meinst du, dass sie hinter unseren Leuten hergeschossen haben?"

„Woher soll ich das wissen?"
Und in diesem Moment sah man drei Pferde angaloppieren.

„Sie haben auf uns geschossen", stieg Herr Funke kurze Zeit später von seinem Pferd, „ich konnte sie nicht festhalten. Sie ist einfach vom Pferd gefallen wie ..."

Doch die Beschreibung sparte er sich, als er die erschrockenen Gesichter der Frauen sah.

„Sie wäre sowieso nicht weiter mit uns gegangen. Das hat sie mir gesagt: Sie wollte nicht ohne ihr Pferd gehen."

Herr Funke nahm seine Frau in die Arme und erwehrte sich der Hunde, die wie die Verrückten um ihr Herrchen tänzelten.

„Und das Pferd?"

„Keine Spur weit und breit. Wenn du mich fragst, dann läuft es zurück bis nach Haus oder aber sie finden es und dann ..."

„Hör auf", ermahnte ihn seine Frau.
„Arme Silvia, arme Silvia", Frau Berg hielt ihr Kind an ihr Gesicht.

Anuschka und Helmar waren bei den Pferden geblieben.

Anuschka streichelte eines nach dem anderen.

Besonders hatte es ihr Dakaro angetan, der in stoischer Ruhe dastand und sich das Graulen seines Kopfes gefallen ließ.

Als sie vom Tode der jungen Silvia hörten, sagte Helmar: „Sie wird nicht die Einzige sein, die hier draufgeht."

„Sprich nicht so", ermahnte ihn Anuschka, „und wenn du das schon denkst, dann behalte es wenigstens für dich."

„Und du? Was denkst du denn?", wollte er wissen.

"Ich?", fragte sie nach, ohne aufzuhören, das Pferd zu streicheln.

„Ich denke, dass ich besser daheimgeblieben wäre."

„Du?" Helmar lachte so laut, dass alle zu ihm schauten.

„Du?", fragte Helmar noch einmal. „Du gehörst doch zu denen, als wärst du ihr eigen Fleisch und Blut."

„Erzähl nicht so einen Scheiß", ermahnte ihn Anuschka.

„Du bist doch viel zu sehr an die gebunden", gab er immer noch nicht auf.

„Ich habe ihnen eben auch viel zu verdanken. Immerhin haben sie mich ..."

Werner kam und die beiden verstummten sofort: „Was steht ihr hier so unnütz herum?"

„Die Pferde beruhigen sich ja wohl nicht von selbst?", herrschte Anuschka zurück.

„Es geht los", versuchte Werner erst gar nicht, auf den Kommentar seiner Angestellten einzugehen, „wir verlassen den Weg und versuchen es abseits."

„Und wie sollen die Wagen durchkommen?" Anuschka ahnte Schlimmes.

„Kümmere du dich um die Pferde", brüllte er sie an.

Inge sah vom Wagen aus die Diskussion der beiden und sie ärgerte sich darüber, dass ihr Mann erneut mit Anuschka stritt.

Inge war sich bewusst, dass sie die Frau brauchten, die von Pferden mittlerweile sehr viel verstand.

Werner jedoch wendete sich von Anuschka ab und ging nach hinten.

Die Pferde zogen an ihm vorbei und er schaute sich jedes einzelne noch einmal an.

Gewiss, die letzten Tage waren ihnen schon anzusehen, aber besser mit ihnen zu flüchten, als sie den Russen zu überlassen. Er hätte es am liebsten jedem einzelnen Pferd ins Ohr geflüstert. Aber hätten sie es verstanden?

Dann kam der Wagen mit seiner Frau. Donnerschall lief nebenher, als hätte er nie etwas anderes getan.

„Braves Pferd", lobte er den kleinen Hengst. Und Donnerschall hob stolz seinen Kopf.

Ja, Donnerschall würde einmal ein berühmter Hengst werden.

Er war ein Trakehner und entstammte dem Hofferschen Gestüt. Er würde ihnen alle Ehre machen. Hoffentlich erlebte er dies alles noch!

Werner fasste sich an den Rücken und drückte ihn durch. Dass er dabei nicht aufschrie, war reine Selbstbeherrschung.

Er durfte jetzt keine Schwäche zeigen. Er war der Treckführer: Er war der, auf den alle hörten. Selbst die, die eigentlich nicht zu seinem Gestüt gehörten, ordneten sich seinen Anweisungen unter.

Ja, er musste durchhalten!

Horst hatte Johann und Stefan erreicht und zeigte ihnen, wo der neue Weg lang führte.

„Wir wollen durch dieses Gestrüpp?", fragte Johann ernst.

„Wir müssen", erwiderte Horst.

„Und die Wagen? Der Boden ist ganz aufgeweicht", merkte nun auch Stefan an.

„Wir müssen es schaffen", entgegnete Horst erneut.

„Manche der Pferde sind schon ziemlich alt. Sie können ihre Beine nicht mehr so heben", sagte Johann besorgt.

„Die es nicht schaffen, müssen halt bleiben", antwortete Horst.

„Ist Ihr Schwiegervater auch damit einverstanden?" „Er hat mir die Wahl des Weges überlassen und glaub mir, er wird sich schon etwas dabei gedacht haben." Horst wendete sich ab.

Was fiel diesem jungen Burschen nur ein?

Hatte er das Recht, seine Autorität zu untergraben?

Wenn er sagte, dass sie diesen Weg nehmen sollten, dann hatte er gefälligst zu gehorchen. Horst schüttelte mit dem Kopf.

Er war stehen geblieben, ließ Anuschka, Helmar und ihre Herde an sich vorbeiziehen und wartete auf Jasmin und Regina.

„Der junge Mann sagte, dass die alten Pferde es nicht schaffen würden, durchs Dickicht zu laufen."

„Wenn Johann das sagt, dann stimmt das wohl", sagte Jasmin und blinzelte ihren Vater an.

Was sollte das jetzt? Horst zischte zurück: „Und? Was soll ich jetzt machen? Diese Gäule werden doch wohl über ein paar Äste latschen können?"

„Vater", bat ihn die Tochter, „du hast nicht die geringste Ahnung von Pferden, also hör auf das, was man dir sagt."

Regina konnte sich ein Lächeln nicht verkneifen und Horst?

Er war angesichts der Worte seiner Ältesten wie angewurzelt stehen geblieben.

Was nahm sich diese Göre heraus?

Ihm so etwas ins Gesicht zu sagen, und dann auch noch, wenn seine verhasste Schwägerin dabei war.

„Junges Fräulein", gehorchten ihm seine Beine wieder, „ich glaube nicht, dass du so mit mir reden kannst."

„Verzeih, Vater", erwiderte Jasmin, „aber ich denke, dass Großvater nicht will, dass wir die Pferde verlieren, weil sie sich die Knochen brechen."

„Das will ich auch nicht", pflichtete ihr Vater ihr bei. „Aber wenn du sie durch das Unterholz jagst, dann passiert so etwas, da hat Johann recht."

„Aber die haben vier Beine", versuchte Horst, seinen Plan zu rechtfertigen.

„Und eben genau das ist das Problem", erwiderte Jasmin, die dabei ganz ruhig blieb. Jasmin wusste, dass ihr Vater keinerlei Gespür für Pferde hatte.

Er wusste nicht, wie gebrechlich ihre Gliedmaßen waren, und was manches Mal zu schlimmen Verletzungen führen konnte.

Für ihn war es Vieh, welches man überall hin scheuchen konnte. Aber für Jasmin waren es die edelsten Tiere, die auf dieser Erde lebten.

„Vater", sprach sie ihn erneut an, „such Wege, die für die Pferde machbar sind."

Doch in diesem Moment hörten sie schon Johann rufen.

„Herr Hoffer, Herr Hoffer, Ronny lahmt."
„Siehst du", brüllte nun Jasmin ihren Vater an.

„Aber ich wollte doch gerade eben sagen, dass wir einen anderen ...", doch er konnte nicht mehr zu Ende sprechen, denn Werner zischte an ihm vorbei.

Der gute Ronny stand da und hielt sein Bein in die Höhe.

Regina kam sofort angerannt: „Was ist mit ihm?"
„Ich weiß auch nicht", gab Johann zurück, „wir sind gerade abgebogen und da hielt er sich das Bein."

„Er ist bestimmt nur ein wenig umgeknickt", versuchte Regina, sich selbst zu beruhigen.

Doch ihr Vater reagierte nicht auf ihren Kommentar. Er ging zu Ronny und fühlte seine Beine ab.

„Er hat sich die Sehne verletzt. Das würde Wochen dauern."

„Naja und? Dann läuft er eben ganz hinten", sagte Regina.

„Tante Regina", schaute Jasmin erst sie und dann ihren Großvater an, „du weißt, dass er keine Chance hat."

Werner nickte seiner Enkelin zu. Sie verstand es wirklich, mit ihrer Tante umzugehen. Und mit ihm?

Mit ihm natürlich, denn er liebte sie abgöttisch. Schon alleine, wie sie mit den Pferden umging: Diese hässliche kleine Stute hielt sie an sich wie einen

Hund. Und komischerweise verhielt sich dieses Pferd auch allmählich so. Selbst wenn sie den Strick abmachen würde, würde dieses Tier wohl hinter ihr herlaufen. Aber das war ein ganz anderes Thema.

Jetzt hockte er vor diesem Wallach, den er zeit seines Lebens gekannt hatte. Ronny war ein ganz besonderes Pferd gewesen. Er hatte ihn als Fohlen bekommen, weil er eine Gaumenspalte hatte. Und jeder hatte gesagt, dass er nicht älter als drei wird. Aber er war älter geworden. Und nun? Nun stand er hier und zeigte ihm, wo es ihm wehtat.

Doch Werner wusste genau, was er zu tun hatte. „Johann", zitierte er den jungen Mann zu sich.

Und Jasmin wusste in diesem Moment auch, was ihr Großvater vorhatte.

„Tante Regina, es muss sein", sprach sie diese an.

„Was muss sein?", fragte diese ganz verwirrt zurück.

„Er", Jasmin versuchte, ihre Worte mit Bedacht zu wählen, „er will lieber mit den anderen im Himmel spielen."

„So ein Quatsch", erwiderte Regina, „das hast du von deiner Großmutter. Die hat mir auch immer so einen Unsinn einreden wollen."

„Ja, mein Kleines, höre ich sie noch sagen, „die spielen jetzt mit den anderen auf der Koppel. Blödsinn, sage ich dir!" Regina war außer sich vor Zorn. „Sie sind tot, einfach tot, und wir müssen sie vergessen."

„Wir werden sie nie vergessen", hielt Jasmin dagegen, „aber wir müssen sie auch loslassen."

„Loslassen? Vater!", rief Regina und sie schaute hinter ihrem Vater her, wie er mit Johann und Ronny tiefer in den Wald ging.

Und dann hörte sie, wie ein dumpfer Schlag ertönte. Regina schreckte zusammen und auch Jasmins Körper zuckte.

Und als Johann und Werner zurückkamen, da schauten sie sie an und Johann warf Jasmin ein Nicken zu.

Sie wusste, dass Ronny nicht mehr lebte, aber

dass Johann alles getan hatte, damit es schnell ging.

Regina fiel in Jasmins Arme: „Ich hasse das! Ich hasse das!"

„Ich weiß", versuchte Jasmin ihre Tante zu trösten.

„Wir gehen weiter", rief Werner nach hinten und der Treck folgte ihm.

„Ich habe gar nicht gewusst, dass Johann das kann", sagte Herr Schossnick zu seiner Frau.

Sie führten Tammy und Carlotta neben sich her. Und sie hatten wahrhaftig damit zu tun, im Schritt mit den anderen mitzuhalten.

Herr Schossnick durch sein Knieleiden und Frau Schossnick durch ihren Unfall.

„Er ist so groß geworden", erwiderte sie daraufhin.

„Aber er ist auch so männlich geworden", sagte er.

„Männlich?", fragte sie nach.

„Ja, er ist so erwachsen geworden."

„Das Leben hat ihn gezeichnet", erwiderte sie.

„Vielleicht", stimmte er ihr zu, „aber Fritz ..."

„Fritz ist im Moment nicht hier", unterbrach sie ihn.

„Fritz kämpft an der Front", versuchte er es weiter.

„Dieses hier ist auch eine Art Front, aber eine, von der niemand etwas weiß."

„Du hast recht", stimmte er ihr zu, „dieses hier wird wohl nie jemand erfahren."

„Vielleicht ja doch, wenn es jemand überlebt."

„Meinst du, dass wir ...?"

„Ich weiß es nicht", sagte sie, "aber immerhin haben wir einen unserer Söhne bei uns."

Herr Schossnick nickte mit dem Kopf. Und er erinnerte sich an vergangene Tage.

Was war er glücklich, als er den ersten Sohn in den Armen hielt.

Sie hatten ihn Fritz genannt, nach seinem Großvater.

Schossnicks Eltern waren fanatische Kaisergetreue gewesen. Herr Schossnick grinste vor sich hin: Kaiser?

Wie lange war das her?

Zu seinen Eltern kamen nur solche Leute, die dem Kaiser huldigten und Hitler? Ja, er war die Person, die hätte etwas solches darstellen können.

Niemand hätte erwartet, dass er das ganze Gegenteil war.

Und ihr Fritz?

Er folgte der Ideologie, die seine Großeltern so bewunderten.

Und er würde sein Leben dafür geben, das wusste Herr Schossnick.

Und nun?

Nun lief sein zweiter Sohn, der schon immer alles hinterfragt hatte, ein paar Meter vor ihm. Und er hatte noch nicht ein Wort mit ihm gewechselt.

Dabei hatte er ihn geliebt. Geliebt bis zu dem Moment, als sie ihn abgeführt hatten, als sie ihn fragten, ob er Johann Schossnick hieß und er, der Johann, hatte nur gelächelt.

Dann mussten er und seine Frau vor den Richter treten und sie hatten nicht die geringste Ahnung, wovon dieser sprach.

Da war vom Untergrund die Rede und von Landesverrat. Landesverrat? Untergrund?

Niemals! Niemals war seine Familie in solch einen Verruf gekommen.

Niemals hätte sich seine Familie so verhalten! Nein! Solch einen Menschen im Knast zu besuchen, wäre Verrat an jeglicher Tradition gewesen. Verrat an den Eltern, den Großeltern. Verrat an allem, woran die Familie geglaubt hatte.

„Weiter", hörte Herr Schossnick Herrn Hoffer rufen, „aber langsam und vorsichtig."

Natürlich machten jetzt alle ganz langsam. Niemand wollte sein Pferd verlieren. Und den Sohn!

Und so schlichen alle durch das Geäst und Gestrüpp. Man suchte solche Strecken aus, die gerade noch für die Wagen passierbar waren.

Das eine oder andere Mal mussten die Frauen von den Wagen steigen und mithelfen, dass die Pferde ruhig gingen und es nicht so schwer hatten.

Anna ging ganz vorsichtig, wurde von Trude gestützt, wenn es nötig war- und auch Horst war zur Stelle, um sowohl seiner Frau als auch seiner Schwiegermutter zu helfen.

Tristess hatte es schwerer, den Wagen der Sommers zu ziehen, denn immerhin musste sie dies alleine schaffen.

Es hatte ihr sichtlich besser gefallen, mit ihrem Besitzer durch die Gegend zu jagen, als dieses Ding hinter sich herzuziehen.

Sie schnaubte nämlich angesichts der vielen Hindernisse, die sie mit dem Wagen nehmen musste.

„Schafft Tristess das alles?", fragte Elvira Sommer ihren Mann mitleidig.

„Klar doch", erwiderte dieser, „die ist stark wie ein Elefant."

Herr Sommer sah seine Frau und seine Tochter an, ohne dass diese es bemerkten.

Er war so stolz auf die beiden, die voller Enthusiasmus neben dem Wagen herliefen.

Er beobachtete Elvira. Wie lange waren sie nun verheiratet?

An die fünfundzwanzig Jahre dürfte es schon sein.

Er hatte sie damals durch einen Bekannten kennengelernt und es war nicht die Liebe auf den ersten Blick gewesen, nein erst die, die auf den zweiten zutraf.

Wann war das denn noch gleich? Genau, es war, nachdem er aus dem Krieg gekehrt war. In Deutschland hatte man gerade die Republik ausgerufen, als er in den Zug nach Ostpreußen einstieg. Und hier hatte er gedacht, war die Zeit stehen geblieben. Niemand scherte sich um das, was dort in Berlin ablief.

Hier leckte man sich die Wunden, freute sich über jeden, der wieder heimkehrte, und pflegte die Gräber derer, die dieses Glück nicht gehabt hatten.

Es war Winter gewesen, als sein Freund ihn auf diese Feier eingeladen hatte.

Und er? Er hatte eigentlich gar keine Lust, dorthin zu gehen. Er hatte den Hof seiner Eltern in Ordnung zu bringen. Und? Er war nicht im geringsten der Typ, der Frauen hinterherblickte, geschweige denn, sie ansprechen würde.

Nein, er hatte vor Elvira noch keine Frau gehabt. Sie war die Einzige und sie würde es auch immer bleiben.

„Was schaust du so", fragte ihn Elvira, während sie über einen Ast kletterte.

„Ich denke daran, wie es war, als wir uns das erste Mal gesehen haben", entgegnete er.

Sie lächelte: „Du warst wie ein kleines Kind und ich habe gedacht, dass das nie was zwischen uns beiden wird."

„Ehrlich? Das hast du mir noch nie gesagt", sagte er überrascht.

„Natürlich, was dachtest du denn? Meinst du, ich habe nicht gemerkt, dass du mich eigentlich gar nicht wolltest."

„Was?", fragte er ein wenig erbost. „Ich wollte dich immer."

„Dann ja", erwiderte sie, „aber, und das musste du jetzt ehrlich sagen, am Anfang nicht."

„Ich hatte so viel zu tun", entschuldigte er sich, „ich war gerade zurückgekommen und ich hatte nicht das geringste Interesse an einer Frau."

„Klingt komisch, aber genau aus diesem Grund habe ich dir noch eine zweite Chance gegeben."

„Für die ich unendlich dankbar bin", himmelte er sie an.

„Jetzt hört schon auf", war nun ihre Jüngste zu hören, „das ist ja kaum mit anzuhören."

„Lassen Sie Ihre Eltern doch ein wenig in Erinnerungen schwelgen", mischte sich nun auch Frau Funke in das Gespräch ein, „es ist das, wovon wir Menschen leben, das, was uns nicht verzweifeln lässt in solchen Stunden wie jetzt."

Ihr Mann blickte sie verliebt an. Ja, das war seine

Frau und er hatte, während er Herrn Sommer zuhörte, ebenfalls an seine erste Begegnung gedacht.

Sie lag nicht so lange zurück. Er, Richard Funke, war schon einmal verheiratet gewesen. Und seine erste Frau hatte zu jenen Weibern gehört, die nicht machten, was die Gesellschaft von ihnen verlangte. Nein, sie war anders gewesen: Sie ließ sich nichts vorschreiben. Und sie war definitiv hier in Ostpreußen nicht richtig aufgehoben gewesen. Sie gehörte in eine Großstadt. Doch auch Königsberg war nicht das, was sie gewollt hatte. In dieser Stadt hatte sie viel zu viele gekannt. Sie war dann nach Berlin gegangen und hatte ihm die Scheidungspapiere da gelassen. So als wenn ihr die ganze Ehe nie etwas bedeutet hatte. Als wenn er ihr scheißegal war, hatte sie nicht einmal einen Abschiedsbrief geschrieben.

Und dann war er Sofie begegnet, die Pferde über alles liebte, und er hatte begonnen, es ihr gleichzutun.

Bald hatten sie mehrere von diesen edlen Tieren und Hunde hatten sie sich auch gekauft. Dann war es eigentlich Zeit für Kinder gewesen. Was hatten sie nicht alles getan, um sich fortzupflanzen.

Aber Gott machte ihnen einen Strich durch die Rechnung. Sofie wurde und wurde einfach nicht schwanger.

Dann waren sie zu einem Arzt nach Königsberg gefahren. Sie hatten so viel Hoffnung in Doktor Bergmann gesetzt.

Doch der hatte Sofie untersucht und festgestellt, dass sie niemals ein Kind würde austragen können.

Und dann hatte Sofie geweint: Eine Woche lang hatte sie mit Richard kein Wort gewechselt, als wäre er schuld an dem ganzen Übel.

Und nach einer Woche dann war sie wie umgewandelt. Sie kam aus ihrem Zimmer, küsste Richard innig, fragte, ob er sie heiraten würde und trotz allem bei ihr bliebe.

Und er hatte die beste Entscheidung seines Lebens getroffen, indem er Ja gesagt hatte.

Und nun waren sie hier – hier in diesem Treck - und sie verstanden sich ohne Worte.

Richard blinzelte seiner Frau zu und sie?

Sie warf ihm einen Handkuss zu.

„Womit habe ich den verdient?", fragte er liebevoll.

„Für deine Gedanken", reagierte sie sofort.

„Woher weißt du, was ich gedacht habe?"

„Wir sind nun immerhin schon eine Weile verheiratet", erklärte sie.

Die junge Doris Sommer rollte mit den Augen. Nun hatte sie zwei Paare neben sich, die sich anscheinend gerade hier und jetzt ihre Liebe gestehen mussten.

Dabei hatte sie genug damit zu tun, dass sich ihr Pferd nicht die Knochen brach.

Warum nur war sie alleine mit ihren Eltern unterwegs?

Warum war sie überhaupt alleine? Ihre Geschwister hatten schon Familie und sie, mit ihren zwanzig, hatte noch nie einen Freund gehabt. Sie konnte also ohne jeglichen Herzschmerz die Heimat verlassen.

Nur die Geschwister. Ja, die würden ihr fehlen. Vielleicht würde sie sie ja irgendwann einmal wiedersehen. So Gott wollte!

Doris stiefelte durch den Wald. Sie musste Tristess so führen, dass sie ohne Probleme den Wagen hinter sich herziehen konnte.

„Arme Kleine", seufzte sie die Stute an.

Nach dem Wald, den alle glücklich und mit einem Ausatmen verließen, stoppte Werner den Treck.

„Ich muss mir alle anschauen", begründete er seine Entscheidung.

„Hat das nicht Zeit bis zum Abend?", provozierte Anuschka erneut ihren Chef.

„Misch dich nicht in Sachen ein, die dich nichts angehen", wehrte er sich.

Regina schaute ihre Nichte an. „Ich muss Anuschka recht geben", flüsterte sie, „müssten wir nicht erst einmal weiter?"

„Großvater will nur sichergehen, dass kein Pferd irgendwelche Verletzungen hat. Ich verstehe das."

„Du verstehst immer alles, was er macht", erwiderte Regina trotzig.

Jasmin wandte sich wütend ab.

Was sollte das jetzt, dachte sie.

Was befürchtete ihre Tante? Hatte sie etwa Angst davor, dass der Großvater sie mehr liebte als seine eigene Tochter?

Jasmin wusste, dass dies niemals der Fall sein würde. Großvater liebte diese Tochter mehr als ihre eigene Mutter.

Konnte sie das nicht fühlen?

Was machte ihr dann Sorgen?

Gut, er würde sie niemals so lieben wie seine Söhne, aber wer machte das schon? Söhne waren die Stammhalter, und nicht die Töchter.

„Jasmin", riss das Geschrei des Großvaters sie aus ihren Gedanken.

„Schau, welches Pferd irgendwelche Verletzungen hat", befahl er ihr.

„Natürlich, Großvater."

Regina schaute sie an und nickte mit dem Kopf. Siehst du, er liebt dich mehr als mich, wollte sie ihr damit wohl sagen. Doch Jasmin wich den Blicken ihrer Tante gekonnt aus.

„Regina", hörte die Tochter ihren Vater rufen, „hilf ihr dabei!"

„Hilf ihr dabei! Hilf ihr dabei!", äffte sie ihn still und heimlich nach. „Bin ich ihr Lakai?"

Und als hätte Werner seine Tochter gehört, fügte er noch hinzu: „Du sagst mir dann, welches der Pferde eine Verletzung hat."

Regina schaute ihn verbissen an. Wieso sie? Sie würde ihm doch sowieso jede Verletzung verheimlichen, wenn sie konnte.

Wollte er sie testen?

Wollte er sehen, ob sie ihm die Wahrheit sagte?

Mit ihrer Nichte im Rücken hatte sie doch gar keine andere Wahl, als ihm alles zu sagen?

Regina hasste es, wenn sie unter Beobachtung

stand. Ja, das war schon immer ihr Problem gewesen: Wenn ihr andere zuschauten, dann wurde sie nervös, wusste nicht, was sie machen sollte, zitterte innerlich, als wäre sie sieben und war nicht Herr ihrer Sinne.

Doch schon kamen auch Anuschka und Helmar angerannt.

„Sollen wir euch helfen?", fragten beide fast gleichzeitig.

„Ja", nahm Jasmin ihrer Tante die Antwort ab, „schaut einfach eure Herde an."

Jasmin wusste, dass dies genau das war, was ihr Großvater nicht wollte: Er wollte, dass es in Familienhand blieb, die eigenen Pferde zu kontrollieren. Aber er wusste nicht, dass es auch für Anuschka wie die eigenen Pferde waren.

Ja, Jasmin wusste, dass sie diese Pferde liebte, als wären es ihre eigenen, genau wie die Familie, der sie jetzt angehörte.

Sie hatte mit Anuschka einmal ein ganz langes und intimes Gespräch geführt und da hatte diese ihr erzählt, wie sehr sie die Hoffers liebte. Nämlich fast so, wie sie ihre eigene geliebt hatte.

Nur Werner schien das nicht zu erkennen.

Warum eigentlich nicht?

Jasmin, Regina und Anuschka gingen nacheinander alle Pferde ab.

Die eine schaute rechts, die andere links und die dritte schaute den Körper an.

Und genau wie die Hoffers machten es auch die Mitreisenden.

Frau Funke schaute sich alle Gliedmaßen ihrer beiden Pferde an:

„Keinerlei Verletzungen."

Ihr Mann nickte mit dem Kopf, obwohl er wiederum damit beschäftigt war, sich der Freude seiner Hunde zu erwehren.

Sie schienen sich gegenseitig anzuspornen, ihrem Herrchen zu zeigen, wie sehr sie sich über seine Gesellschaft freuten und nicht über seine Aufmerksamkeit Frauchen gegenüber oder diesem Gaul, von dem er ständig auf und ab stieg.

„Bella, Resi", ermahnte er die beiden, „lasst das!" Als würde dies die beiden davon abhalten, sich zu freuen.

Dieses Herrchen hatte keine Ahnung, wie Hunde tickten!

Und schon gar nicht zwei, die sich aneinander hoch stachelten und in Konkurrenz zu der Liebe ihres Herrchens standen.

Auch die Bergs gingen zu ihren beiden Stuten und starrten sie an.

Wollten sie etwa so erkennen, ob die beiden den Weg gut überstanden hatten?

Jasmin schüttelte mit dem Kopf. „Sie müssen auf die Beine achten", rief sie den beiden zu.

Frau Berg nickte mit dem Kopf und suchte ihre Stuten nach Verletzungen ab, während er das Baby hin und her wiegte.

„Es ist nichts zu sehen", rief Frau Berg Jasmin zu. „Das ist gut", schrie diese zurück.

Keins der Pferde hatte sich verletzt und so gab Werner den Befehl zum Abmarsch.

Paul hatte sich neben seine Schwester gesellt: „Wann machen wir eine Rast?"

„Wenn wir da sind", antwortete Jasmin und gab ihrem Bruder eine Kopfnuss.

„Hör endlich auf damit", forderte dieser seine Schwester energisch auf, „und wo sollen wir denn dann sein? In diesem Halle?"

Jasmin prustete laut los, sodass alle um sie herum sie anstarrten.

Erneut fing er sich von seiner Schwester eine Kopfnuss ein: „Hast wohl in der Schule echt nicht richtig aufgepasst?"

„Wenn du mir noch ein einziges Mal eine Kopfnuss verpasst, dann gehe ich zu Vater und petze."

„Was willst du ihm denn petzen?"

„Dass du und Johann ein Liebespaar seid", erwiderte er schelmisch.

Gekonnt wich er der drohenden Kopfnuss aus.

„Wenn du Vater davon etwas steckst, dann gnade dir Gott", sagte Jasmin böse.

„Und was willst du machen?", fragte ihr kleiner Bruder spitzbübisch.

„Ganz einfach", und dieses Mal war sie es, die listig dreinschaute, „ich werde Vater petzen, wie doof du in Erdkunde bist und dann zwingt er dir bestimmt einen Lehrer auf. Ich glaube, dass Herr Berg mal Lehrer war."

„Hast du nen Knall?" Paul konnte nicht fassen, welchen fiesen Plan sich seine Schwester da hatte einfallen lassen.

Wie kam sie nur auf solch eine schändliche Idee? Er war so froh, dass er durch die Flucht der verhassten Schule entkommen war.

Gerade jetzt, wo nach Josef fast alle seine Freunde nicht mehr in der Schule erschienen waren.

Es war deprimierend gewesen, dass immer mehr fehlten.

Und keiner wusste, aus welchem Grunde sie nicht gekommen waren.

Nur in den Pausen, da erzählten sie sich darüber. Aber Fräulein Volkmann hatte nie ein Wort darüber verloren. Sie wollte keine Spektulationen oder so anstellen, hatte sie einmal gesagt. Paul wusste nicht, was sie damit meinte, und dieses Wort konnte er auch nichts aussprechen.

Aber er wusste, dass sie nun auch ihn vermissen würde.

Dabei wollte er sie doch einmal heiraten.

„Meinst du, dass die Volkmann an der Schule bleibt?", fragte er seine große Schwester ernst.

Jasmin begriff, dass es nicht an der Zeit war, jetzt Witze zu machen.

Paul war sich der Tragweite dieser Flucht hier nicht im geringsten bewusst. Auch er dachte sicherlich, dass es ein Ausflug war, der damit endete, dass sie irgendwann einmal wieder zurückkehrten.

Paul sah den mitleidigen Blick seiner Schwester.

Sicherlich dachte sie, dass er zu jung war, um über das zu sprechen, was hier passierte.

„Ich bin nicht so klein, wie du immer denkst", sagte er deshalb und wollte dabei so männlich wie möglich erscheinen.

„Trotzdem hast du noch nicht das Alter, was dich alles hier verstehen lässt", und anstatt ihm eine Kopfnuss zu geben, streichelte sie ihrem Bruder über den Kopf. „Lass das!", versuchte er dieser Liebkosung auszuweichen.

„Sag mir lieber, wie weit es bis zu dieser Stadt ist."

„Es sind über 1000 Kilometer, die wir laufen müssen."

„Und wie viel schaffen wir an einem Tag?", fragte er. „Wenn wir gut sind, dann schaffen wir dreißig am Tag und nun rechne dir selbst mal aus, wann wir dann in der Stadt Halle ankommen."

„Das ist ganz einfach, denn ich muss nur 1000 durch 30 teilen", sagte Paul glücklich, und als er seine große Schwester nicken sah, war er ganz stolz.

„Und was ergibt das?", sah ihn Jasmin fragend an.

Paul überlegte eine kurze Zeit und sagte: „So um die 33."

„Gut, aber nun musst du bedenken, dass Großvater nicht nur geradeaus gehen kann, das hast du ja sicherlich schon bemerkt. Dann sind Diebe unterwegs, denen wir ausweichen müssen, und die Russen sind uns auch auf den Fersen."

„Was heißt auf den Fersen?"
Manchmal nervte Jasmin ihr kleiner Bruder mit derlei dummen Fragen.

Aber sie wollte ruhig bleiben und suchte etwas, womit sie ihm diesen Ausdruck irgendwie begreiflich machen konnte: „Schau dir Lilly an."

„Ja, echt, die klebt total an mir", sagte er abgelenkt.

„Und genau so ist das mit den Russen, die kleben auch an uns", Jasmin schaute ihm in die Augen,

„nur, dass sie noch weit weg sind, aber sie haben Panzer und kommen immer näher."

„Und die aus unserem Ort? Sind die da schon, die Russen."

„Ich weiß es nicht", entgegnete ihm Jasmin, „ich weiß es nicht, aber ich hoffe, dass sie den einfach übersehen."

Wie konnte man einen Ort wie Groß Gulmich übersehen? Was erzählte ihm Jasmin da? Es war doch der schönste Ort weit und breit und vor allem die Leute, die dort lebten. Sie waren alle so lieb und so ..."

„Hör jetzt auf, darüber nachzudenken!", befahl ihm seine Schwester.

„Lilly", sprach Paul die kleine Hündin neben sich an, die auch sofort ihren Kopf hob, „deinem Bruder und deiner Mutter wird schon nichts passieren, oder?", schaute er seine Schwester fragend an.

„Nein, ihnen wird nichts passieren. Sie laufen weg, wenn es ihnen zu gefährlich ist."

„Zu gefährlich? Kann es so gefährlich werden?"

„Nein doch und nun sei still", Jasmin hatte keine Lust mehr mit ihrem Bruder darüber zu spekulieren, was wohl wäre wenn, „geh zu Mutter und nerve die."

Paul zischte mit seiner Hündin im Schlepptau ab. Jasmin atmete auf. Endlich war er weg, der kleine Quälgeist.

Aber sie musste unbedingt Johann erzählen, dass es selbst diesem Zwerg schon aufgefallen war, welche Gefühle sie füreinander hegten.

Obwohl: Warum sollte es niemand sehen? Sie waren alt genug. Wer sollte es ihnen verbieten, sich zu verlieben?

Jasmin streichelte Schwindlerin, die neben ihr herlief. „Braves Mädchen, du hast hoffentlich nicht zugehört, was ich erzählt habe, oder?"

Jasmin schaute ihrer Stute in die Augen.

„Das mit den Kilometern meine ich."

Schwindlerin sah ihre Führerin an.

„Du hast alles verstanden, oder?", lächelte Jasmin sie an.

Schwindlerin rieb ihren Kopf an Jasmins Schulter: „Du Schlawinerin. Aber glaub mir: Für dich sind diese Kilometer keine Hürde. Wir schaffen das!"

„Was schafft ihr beide?", war plötzlich Anuschka neben Jasmin.

„Ach, ich habe ihr nur gesagt, dass wir es schaffen werden. Ich meinte dies alles hier und den langen Weg", erklärte Jasmin.

„Ist dir eigentlich klar, dass wir an zwei Tagen schon zwei Pferde verloren haben und einen Menschen?"

„Ja, klar, aber wir müssen doch ..."

„Was müssen wir?", fiel Anuschka ihr ins Wort. „Mein liebes Kind, jetzt rechne mal hoch, wie das in dreißig Tagen aussieht, in vierzig, in fünfzig, wenn das so bleibt."

„Aber das war ein Unglück. Ich meine das mit Diwa und Silvia und ..." Jasmin stockte.

Hatte Anuschka recht?

Wieso hatten alle Silvia so schnell vergessen? Und warum machte sich keiner Gedanken über das Pferd? War es wirklich nach Hause gelaufen? Oder wurde es bereits von irgendwelchen Leuten verzehrt?

Nein, auch Jasmin wollte sich keine Gedanken darüber machen.

So war das nun einmal in einem Krieg. Fressen oder gefressen werden!

„Ich weiß, was du jetzt denkst", schaute Anuschka ihre Nachbarin an.

Doch Jasmin wollte ablenken: „Wieso bist du eigentlich nicht bei deinen Pferden?"

„Mir macht Rosina Sorgen", antwortete diese. „Wieso? Was hat sie?", gesellte sich nun auch Regina von hinten zu den beiden.

„Ich weiß nicht", Anuschka hätte lieber erst einmal mit Jasmin alleine über das Problem gesprochen, anstatt der nervösen Regina es schon erzählen zu müssen.

„Irgendetwas muss dir doch aufgefallen sein, oder?" Regina konnte nicht verstehen, weshalb Anuschka nicht mit der Sprache herausrückte: „Was ist denn jetzt mit Rosina?"

„Ich weiß ja auch nicht, aber sie scharrt ständig mit den Hufen, so als wolle sie sich legen."

„Sie hat eine Kolik", sagten Jasmin und Regina gleichzeitig.

„Ja, das hatte ich mir auch überlegt, aber wir laufen doch wohl genug. Wie sollte sie also eine Kolik haben?"

Eine Kolik bei Pferden konnte ihr Todesurteil bedeuten.

Eine Kolik war wie für den Menschen eine Magenverstimmung.

Bei Pferden allerdings konnte diese Verstimmung so rapide zu Verschlechterungen führen, dass sie es nicht überlebten.

„Eine Kolik hat nichts mit dem Laufen zu tun", prahlte Jasmin mit ihrem Wissen, „eine Kolik kann von allem Möglichen kommen."

„Mir geht's nicht darum, woher sie kommt, mir geht es darum, was ich jetzt machen kann. Rosina flehmt und scharrt und hält den Kopf ganz tief."

Doch Jasmin wollte ihr Wissen preisgeben: „Auch Stress ist eine Ursache für Kolik."

„Ja, doch, das ist mir schon klar, aber was mache ich jetzt?"

Anuschka hatte es leid, sich irgendwelche Vorträge anzuhören. Sie brauchte konstruktive Vorschläge.

„Ich weiß nicht, was du machen musst", war Regina wieder in ihrer hektischen Art zu hören.

„Nimm sie zu dir", war Jasmins erster Vorschlag, „Pferde brauchen dann den Kontakt mit Menschen. Ich hole dir eine Decke und die packst du dann auf Rosina. Ich habe mal gelesen, dass Wärme gut tut."

„Dann mach das", nickte Anuschka, die Regina nicht einen einzigen Blick zuwarf.

Anuschka ging nach hinten zum Hofferschen Wagen, nahm sich einen Strick heraus und lief zu Rosina.

Sie zurrte sie an sich, streichelte über den Kopf des Pferdes und beruhigte es somit gleich.

„Was ist denn los?", fragte Inge ihre Enkeltochter, die nun ebenfalls im Wagen etwas suchte.

„Ach", sagte diese ganz beiläufig, „eins der Pferde hat vielleicht eine Kolik. Ich suche eine Decke."

„Eine Decke für den Gaul?"

„Großmutter", ermahnte Jasmin diese, „es sind keine Gäule."

„Ich habe nicht so viele Decken, dass sie auch für die P F E R D E reichen." Das Wort Pferde sprach sie ganz langsam aus.

„Du wirst sie wiederbekommen", versuchte Jasmin, ihre Großmutter zu beruhigen.

„Ja, und das mit wohliger Wärme", mischte sich nun Anna in das Gespräch ein, während sie ihrer Tochter einen zustimmenden Blick zuwarf.

„Ja, genau", stimmte Jasmin auch sofort zu, „die Decke wird bis zum Abend herrlich angewärmt sein." „Ihr beide könnt mir viel erzählen", fühlte sich Inge überrumpelt, „die Decke werde ich nie wiedersehen." „Nein, Großmutter", sagte Jasmin ernst, „ich verspreche dir, dass du sie bis zum Abend wieder hast."

„Dann nimm diese hier", stand Inge auf und holte eine Decke unter ihrem Gesäß hervor.

„Danke", lief Jasmin mit ihrer Stute nach vorne zum Wagen.

Donnerschall nahm dies gleich zum Anlass, es den beiden gleichzutun.

„Dieser kleine Hengst macht mich ganz nervös", entfuhr es Anna.

„Mutter", wollte Jasmin sie beruhigen, „der ist total lieb, wenn du mal bedenkst, was er durchmachen muss."

„Was muss der denn bitte *durchmachen*?"

„Er muss ganz alleine hier am Wagen laufen, obwohl er die anderen sieht", erwiderte Jasmin, „er ist einfach genial."

„Also unter Genialität verstehe ich etwas anderes", entgegnete Anna.

„Das ist mir klar", kam ihr Vater an den Wagen.

„Was machst du hier?", fragte er aber sofort seine Enkelin.

„Anuschka glaubt, dass Rosina eine Kolik hat, und ich besorge ihr eine Decke", versuchte Jasmin kurz, ihm die Situation zu erklären.

Jasmin dachte, dass er ihr widersprechen würde, aber er nickte nur mit dem Kopf.

„Hoffentlich kriegen wir nicht mehr Koliker", war dann alles, was er dazu sagte.

„Ja, das hoffe ich auch", erwiderte seine Enkelin. „Pack sie also gut ein!"

„Ja, Großvater!"

Werner blickte seiner Enkelin und dieser Stute hinterher.

„Sie führt sie wie einen Hund bei sich."

„Ja, beide Kinder sind irgendwie gleich", schaute auch Inge Jasmin nach.

„Sie kommen ganz nach ihrem Vater", mischte sich Anna ein.

Werner wendete sich ab und schüttelte nur mit dem Kopf.

Er murmelte etwas wie „klar doch", aber Anna und Inge verstanden es beide nicht genau.

„Was hat er gesagt?", fragte Anna ihre Mutter. Doch diese wehrte ab: „Keine Ahnung. Ich habe auch nicht verstanden, was er sich in den Bart gemurmelt hat."

Bart, dachte sie, niemals hatte er einen solchen getragen, aber nun wucherten diese Haare in seinem Gesicht, dass es ein Grausen war.

Inge schüttelte es fast, denn sie konnte es einfach nicht leiden, wenn Männer Bärte trugen.

Doch wenn sie in die Gesichter der mitreisenden Männer schaute, sah sie überall dieses *Unkraut* sprießen. Eklig, einfach nur eklig.

„Was ist Mutter?", bemerkte Anna, wie Inge ihren Kopf schüttelte.

„Nichts", erwiderte diese, „ich denke an dieses Pferd. Ob es diese Kolik überlebt?"

„Klar doch", war sich Anna ganz sicher, „wenn

sich alle um dieses Tier kümmern, dann gewiss doch."

„Ja, aber jetzt ist es nur eins. Was machen wir, wenn es mehr werden?", fragte Inge abwesend.

„Mutter", ermahnte diese ihre Tochter, „mach dir doch um ungelegte Eier keine Sorgen!"

Inge erwiderte mit einem stummen Lächeln.

Klar machte sie sich Gedanken. Und wahrscheinlich mal wieder zu viele und zur falschen Zeit. Aber sie hatte auch irgendwie ein mulmiges Gefühl. Eines, was sie keinem Menschen erklären konnte. Eines, was sie sich selbst nicht erklären konnte.

Warum nur machte sie sich solche Sorgen?

Sie waren rechtzeitig fortgegangen. Ihre ganze Familie war bei ihr, außer die Söhne, die schon Jahre nicht da waren.

Sie hatten fast alle Tiere mitnehmen können, außer natürlich die Katzen und die beiden Hunde.

Sie hatten eine Adresse, wohin sie konnten, und der Winter war noch fern.

Was also war es, was ihr solche Sorgen bereitete, dass sie manchmal so abwesend war, so ihren Gedanken nachhing?

War es vielleicht doch die Furcht davor, diesen Treck nicht zu überleben? Diese Reise, diese Flucht?

Flucht? Flucht! Wieso flüchteten sie?

Inge sann darüber nach, doch sie kam auf keine Lösung.

Also fragte sie ihre Tochter, die wieder im Wagen neben ihr Platz genommen hatte.

„Die Russen, Mutter, die Russen", antwortete Anna und warf einen ironischen Blick zu ihrer Freundin.

Doch Trude wusste genau, warum Inge fragte: Sie wurde vergesslich.

Werner hatte es sich überlegt. Er folgte seiner Enkelin und seiner Stallarbeiterin.

Mal sehen, ob Anuschka recht hatte, denn manchmal übertrieb sie maßlos, was den Krankheitszustand der Pferde betraf.

Werner traf kurz nachdem ein, als Jasmin die Decke über Rosina geworfen hatte.

„Und?", fragte er, als Jasmin gerade die Decke über der Brust des Pferdes schloss.

„Ich weiß es nicht", antwortete Jasmin, „ich habe ihren Bauch abgehört und es kamen keinerlei Geräusche."

„Keine Geräusche?", fragte ihr Großvater noch einmal nach.

„Keine", erwiderte nun Anuschka.

„Habe ich dich gefragt?", fragte er grob.

„Nein", wusste Anuschka genau, dass sie ihre Kompetenzen überschritten hatte.

Wieder einmal war ihr klar, wie sehr sie den Alten hasste.

Werner ging zu der Stute, hob die Decke an und fühlte ihren Bauch. Er ging auf die andere Seite und tat das Gleiche noch einmal.

„Mmh,mmh", hörte Jasmin ihren Großvater murren.

„Was ist?", wollte sie wissen.

Rosina flehmte und Werner schaute die Stute noch einmal von der Seite an.

„Sie wird das hier nicht überleben", sagte er nach einer kurzen Pause.

Jasmin blickte auf Anuschka: „Aber es gibt doch Koliken, die die Pferde überleben."

Jasmin versuchte, bei Anuschka Unterstützung zu finden. Doch diese schüttelte mit dem Kopf.

„Schau sie dir genau an", forderte Werner seine Enkelin auf, „sie flehmt, kann sich kaum mehr auf den Beinen halten und ihr Darm scheint nicht mehr zu arbeiten. Sie hat nicht die geringste Chance, jedenfalls nicht hier und jetzt."

„Aber du wirst sie doch nicht …?"

Werner ließ Jasmin erst gar nicht aussprechen und schrie sofort nach Johann.

Wieder musste Johann die Drecksarbeit machen, dachte Jasmin.

Und wieder verloren sie eins der Pferde.

Wenn es so weiter ging, dann kämen sie nur mit der

Hälfte der Pferde an. Jasmin blickte ihren Großvater mit ihren dunklen Augen an.

„Was schaust du mich an, als wäre ich schuld?"

„In so wenigen Tagen so viele Pferde", erwiderte seine Enkelin.

Werner wandte sich von ihr ab: „Es werden noch mehr, glaub mir."

„Was? Was hat er gesagt?", fragte Jasmin Anuschka, weil sie die letzten Worte ihres Großvaters nicht mehr richtig verstanden hatte.

„Ach", antwortete diese, „du kennst ihn doch: Er ist ein Pessimist."

Jasmin nickte Anuschka zu.

Ja, sie musste der Angestellten recht geben: Ihr Großvater war wirklich ein solcher.

Sie schaute sich ihre Stute an, die neben ihr stand. Jasmin hatte sie, während sie nach Rosina sah, an einen Ast angebunden und gesagt: „Warte hier."

Und dieses süße Ding hatte getan, was sie von ihr verlangt hatte.

Und? Was hatte damals ihr Großvater gesagt?

„Aus der wird nie etwas."

Jasmin streichelte Schwindlerin über die Nüstern und sie hätte sie fast geküsst, wenn nicht gerade Johann vorbeigekommen wäre.

„Alles klar bei dir?", lächelte er Jasmin an.

„Ja", erwiderte sie verlegen.

Dabei war gar nichts klar!

Sie verloren wieder eines der Pferde, welches sie hofften, retten zu können.

Regina kam angerannt. „Rosina?"

Sie schrie den Namen des Pferdes, sodass alle anderen den Kopf hoben: „Nicht Rosina!"

Regina hing an Rosina, weil es eines der besten Schulpferde war, die es in ihren Augen gab.

Sie hatte sie als neunjährige Stute damals übernommen und dieses Tier war unfertiger, als man es sich je hatte vorstellen können.

Sie buckelte durch die Halle, als würde sie niemals zu beherrschen sein, sie trat und biss jeden, der auch nur in ihre Nähe kam.

Doch Regina hatte es geschafft, diesem Pferd Manieren beizubringen.

Sie hatte es geschafft, diese Stute zu erziehen. Und so wurde Rosina zu einem der beliebtesten Schulpferde, weil sie groß und lieb war.

Reitschülerinnen mochten große Pferde. Sie gaben ihnen das Gefühl, etwas Besonderes zu sein.

Die kleinen Pferde waren keine Herausforderung für sie: Nein, es mussten große Pferde sein, die sie beherrschten, wenn sie schon dafür bezahlten.

Regina hielt inne und sah, wie Johann und ihr Vater im Wald verschwanden.

Nein, dieses Mal wollte sie ihr Pferd begleiten.
Sie wollte den letzten Schritt mitgehen.

Und so lief sie den beiden Männern hinterher.
„Ich wäre an ihrer Stelle nicht mitgegangen", sagte Anuschka.

Jasmin aber wollte die Entscheidung ihrer Tante nicht kommentieren und erwiderte auf die Bemerkung Anuschkas nichts.

Regina erinnerte sich unterdessen, wann sie diese Stute zuerst gesehen hatte:

Rosina war noch gar nicht so alt – erst so um die zwölf.

Reginas Vater hatte sie von einem benachbarten Gehöft mitgebracht, wo der Mann gestorben und dessen Witwe mit dem Erbe absolut überfordert gewesen war. Also hatte sie die Hoffers gebeten, wenigstens eins der Pferde abzuholen.

Regina konnte sich noch daran erinnern, dass ihr Vater auch Karl mitgenommen hatte, damit der half, ein gutes Pferd auszusuchen.

Beide waren dann mit Rosina zurückgekommen. Und Regina fiel auch wieder ein, wie sie gestaunt hatte über diese hübsche Stute, und wie elegant diese vom Hänger gegangen war.

Karl hatte diese Stute nie so richtig gemocht, aber Regina schon.

Und vor allem wurde Rosina ein perfektes Reitpferd. Sie war willig und ruhig zugleich.

Tränen standen der jungen Frau im Gesicht, als sie sah, wie der Stute der Sack über den Kopf gestülpt wurde.

Rosina blieb ganz ruhig stehen. Und dann flog die Axt und Regina schrie auf.

„Siehst du", schaute Anuschka Jasmin an, „ich hab doch gesagt, dass es besser gewesen wäre, wenn sie nicht ..."

Doch Jasmin unterbrach sie: „Hör schon auf."
„Was ist denn los?", kam Frau Funke angelaufen. „Warum haben wir schon wieder angehalten?"

„Eins unserer Pferde hatte eine Kolik und Großvater hat sie erlöst."

Frau Funke blickte das junge Mädchen mitleidig an: „Ja, auch Stress kann Koliken auslösen."

„Ich weiß", stimmte Jasmin ihr zu.
In diesem Moment kamen die anderen aus dem kleinen Wäldchen.

Regina hatte ganz verquollene Augen. Johann lief hinter ihr und musste sich das Gerede Werners anhören, der von vergangenen Tagen sprach und wie man früher die Pferde getötet hatte.

Johann warf Jasmin einen Blick zu, der so viel zu heißen schien wie: „Sehen wir uns heute Abend?"

Jasmin hatte verstanden und nickte.
„Können wir dann weiter?", fragte Frau Funke.

„Ja, natürlich", schaute Werner sie grimmig an.
Und schon machte sich der Treck auf. Es mussten wenigstens noch ein paar Kilometer geschafft werden. Ihr nächstes Ziel war Bartenstein. Und Bartenstein zu erreichen, war eigentlich gar nicht mehr so weit.

Werner rechnete mit nur einer Übernachtung. Wenn es hochkam, dann waren es zwei.

Bartenstein war eine Kleinstadt mit ungefähr 13000 Einwohnern. Werner war vielleicht zweimal in seinem Leben dort gewesen. Es war ein Ort, der ihm absolut nicht gefallen hatte, obwohl dies damals keiner verstand.

Er war als Jugendlicher mit seinem Vater dort gewesen, hatte an einer Auktion teilgenommen und so die Menschen aus Bartenstein kennengelernt.

Und eines wusste er jetzt immer noch: Sie waren ihm unsympathisch gewesen, diese Bartensteiner, ja fast schon verhasst.

Was hatte sein Vater gefeilscht um diese Schafe, die er unbedingt haben wollte. Und was hatte es ihn gekostet, sie zu bekommen? Alles, was er besaß.

Und was hatte die Mutter geschimpft, als sie damals nach Hause gekommen waren: mit nichts mehr, außer diesen beiden Schafen, die ein Vermögen gekostet hatten. Die Mutter hätte das ganze Geld lieber in etwas Solideres gesteckt.

Werner lächelte: Er hatte lange nicht mehr an seine Eltern gedacht. Dabei hatte er nicht den geringsten Grund, sich nicht an die beiden zu erinnern.

Seine Mutter war eine warmherzige Frau gewesen, die stets darauf bedacht war, den Familienfrieden zu bewahren und jedem alles recht zu machen.

Anders wie Werners Vater, der das Geschick hatte, es sich mit jedem zu verderben.

Werner hatte insgesamt drei Geschwister gehabt. Ein Bruder war kurz nach der Geburt gestorben, eine Schwester mit drei Jahren und der ältere Bruder mit neun.

Werner wuchs also wie ein Einzelkind auf, wurde von seinen Eltern gehegt und gepflegt.

Viel hatten sie nie gehabt, und so gehörten sie im Dorf mit zu den Ärmsten der Armen.

Sein Vater war gut zu ihm gewesen, obwohl er auch gerne noch mehr Söhne gehabt hätte. Aber Werners Mutter hatte gemeint, dass es Gottes Wille war, dass nur der eine überlebt hatte.

Und als er Inge ehelichte, da waren sie so glücklich gewesen und hatten ihm immer auf die Schultern geklopft.

An innigere Zuwendungen konnte sich Werner allerdings nicht erinnern.

Nein. Es gab nie irgendwelche Umarmungen, geschweige denn Küsse.

Das war nicht schicklich, das war nicht gesellschaftlich – egal welcher Schicht man angehörte.

Und als Werner Inge kennengelernt hatte, da hatte er es anders zu spüren bekommen.

Da wusste er, was es heißt, Zärtlichkeiten auszutauschen: sich zu küssen, zu umarmen.

Nur mit seinen Kindern gelang es ihm nicht ganz so, obwohl er es gerne anders gemacht hätte. Aber scheinbar konnte er auch nicht über seinen Schatten springen.

Er konnte nur beobachten, wie Anna sich veränderte, wie sie mit ihren Kindern umging. Und eines musste er sich eingestehen: Dieser Horst machte es genau so wie seine Frau: Sie herzten die Kinder, wie er es auch gerne getan hätte. Vielleicht gelang es ihm im nächsten Leben!

Werners Blick fiel auf seine beiden Enkelkinder. Er war stolz auf die beiden. Und er erwischte sich dabei, wie er betete.

Wenigstens die beiden sollten dies alles hier überleben: wenigstens diese beiden Kinder!

Zwei Tage vergingen ohne irgendwelche Zwischenfälle. Der Treck kam gut voran und schaffte es, ohne dass er vielen Menschen begegnete, nach Bartenstein zu gelangen.

Vor den Toren der Stadt ließ Werner kleine Koppeln errichten, sodass die Pferde eine Pause einlegen konnten. Und auch für ihre Besitzer war dies nötig, denn alle waren von dem vielen Laufen und den langsam immer kälter werdenden Nächten total geschafft.

Werner blickte seine Frau an: Inge hatte in den letzten Tagen ebenfalls an Kraft verloren, obwohl sie als Einzige das Privileg hatte, fast nur auf dem Wagen zu sitzen. Trotzdem zehrte dies alles hier an ihr.

Werner sah, wie sie litt. Scheinbar waren auch die Fahrten auf dem Wagen zu anstrengend für sie. Ihre Wangenknochen kamen immer mehr zum Vorschein und sie hatte in diesen paar Tagen mit Sicherheit zu schnell zu viel abgenommen. Er sah nämlich, wie weit ihre Kleidung saß.

Obwohl - er fühlte an sich herunter: Seine Jacke saß auch nicht mehr so, wie sie noch vor Tagen an ihm geklebt hatte.

Hoffentlich ...

Doch Frau Funke holte Werner aus seinen Gedanken: „Brauchen Sie Begleitung nach Bartenstein?"

Werner brummte vor sich hin, bevor er eine Antwort gab.

„Sicherlich", erwiderte er nach kurzer Zeit.

Er hasste diese Stadt, doch ihm blieb nichts weiter übrig, als dorthin zu gehen.

Er musste sich erneut eingestehen, dass er sowohl für die Tiere als auch für die Menschen zu wenig Nahrung mitgenommen hatte.

Anna musterte ihren Vater, wie er da stand und überlegte.

Sie ging zu ihm: „Soll Horst dich begleiten?"

„Ja", antwortete er kurz.

Anna sah ihren Vater überrascht an: „Alles in Ordnung?"

„Natürlich", entgegnete er ihr.

„Ich meine ja nur", erwiderte Anna, die glücklich darüber war, dass endlich einmal ihr Vater bereit dazu war, ihrem Vorschlag zuzustimmen.

Und so brach ein kleiner Trupp auf, um in Bartenstein Futter für die Pferde zu besorgen und auch Essen für die, die diese begleiteten.

Anuschka machte indessen immer mehr ihrem Unmut freie Luft: Sie schimpfte, was das Zeug hielt, über Werner und dessen Pläne.

„Ich hab es langsam satt", schrie sie, sodass es alle hörten.

Jasmin eilte zu ihr: „Was ist denn los?"

„Was los ist?", fragte Anuschka entgeistert zurück.

„Mir hängt der Magen bis zur Kniekehle!"

„Wir haben alle Hunger", versuchte Jasmin, sie zu beruhigen.

„Das weiß ich doch", senkte Anuschka ihren Kopf zu Boden, „trotzdem."

„Was trotzdem?" Jasmins Reaktion wurde immer derber. Denn natürlich zehrte an allen der Hunger und auch Jasmin wurde langsam klar, dass dieses Unterfangen zum Scheitern verurteilt war, wenn sie nicht endlich etwas zum Essen für alle fanden. So jedenfalls schafften sie es nie bis nach Westen.

Sie waren knapp eine Woche unterwegs und waren erst in Bartenstein. Das dauerte viel zu lange. Und warum, verflucht noch einmal, hatte ihr Großvater so wenig Futter mitgenommen?

Und warum hatten auch die Frauen so wenig Essen für die Menschen dabei?

Alle Hoffnung lag nun auf dem kleinen Trupp, der nach Bartenstein zog.

Dabei waren außer dem Großvater noch Jasmins Vater, Herr Berg sowie Herr und Frau Funke. Sie hatten allerdings ihre Hunde in die Obhut von Frau Berg gegeben, die sichtlich damit überfordert war. Und dann gehörte auch noch Johann der kleinen Gruppe an, um den sich Jasmin natürlich am meisten sorgte. Obwohl? Was sollte schon passieren?

Bartenstein lag mitten in Ostpreußen. Wie sollten hierher schon russische Truppen gelangt sein?

Werner jedoch war vorsichtig. Er hielt alle an, sich leise der Stadt zu nähern und ständig in Deckung zu gehen. Denn eines war ihm unheimlich: Es war viel zu ruhig, als sie sich der Stadt näherten.

Früher, so erinnerte er sich, war das Getümmel in der Stadt schon kilometerweit zu hören und nun? Nun hörte man seine eigenen Schritte.

„Geben Sie alle acht", warnte er noch einmal alle um sich herum.

„Wieso?", fragte Herr Funke, lachte dabei und schon hörte man einen Schuss.

Herr Funke fiel zu Boden. Seine Frau stieß einen Schrei aus, der fast bis zum Treck zu hören war.

„Was war das?", fragte Inge nervös.

„Ich weiß es nicht", erwiderte Anna und griff nach der Hand ihrer Freundin.

Das Geschrei der Frau war als dumpfes Geräusch zu hören. Die Zurückgebliebenen konnten nur ahnen, dass etwas Schlimmes passiert war.

„Er ist getroffen. Er ist getroffen", schrie Frau Funke, die krampfhaft versuchte, die blutende Wunde abzudecken.

„Zeigen Sie, zeigen Sie", kam Herr Berg angerannt und kniete sich neben den Verletzten und dessen Frau. „Es ist nur eine Fleischwunde", sagte er, nachdem er sich die Wunde angeschaut hatte.

„Wer macht denn so etwas?", schrie Frau Funke erneut.

„Lassen Sie uns abhauen", rief Johann Werner zu. „Nichts da", sagte dieser ernst, „wir brauchen Futter." „Aber die Russen?", schaute Johann den Alten nervös an.

„Das waren nicht die Russen", entgegnete ihm Werner.

„Was machen wir mit dem da?", zeigte Johann auf den verletzten Mann.

„Schaff ihn zurück und nimm die Frau mit", befahl Werner.

Horst hatte sich inzwischen von dem kleinen Trupp entfernt und kam keuchend wieder zurück: „Da haben sich in einer Scheune vier oder fünf Männer versteckt. Der Schuss kam eindeutig von da."

„Das habe ich mir schon gedacht", nickte Werner, nicht ohne seinem Schwiegersohn einen ehrfürchtigen Blick zuzuwerfen.

Herr Berg ging zu den beiden Männern und Johann lud Herrn Funke auf seine Schultern. Dann gab er dessen Frau zu verstehen, dass sie sich neben ihm verstecken sollte. Nur so konnten sie den Rückweg antreten.

Die anderen drei Männer schlichen sich von Baum zu Baum und von Hügel zu Hügel, um so den Gewehrsalven auszuweichen.

Johann schleppte unterdessen den verletzten Mann zum Lager zurück, während Frau Funke immer wieder die Hand ihres Mannes küsste.

„Halt durch, Geliebter", forderte sie ihren Mann auf, der das Bewusstsein verloren hatte.

Johann legte den Verletzten auf den Wagen von Anna und Inge. Beide Frauen nahmen sich sofort Tüchern in die Hand, suchten nach der Wunde und versuchten, das Blut zu stoppen.

Trude hingegen kümmerte sich um Frau Funke, sprach mit ruhigen Worten auf diese ein und versuchte sie, von ihrem Mann wegzulocken.

„Drück so fest du kannst", forderte Inge ihre Tochter auf.

Anna machte, was ihre Mutter sagte, obwohl ihr immer unwohler wurde und sie mit Brechreiz kämpfte.

Immerhin war sie nun schon im vierten Monat schwanger und eigentlich hatte sie keinerlei Probleme. Nur das herausspritzende Blut aus der Wunde war definitiv zu viel für ihren Körper.

Anna übergab sich neben dem Mann.
Sie wischte sich die Spucke aus dem Gesicht.

„Jetzt beherrsche dich", ermahnte sie die Mutter und Anna schaute sie hilflos an.

„Lass Mutter", eilte Jasmin sofort zu Hilfe, legte ihrer Mutter den Arm um die Schulter, setzte sie an den Wagen und sah nach Herrn Funke, „Er hat viel Blut verloren."

„Aber er wird es überleben", erwiderte Inge.
„Sicherlich", entgegnete Jasmin und drückte dem Mann den Stoff auf die Wunde.

„Er ist nicht so stark verletzt, dass er stirbt", wiederholte sich Inge.

„Haben wir eigentlich irgendwelche Medikamente dabei?", fragte Jasmin.

„Nein, nur ein paar Tabletten gegen Kopfschmerzen", erwiderte ihre Großmutter.

„Na super." Jasmin wurde langsam bewusst, wie wenig vorbereitet alle sich auf den Weg gemacht hatten.

„Wieso hast du an so etwas nicht gedacht?", fragte sie ihre Großmutter vorwurfsvoll.

„Ich, ich", stammelte diese.

„Lass sie", mischte sich nun Anna ein, „Großmutter wusste doch auch nicht, wie das alles hier abläuft."

„Ich habe Binden und etwas Verbandszeug mitgenommen", löste sich Frau Funke von der betreuenden Trude, „allerdings war es für die Pferde gedacht."

„Das ist gut", lobte sie Jasmin.

Frau Funke holte das Verbandszeug aus ihrer Tasche, während die Hunde ihr fast in die Beine gelaufen wären.

„Platz", schrie sie die beiden an, „Platz!"

Frau Berg hielt die Leinen der beiden in der Hand und starrte die Frau an, deren beiden Köter sie nun hielt.

Dabei hatte sie keinerlei Erfahrung mit diesen Tieren, die schwanzwedelnd hinter ihrem Frauchen herliefen und dabei dermaßen an den Leinen zogen, dass sie fast hingefallen wäre.

Gott sei Dank kam Anuschka angelaufen und rettete die Frau in letzter Sekunde: „Geben Sie her!"

Anuschka schnappte sich die beiden Stricke, zog daran und gab den beiden Hunden somit zu verstehen, dass sie nicht ziehen konnten, wie es ihnen beliebte. Frau Funke warf Anuschka einen dankbaren Blick zu. Und Frau Berg hielt ihr schreiendes Kind im Arm und wog es hin und her.

„Wie ist das denn passiert?", fragte sie naiv, während alle anderen sich um den Verletzten kümmerten.

„Sie haben uns beschossen", antwortete Frau Funke, während sie sich das Blut von ihren Fingern wischte.

„Die Russen?", fragte Frau Berg.

„Herr Hoffer meinte, dass es keine Russen waren", erwiderte Frau Funke.

„Wer war es dann?", hielt Inge der Frau ein neues Verbandsstück hin.

„Ihr Schwiegersohn hatte Leute in einer alten Scheune ausgemacht.

"Horst?", fragte Anna nach und blickte gleichzeitig ihre Tochter an.

„Ja", bestätigte Frau Funke, „er hatte sie gesehen." „Er wird doch nicht …?" Anna begann, zu zittern.

„Mutter", beruhigte sie Jasmin, „er weiß schon, was er tut."

„Gewiss, gewiss", wollte sich Anna selbst beruhigen.

„Er wird wieder zurückkommen", sagte Jasmin und sah, wie Johann ihr beipflichtend zunickte.

Währenddessen schlichen Horst, Herr Berg und Werner langsam an die Scheune.

Und immer wieder wichen sie den Salven aus, die kreuz und quer einschlugen.

Auch Horst wurde langsam klar, dass diese Salven nicht von Profis kamen, und er hatte den Verdacht, dass hier Menschen um ihr Leben bangten und wahllos um sich schossen. Bis sie endlich die Scheune erreichten und die Hintertür öffneten.

Außer ein paar Ästen, die sie schnell ergriffen hatten, hatten sie nichts in der Hand.

Und sie überraschten die Schießenden, während diese gerade nachluden.

„Ergebt euch!" Horst hielt einen Ast in die Höhe.

„Nein, nein", hörte er eine Frauenstimme, „tun Sie uns nichts."

Horst ließ den Ast sinken.

„Wie viele seid ihr hier?"

„Nur vier", erwiderte die Stimme.

„Warum schießt ihr?"

„Wir haben Angst", ertönte die Stimme erneut, "alle sind fort."

„Wohin sind sie?"

„Fort", erwiderte die Stimme.

„Fort, fort", wiederholte Horst, „was soll das heißen?" „Die Russen sind bald da. Alle sind weg."

„Und warum ihr nicht?"

„Wir können nicht", entgegnete die Frau, indem sie ihren Blick den anderen zuwandte, die in einer dunklen Ecke kauerten.

Horst sah die Frau mit dem Gewehr an. Sie zitterte.

„Sie haben fast einen unserer Männer getötet. Ist Ihnen das klar?"

Die Frau hatte Tränen in den Augen. „Wir dachten, dass ...", schluchzte sie.

Horsts Ton wurde sanfter: „Geben Sie schon her." Die Frau gab ihm widerstandslos das Gewehr.

„Das ist ein Sturmgewehr", nahm Herr Berg es ihm ab.

„Es ist das meines Mannes", rutschte die Frau zu den anderen.

Horst schätzte sie um die sechzig und die neben ihr schienen noch älter zu sein, was seine Frage wohl beantwortete. Denn diese Frauen sahen nicht so aus, als würden sie ein paar Tage Flucht überstehen.

„Gibt es gar keine Leute mehr in Bartenstein?", kam nun auch Werner näher.

„Doch", erwiderte eine der anderen, „die Alten und Kranken sind geblieben."

„Gibt es irgendwo ein Lager, wo wir Heu oder Hafer finden können."

Alle Frauen schüttelten gleichzeitig mit dem Kopf. „Die weg sind, haben alles mitgenommen, und was die nicht mitgenommen haben, das haben sich die Flüchtlinge geholt."

„Kamen schon viele hier durch?"
„Viele", erwiderte die, die das Gewehr hatte, „nun haben wir schon selber fast nichts mehr. Wir werden hier verrecken wie Ratten."

„Dann kommen Sie mit uns", hörte Werner seinen Schwiegersohn sagen.

„Wir bleiben", sagten die Frauen gleichzeitig.
„Das ist auch besser so", war Werner schon am Hinausgehen.

„Aber wir können sie doch nicht hier zurücklassen", lief Horst ihm nach.

„Ach nein? Und wie bitte sollten wir sie mitnehmen können? Uns geht das Essen aus und wir sind gerade mal ein paar Tage unterwegs", schrie ihn Werner an.

„Wir können uns nicht solche Lasten aufladen.

Man hat sie wohl nicht ohne Grund hier zurückgelassen, oder?"

Die Frau, die das Gewehr hatte, stand plötzlich hinter Horst: „Wir schaffen das schon. Wie viele sind Sie?" „Zu viele", antwortete Werner mürrisch.

„Wir haben 44 Pferde gehabt, aber drei haben wir schon verloren, und wir sind an die 20 Leute", erzählte Horst.

Herr Berg war zu den Dreien gestoßen und hielt der Frau das Gewehr entgegen: „Behalten Sie es. Nur tun Sie mir einen Gefallen und feuern Sie nie wieder auf die eigenen Leute."

Die Frau lächelte ihn schuldbewusst an und nickte mit dem Kopf.

„Es gibt in der Scheune gegenüber noch etwas Heu, aber das ist auch alles, was ich Ihnen anbieten kann. Es ist eh kein Viech mehr hier, was es fressen könnte."

Werner sah die Frau dankbar an. Es war ein Wink des Schicksals, dass sie alle hier wohl herfinden ließ, und so war er es, der dieses Mal dankbar mit dem Kopf nickte. An Herrn Funke dachte er in diesem Moment wahrlich nicht.

„Haben Sie einen Karren oder so etwas?", fragte Horst ungeduldig.

Und Werner staunte über diese Idee seines Schwiegersohnes. Er war wohl doch nicht so dumm, wie er all die Jahre gedacht hatte.

„Gute Idee", hörte er auch schon Herrn Berg sagen.

Die Frau nickte und zeigte auf einen alten Wagen, der mitten in der Scheune stand.

„Den können Sie haben."

„Der ist super", entfuhr es Horst und so machten sich die Männer daran, das bisschen Heu, was die Frauen entbehren konnten, aufzuladen.

Werner wusste bereits, als er sah, wie wenig es war, dass es für kaum die Hälfte der Pferde reichte.

Und in diesem Moment wurde ihm erneut klar, dass er dies alles hier ohne jegliche Überlegung angegangen war. Und er schimpfte sich selbst einen

Dummkopf, dem es eigentlich nur recht geschah, dies hier nicht zu überleben. Trotzdem trottete er hintern den Männern zum Lager hinterher. Jetzt aufzugeben, war zu früh.

Im Lager hatten es die Frauen endlich geschafft, die Wunde des verletzten Mannes zum Stillstand zu bringen. Inge sah ein, dass sie sich wohl doch geirrt hatte. Es war einfach zu viel Blut, welches er verloren hatte.

Inge sah ihre Tochter an und schüttelte mit dem Kopf, was so viel heißen sollte, wie: Das wird er nicht überleben. Doch Anna wiederum gab der Mutter zu verstehen, dass sie dies lieber für sich behalten sollte. Trude dagegen war hemmungsloser.

„Es wäre ein Wunder, wenn Ihr Mann dies hier überlebt", sagte sie zu Frau Funke.

Diese brach sofort in Tränen aus und stürzte sich erneut auf ihren Mann, der leblos am Boden lag.

In diesem Moment kamen die Männer mit dem Heuwagen an und sorgten für ein gewisses Aufsehen bei allen.

Der natürlich als Erster angelaufen kam, war Paul. Im Schlepptau: die kleine Lilly.

„Großvater, Großvater", lief er nervös neben dem alten Mann her, „ihr habt Heu?"

„Haben wir", murrte dieser, als wenn er seinem Enkel sagen wollte, dass er doch wohl Augen hatte.

„Es ist wenig", entglitt es Inge.

„Das weiß ich auch", erwiderte Werner, „aber immerhin ist es besser als nichts."

„Wohl wahr, wohl wahr", unterstützte ihn seine Tochter, während sie ihren Mann umarmte, „habt ihr die gefunden, die auf Herrn Funke geschossen haben?"

„Haben wir", antwortete ihr Gatte, „es war ein Versehen ..."

„Ja", versuchte es nun auch Herr Berg, „die wollten gar nicht auf uns schießen. Die dachten, dass wir Russen wären. Das Heu ist von denen."

„Die dachten, dass ihr Russen seid?", fragte Anna noch einmal nach.

„Ja", antwortete Horst, „alle sind weg aus Barten-stein", dann ließ er eine Pause, „zumindest die, die sich eine Flucht zugetraut haben."

„Die Bartensteiner sind fort?", fragte Inge ihren Mann.

„Ja", erwiderte dieser genervt.
„Aber dann sind die Russen nicht mehr ...."

Doch Werner unterbrach seine Frau: „Die Russen sind weit hinter uns. Die Bartensteiner sind ängstli-cher als eine Horde Hasen. Die waren schon immer so."

„Erzähl nicht", forderte ihn seine Frau auf, „die Bartensteiner sind ..."

Doch Werner wollte sich nicht weiter dazu äußern.

Zum einen ging ihm die Geschichte von damals durch den Kopf, zum anderen dachte er an die Frau-en in der Scheune.

Hätte er ihnen anbieten müssen, mitzukommen? Hätte er auf seinen Schwiegersohn hören sollen?

Verdammt noch einmal!
Doch seine Enkelin holte ihn aus seinen Gedanken heraus: „Großvater. Libelle macht mir Sorgen."

Libelle war mit eines der ältesten Pferde, die sie besaßen.

Sie war ein kleiner Schimmel und für die Kinder unter zehn Jahren das ideale Anfängerpferd.

Und Werner wusste, als er seine Enkelin sagen hörte, dass es dem Pferd nicht gut ging, dass es mit ihr zu Ende ging.

Jasmin war kurz vorher noch einmal durch die Reihen der Pferde gegangen und hatte sie liegen sehen.

Sie war viel zu alt, als dass sie die Strapazen eines solchen Weges aushalten konnte.

Werner wusste auch, dass es viel zu …
Und als er zu der kleinen Stute gelaufen kam, da konnte er nur noch sehen, wie sie ihre letzten Atem-züge tat. Das arme Tier, dachte er. Hatte es ein solches Ende verdient?

Er war Realist genug, um zu wissen, dass es nicht das letzte Pferd war, was sterben würde.

Nun stand er aber vor einem ganz anderen Problem: Bisher waren sie mit den Pferden in den Wald gegangen, hatten dort eine Grube gesucht und sie dort im Wald gelassen. Sollten sich die Tiere dort des Kadavers annehmen. Dann hatte der Tod der Pferde wenigstens noch einen Sinn gehabt. Nun aber lag dieses kleine tote Pferd auf der Wiese zwischen den anderen. Wie sollten sie es in den Wald bekommen? Oder war es überhaupt notwendig? Sollten sie ...? Werner verwarf diese Idee schnell. Es waren zu viele Frauen mit, als dass er das Tier zerteilen könnte und als Mahlzeit zubereiten.

So wie im Krieg. Da hatten sie sich auf alles gestürzt, was essbar war.

Egal ob Schaf, Ziege oder auch Pferd. Und in diesem Krieg würde es nicht anders werden, wenn er sah, wie hungrig die Leute wurden und wie unleidlich, wenn sie der Hunger quälte.

Johann, Stefan, Anuschka, Helmar und Jasmin standen um ihn und das tote Pferd herum.

„Habt ihr nichts Besseres zu tun", schnauzte er alle an.

Die fünf stoben auseinander. Und warfen der ankommenden Regina einen Blick zu, der ihr sagen sollte, dass auch sie besser wegblieb.

Doch Regina konnte man von dem toten Tier nicht fernhalten. Sie musste Abschied nehmen: Mal wieder!

Und wieder fiel sie auf das Pferd nieder und Tränen rannen über ihr Gesicht.

Und als wenn dies alles nicht reichte, setzte ein Regenguss ein, der bis zum Abend anhalten sollte. Die Wiesen und Wege sogen sich in Windeseile voll wie Schwämme, und während Regina über dem Pferd kauerte, spürte sie, wie sich auch das Fell des Pferdes vollsog. Nun war es absolut unmöglich geworden, das Pferd von der Stelle zu bewegen. Aber Werner wollte auch weiter. Sie mussten weiter, wenn er den Frauen aus Bartenstein Glauben schenkte.

Sie hatten gesagt, dass die Russen im Anmarsch waren. Also galt es, so schnell wie möglich aufzubrechen.

Den Pferden Futter zu geben, musste warten. Johann hatte schnell reagiert, als der Regen einsetzte: Er hatte den Wagen mit dem Heu abgedeckt. Zwar reichte die alte Plane nicht über die gesamte Ladung, aber wenigstens war ein kleiner Schutz gegeben.

Werner blieb nichts weiter übrig, als Libelle liegen zu lassen.

Regina stöhnte, als sich der Treck in Bewegung setzte. Aber auch sie musste einsehen, dass es keinen Sinn machte, das Tier bewegen zu wollen. Traurig sah sie zurück. Auch Jasmin schaute nach dem leblosen Körper, der durch den Regen bald kaum noch zu erkennen war.

Inge, Anna und Trude saßen ein wenig im Trockenen. Sie hatten auch Herrn Funke auf ihrem Wagen, dem seine Frau mit Pferden und Hunden folgte.

Frau Bergs Platz war wieder an der Seite von Frau Sommer, die sich erneut freute, Begleitung gefunden zu haben. Ab und an nahm sie das Baby, sang ihm etwas vor und entlastete so die Nerven der jungen Mutter. Frau Berg war sichtlich froh darüber, dass ihr Mann heil wieder angekommen war, und hielt seine Hand, während er im Regen neben dem Wagen herlief. Dass er dies tun konnte, hatte er nur einem Glücksumstand zu verdanken: Er kannte den Ortsgruppenleiter Ost. Und dieser Mann hatte ihn für den Krieg untauglich erklärt. So war er als Lehrer eingesetzt worden, und als man die Schule geschlossen hatte, da hatte er sich nicht gemeldet, denn wie hieß es so schön: Schlafende Hunde soll man nicht wecken. Und nun war er fort. Niemand würde ihn finden. Niemand würde ihn in diesen verdammten Krieg schicken. Nein. Er würde seine Frau und sein Kind nicht verlassen müssen wie so viele, die er gekannt hatte und die nicht wieder zurückgekommen waren. Die nicht mehr erleben konnten, wie aus ihren Kindern Erwachsene wurden. Dieses Schicksal würde ihm erspart bleiben. Herr Berg bekreuzigte sich. Wasser lief ihm die Stirn hinunter bis zum Mund. Und er fing das Wasser mit den Lippen auf und leckte daran. Wie salzig es schmeckte, dachte er.

Horst begleitete ebenfalls den Wagen seiner Frau. Doch er lief neben Laredo, dem der Regen absolut nicht gefiel, denn er senkte den Kopf fast bis auf den Boden, um den Peitschenhieben der Tropfen auszuweichen.

Horst hatte schwer damit zu tun, dem Pferd den richtigen Weg zu weisen.

Nicht anders erging es den beiden jungen Männern, die den Treck anführten. Ihre kleine Herde hatte sich zwar schon um zwei Pferde dezimiert, trotzdem hatten sie alle Hände voll zu tun.

Johann hatte Donar in der rechten Hand und Woltan in der linken. Die beiden Wallache waren starke Anführer und hatten das Zeug dazu, als Herdenführer zu gelten.

Johann hatte es die letzten Tage beobachtet. Und scheinbar hatte er recht, denn die anderen Pferde folgten den beiden, und so hatte Stefan lediglich die Aufgabe, zu schauen, dass keins der Pferde zurückblieb. Für Stefan mehr als genug Arbeit.

Anuschka hatte nicht die geringste Lust mehr, Helmar zu sagen, was er machen sollte.

Auch sie hatte sich die zwei stärksten Pferde ausgesucht und ließ sie neben sich herlaufen.

Was Helmar machte, interessierte sie nicht. Sie wusste, dass der Rest der Pferde folgen würde. Egal, was dieser Schwachkopf machte.

Doch so schwachsinnig war Helmar gar nicht, denn er mischte sich unter die anderen Pferde und sprach mit ihnen, um sie zu beruhigen, denn der Regen nahm an Intensität immer mehr zu.

Dies war vor allem für die jungen Pferde ungeheuerlich. Sie schnaubten und tänzelten neben ihren Führern hin und her.

Auch Jasmin und Regina hatten sich jeweils zwei Pferde geschnappt, um sie zu führen. Paul war es noch nicht zuzumuten. Er hatte ohnehin damit zu tun, dass ihm Lilly folgte, denn auch ihr Fell saugte sich voll wie ein Schwamm und schien schwer zu werden.

Lilly schüttelte sich am laufenden Band und wäre wohl am liebsten unter einen schützenden Busch gekrochen, wenn Paul sie nicht immer wieder dazu animiert hätte, ihm zu folgen.

Ganz am Schluss des Trecks liefen die von Weldens. Sie gingen stillschweigend nebeneinander her. Schauten sich nicht einmal an und versuchten so, dem ganzen Elend des Regens zu entfliehen.

Appolina lief zwischen den beiden und wäre sie ein Mensch, dann würde man sagen, dass auch sie schwieg, so wie sie zwischen ihren Besitzern lief.

Die Schossnicks quälten sich hinter Frau Funke durch den Regen. Auch sie liefen neben ihren Pferden einher. Tammy war zwar nervös, aber haltbar, was für Herrn Schossnick lebenswichtig war, denn er hatte schwer damit zu tun, durch den beginnenden Matsch zu gehen.

„Steig doch auf!", riet ihm seine Frau.

„Ich setze mich wohl auf ein solch nasses Pferd", zeigte er ihr einen Vogel.

Sie verbat sich dies, indem sie ihm einen vernichtenden Blick zuwarf, den er wiederum mit einem Handkuss entkräftete.

Die beiden konnten es einfach nicht lassen.

Herr Schossnick schaute seine Frau an, wie sie mit ihrer Carlotta dem Regen trotzte.

Die beiden Pferde waren ihr Traum gewesen.

Niemals hätten sie sich solche Tiere leisten können, wenn er nicht ein Erbe angetreten hätte. Ein Erbe, an das er nie geglaubt hatte. Bis der Notar eines Tages vor der Tür gestanden hatte. Und er hatte ein kleines Vermögen geerbt. Gemeinsam mit seiner Frau hatte er überlegt, was sie mit dem Geld anstellen sollten. Und was machte man schon in solchen Zeiten mit so viel Geld. Zur Bank bringen, wäre keine gute Idee gewesen. Und dann kam seine Frau auf die Idee, sich einen Kindheitstraum zu erfüllen. Und als sie auf dem Gestüt gestanden hatten und ihnen Carlotta gezeigt wurde, da hatte er den kleinen Tammy gesehen und sich gleich in das Pferd verliebt. Natürlich wusste er, dass seine Behinderung es ihm schwer machen würde, ein Pferd zu reiten, aber trotzdem wollte er dieses Pferd: Egal, welche Schmerzen es ihm bereitete.

Herr Schossnick streichelte Tammy über den Hals.

Doch Tammy wollte solch eine Art von Zärtlichkeiten im Moment nicht. Er kämpfte mit dem Regen, der gegen sein Gesicht peitschte. Carlotta hingegen schien dies alles nicht zu interessieren. Sie hatte sich ihrem Schicksal ergeben und trottete neben ihrer Besitzerin einher.

Im Gegensatz zu Donnerschall, der wie ein Verrückter am Wagen von Inge tänzelte.

„Halt ihn ruhig", schrie Inge durch den Regen. Doch Werner brüllte zurück: „Lass ihn tänzeln. Er ist jung."

„Er hat mehr Verständnis für die Gäule als für uns", sagte Anna leise.

„Sprich nicht so", hatte sie ihre Mutter trotzdem gehört und ermahnte sie auch noch mit einem gestrengen Blick.

„Ist doch wahr", erwiderte Anna erneut. Und in diesem Moment fing sie eine Ohrfeige ihrer Mutter.

„Mutter", schrie Anna sie an und hielt sich gleichzeitig die Wange.

Horst parierte die Pferde und ließ so den Wagen stoppen.

„Fahr weiter", rief ihm sein Schwiegervater zu. „Aber sie kann doch nicht ...", Horst schaute den alten Mann entsetzt an.

Doch Werner sprach aus, was er dachte: „Eine Mutter kann ihre Kinder züchtigen, sooft sie will."

„Ich dachte, dass du dafür verantwortlich seist", konterte Horst prompt.

„Halt dich zurück", erwiderte Werner, „sonst hole ich bei dir das nach, was deine Eltern scheinbar versäumt haben."

„Meine Eltern haben mich nicht ein einziges Mal geschlagen", schrie Horst seinen Schwiegervater an.

„Was wohl nicht heißen soll, dass sie es nicht gemusst hätten", brüllte Werner zurück.

„Meine Kinder haben nicht ein einziges Mal meine Hand spüren müssen", erwiderte ihm Horst, während er immer noch Laredo daran hinderte, weiterzugehen.

„Das ist ja wohl nicht dein Verdienst", brüllte Werner erneut nach vorne.

„Ach nein? Wessen dann?"
Horst schaute seine Frau an, die mit einer Handbewegung anzeigte, dass er mit dem Streit Schluss machen sollte.

„Diese Kinder sind eben einfach lieb", sagte Werner kleinlaut.

„Was?" Horst hatte zwar genau verstanden, was sein Schwiegervater gesagt hatte, aber er wollte ihn herausfordern. „Meinst du, dass sie das einfach nur so sind? Dass du daran einen Anteil hättest? Weil du ihr Großvater bist?" Horst lachte laut auf.

„Sie sind so, weil sie das gekriegt haben, was deine Kinder nie hatten."

„Halt dein Schandmaul", schrie Werner ihn an, „von nichts hast du eine Ahnung, von gar nichts, also halte dich gefälligst raus."

Horst wollte gerade etwas erwidern, als er sah, wie Anna energisch mit dem Kopf schüttelte.

Anna hatte gesehen, wie Paul angelaufen kam und seine Hündin ihm auf dem Fuße folgte.

„Was ist?", fragte das Kind, während ihm die Nässe durch alle Ritzen der Kleidung drang. Anna sah, wie ihr Jüngster zitterte und eigentlich kaum mehr sprechen konnte.

Dem kleinen Hund schien es ebenso jämmerlich zu gehen. Er schüttelte sich am laufenden Band, um somit das nasse Fell wenigstens ein wenig zu trocknen.

Dass dies aussichtslos war, konnte der Hund natürlich nicht wissen.

Anna bereute die Flucht, als sie in die Augen des Kindes sah.

Aber hatte sie eine andere Wahl gehabt?

Wären sie dort in Trakehnen geblieben, dann wären sie vielleicht schon tot.

Anna hievte Paul auf den Wagen. Und als Vater und Großvater das zitternde Kind sahen, ließen sie von ihrem Streit ab und machten, dass sie weiter kamen.

Bis Allenstein war es noch ein weiter Weg.

Werner hatte vor, von dort aus nach Osterode weiter zu ziehen und dann …

Er schaute nach vorne. Irgendetwas war passiert, denn Johann hatte die Pferde gestoppt.

Sie hätten doch bald Heilsberg erreicht, wenn nicht ständig diese Unterbrechungen wären.

Werner hasste es, wenn seine Pläne nicht aufgingen.

Er raste an seinem verhassten Schwiegersohn vorbei nach vorne: „Was gibt es?"

Johann sah nach hinten zu dem alten Mann und zuckte mit den Schultern.

„Schauen Sie selbst!", forderte er ihn auf.

Werner sah, warum Johann gehalten hatte.

Sie hatten eine Kreuzung erreicht, die scheinbar die Flüchtlinge aus Rastenburg mit denen aus Bartenstein vereinte.

Waren sie bisher fast alleine unterwegs, so sollte sich dies nun abrupt ändern.

Werner und alle, die nun plötzlich angerannt kamen, trauten ihren Augen nicht.

Menschen über Menschen kreuzten ihren Weg.

Werner ließ seine Leute hinter sich und ging zu den flüchtenden Menschen.

Jasmin war an Johanns Seite getreten. Sie hielt Schwindlerin am Strick neben sich: „Woher mögen die kommen?"

„Daher, wo wir auch kommen", antwortete Johann, ohne sie eines Blickes zu würdigen.

„Was ist mit dir?", wollte Jasmin wissen.

„Mir geht es nicht so", antwortete er und wendete sich ihr zu.

Jasmin sah sein Gesicht: Es war so rot, wie der Abendhimmel im Sommer über Trakehnen.

Jasmin fasste mit ihren nassen Händen nach seiner Stirn: „Du glühst ja."

„Ich weiß", erwiderte er, „mir geht' s hundeelend."

„Dann geh zu meiner Mutter und schlaf ein wenig", schlug Jasmin vor; „sie macht dir bestimmt auch einen Wadenwickel."

„Einen Wadenwickel?"

Johann lachte so laut, dass alle zu ihm schauten.

„Wenn ich Fieber hatte", erzählte Jasmin kleinlaut, „dann hat sie mir immer einen gemacht."

„Das kann schon sein, Süße", Johann blinzelte sie an und Jasmin wäre am liebsten in Grund und Boden versunken: Nun wusste bestimmt ein jeder, wie es um die Gefühle der beiden stand.

„Aber mir nützt kein Wadenwickel etwas", nahm er ihre Hand in seine. Jasmin genoss diese Zärtlichkeit und drückte seine Hand ganz fest.

Langsam war es ihr egal, was die Leute dachten. Sie war alt genug. Sie machte sich Sorgen um ihren Freund. Er hatte Fieber und das nicht wenig.

Wenn es so weiter regnete und er sich nicht irgendwo trocknen konnte, dann befürchtete sie, dass er …

Jasmin fasste seine Hand ganz fest: „Du musst dich trocknen."

„Ich weiß", flüsterte er, „aber die Pferde können sich auch nirgends *trocknen*."

Er betonte das Wort, als wäre es etwas ganz Wichtiges. Und Jasmin spürte erneut, wie er die Tiere liebte. Trotzdem! - Das Schicksal der Pferde war weniger wichtig als das der Menschen, dachte Jasmin. Was nützte es, wenn die Menschen nicht überlebten, aber die Pferde schon?

Jasmin sah Schwindlerin an: „Wärst du froh, wenn du überleben würdest und ich nicht?"

Schwindlerin sah sie mit triefenden Augen an. Was wollte dieser Mensch von ihr?

Ihr war kalt. Ihr Fell konnte sie nun auch nicht mehr vor der Kälte schützen. Und überhaupt! Warum musste sie fortgehen? Und nun gestikulierte diese Frau vor ihr her, als wollte sie ihr etwas sagen.

Aber sie verstand nicht, was.

Werner kam zurück.

„Treib alle an!", forderte er knapp.

Johann schaute ihn an und machte, was ihm befohlen wurde: Er trieb seine kleine Herde auf die Straße, die über und über voll mit Menschen war.

Jasmin stand da und blickte Johann hinterher und all den Pferden, die ihm folgten, als wären sie dressierte Hunde.

Hatten sie sich wirklich schon an diese Art Führung gewöhnt?

Hatten sie ihn alle als Art Leithengst akzeptiert?

Es schien wahrhaftig so zu sein. Auch Schwindlerin wurde ganz nervös, als sie ihn und seine Pferde gehen sah.

Jasmin beruhigte ihr Pferd: „Warte, Süße. Wir sind auch gleich dran."

Und als Jasmin die Straße betrat, hielt sie sich vor Schreck die Hand vor den Mund.

Massen über Massen säumten den Weg. Schreiende Kinder, stöhnende Alte, rennende Junge, Tiere, die verwahrlost irgendwelchen Menschen folgten, in der Hoffnung, dass sie durch ihre liebreizende Art einen Platz bei ihnen ergatterten.

Doch den Menschen, die hier auf den Straßen liefen, waren die Tiere egal. Sie kämpften um ihr eigenes Leben. Jasmin strich ihrem Pferd über den Kopf: „Siehst du, wie gut es dir geht?"

Schwindlerin jedoch war damit beschäftigt, sich ebenfalls das Treiben auf der Straße anzuschauen.

Johann und Stefan hatten es sehr gut gemacht: Während Johann eine Lücke gefunden hatte und seine Pferde antrieb, hielt Stefan die anderen

Menschen auf, damit der kleine Treck der Hoffers nicht auseinandergerissen wurde und alle hintereinander die Straße nach Allenstein betreten konnten.

Inge, Anna und Trude erging es wie Jasmin: Ihnen fehlten die Worte, als sie sahen, was sich vor und hinter ihnen abspielte.

„Mein Gott, mein Gott", stöhnte Inge leise vor sich hin.

Anna hatte das Stöhnen ihrer Mutter gehört und fasste nach deren Hand: „Wir werden es schaffen."

Währenddessen hatte Horst Helmar die Zügel von Laredo in die Hände gedrückt und sich nach hinten fallen lassen.

Er wollte wissen, woher die Flüchtlinge kamen und was in den verschiedenen Gebieten Ostpreußens passiert war. Anna und Trude schauten ihm nach und erwarteten seinen Bericht. Sie konnten es kaum abwarten, was er zu erzählen hatte. Anna stieg vom Wagen.

Sie log ihrer Mutter vor, dass sie sich auch einmal die Beine vertreten müsse.

Paul hatte es geschafft. Er lag mit Lilly auf dem Wagen und kuschelte mit ihr, ohne dass die anderen es merkten. Auch er sah die Massen, die nun ihren Weg begleiteten. Er war froh, dass er und sein Hund sich etwas ausruhen konnten.

Er sah aber auch, wie seine Mutter vom Wagen gestiegen war und wie sie seinen Vater suchte.

Er hob die Plane weiter hoch, um die Menschen zu sehen, die genau wie sie flüchteten.

Und er fand seinen Vater inmitten der Menschen, die auf Wagen oder zu Fuß die Straße entlang liefen.

„Schau Lilly", forderte er die kleine Hündin auf, die neben ihm lag und die anscheinend nicht das geringste Interesse daran hatte, was dort auf der Straße passierte. Selbst das Gekläffe der anderen Hunde interessierte sie nicht wirklich.

Paul sah, dass nicht nur Hunde den Menschen folgten, sondern auch Katzen, Schafe und Ziegen. Miauend, blökend und meckernd zogen sie mit den

Menschen mit und hofften, deren Aufmerksamkeit zu ergattern.

Der Regen peitschte immer noch und Paul hielt die Plane über sich und den Hund.

Anna lief neben dem Wagen her. Sie beobachtete Anuschka, die alles tat, dass ihr die Pferde langsam folgten.

Anna bewunderte die Frau, die scheinbar alles im Griff hatte. Auch ohne Helmar, der dafür verantwortlich war, dass ihr Wagen den richtigen Weg fuhr.

Anna hatte zu tun, nicht zu fallen, denn der Regen hatte den Boden in eine schlammige Masse verwandelt.

„Pass auf dich auf!", rief Trude ihrer Freundin zu und in diesem Moment krachte ein Schuss.

Anna blickte nach rechts und links. Nichts war zu sehen. Dann starrte sie zum Wagen. Trude sackte in sich zusammen.

Ein Schreien erfasste alle Leute um sie herum. Anna versuchte, auf den Wagen zu klettern, um ihrer Freundin zu Hilfe zu eilen.

Die Massen strömten von hinten nach.
Donnerschall lief nervös am Wagen entlang.

„Werner, Werner", schrie Inge.
Anna jedoch bemerkte, dass nicht nur Trude blutüberströmt dalag, sondern auch unter der Plane Blut herausquoll.

„Paul", rief sie, erklomm den Wagen, den Helmar angesichts der Panik der Massen versuchte, unter Kontrolle zu halten, hob die Plane an. Und was sie sah, erschreckte und freute sie zugleich.

Herr Funke lag da und seine Augen waren geschlossen. Ein Schuss hatte ihn getroffen. Und Paul?

Der hielt seine Hündin fest umklammert und starrte seine Mutter an.

„Gott sei Dank", nahm diese ihn in die Arme, „ich hatte schon geglaubt, dass du ..."

Doch sie konnte nicht weitersprechen, denn Frau Funke begann, bitterlich zu schreien.

„Um Gottes Willen", rief sie der Frau zu, „beherrschen Sie sich doch!"

Doch Frau Funke hörte nicht mehr, was Anna ihr zurief.

Und Anna und Paul folgten mit Blicken der Frau, die auf ihrem Pferd davon ritt in Richtung der Schusssalven.

Und sie hörten genau vier Schüsse, die durch den Abend hallten.

Paul sah, wie das Pferd fiel. Erst die Vorderläufe und dann der gesamte Körper. Dann seine Reiterin. Wie ein lebloser Sack fiel sie kopfüber auf den Boden. Sie hatte noch versucht, sich an der Mähne ihres Pferdes festzuhalten, doch das Blut floss aus ihrer Brust und sie fiel. Genau wie ihr Pferd stürzte sie in den Matsch. Die Hunde fielen direkt neben sie und jaulten auf. Sie griff mit der einen Hand in Richtung des Pferdes und mit der anderen versuchte sie, die Hunde zu erreichen. Bella kroch neben ihr Frauchen und ein letztes Zucken durchfloss ihren Körper, bevor sie die Augen für immer schloss. Die kleine Resi schaffte es nicht mehr und schlief alleine ein.

Frau Funke schaute noch einmal zurück zum Wagen, wo auch ihr Mann tot lag. Samira schloss die Augen und ihre Besitzerin ebenfalls.

Anna rief Paul zu, dass er in Deckung bleiben solle. Paul hörte seine Mutter, die wieder vom Wagen gesprungen war, hielt die Plane über sich und den Hund und hielt sich die Hand vor den Mund.

Er rollte sich neben den toten Herrn Funke.
Er spürte die Wärme seines Blutes und musste Lilly davon abhalten, das Blut zu lecken.

„Still!", befahl er dem kleinen Hund und lauschte, was sich draußen abspielte.

Er hörte seinen Vater rufen und auch seinen Großvater und zwischendrin auch diese Angestellte, die sich einbildete, mehr über Pferde zu wissen als alle anderen.

Dann hörte er, wie sie schrie, als erneut Schüsse durch den Abend knallten.

Anuschka schnappte sich sofort das Halfter von Dakaro, der neben ihr lief.

Doch die drei Schüsse, die erneut aus dem Dickicht kamen, ließen drei der Pferde dahinraffen. Sie fielen um, während Anuschka versuchte, wenigstens eins der Pferde noch zu retten.

Dakaro war so schwer getroffen, dass er nicht einmal mehr aufblicken konnte. Anuschka war mit dem Pferd gefallen und in seinen Augen sah sie, wie die Nacht hereinzog. Der Mond begann sich in ihnen zu spiegeln und Anuschka rannen Tränen über das Gesicht.

„Nicht du", sagte sie leise, während sie sich allmählich wieder aufrappelte. Dakaro schloss die Augen.

Neben ihm lagen noch Sora und Tonja. Fast nebeneinander. Ihre Köpfe hätten sich beinahe berührt.

Blut strömte aus den Körpern der Pferde. Anuschkas Schrei ließ ein paar der rennenden Menschen aufhorchen. Doch etwas anderes konnten sie nicht tun. Jeder musste um sein eigenes Leben bangen. Ein totes Pferd war nicht schön. Aber immerhin besser als ein Menschenleben, sah Anuschka in den Augen der Leute, die an ihr vorbeirannten.

„Die Russen kommen mit Panzern", schrie jemand panisch.

Jasmin schaute sich um. Sie sah ihre Mutter, die versuchte, neben dem Wagen herzulaufen. Sie sah zu Anuschka, die dastand und weinte. Dann fiel ihr Blick auf die toten Pferde. Sie sah Dakaro im Dreck liegen, und wie Anuschka plötzlich von den Massen mitgezogen wurde.

Allmählich stoben alle Pferde auseinander. Nur Schwindlerin hielt Jasmin fest in der Hand. Sie hörte Regina schreien, die die Namen irgendwelcher Pferde rief. Als hätte dies jetzt noch einen Sinn, denn auch der Abend bemächtigte sich der Straße und aller, die darauf ihr Glück versuchten. Sollte sie doch die Pferde laufen lassen. Vielleicht hatten sie wenigstens so eine Chance, dachte Jasmin, während auch sie rannte und rannte. Dann hatten die Russen scheinbar aufgegeben. Seit einer halben Stunde war kein Schuss mehr zu hören. Alle Leute beruhigten sich und verlangsamten ihren Schritt, einschließlich allen Getiers, was zwischen ihnen lief. Selbst die Pferde schienen die Ruhe zu spüren. Und irgendwie waren sie alle nicht weit voneinander entfernt, was definitiv Johann zu verdanken war, der immer noch Sonja und Carina an den Halftern hielt.

Eine Nacht und einen Tag liefen alle weiter. Mittlerweile hatten sich die Familien wiedergefunden. Die Pferde liefen mit den Massen mit.

Und komischerweise entfernten sie sich nicht weit voneinander und schon gar nicht von Johann.

So liefen, bis sie ein Dorf erreichten. Auch dieses war wie ausgestorben. Die Menschen hier hatten vor nicht allzu langer Zeit die Flucht ergriffen. Man konnte sehen, dass sie ihre Wertsachen nicht mehr verstecken konnten oder sich andere bereits darüber hergemacht hatten, denn überall lag Geschirr herum, Bilder waren der Vernichtung preisgegeben und aus den Häusern war alles herausgeholt worden, was irgendwie gebraucht werden konnte.

Jasmin hatte sich mit ihrem Pferd zum Wagen ihrer Großeltern zurückfallen lassen.

Durst und Hunger quälten sie. Genau wie alle anderen im Treck.

Das machte die Toten vergessen. Herr Funke lag immer noch auf dem Wagen. Trude neben ihm. Paul war mittlerweile abgestiegen. Er konnte die leblosen Körper nicht mehr sehen und vor allem hatte er das Gefühl, dass sie ihn anstarrten, diese Toten.

Paul sah die Menschen, die mit ihnen liefen.

Und er sah am Straßenrand noch mehr Tote liegen. Paul würgte es.

Und nun waren sie an diesem Ort, der verlassen war. Ob sein Dorf auch so aussah?

Lebten dort überhaupt noch welche?

Paul hörte die Sommer erzählen, die der Berg nahelegte, doch mit dem Kind den Pferdetreck zu verlassen, denn diese Gäule wären unberechenbar.

Paul sah, wie seine Mutter den Kopf schüttelte und anmerkte, dass es ja wohl überall gefährlich sei.

„Aber diese Pferde ...", begann Frau Sommer erneut, wurde allerdings von Horst unterbrochen.

„Sind bei Weitem nicht so schlimm, wie die Panzer, die uns verfolgen."

Horst hatte mit einigen der Flüchtlinge gesprochen. Sie waren aus dem Osten gekommen und hatten nur Schlimmes berichtet.

Die Einzelheiten hatte er für sich behalten. Wenn er den Frauen davon erzählte, dann wusste er, dass sie noch mehr verzweifeln würden. Aber Horst wusste nun auch, dass es eine Rückkehr nach Ostpreußen nie wieder geben würde, weil es ein Ostpreußen gar nicht mehr gab.

Sie alle hier hatten ihre Heimat verloren!!!
Horst schaute mitleidig auf seine Schwiegereltern. Besonders auf seine Schwiegermutter, die immer noch davon erzählte, dass sie irgendwann einmal hierher zurückkommen würde.

Plötzlich sah er seine beiden Kinder, die sich unterhielten.

Gott sei`s gedankt, hatten sie die Schüsse überlebt.

Er wusste nicht, was er machen würde, wenn den beiden etwas passierte.

Geschweige denn seiner Frau, die schwanger neben dem Wagen stand und mit dieser dummen Frau Sommer diskutierte, als würde es keine anderen Probleme geben.

Pferde hin oder her – sie waren nun einmal gerade wegen dieser Tiere auf der Flucht und wer wusste, ob sie ohne diese Gäule überhaupt weggegangen wären.

Und wo sie dann jetzt wären?
Dass mit Herrn und Frau Funke und ihren beiden Hunden und dem Pferd war echt tragisch. Und natürlich Trude. Sie zu verlieren, war schwer für

Anna. Aber immerhin hatten sie weiter keine Opfer zu beklagen.

Doch da kam schon Anuschka angerannt.

Sie machte Helmar Vorwürfe, dass er nicht bei den Pferden war, als sie beschossen wurden.

Doch Helmar hatte ihr erzählt, dass es ja wohl wichtiger gewesen sei, den Wagen der Hoffers sicher zu geleiten, als auf die Pferde aufzupassen.

Und dem stimmte nun auch Werner zu, der Helmar, für alle sichtbar, auf die Schultern klopfte.

Und als sie da standen, versammelten sich alle um Werner und die zwei Wagen.

Johann und Stefan hatten dafür gesorgt, dass auch alle Hofferschen Pferde beisammen waren.

Und auch diesen sah man die Strapazen der letzten Tage und Wochen an.

36 Pferde waren es nun noch und sie waren erst knapp zwei Wochen unterwegs.

Wie würde es am Ende aussehen?

Die Schossnicks standen da, als wären sie nicht mehr sie selbst.

Sie hielten ihre Pferde und waren damit sichtlich überfordert.

Carlotta schien in diesen Tagen noch mehr geschrumpft zu sein. Und der kleine Tammy war nur noch ein Schatten seiner selbst wie auch sein Besitzer. Jasmin schaute sich alle an: Jeder hatte Kilos abgenommen und wirkte ausgemergelt und in sich geschrumpft.

Sie schaute an sich herunter. Auch sie hatte sich bereits einen Strick um die Hose binden müssen. Konnte man in so geringer Zeit so viel abnehmen? Scheinbar schon. Beantwortete sie ihre Frage selbst. Und sie konnte sich noch daran erinnern, wie sie mit ihren Freundinnen irgendwelche Diäten ausprobiert hatte. Wie blöd war das denn gewesen?

Jasmin lachte leise vor sich hin. Diäten? Was würde sie jetzt dafür geben, ein Stück Schokolade zu essen, ein Stück Fleisch, Leberwurst, ein Stück Kuchen, ein Stück ...

„Wer will ein paar Kekse?", fragte ihre Großmutter.

Jasmin glaubte, nicht richtig gehört zu haben. Kekse?

Doch da standen schon ganz andere am Wagen. Kinder, die gehört hatten, was Inge Hoffer fragte. Und Jasmin sah in die Gesichter der Kleinen. Nein, da wollte sie sich nicht mit anstellen.

Und sie sah, wie ihre Großmutter an die Kinder die letzten Kekse verteilte, die sie noch besaßen.

Jasmins Magen knurrte bei diesem Anblick.

Doch sie sah auch, wie alle Erwachsenen hinblickten und allen anzusehen war, wie gerne sie diese Kekse hätten.

Und allen ging es wie ihr – sie verzichteten für die Kinder.

Und Jasmin sah auf die Menschen, die um sie herum standen.

Sie sahen alle verwahrlost aus. Und sie schaute erneut an sich herunter: Auch sie sah aus, als hätte sie …

Johann kam und umfasste ihre Taille.

Eine Gestik, die ihr sagte, dass er nicht ihr Äußeres sah, sondern nur ihr …: „Was schaust du so?"

„Ich beobachte die Kinder", erwiderte sie.

„Ja", sagte er kleinlaut, „sie tun einem leid."

„Sie tun einem leid?", wiederholte Jasmin.

Und ich? Dachte sie. Ich tue dir nicht leid?

„Es ist schwer dieser Tage", sagte er.

„Schwer?", fragte Jasmin noch einmal nach.

Schwindlerin senkte den Kopf und Jasmin schaute sie an.

„Es ist mörderisch", ergänzte sie.

„Ja, das ist es", stimmte er ihr zu.

„Hast du auch solchen Hunger?", fragte sie.

„Ich könnte einen ganzen Ochsen verschlingen", blickte er sie mit großen Augen an. „„Ich auch", erwiderte sie und beide lachten.

„Es ist schön, euch beide lachen zu sehen", stand plötzlich Anuschka da.

Ihre Worte klangen hart und verbittert.

Warum sagte sie das? Ein bisschen Lachen in den heutigen Tagen war doch nicht schlimm?

Immerhin lebten sie und zeigten so, wie glücklich sie darüber waren.

Die Kinder stoben auseinander, als Inge den letzten Keks weggegeben hatte.

Johann, Stefan, Helmar und Anuschka verteilten das letzte Heu an die Pferde. Und auch die mussten mit dem ganzen Getier teilen. Die Schafe und Kühe, die mit dem Treck mitgelaufen waren, waren ihrem Instinkt gefolgt und standen nun auch zwischen den Pferden.

Es war zwecklos, sie fortzuscheuchen. Und so bekamen die Pferde weit weniger ab, als sie eigentlich bräuchten.

Johann hatte Jasmin beiseite genommen. Hinter einem fast zerfallenen Haus und abseits der Straße hatte er Schwindlerin eine extra Portion Heu hingelegt.

Jasmin küsste Johann und er erwiderte ihren Kuss leidenschaftlich.

So umschlungen standen sie etwa eine halbe Stunde da.

Jasmin spürte die Wärme seines Körpers, während sie mit ihrer Hand unter sein Hemd griff.

Aber sie spürte auch seine Rippen. Johann musste noch mehr abgenommen haben als sie. Wenigstens war sein Fieber verschwunden.

Als Schwindlerin aufgefressen hatte, gingen sie zurück zu den anderen.

Sie sahen, wie die Sommers und die Bergs auf Werner zugingen.

„Wir wollen unser Glück alleine probieren. Wir werden einen anderen Weg nehmen."

„Das wird keinen Sinn machen", hörte Jasmin ihre Großmutter sagen, „denken sie doch an das Kind."

„Gerade an das denken wir ja", entgegnete Herr Berg, „wir sind hier in diesen Trecks eine viel zu große Zielscheibe."

„Wir wollen weg von den Hauptströmen", fügte Herr Sommer zu.

„Es gibt kein Entkommen", sagte Werner, „es wird

keine Straße geben, die nicht von Menschen übersät ist."

„Wir werden uns nach Elbing durchschlagen und dann an der Küste entlang nach Westen ziehen", erklärte Herr Berg.

„An die Küste?" Werner lachte. „Bis dorthin werden Sie nicht kommen. Da ziehen die aus Königsberg entlang."

„Dort wird es noch voller sein als hier", mischte sich nun auch Horst ein.

„Egal", resümierte Herr Berg, „wir können nicht weiter mit Ihnen ziehen."

Und so stieg Frau Berg auf den Wagen der Sommers. Maria und Luanda wurden am Wagen angebunden.

Herr Berg stand daneben und warf Horst einen Blick zu, der zu sagen schien: „Leb wohl alter Freund."

Horst nickte mit dem Kopf, als hätte er diesen Gruß verstanden Und so verließen die fünf Leute den Rest ihres Trecks.

Inge stand da und hatte Tränen in den Augen. Doris hielt ihr Pferd und schaute zurück. Sie war mit der Entscheidung ihrer Eltern nicht einverstanden. Sie wäre lieber im Schutz der Massen geblieben. Doch was sollte sie tun?

Sie konnte einfach nur hoffen, dass es die richtige Entscheidung war.

„Die verlassen uns?", kam Regina angerannt. Sie hatte sich mit einigen Leuten unterhalten und die Verabschiedung der Sommers und Bergs nicht mitbekommen.

„Ja", antwortete ihr Vater mürrisch, „dumme Leute, dumme Entscheidung."

Jasmin grinste Johann an. Es war wieder einmal eine typische Bemerkung ihres Großvaters. Er konnte einfach nicht das, was er dachte, für sich behalten..

„Dabei wollte ich gerade erzählen, dass in Allenstein Züge zur Verfügung gestellt werden. Mutter",

Regina sah ihre Mutter lächelnd an, „hast du gehört?"

Inge blickte zu ihrer Tochter, dann auch zur anderen: „Dann werden wir es schaffen."

„Weißt du, ob sie auch die Pferde verladen?", fragte Werner.

„Ja", Regina schaute ihn freudig an, „sie nehmen auch Pferde mit."

„Sollten wir die Sommers zurückholen und ihnen das sagen?", fragte Johann.

„Sie haben sich so entschieden", entgegnete Werner, „also lass sie ziehen."

Natürlich erhoffte sich Werner so, dass die Chancen höher standen, dass seine Pferde und seine Leute mitkamen. Wenn es stimmte, was seine Tochter da sagte, dann war die Rettung nahe. Näher, als er es sich erhofft hatte.

Morgen schon konnten sie in Allenstein sein, wenn sie sich ranhielten.

Die Schossnicks und auch die von Weldens lächelten sich an. Und dann sprachen sie miteinander. Man überlegte, wie viel es wohl kosten würde und wie viel Geld sie zusammen hätten.

Und alle vier waren sich sicher, dass sie auf alle Fälle genug hätten, um mit dem Zug fahren zu könnten.

Werner hingegen hatte Angst davor. Wenn er richtig gezählt hatte, waren es insgesamt 33 Pferde und 15 Personen, für die er eventuell bezahlen musste.

Würde sein Geld reichen?
Er hatte nicht so viel mitgenommen. Das meiste hatte er vergraben.

Warum nur hatte er das getan?
„Alter dummer Mann", schimpfte er mit sich selbst.

Bevor sie den Ort verließen, hatten sie noch zwei Gräber ausgehoben, in denen sie Trude sowie Herrn und Frau Funke beerdigten. Auch ihre Hunde fanden neben ihnen einen Platz.

Es ging schnell, denn der Boden war durch den Regen, der endlich einmal aufgehört hatte, aufgeweicht. Und für eine Grabrede war auch keine Zeit mehr. Nur Anna hatte ein paar kurze Worte gesprochen. Ein paar für ihre alte Freundin.

Dann verließen sie den kleinen Ort und folgten den Massen vor ihnen.

10 Pferde weniger machten etwas aus. Und vor allem waren die Pferde jetzt nicht mehr in Gruppen getrennt. Sie alle waren nun in nur einer Gruppe und ihre Begleitung lief um sie. Fünf vorne, fünf gingen seitlich und die anderen folgten mit dem Wagen.

Alle wussten, dass kaum Zeit war. Sicherlich kamen die Russen immer näher heran. Die, die kurz vorher noch geschossen hatten, waren ihnen nicht gefolgt, aber sicherlich würde es nicht mehr lange dauern, bis die Nächsten kamen.

An Schlafen oder eine Pause war also bis Allenstein nicht mehr zu denken.

Und was sie dort erwartete, war schlimmer, als sie es sich je gedacht hatten.

Allenstein quoll über und über angesichts der Menschenmassen.

Kinder schrien, Alte stöhnten, Menschen bettelten um etwas Brot und auch Decken.

Werner sah nur seine Frau an und schüttelte mit dem Kopf.

„Nichts gibst du raus, hörst du?", zischte er ihr leise zu.

„Ich weiß, ich weiß." Inge schaute ihren Enkel an, der wieder in den Wagen gestiegen war.

Und natürlich mit diesem Hund, diesem Flohmonster.

November 1944

Nun war es schon November und es war bitterlich kalt geworden.

Es stand ein harter Winter bevor, das spürten sowohl die Menschen als auch die Tiere.

Sie hatten sich trotz des mangelnden Futters ein dickes Fell zugelegt.

Es war fast so, als wollten sie verdecken, wie erbärmlich sie aussahen.

Als sie einen Marktplatz erreichten, ließ Werner seine Leute stoppen.

„Ihr bleibt hier und ich schaue mal, wann wir einen Zug nehmen können", befahl er.

Und so lief er los. Horst ging mit ihm, auch wenn er es absolut nicht wollte.

Die zwei Männer hatten es schwer, durch die überfüllten Straßen einen Weg zu finden.

Und vor allem wussten sie nicht, wo sich dieser verfluchte Bahnhof befand. Fragen half auch nicht, denn niemand kannte sich hier aus. Ein Jeder war hier fremd.

Doch dann hörten sie das Pfeifen einer Lokomotive und sie liefen in Richtung dieses Geräusches.

Eine Stunde später standen sie auf dem Bahnhof. Und mit ihnen an die Tausend Menschen.

Werner und Horst drängelten sich bis zur Lok vor. Aus dem Führerhaus blickte ein alter Mann heraus, den zu fragen, sicherlich Sinn machte, hoffte Werner. Zumindest.

„Wie können wir eine Fahrt reservieren?" Der Lokführer schaute den Fragenden belustigt an: „Reservieren? Ja klar doch. Hätten Sie gerne die erste Klasse? Da sind noch etliche Plätze frei. Schauen Sie sich mal um. Es sind keine Menschen hier. Idioten."

Und in diesem Moment steckte er den Kopf ins Führerhaus und machte das Fenster zu.

Ein Dröhnen ertönte und der Zug fuhr an. Niemand scherte sich darum, ob die Leute in den Wagen waren oder nicht. Der Zug nahm Fahrt auf, und wer nicht drin war oder zu nah am Zug, hatte eben einfach Pech. Werner und Horst hatten auch zu tun, dass sie nicht unter die Räder kamen. Von hinten strömten die Menschen nach. Einige wollten noch auf den Zug springen, andere wiederum herunter, weil ihre Familienangehörigen nicht mitgekommen waren.

Es war ein Grauen anzusehen, was sich hier abspielte. Und Werner wurde klar, dass es keinen Sinn machte, hier auf ein Mitfahren mit all den Pferden zu hoffen.

Nie und nimmer würde er die Gäule aufladen können.

Sie gingen zurück zum Marktplatz, wo sie schon sehnsüchtig erwartet wurden.

„Und?", fragten fast alle gleichzeitig.

„Wenn wir richtig drängeln und schreien können, dann schaffen wir es, aber die Pferde nicht", erklärte Horst.

Inge schaute ihren Gatten an, der stillschweigend mit dem Kopf nickte.

Der Marktplatz war über und über gefüllt mit Menschen. Es war so laut, dass sich alle kaum verstanden.

Doch plötzlich sah Werner, wie sich ein Pärchen aus dem Staub machte.

Inge folgte seinem Blick.

„Frau von Welden", rief sie.

Doch das Paar rannte schneller und war bald verschwunden im Gewirr der Menschen.

„Aber ihr Pferd!", rief Inge erneut.

„Das interessiert die nicht mehr", wendete sich Werner seiner Frau zu.

„Aber?", Frau Schossnick stand da und sah ebenfalls fassungslos den beiden hinterher. „Wir haben denen Geld gegeben."

„Selbst Schuld", erwiderte Werner und rief Johann zu sich.

„Appolina gehört von jetzt an mit zu unseren Pferden."

Johann verstand sofort. „Sind sie fort?" Johanns Blick verriet, dass er nichts anderes erwartet hatte.

Jasmin stupste ihn an und flüsterte ihm fragend zu: „Hast du gewusst, dass das passieren würde?"

„Klar", blinzelte er sie an, „ich hatte schon viel eher damit gerechnet, dass die uns ihr Pferd dalassen. Das sind solche Typen."

„Was für Typen?"

„Solche eben."

„Was meinst du mit *solchen*?"

„Die, die so tun als ob", erklärte er ihr noch einmal.

„Jetzt rede doch nicht so um den heißen Brei herum", forderte Jasmin ihn energischer und auch lauter auf.

„Stell dich nicht so dämlich an", mischte sich ihr Großvater in das Gespräch ein, „das sind halt reiche Schnösel. Nur solche lassen ihre Pferde im Stich."

„Aber warum sind sie dann erst mit uns gekommen?" Jasmin konnte den beiden keinen Vorwurf machen. Sicherlich hatten sie solche Angst bekommen, dass ihnen keine andere Wahl blieb, als den Hofferschen Treck zu verlassen.

Die Schossnicks jedoch schauten den beiden Betrügern hinterher.

„Ich kann es nicht fassen, dass die mit unserem Geld fort sind", sagte Frau Schossnick, „wie sollen wir es jetzt schaffen?"

Ihr Mann legte seinen Arm über ihre Schultern: „Mach dir mal keine Sorgen. Irgendwie wird es schon gehen. Johann hat einen ganz guten Stand bei dem Alten und immerhin sind wir seine Eltern. Die werden uns schon nicht im Stich lassen."

„Denkst du das? Verdenken würde ich`s ihm nicht", sagte Frau Schossnick.

„Schön, dass du so denkst", stand plötzlich Johann hinter den beiden, „aber ich kann dich beruhigen: Ich bin wirklich nicht wie ihr. Ich werde euch nicht im Stich lassen."

Die beiden schauten sich an. Sollten sie stolz auf seine Worte sein oder eher beschämt?

Doch für weitere Überlegungen hatten sie nicht die Zeit, weil Leute der Wehr auf sie zukamen.

Werner stellte sich aufrecht vor die anderen. Er

hatte den Trupp von fünf Leuten schon auf sich zukommen sehen.

Horst stellte sich sofort neben seinen Schwiegervater. Anna gefiel, was sie sah, und auch Inge schaute die beiden Männer freudig an.

Herr Schossnick und sein Sohn gesellten sich zu den beiden.

Nichts Böses erwartend, standen die fünf, denn auch Stefan war gekommen, in einer Reihe da.

„Sie müssen ihren Obolus bezahlen", rief der Offizier schon von Weitem.

„Seit wann muss man bezahlen, wenn man nur eine Rast macht?", schrie Werner, der Mühe hatte, aufrecht zu stehen, ihm entgegen.

„Seit wir im Krieg sind", antwortete der Offizier und salutierte vor dem Alten, „und da kostet es fünf Gespanne, um hier zu pausieren."

"Fünf?", Werner brüllte die Zahl hinaus.

„Sechs", schrie der Offizier zurück.

„Zwei", war nun Werners Reaktion und keiner der Männer neben ihm zuckte sich. Jeder wusste, dass es nun besser war, den Mund zu halten.

Die Taktik des alten Gestütsmeisters war gefragt.

„Ihr kommt aus ...?", fragte der Offizier.

„Trakehnen, Ostpreußen", antwortete Werner knapp.

„Das kann nicht sein", erwiderte dieser, „Trakehnen ist schon durch, zumindest der Teil, der hier lang zog."

„Was soll das heißen?", fragte Horst.

Der Offizier schaute ihn an: „Wenn Sie von Trakehnen kommen, dann müssten Sie doch wissen, dass die hier schon durch sind."

„Das war das große Gestüt", erklärte Horst, „wir sind nur ein kleines in Trakehnen gewesen."

„Das ist mir egal", erwiderte der Offizier, „ob groß oder klein, jeder muss heutzutage seinem Land dienen. Also verlangen wir sechs der Pferde."

„Wie viele haben Sie von Trakehnen gekriegt?", fragte Werner.

„Sechs Gespanne mussten die geben", antwortete der Offizier.

„Da sehen Sie es", grinste Werner, "wenn die großen Gestüte sechs geben mussten, warum werden dann von uns so viele gefordert."

Der Offizier schaute den Alten an. Hatte er es geschafft, ihn zu überzeugen?

„Dann geben Sie drei: Drei ihrer mitgeführten Pferde und wir sind quitt."

Werner nickte. Immerhin hatte er neun der Pferde gerettet.

Doch welche sollte er nun geben?

Drei Pferde, die verloren waren. Drei Pferde, deren Schicksal besiegelt war.

„Ich würde die nehmen", sagte der Offizier und zeigte auf Schwindlerin, „und den, den Sie am Wagen führen und dann noch die kleine Stute da", und er zeigte auf Appolina.

„Die Letztere können Sie haben. Sie eignet sich sehr gut, um Kanonen zu ziehen. Die Stute ist zu jung, als dass sie taugen würde, und der Hengst würde nur alle anderen aufmischen. Nicht ohne Grund ist er von den anderen getrennt."

Werner sprach so unbeteiligt wie möglich. Er wollte nicht, dass der Offizier merkte, wie er an den Pferden hing und wie wichtig sie ihm waren. Also brauchte er schnell ein paar neue Ideen.

Sieg könnte er abgeben. Es war das Pferd der Funkes und er hing an diesem nicht besonders. Dann müsste er noch ein Pferd finden.

Verflucht noch einmal – war das schwer.

„Ich würde Kaspor und Sieg geben, ", nahm Johann ihm die Entscheidung ab.

„Eine gute Wahl", stimmte Werner zu, „obwohl... ?" Werner wollte so tun, als müsste er noch einmal überlegen.

Je mehr er das tat, um so schneller würde der Offizier wahrscheinlich einwilligen.

Und tatsächlich war es so, denn dieser fiel Werner ins Wort: „Dann los. Her mit den Viechern. Ich habe nicht ewig Zeit."

Stefan holte Kaspor, der gemütlich hinter ihm seinem Schicksal entgegen lief. Johann brachte Appolina und Sieg.

Die fünf Soldaten zogen mit ihrem Erbeuteten ab und ließen eine Truppe zurück, die froh darüber war, dass nicht mehr Opfer zu erbringen waren.

„Was passiert mit den Pferden?", fragte Jasmin traurig.

„Entweder müssen sie an die Front oder aber sie landen in den Töpfen der Wehrküche", antwortete Werner.

„Aber Sieg ist so ein tolles Pferd und auch Kaspor und Appolina", seufzte Jasmin.

„Sei froh, dass es nicht dein Pferd getroffen hat", murrte ihr Großvater, „und jetzt machen wir, dass wir hier wegkommen."

„Du willst weiter ziehen?", fragten Inge und Anna gleichzeitig.

„Natürlich", schaute er die beiden an, als fragte er sich, wieso sie beide so dumm fragten, „mit dem Zug kommen wir nicht mit, und wenn wir weiter hier bleiben, dann sind wir in ein paar Tagen alle Pferde los."

„Herr Hoffer hat recht", stimmte Herr Schossnick zu, „die werden morgen wieder ihren Obolus verlangen und übermorgen und übermorgen und ..."

„Schon gut", stoppte ihn seine Frau, „ich glaube, dass alle es verstanden haben."

„Dann versuche wenigstens, noch ein paar Decken aufzutreiben und vielleicht ein bisschen Kleidung", verlangte Inge.

„Da kannst du mich auch gleich nach Gold suchen schicken", erwiderte Werner und Johann grinste.

Nein: Decken und Kleidung zu ergattern, war aussichtslos.

Niemand würde dieses wertvolle Gut in diesen Zeiten abgeben. Immerhin war es November geworden und die Nächte waren so kühl, dass kein Mensch darauf verzichten würde, auch wenn man ihm das Zehnfache bezahlen würde.

„Dann muss reichen, was wir haben", beruhigte Inge sich selbst.

Obwohl sie sich schwarz ärgerte, dass sie so dumm gewesen war und nicht mehr zum Anziehen mitgenommen hatte.

„Wir rücken einfach näher zusammen", sagte Anna und rutschte in dem Moment auf dem Wagen näher an ihre Mutter heran.

Inge war stolz auf ihr eigen Fleisch und Blut und sie faltete still und heimlich die Hände zu einem Gebet.

Und sie schaute auch auf ihre andere Tochter, die mitten zwischen den Männern stand und ebenfalls darüber diskutierte, welchen Weg sie nun nehmen sollten.

Regina war stark gewesen, als die Soldaten mit den Pferden abzogen.

Inge kannte ihre Jüngste nicht anders als heulend, wenn eins der Pferde das Zeitliche segnete.

Doch dies alles hier schien die Tochter härter zu machen. Wegen eines Pferdes zu weinen, war verschwendete Energie.

Regina aber hatte geweint - so wie immer. Aber sie hatte ihre Tränen versteckt, denn niemand würde sie verstehen. Niemand, der hier auf diesem Treck unterwegs war. Und sie musste doch noch so viele Pferde retten.

Helmar kam um die Ecke. Er hatte von alledem nichts mitbekommen. Unter seiner Jacke versteckte er, weswegen er in der letzten Stunde seinen Pflichten nicht nachgekommen war.

Anuschka empfing ihn mit überschränkten Armen: Sie wusste genau, weshalb er so angeschlichen kam: „Hast du gekriegt, was du wolltest?"

„Ich weiß nicht, weshalb du mich so anmachst", versuchte er, ihr zu entfliehen.

„Dann zeig mal, was du unter deiner Jacke versteckst", forderte sie ihn auf.

„Das geht dich gar nichts an", sprach er wie ein kleines Kind.

„Willst du, dass ich den Alten hole?", drohte Anuschka.

Helmar schüttelte energisch mit dem Kopf.

„Dann gib mir die Flasche", hielt sie ihm ihre Hand entgegen.

Helmar tat, was sie verlangte.

„Was hast du dafür bezahlt?"

Anuschka schaute ihn böse an.

„Es war ein Geschenk", antwortete er trotzig.

„Wer schenkt wem heute noch was?", fragte sie.

„Ich hab mit nen paar Soldaten gesessen und die kamen dann wieder vorbei und gaben mir die Flasche."

„Waren es fünf und einer war ein Offizier?" Anuschka ahnte Böses, als Helmar nickte.

„Du hast sie auf uns gehetzt?"

„Ich habe nur erzählt, dass wir hier sind und den Zug nicht kriegen und ..."

„Hör schon auf", schrie Anuschka ihn an, „wegen dir haben wir drei Pferde verloren."

Werner sah von Weitem auf seine beiden Angestellten. Er konnte nur hören, wie sie stritten, aber nicht, um was es ging.

„Was gibt es?", rief er also Anuschka zu.

Helmar sah sie bettelnd an.

„Nichts", schrie sie zurück und versteckte die Flasche hinter ihrem Rücken.

„Du wirst machen, was immer ich dir sage", forderte sie von Helmar, „ansonsten erzähle ich dem Alten alles."

Helmar nickte gehorsam und ging hinter Anuschka her, als diese sich von ihm abwendete.

„Und du wirst nie wieder so einen Scheiß machen, hörst du?"

Wieder nickte Helmar.

Und er folgte mit seinen Augen der Flasche, die Anuschka in ihrer Manteltasche verschwinden ließ.

Irgendwann, ja irgendwann wird sie schlafen und dann ...

„Wir ziehen weiter", kam Johann zu den beiden.

„Wann?", fragte Anuschka.

„Morgen früh."

„Und wohin?"

„Osterode", antwortete Johann knapp.

Anuschka nickte. Also ging es morgen wieder weiter. Zu Fuß und nicht mit der Bahn. Sie wusste nicht, ob sie sich freuen oder verzweifeln sollte.

Auf der einen Seite war sie froh, der Enge dieses Ortes hier zu entfliehen, aber auf der anderen Seite waren sie dann wieder auf der Straße und mussten sich dort mit Sicherheit Massen von Flüchtlingen stellen.

Und die armen Pferde! Anuschka sah auf die Tiere, die mit gesenkten Köpfen dastanden.

Einige waren schon so dürre, dass ihre Knochen an den Seiten zu sehen waren.

Anuschka fasste sich an die eigenen Hüften. Von der ehemals Stämmigen war keine Spur mehr. Sie hatte in den knapp zwei Wochen enorm an Speck verloren.

„Nun ja", sprach sie vor sich hin, „mir schadet`s nicht."

Und dann sah sie wieder auf die Pferde. Auch die Hufe litten. Bei ein paar Pferden waren die Wände ausgebrochen.

„Helmar", schrie sie und er kam auch sofort angerannt.

„Hast du ein großes Messer bei dir?"

Helmar verneinte, sagte aber, dass er eines auftreiben könne.

„Dann mach, mach", forderte sie ihn auf, „wir ziehen morgen weiter und ein paar der Pferde haben Probleme mit den Hufen. Eil dich, eil dich."

Helmar tat, was sie forderte. Vielleicht stimmte es sie gelinde, wenn er ihr gehorchte.

Anuschka ging zu Werner und erklärte ihm, dass sie bei ein paar Pferden die Hufe nachbessern wolle.

Werner lachte sie an: „Meinst du, dass das sinnvoll ist?"

Regina kam der Angestellten zu Hilfe: „Ich denke, dass es eine gute Idee ist. Bei Eddy und Woltan sehen die Hufe katastrophal aus. Die halten keine zig Kilometer mehr."

„Macht, was ihr denkt", murrte ihr Vater, „ihr habt diesen Abend. Morgen früh brechen wir auf."

Regina warf Anuschka einen bestätigenden Blick zu und Anuschka lächelte zurück.

„Hast du eine Feile oder so etwas Ähnliches?"

„Helmar besorgt ein Messer", antwortete Anuschka, „hoffe ich zumindest."

Und ihre Hoffnung wurde nicht enttäuscht, denn schon kam Helmar mit einem großen Messer angerannt.

Regina und Anuschka beeilten sich, wenigstens notdürftig die Hufe der Pferde zu sanieren.

Und sie brauchten genau eine Stunde.

Jasmin unterdessen sah sich ihre kleine Stute an.

„Oh mein Schatz", sagte sie, „wir werden dies alles hier überstehen, oder?"

Schwindlerin sah sie mit traurigen Augen an.

Und Jasmin strich ihr sanft über die Stirn und die Augen.

„Mein Mädchen", flüsterte sie, „wenn dies alles hier vorüber ist, dann spielst du auf einer saftigen grünen Wiese und du galoppierst davon und hast deinen Spaß."

Jasmin sah die Wiese vor sich und ...

„Was erzählst du dem Gaul?", stand ihr Großvater plötzlich hinter ihr.

„Ich träume mit ihr", antwortete Jasmin.

„Und von wem träumst du noch?"

Jasmin blickte ihren Großvater mit großen Augen an. Was meinte er?

Werner sah, dass seine Enkelin nicht die geringste Ahnung hatte, wovon er sprach.

„Ich meine den Johann", ergänzte er.

„Johann?", fragte sie schelmisch zurück.

„Ja."

„Ich weiß nicht, was du meinst."

„Glaubst du, dass ich keine Augen im Kopf habe?"

„Ich weiß immer noch nicht, was du meinst", versuchte sie weiter, zu sagen, was er wohl hören wollte.

Werner gab auf. Er war mit Sicherheit die letzte Person, mit der sie über ihre Gefühle sprechen wollte und wahrscheinlich auch würde.

„Er ist ein guter Kerl", sagte er also nur und ging.

Jasmin sah ihrem Großvater nach.

Was sollte das denn jetzt, dachte sie.

Er hatte sich noch nie für ihre Gefühle interessiert. Wieso also gerade jetzt?

Und Werner? Er ging, obwohl es ihm schwerfiel. Er mochte seine Enkelin, die fleißig war und das Herz am rechten Fleck hatte.

Wenn Regina das Gestüt nicht übernommen hätte, dann hätte er sie als Erbin eingesetzt. Trotz ihres verfluchten Vaters.

In der Nacht hatte wohl keiner ein Auge zugetan.

Die Lautstärke war die gleiche wie am Tage. Die Flüchtlinge schliefen wohl nie!

Und Werner schlich sich in der Frühe aus dem Wagen. Ihn holten seine Gedanken vom Abend wieder ein, während er die Pferde zählte, die fast alle mit hängenden Köpfen dastanden und den Tag erwarteten. Wo war dieser Taugenichts von einem Schwiegersohn? Beschweren konnte er sich ja im Moment nicht. Das war Werner klar. Wieso nur mochte er diesen Mann nicht? Werner hielt Ausschau. Wo war der verdammte Kerl bloß? Dann sah er ihn: Horst hockte neben Anna, die sich den Bauch hielt.

„Es wird alles gut", flüsterte dieser seiner Frau ins Ohr. Anna hatte Schmerzen im Unterleib.Starke Schmerzen!

„Das ist alles viel zu viel für mich", stöhnte diese und fasste nach der Hand ihrer Mutter.

„Werner", rief Inge, als sie ihrem Mann endlich erblickte. „Komm doch her. Wieso bist du weg? Anna geht es nicht gut."

Werner lief, so schnell er konnte, zum Wagen

zurück. „Was ist? Was ist?", fragte er noch im Laufen.

„Mir ist so komisch", antwortete ihm seine Tochter.

„Unsinn", war Werner am Wagen angekommen und drängte Horst beiseite, „das ist der Stress und das wenige Essen."

„Aber die anderen Schwangerschaften liefen so gut. Vater", und sie suchte seine Hand, „ich habe so entsetzliche Angst."

„Das musst du nicht", entgegnete er ihr, wahrend er ihr die Hand streichelte, „du wirst sehen: In Osterode nehmen wir den Zug und du und deine Mutter - ihr sitzt ganz gemütlich in einem Wagen und wir fahren durch bis Halle."

„Meinst du?", himmelte Anna ihren Vater an.
„Klar, oder habe ich dich schon jemals belogen?"

Nein, wahrhaftig. Belogen hatte er sie noch nie!
Anna blickte ihren Vater an und sah dann auf ihren Mann.

Werner bemerkte ihren Blick und er konnte die Gedanken seiner ältesten Tochter genau lesen.

Es wurde Zeit, dass er den Mann an ihrer Seite akzeptierte. Wenn sie und das Kind überleben sollten, dann nur, wenn er auch endlich den Vater seiner Enkel für würdig empfand.

Und Werner nahm die Hand seines Schwiegersohns in die Seine und legte sie auf dem Bauch seiner schwangeren Tochter ab.

Horst sah ihn dankbar an und auch Inge.
Anna dagegen krümmte sich in diesem Moment erneut vor Schmerzen.

„Sollen wir einen Arzt holen?", fragte Werner irritiert. „Wo willst du hier einen Arzt herkriegen?", fragte Anna schmerzverzerrt. „Lass uns endlich hier verschwinden und weiterziehen."

Werner sah in die Gesichter, die sich um den Wagen gescharrt hatten.

Er sah Paul und dessen Hund, die ihn beide erwartend anschauten.

„Dann lasst uns nach Osterode aufbrechen",

befahl er, „wenn Trakehnen hier durch ist, dann nehmen sie den gleichen Weg und wir werden es auch schaffen. Halte durch, Liebes."

Halte durch, Liebes? Hatte Jasmin das richtig gehört? Paul und Regina schauten genauso verdutzt wie sie.

Und allen Dreien war anzusehen, dass es genau das war, was sie brauchten: Ja, ihre Familie hielt zusammen.

Und so brach der gesamte Treck auf. Es ging in die nächste Stadt. Osterode war das Ziel und bis dahin würden sie, wenn alles gut ging, ein paar Tage brauchen.

Und Osterode war ein Dreh- und Angelpunkt in Ostpreußen. Hier würden sie mit Sicherheit Hilfe bekommen. Hier war man sicher. Hier war man ein Ostpreuße in Not. Dort würde man …

Alle konnten es kaum erwarten, die Kreisstadt zu erreichen. Egal, mit wie vielen Flüchtlingen sie diese Hoffnung teilten.

Und Jasmin schaute nach vorne. Ja: Es waren viele, die die gleiche Hoffnung zu haben schienen.

Wieder reihten sie sich in den Flüchtlingsstrom ein.

Und wieder erlebten sie das Schicksal der Flüchtlinge in diesen Tagen und Monaten.

Und sie waren mittendrin. Und ihre Pferde! Anuschka konnte zusehen, wie sie immer schwächer wurden.

Auch Regina blutete das Herz.

Johann und Stefan hofften inständig, dass sie bald ankamen in dieser Stadt, in die alle ihre Hoffnungen steckten.

Aber es sollte fast eine Woche dauern, bis sie kurz vor der Stadt waren.

Donar und Susi überlebten diesen Teil der Strecke nicht.

Und was blieb Werner anderes übrig, als sie einfach am Wegesrand liegen zu lassen.

Sie lagen neben Menschen, die es auch nicht geschafft hatten.

Teils waren sie abgedeckt, teils hatte der Neuschnee sich ihrer erbarmt und eine weiße Decke über sie gelegt. Teils lagen sie einfach nur so da.

Mit geschlossenen Augen die meisten, aber auch mit verzerrten Gesichtern.

Die Toten am Straßenrand hatten jegliches Alter. Es waren Kleinkinder, Jugendliche, Alte und Menschen mittleren Alters, die diese Strapazen einfach nicht überlebt hatten.

Tiere hatte genauso der Tod ereilt: Dutzende Hunde, Katzen, Schafe, Ziegen.

Und nun lagen auch zwei der Hofferschen Pferde dort. Werner wollte nicht wissen, wie lange.

Denn ob er wollte oder nicht, würde ihr Fleisch eventuell dafür sorgen, dass ein paar der Flüchtlinge überlebten.

Nur er und die Seinen konnten dieses Fleisch nicht verzehren: Egal, wie viel Hunger sie auch quälte.

Nie hätte er gedacht, wie weich er einmal sein würde, werden würde.

Der Winter hatte auf brutalste Art und Weise Einzug gehalten und alle ächzten und quälten sich die Straße entlang.

Alle hatten zu tun, die Menschen von den Pferden fernzuhalten.

An die toten Tiere trauten sie sich scheinbar doch nicht heran.

Im Volksmund hieß es immer noch, dass ein totes Pferd nicht genießbar war. Nur wenn es geschlachtet wurde, dann konnte man das Fleisch verzehren.

Wagten sich die Leute zu sehr heran an die Pferde, dann jagten Stefan und sein Freund sie davon.

Wenigstens so hielten sie die Leute auf Abstand.
Und dann plötzlich, am dritten Tage, da hörten alle Anna schreien.

Inge hielt die Hand ihrer Tochter und beruhigte sie.

Doch es war schlimmer, als sie es gedacht hatte: Anna verlor Blut, denn die Decke unter ihr färbte sich in Windeseile rot.

„Mutter", schrie Anna verzweifelt.

Doch was konnte diese tun? Es blieb ihr nur, die Hand ihrer Tochter festzuhalten und ein Gebet zu sprechen.

Auch Horst war neben seiner Frau und er schrie entsetzlich: „Ist denn kein Arzt in der Nähe?"

Nein, einen Arzt zu finden war aussichtslos, und Anna krümmte sich vor Schmerzen.

Immer und immer wieder schrie sie auf.

Werner hielt den Treck an, was ein Fluchen und Brüllen der Menschen nach ihnen heraufbeschwor.

„Was ist? Was ist?", kam er zum Wagen. Im gleichen Moment sah er das Blut aus Annas Schoß.

Anna schrie, Horst schrie und Inge betete so laut, dass sie alle übertönte. Anna presste und presste und Horst hielt ihre Hand ganz fest. Bis das kleine Etwas aus ihrem Leibe schlüpfte. Es sah aus wie ein Kind und auch wieder nicht.

Und Inge hielt das Enkelkind in ihren Armen und übergab es ihrem Gatten. Der hatte wie angewurzelt danebengestanden, als seine Tochter schrie und das Etwas da, aus sich herauspresste.

Werner fror so sehr, als er das Bündel in den Erdboden einbrachte. Der Boden war so hart, dass er Mühe hatte, überhaupt ein Loch zu graben. Wie war das möglich nach all dem Regen?

Aber Hilfe hatte er abgelehnt. Nein, das war seine Aufgabe gewesen. Er war der Vater, der für dies alles hier die Verantwortung trug. Und was hasste er sich dafür!

Werner ging zurück zum Wagen, wo seine Frau versuchte, die Tochter zu trösten und den Kindern zu erklären, was hier vor sich gegangen war.

Jasmin und Paul waren zur Mutter gerannt, weil sie sie hatten schreien hören, und nun fassten sie ihre Hände und trösteten sie.

„Nie und nimmer will ich ein Kind bekommen", flüsterte Jasmin.

„Unsinn", erwiderte ihre Großmutter, „deine Mutter hat zwei gesunde Kinder bekommen. Es ist

Schicksal, dass sie dieses hier nicht austragen konnte. Wer weiß, wofür das gut war."

„Aber warum?", stöhnte Jasmin.

„Weil es Gott so wollte", erwiderte ihre Großmutter.

„Gott wollte, dass das Kind stirbt?" Jasmin sah ihre Großmutter mit großen Augen an.

„Gottes Wege sind unergründlich und bedürfen keiner Nachfrage", ermahnte diese ihre Enkelin. Inge wusste natürlich keine andere Antwort. Wie hätte sie dieses Schicksal auch erklären können? Gott hier als Antwort zu suchen, schien ihr die beste Lösung. Inge schaute um sich: Dass das Kind nicht geboren werden sollte, war vielleicht wirklich das Beste.

Sie schaute auf ihr Kind, das sich vor Schmerzen krümmte. Sie hatte nicht einmal Schmerzmittel eingepackt. Inge hasste sich!

Doch der Treck musste weiterziehen. Werner lief, ohne dass auch nur ein Wort über seine Lippen kam, neben dem Wagen einher.

Horst legte sich neben seine Frau und Inge hielt über beide die Hände.

„Weißt du noch?", fragte sie ihre Tochter zärtlich. „Was?", hatte Anna wieder ihre Sprache gefunden und wischte sich die Tränen aus dem Gesicht.

„Du hast mir damals Vorwürfe gemacht, dass ich dir nie etwas von früher erzählt habe."

„Ja, ich kann mich erinnern", nickte Anna ihrer Mutter zu.

„Als du geboren wurdest, da feierte dein Vater drei Tage. Er lud alle Männer des Dorfes dazu ein."

„Ehrlich?" Anna hatte ein Lächeln im Gesicht. „Wenn ich es dir doch sage. Er war so glücklich über seine erste Tochter. So unbeschreiblich glücklich. Und als du damals dein erstes Kleidchen getragen hattest, da war er so stolz."

„Wann habe ich mein erstes Kleid getragen?", stöhnte Anna auf, als sie das fragte.

„Es war ein herrlicher Frühlingstag und du hattest deinen dritten Geburtstag, mein Schatz, ..."

„Wir haben dem Kind gar keinen Namen gegeben", fiel Anna ihrer Mutter ins Wort.

„Das ist auch besser so", erwiderte Horst, „ich habe gar nicht gesehen, ob es ein Junge oder ein ..." Doch seine Schwiegermutter unterbrach ihn: „Es war ein Mädchen."

„Ein Mädchen?" Anna heulte auf. „Ein kleines süßes Mädchen", und sie fiel Horst in die Arme.

„Dann geben wir ihr jetzt einen Namen", sagte er und umarmte seine Frau, „sie heißt Inge Sofie."

„Inge Sofie", wiederholte Anna, „schlaf in Frieden."

Inge fehlten die Worte. Ein Enkelkind, das ihren Namen trug: Was für eine Ehre!

„Sofie hieß Horsts Mutter", erklärte Anna.

„Ich weiß", sagte Inge und küsste ihre Tochter und ihren Schwiegersohn auf die Stirn.

Dann wurde Anna bewusstlos. Inge und Horst versuchten, ihren Schoß zu säubern, was sich angesichts der wenigen trockenen Tücher und der Kälte als fast unmöglich erwies.

„Sie muss so schnell wie möglich zu einem Arzt", sagte Horst.„Ja, ich weiß", stimmte ihm Inge zu.

Endlich kamen sie in Osterode an.

Anna hatte hohes Fieber und alle hofften, dass sie in dieser Stadt einen Arzt fanden.

Es war Ende November, als sie hier ihr Lager aufschlugen. Chaos regierte auch hier.

Im Kleinen wie im Großen: Zum einen war die Stadt bis zum Rand überfüllt, und zum anderen fand Werner kaum einen Platz für seine ganzen Pferde.

Er merkte, dass er mehr denn je husten musste. Eine Erkältung hatte ihn erwischt und diese konnte in seinem Alter tödlich enden. Das wusste er.

Doch es war wichtiger, für Anna einen Arzt zu finden als für sich selbst.

Auf dem Hinterhof eines Mietshauses fanden sie endlich einen Platz. Schnee lag selbst hier, sodass die Pferde ganz umsonst scharrten, um etwas Essbares zu finden.

„Haben wir gar nichts mehr für die Gäule?", fragte Helmar Anuschka traurig.

„Kannst ja deine Flasche verhökern und dafür etwas Futter kaufen", schlug diese ihm sarkastisch vor.

„Dann gib sie mir", forderte Helmar.
Anuschka fasste in ihre Tasche und tat, was er verlangte. Helmar zog glückselig damit ab.

„Auf Nimmerwiedersehen", rief sie ihm hinterher, „du alter Saufbold."

„Was ist?", fragte Jasmin, als sie Anuschka schreien hörte.

„Den sind wir jedenfalls los", lachte Anuschka und fügte noch hinzu, „sind ja auch etliche Pferde weniger. Also brauchen wir diesen Halunken eh nicht mehr."

„Ich fand, dass er trotzdem eine Hilfe war."
„Ja, ja, glaub, was auch immer du glauben willst."

Jasmin schaute Anuschka fragend an. Was hatte die nur wieder?

„Ich werde mich nach einem Arzt umschauen. Kommst du mit, Horst?" Werner schaute seinen Schwiegersohn fragend, aber auch bittend an.

Horst nickte mit dem Kopf und stieg vom Wagen herunter.

„Du kümmerst dich?", warf er Inge einen flehenden Blick zu.

„Natürlich", erwiderte diese.
Horst wusste, dass Annas Fieber immer weiter anstieg.

Dafür brauchte er keinen Arzt. Aber er brauchte Medikamente für seine Frau.

Doch als er und sein Schwiegervater auf die Straße traten, da ahnte er schon, dass es schwer, sehr schwer, werden würde, solche Medikamente zu bekommen.

Werner und er folgten dem Strom der Massen. Immer wieder fragten sie Leute, ob sie wüssten, wo ein Krankenhaus war.

Bis sie endlich an einen alten Mann gerieten, der ihnen zeigte, dass sie nur noch zwei Straßen laufen müssten. Ihre Schritte wurden immer und immer schneller. Werner keuchte und hustete neben seinem Schwiegersohn.

„Was ist mit dir?", fragte dieser.

„Lass mal", entgegnete Werner, „bei dem Wetter ist es doch kein Wunder, dass man hustet."

Horst nickte. Nein – es war bitterlich kalt und die Kälte zog in jede noch so kleine Ritze der Kleidung.

Und davon hatte ein jeder genug.

Endlich kamen sie vor dem Krankenhaus an. Es war für beide keine Überraschung, dass auch dieses Haus mehr als überfüllt war. Auf den Gängen lagen, standen, liefen und schrien die Menschen, sodass auch hier ein Durchkommen fast unmöglich war.

Horst sah eine Frau in einem weißen Kittel und stürzte auf sie zu: „Wir brauchen einen Arzt für meine Frau. Sie hat ihr Kind tot geboren und liegt jetzt auf dem Wagen."

„Lebt sie noch?", blieb die Frau stehen.

„Ja", antwortete Horst verdutzt.

„Dann geht es ihr besser als den meisten", erwiderte die Frau und ging weiter.

„Halt!", befahl Werner. „Ist das alles? Sie helfen ihr nicht?"

Die Frau blieb erneut stehen: „Schauen Sie sich hier um. Und das sind nur die, die ihre Angehörigen hierher gebracht haben. Wir operieren ohne Pause. Wir haben keine Medikamente mehr. Nichts. Uns sterben die Leute auf den Tischen weg. Alte, Junge, Kinder. Ich kann Ihnen nicht helfen."

„Haben Sie nicht ein einziges Medikament mehr?", himmelte Horst die Frau an.

„Hier", gab die Frau ihm ein paar Tabletten, „das ist das Einzige, was ich Ihnen geben kann. Es lindert die Schmerzen. Ansonsten versuchen sie, ihre Frau sauber zu halten. Wischen sie immer wieder das Blut ab und decken Sie sie warm zu."

„Haben Sie noch irgendwelche Decken?", fragte Horst schnell.

„Gehen Sie ganz nach unten in den Keller, in den dritten Raum rechts. Da liegen die Toten. Die brauchen keine Decken mehr. Nehmen Sie die."

Horst warf der Frau einen dankbaren Blick zu und hielt seinen Schwiegervater an, ihm schnell zu folgen. Sie liefen in den Keller. Scheinbar waren sie nicht die Einzigen, die diesen Tipp bekommen hatten, denn ihnen kamen Menschen entgegen, die alle Decken in den Händen hielten und so schnell wie möglich aus dem Keller flüchteten.

„Komm, komm", fasste Horst nach dem Arm seines Schwiegervaters.

„Das hat doch keinen Sinn", ließ dieser sich nur widerwillig mitziehen.

Dann erreichten sie den Keller und sie suchten den Raum Nummer drei, rechts.

Er war abgeschlossen. „Siehst du", unkte Werner, „das habe ich mir schon gedacht."

Doch Horst ließ sich davon nicht beirren. Er ging ein paar Schritte zurück, nahm Anlauf und rammte sein ganzes Gewicht gegen die Tür. Das wiederholte er einmal, zweimal und beim dritten Mal schlug die Tür auf.

„Ha", schrie Horst und er musste sich beeilen, denn dies alles war nicht ohne Aufmerksamkeit der anderen abgelaufen. Schnell lief er zu den Aufgebahrten. Es mochten an die fünfzehn gewesen sein, die in Decken gehüllt waren und die in Windeseile nackt dalagen, so wie sie Gott erschaffen hatte.

Als Horst vier Decken hatte, verließ er eilends den Raum. Er bekreuzigte sich und lief davon. Werner folgte ihm, so schnell er konnte.

Nein, nein: so eine Freveltat!

„Es wird besser sein, deiner Schwiegermutter davon nichts zu erzählen", hastete Werner hinter Horst her. „Bist du verrückt?", fragte dieser und starrte im Laufen seinen Schwiegervater an. „Kein Sterbenswörtchen wird über deine und meine Lippen kommen."

„Trotzdem", Werner blieb stehen, um nach Luft zu

schnappen, „das hast du gut gemacht. Das hätte ich dir gar nicht zugetraut."

„Es gibt einiges, was du über mich nicht weißt", erwiderte Horst.

„Dann wird es Zeit, dass du es mir erzählst", sagte Werner und lächelte, bevor er sich wieder in Gang setzte.

„Irgendwann einmal", lächelte ihn Horst an und dann verließen beide das Krankenhaus.

In der Zwischenzeit war Helmar zu seinen Leuten zurückgekehrt. Auf dem Rücken trug er einen schweren Sack.

„Du hattest recht", rief er schon von Weitem Anuschka zu, „so ein Schnaps ist manchmal mehr wert als Gold."

„Das kann jetzt nicht wahr sein", stand Anuschka verdutzt da. „Das glaub ich jetzt nicht."

„Was denn?", fragten Regina und Jasmin gleichzeitig. „Der Trunkenbold hat wahrhaftig seine Flasche geopfert für die Viecher."

Und schon sahen alle, wie Helmar den Hafer auf den Boden verstreute, sodass jedes Pferd einen Happen abbekam.

„Helmar", schrie Regina ihn freundlich an, „wie hast du das geschafft?" Helmar blickte freudig drein, als Regina kam und ihm auf die Schultern klopfte.

„Leider ist das alles, was ich auftreiben konnte", entschuldigte er sich.

„Das ist wenigstens etwas", war auch Anuschka zu ihm gelaufen und blinzelte ihn an.

Jasmin sah zu, dass ihr Pferd auch etwas von dem Hafer abbekam, und sie sammelte sogar noch die Krümel auf, die tief im Schnee steckten.

„Hier, meine Kleine", streckte sie dem Pferd die Reste hin, „wir schaffen das schon, siehst du?"

Dieses Mal antwortete ihr das Pferd nicht. Jasmin sah in den Augen der Stute, dass sie müde war. Müde vom Laufen und dem mangelnden Futter.

„Wasser, Wasser", rief sie.

Doch Anuschka erwiderte kühl: „Lass sie den Schnee fressen."

„Tante Regina?", schaute Jasmin ihre Tante fragend an.

Diese nickte nur mit dem Kopf: „Der Schnee muss als Wasser reichen."

Jasmin stupste ihre Stute an: „Komm, wir schauen nach Mutter."

Anna war für kurze Zeit zu sich gekommen: „Wo ist Horst?"

„Er ist mit Großvater fort", antwortete Paul, der seitdem neben seiner Mutter ausgeharrt hatte. „Sie besorgen dir Medikamente."

„Und Inge Sofie? Habt ihr sie begraben?"
Anna sprach im Fieberwahn.

„Sicherlich, sicherlich", antwortete ihr die Mutter, „sie hat ein schönes Grab bekommen, die kleine Inge Sofie."

„Das ist gut", schlief Anna erneut ein.
„Wer ist Inge Sofie?", fragte Paul verwirrt.

„So hieß deine kleine Schwester", antwortete Inge.

Paul streichelte verlegen seinen Hund. Das hätte er sich ja auch selber denken können.

Die Schossnicks schlichen sich zu ihrem Sohn, der Mühe hatte, die Pferde zusammenzuhalten.

„Sollen wir dir helfen?"
„Das schaffen wir schon", antwortete Johann.

„Mutter und ich sind froh, dass ..."
Doch Johann ließ seinen Vater nicht aussprechen: „Spart euch das jetzt!"

Herr Schossnick begann stärker zu humpeln, doch Johann durchschaute sein Spiel.

„Wo ist eigentlich Fritz?", fragte er, weil er wusste, seine Eltern damit zu treffen.

„Fritz ist an der Westfront", antwortete Herr Schossnick.

„Und? Habt ihr Nachricht von ihm?"
„Der letzte Brief kam, als wir fort sind", antwortete seine Mutter.

„Was hat er geschrieben?"
„Es geht ihm gut."

„Siehst du Mutter", Johann winkte ab, „wie soll es

einem im Krieg gut gehen? Das ist ausgemachter Blödsinn. Und du glaubst es auch noch!"

„Aber ...", doch seine Mutter wurde unterbrochen, als vier Soldaten im Hof standen.

Die Wehrmacht hatte sie also auch hier gefunden. „Wir suchen Deserteure. Die da sehen so aus, als ob ...", und der Offizier zeigte auf Stefan und Johann. Frau Schossnick zuckte zusammen, doch in diesem Moment kam Werner von hinten heran: „Die Polen? Nehmen Sie die ruhig mit, Kameraden. Die hat mir der Koch aufgebrummt, verstehen kein Wort und stellen sich an wie die ersten Menschen."

Der Offizier salutierte.

Und Werner begrüßte ihn ebenso: „Habe im Ersten gedient. Für den Zweiten wollten sie mich nicht mehr. Bin zu alt."

„Wir suchen ...", doch wieder ließ Werner den Offizier nicht aussprechen.

„Unsere Söhne sind im Krieg. Den Ältesten haben wir gleich 41 verloren, die anderen sind an der Front. Jetzt brauchte ich die hier, damit wir der Wehrmacht entsprechende Gäule liefern. "

„Trakehner?", fragte der Offizier.

Werner nickte: „Trakehner für den Westen und die anderen für, naja Sie wissen schon." Dabei machte Werner ein Zeichen, dass wie Essen aussah.

„Ja, die Kameraden müssen versorgt werden und ein paar Gäulen hier sieht man ja schon an, dass sie nur noch für den Kochtopf taugen." Die vier lachten und Werner musste sich ein Grinsen aus dem Gesicht pressen.

„Du da", und Werner schaute Johann an, „Wasser, Wasser oder nix verstehen?"

„Hä, hä", verstand Johann sofort und tat, als wüsste er nicht, was der Alte wollte.

„Sehen Sie, die taugen fast gar nichts, diese Polen."

Und Werner hielt ein wenig Schnee nach oben und leckte daran.

„Da, da", zeigte Johann, dass er verstanden hatte, und lief auch sofort los.

Stefan und Helmar folgten ihm. Somit waren alle drei aus dem Blickfeld der Soldaten und Werner lenkte die Soldaten ab.

„Wer ist das da?", zeigte der Offizier auf Horst.

„Mein tapferer Schwiegersohn. Hat im dritten Regiment gedient und kann kaum noch laufen. Mmh, Schuss ins linke Bein. Hat sich ein wenig memmenhaft angestellt und hilft nun auch bei der Versorgung. Deshalb sind wir hier."

Horst hinkte davon. „Noch irgendwelche jungen Männer hier?", fragte der Offizier,

„Leider nein", antwortete Werner.

„Und Sie?", schaute der Offizier Herrn Schossnick an. Herr Schossnick blieb gelassen, schob sein linkes Hosenbein nach oben und zeigte sein verkürztes Bein. „Dann Abmarsch", befahl der Offizier, zeigte noch einmal den Hitlergruß und verließ den Hof.

Alle atmeten auf.

„Entsetzlich, entsetzlich", flüsterte die Schossnick.

„Hochachtung", sagte ihr Mann zu Werner, "ich wusste gar nicht, dass Sie ..."

„Seien Sie still", befahl Werner.

Er ging zum Wagen seiner Tochter und sah, wie Horst die Decken über Anna legte.

„Danke", hörte er seinen Schwiegersohn sagen, und auch als Johann, Stefan und Helmar am Wagen ankamen, bedankten diese sich bei dem alten Mann. Zwar nicht mit Worten, aber mit einem Kopfnicken.

Anna stöhnte, als Horst ihr die Tabletten einflößte.

„Werden die helfen?", fragte Inge leise.

„Ich weiß es nicht", erwiderte Horst und streichelte dabei die Stirn seiner Frau.

„Hilf mir runter", bat Inge ihren Mann und Werner hielt ihr die Hände entgegen.

Die beiden entfernten sich vom Wagen.

„Er ist ein guter Mann", flüsterte Inge ihrem Gemahl zu.

„Ja, weiß Gott", erwiderte Werner daraufhin.

„Was willst du jetzt machen?"

„Wenn wir hier bleiben, dann haben sie uns spätestens morgen dran. Wir müssen weiterziehen."

„Aber alle sind zu schwach. Einschließlich der Pferde."

„Seit wann kümmerst du dich um die?"

Inge zwickte ihren Mann in die Taille.

Und Werner begann sofort, zu husten.

„Das klingt nicht gut."

Werner murmelt etwas wie „es ist eben Winter" und drehte seiner Frau den Rücken zu.

Inge ging wieder Richtung Wagen und Werner zu Regina und Jasmin: „Wir werden weiterziehen müssen."

„Aber du hast doch gesagt, dass wir hier die Bahn nehmen können."

„Hast du dich mal umgeschaut?", fragte er seine Tochter.

„Hier werden wir keine Mitfahrgelegenheit kriegen." „Aber die Pferde werden es nicht so weit schaffen", entgegnete Regina.

„Sie müssen."

„Der Winter wird sie schaffen."

„Uns auch."

„Wir werden viele verlieren."

„Und nicht nur die."

„Warum willst du dann weiterziehen?"

„Weil dann wenigstens ein paar überleben werden."

„Und wo willst du lang?"

„Das werde ich in der nächsten Stunde rauskriegen", sagte Werner und wendete sich von den beiden Frauen ab.

„Was ist los?", gesellte sich Anuschka zu den beiden. „Vater will weiter und fragt jetzt, wo wir am besten lang können", antwortete Regina, die ihrem Vater hinterherblickte.

„Das hätte ich ihm auch sagen können", entgegnete diese und rief nach dem alten Mann.

Regina und Jasmin sahen, wie die beiden sich unterhielten und Werner immer und immer wieder mit dem Kopf schüttelte.

Dann kam Anuschka zu den beiden Frauen zurück.

„Was hast du ihm erzählt?", fragte Jasmin als Erste.

„Ich habe ihm gesagt, dass die Route über Polen gefährlich ist, denn von Süden her kommen schon die Russen. Alle flüchten nach Norden und versuchen, ein Schiff zu bekommen."

„Ein Schiff?", fragte Regina noch einmal nach.

„Ja", nickte Anuschka, „wenn ihr Glück habt, dann nimmt euch ein Schiff mit."

„Wieso nur uns?", fragte Jasmin.

„Ich habe doch schon gesagt, dass ich hier bleibe."

„Aber du kannst doch nicht ...? Du gehörst doch zur Fam ..."

„Papperlapapp", fiel Anuschka ihr ins Wort, „ich gehöre hierher und nicht nach dorthin."

„Wir werden nach Elbing ziehen", brüllte Werner, sodass ein Jeder aufblickte.

„Elbing?", wiederholte Helmar laut.

„Ja, Elbing", rief Werner für alle unüberhörbar.

„Das hätten wir auch leichter haben können, wenn er jetzt alle dahin ..."

„Sei still", ermahnte ihn Johann, „der Alte hat dir deinen Arsch gerettet."

„Ja,ja", murmelte Helmar, „ich sagte ja nur, dass ...", doch schon war er still.

Sie brachen auf.

Der Abend rückte heran und Werner hoffte, dass sie, bevor die Dunkelheit einsetzte, aus der Stadt waren.

Ein schwieriges Unterfangen angesichts der vielen Menschen, die sich in der Stadt aufhielten.

Aber er wählte nicht direkt den Weg durch das Zentrum, sondern hielt Johann und Stefan an, wieder ein Stück zurückzugehen, um dann außerhalb an Osterode vorbeizuziehen.

Ein Stück weit gingen sie entgegen des Menschenstroms, um dann endlich nach Norden hin abzubiegen.

Es wurde später Abend, als sie eine Lichtung erreichten, auf der sie übernachten konnten.

„Hier zieht es wie Hechtsuppe", sagte Stefan, als Werner ihnen das Zeichen zum Halten gab.

„Wir werden es schon schaffen", beruhigte ihn sein Kamerad.

„Brr", hielt Johann die Pferde an und diese gehorchten.

Und als hätten sie verstanden, dass sie hier für die Nacht blieben, sammelten sie sich und steckten die Köpfe aneinander.

„Was sind diese Tiere nicht erstaunlich", sagte Anuschka und schaute sich das Bild an.

„Pferde sind einfach nur genial", sprach sie wieder und Jasmin machte in diesem Moment ihre Stute vom Strick los: „Geh!"

Und Schwindlerin gesellte sich zu den anderen, als hätte sie nur auf dieses Zeichen gehofft.

„Sie geben sich Wärme und Sicherheit", bestätigte Anuschka Jasmins Entschluss.

„Ich weiß", erwiderte diese und schaute ihrer Stute hinterher.

Schwindlerin lief zu den anderen. Es gab kein Getrete oder Gezänk. Sie nahmen die junge Stute in die Herde auf, als wäre es das Natürlichste auf der Welt.

„Soll ich Donnerschall auch ...?", stand plötzlich Werner hinter ihnen.

„Ja, lass ihn zu den anderen", antwortete seine Enkelin, ohne ihn dabei anzusehen.

Und Werner ging zum Wagen und löste den Strick des Hengstes.

Und auch er lief schnurstracks zu den anderen und reihte sich in die Gruppe ein.

„Was für fantastische Tiere", bewunderte Anuschka erneut das, was sie sah.

„Ja", entgegneten alle anderen Zuschauenden.
Johann umfasste Jasmins Hüfte: „Du hast sie ...?

„Ja", erwiderte diese nur und fasste nach seinen Händen.

„Sie braucht die Gesellschaft der anderen", sagte er nur und drückte ihr einen Kuss auf die Wange.

Werner, Regina und Anuschka sahen beflissentlich

weg. Nur Werner dachte sich: Die Liebe findet wohl immer seine Zeit – egal, welche Umstände auch herrschen.

Und er ging zum Wagen, auf dem seine Frau saß.

Paul hatte inzwischen Ruhe gefunden und lag neben seiner kleinen Hündin in der Nähe seiner Mutter.

„Wie geht es ihr?", fragte er Inge.

Doch diese schüttelte nur mit dem Kopf.

Nein, der Gesundheitszustand von Anna hatte sich nicht gebessert. Im Gegenteil!

Ihr Fieber stieg stetig an und auch ihre Wahnvorstellungen.

Paul weinte still vor sich hin, bis er eine Hand spürte, die ihn vorsichtig streichelte.

„Alles wird gut", flüsterte Jasmin ihm zu und legte sich neben ihn.

Eine große Schwester zu haben, war einfach wundervoll, dachte er und schlief ein. Neben ihm schlief Lilly, die laut schnarchte.

„Was für ein Hund?" Dachte Jasmin noch, als ihr Vater eine Decke über sie und ihren Bruder warf.

Mit der letzten Decke deckte er Inge und Werner zu, die ebenfalls neben Anna lagen.

Langsam war genug Platz, denn Futter für die Pferde gab es schon nicht mehr.

Werner merkte, wie umsorgend sein Schwiegersohn war, und er umarmte seine Frau.

Inge schmiegte sich an ihn. Die Kälte zog allmählich in all ihre Glieder.

„Wir werden das hier nicht überleben", flüsterte sie.

„Wenn Gott es so will, dann wird es so sein", flüsterte er ebenfalls und hielt sie fest.

„Wie du meinst", sagte sie und schlief ein.

Und als alle am nächsten Morgen erwachten, da waren sie froh, dass ein jeder einen Laut von sich gab.

Nur Anna schwieg.

Und alle wussten, was das zu bedeuten hatte.

„Schatz, Liebling", forderte Horst seine Frau auf.

Doch diese verharrte in der gleichen Stellung wie am Abend zuvor.

„Lass", forderte ihn seine Schwiegermutter auf, die selbst zu tun hatte, ihre Glieder zu ordnen, „lass sie gehen."

Und Inge rappelte sich auf und stieß ihren Mann an: „Anna ist ..."

Mehr musste sie nicht sagen.

Werner ging mit einem Spaten in der Hand davon. Der Morgen war so kalt, dass ihm die Schritte so schwer fielen, als hätte er Blei an den Füßen. Doch er grub ein Loch, auch wenn es ihm noch so schwerfiel.

Jasmin und Paul lagen neben ihrer Mutter.

„Sie ist bei eurer kleinen Schwester", wollte sie Inge trösten. Doch ein Trösten in diesen Tagen war hoffnungslos.

Nachdem sie ihre Mutter in die Erde gelegt hatten, da zogen sie weiter. Ein kleines Holzkreuz erinnerte an die Mutter, die Tochter, die Frau, die hier am 29. November 1944 kurz hinter Osterode den Tod fand: Eingeschlafen in den kalten Nächten des Krieges!

Horst hatte seine Stimme verloren. Er saß zwischen seinen Kindern und hielt sie in den Armen.

Paul und Jasmin schluchzten.

So fuhren sie in den kalten Tag. Der Schnee machte es allen immer schwerer, voranzukommen.

Die beiden Wagenpferde hatten es am schwierigsten, denn immer und immer wieder blieben die Räder in den Schneeverwehungen stecken.

Werner stöhnte auf. Sein Husten verschlechterte sich von Stunde zu Stunde.

Johann, Stefan, Helmar und Anuschka hatten mit den Pferden zu kämpfen, die immer wieder stehen blieben.

Als um die Mittagszeit ein Schneesturm einsetzte, stieg Jasmin vom Wagen herunter und suchte ihre Stute. Schwindlerin lief neben Donauprinz. Gesenkten Hauptes und dicht an dicht trotzten sie der eisigen Kälte.

Regina und Jasmin trieben die Pferde von hinten und brüllten aus vollen Kehlen: „Vorwärts, vorwärts."

Am Abend hatten alle fünf Treiber kaum noch Stimme. Wie froh waren sie, als sie endlich eine Rast machen konnten. In einem kleinen Wäldchen am Kanal machten sie Halt. Johann und Stefan legten sich zu den Pferden an einen Busch. Sie spürten die Kälte schon kaum noch, aber zu liegen war besser, als zu stehen. Genauso schienen es die Pferde zu sehen. Etwa die Hälfte von ihnen legte sich ebenfalls in den kalten Schnee.

Johann schüttelte mit dem Kopf. Er wusste, dass ein paar Pferde am Morgen nicht mehr aufstehen würden. Gerade für die Knochen der alten Pferde war dies alles hier das reinste Gift. Sie würden die Nacht nicht überleben.

Regina, Jasmin und Werner krochen auf den Wagen. So waren sie zu sechst und wärmten sich gegenseitig.

Anuschka gaben sie eine der Decken. Sie legte sie um sich und setzte sich neben den Wagen. Helmar musste die erste Wache schieben.

Immer und immer wieder kreiste er um die Herde. Niemand durfte den Pferden zu nahe kommen. Er würde sie mit seinem Leben beschützen.

Dann wurde es Mitternacht und Helmar weckte Johann, der diese Schicht übernehmen musste. Johann stieg auf. Alles an ihm hatte die Nässe aufgesaugt. Sein alter Mantel war schwer geworden. Doch er wusste, dass es keinen Sinn machte, zu jammern.

Er drehte seine Runde und sah, wie Helmar sich neben Anuschka unter die Decke legte.

Diese sah nur kurz auf und deckte Helmar zu.
Sie hatte Erbarmen mit dem Halunken, denn sie lächelte ihn an.

Als der frühe Morgen erwachte, waren fast alle Pferde eingeschneit und Johann weckte die, die noch lagen. Drei Pferde blieben liegen: Woltan, Willi und Carina würden nicht mehr weiterlaufen müssen. Für sie war die Flucht hier zu Ende.

Johann ging zum Wagen, um Werner mitzuteilen, dass sie wieder weniger Pferden hatten.

Doch als er den Alten liegen sah inmitten seiner Familie und er ihn röcheln hörte, da gönnte er ihm den Schlaf.

Er weckte Stefan, Anuschka und Helmar und ließ alle abmarschieren.

Familie Hoffer schlief weiter, und als sie erwachte, war es schon später Vormittag.

Endlich hatte es aufgehört zu schneien. Die Sicht auf die Straße wurde freier. Also konnten sie den Rest des Tages ohne weitere Komplikationen marschieren.

Die Flüchtlinge zogen sich immer weiter auseinander.

Mit jedem Kilometer, so hatte es den Anschein, wurden es weniger Menschen.

Und mit jeder Nacht wurden es für die Hoffers weniger Pferde.

Und als sie endlich in Elbing eintrafen, da hatten sie Ladylein verloren, Sternschnuppe und Drama, Domina, Cowboy und Ramina.

Mit 19 Pferden zogen sie in Elbing ein. Eine magere Auslese.

Werner ahnte erneut Schlimmes, als sie die Stadt betraten. Vor den Toren der Stadt lagerten bereits die Menschen. Wie sollten sie auch hier einen Platz für die Pferde und sich selbst finden?

Dezember 1944

Elbing! Werner schaute auf die schöne Stadt.

Er stieg vom Wagen und gab Horst das Zeichen, dass er ihm folgen sollte.

Horst umarmte seine beiden Kinder und stieg ebenfalls vom Wagen.

Jasmin deckte Paul zu, streichelte über Lillys Gesicht und ließ die beiden alleine.

Regina blieb bei ihrer Mutter auf dem Wagen. Auch sie hatte Schmerzen in der Brust. Nur sagen, nein, sagen würde sie dies niemandem.

„Er wird eine Möglichkeit finden", flüsterte Inge ihrer Tochter zu.

„Gewiss", flüsterte diese zurück.

Regina fühlte sich hundeelend.

Seit Wochen hatten sie sich alle weder gewaschen, noch die Zähne geputzt. Auf den Zähnen machte sich bereits eine Art Belag bemerkbar, der bei Regina dazu führte, dass sie nicht mehr lächeln wollte. Aber worüber sollte sie auch lächeln?

Wenn sie ihre Notdurft erledigen mussten, dann war das nur ein Mal am Tag. Ihre Mägen waren sowieso leer. Aufgetauter Schnee war das, was sie tranken.

Regina schüttelte sich.

„Was hast du?", fragte Inge.

„Mir ist nicht so gut", erwiderte diese dann doch.

„Vielleicht kann dein Vater ja etwas zu essen und zu trinken auftreiben", sagte Inge.

Regina nickte mit dem Kopf, obwohl sie wusste, dass dies wohl eher eine Illusion war.

Dann kam Werner zurück und er winkte allen schon von Weitem zu: „Kommt, kommt, sie schenken Suppe aus. Da, da vorne."

Johann blieb bei den Pferden und alle anderen liefen, so schnell sie konnten, zur Ausgabestelle.

Einmal die Bäuche richtig n vollschlagen, dachte ein jeder und beschleunigte noch einmal seinen Schritt.

Doch das Wenige, was sie bekamen, reichte nicht dafür. Aber undankbar wollten sie auch nicht sein.

Linseneintopf: warm und wohlschmeckend.

Paul setzte sich abseits. Niemand sollte sehen, dass er das bisschen Suppe mit Lilly teilte.

Und Lilly legte sich dankbar neben ihn. Paul streichelte seinen Hund und Jasmin ging zu Schwindlerin.

„Es tut mir so leid", sah sie in deren traurige Augen. „Großvater", nahm Jasmin ihre Stute mit zu ihm, „meinst du nicht, dass wir mal schauen sollten, ob nicht irgendwo auch für die Pferde ..."

„Komm", sprach dieser und beide zogen mit dem Pferd durch die überfüllten Straßen.

„Futter für Pferde, Futter für Pferde", rief er ganz laut. „Halt dein Maul", schrien die Leute zurück, „deine Gäule brauchen nichts. Hier müssen die Menschen sehen, wo sie bleiben."

„Es sind auch Lebewesen", schrie nun Jasmin. Und als müsste sie ihren Großvater übertönen, rief sie noch lauter als er.

„Kommen Sie hierher", hörten sie einen Mann rufen.

Werner schaute, woher die Stimme kam.

Aus einem der Häuser schaute ein älterer Mann heraus.

„Haben Sie gerufen?"

„Ja", antwortete dieser.

„Gehen Sie in Richtung Nordwesten. Da ist eine alte Mühle und in der finden Sie noch ein wenig Futter. Ich rate ihnen sowieso, dorthin zu gehen. Mit der Bahn kommen Sie nicht mit. Die ist überfüllt. Gehen Sie das Stück übers Haff und dann weiter an der Küste entlang. Der Weg ist frei, denn die meisten versuchen, zu den Seestädten zu kommen, um dann ein Schiff zu nehmen. Aber mein Schwager sagte, dass auch die Schiffe überfüllt sind. Versuchen Sie den Landweg, das ist Ihre einzige Chance."

Werner fragte noch genauer nach dem Weg zur Mühle, bedankte sich inständig bei dem Mann und ging freudestrahlend zu seiner Enkelin zurück.

„Deine Stute hat uns Glück gebracht. Auf, komm", zog er Jasmin mit sich, während er Schwindlerin streichelte.

„Gutes Mädchen", lobte er die kleine Stute, die plötzlich ihren Kopf hob, als verstünde sie, was der Mann zu ihr sagte.

„Die Russen sind nicht mehr weit", raunte es durch die Massen.

Jasmin blieb stehen.

„Komm, komm doch", ermahnte sie ihr Großvater.

Jasmin und er stießen zu den anderen.

„Aufbruch, Aufbruch", schrie er alle an.

Ein jeder von ihnen war schon geprobt im schnellen Aufbrechen und innerhalb weniger Minuten standen alle bereit - einschließlich der Pferde.

Werner fuhr dieses Mal mit dem Wagen vorne weg. Wieder fuhren sie gegen den Flüchtlingsstrom, um dann nach Nordwesten hin abzubiegen und die Massen hinter sich zu lassen.

„Wohin will er?", fragte Johann Jasmin.

„Keine Ahnung, aber ein Mann hat ihm einen Tipp gegeben. Er hat nur zu mir gesagt, dass uns Schwindlerin Glück gebracht hätte."

Eine Stunde später standen sie vor einer verlassenen Mühle. Morsch sah sie aus. Der Wind und der Schnee hatten ihre Spuren hinterlassen.

Werner stieg vom Wagen und ging zur Scheune der Mühle. Er öffnete das Tor. Und schrie auf.

„Kommt, lasst die Pferde hier hinein."

Anuschka und Helmar eilten sich und trieben die Pferde an.

Schwindlerin schaute Jasmin an. Diese verstand sofort und machte ihre Stute vom Strick los.

Schnell wie der Wind raste die Stute in die Mühle. Heu und Stroh waren hier aufgebahrt, sodass sich alle Pferde satt essen konnten.

Ihre Betreuer legten sich dazwischen, lachten und freuten sich über ein Dach überm Kopf.

„Wir können doch hier bleiben", machte Regina den Vorschlag.

Doch Werner sah sie ernst an.

„In der Stadt sagten sie, dass die Russen nicht mehr weit sind. Wir können nur eine Nacht bleiben, laden den Rest auf und ziehen weiter. Wir werden ein

Stück übers Haff ziehen und dann an der Küste entlang. Das ist der einzige Weg!"

„Und eine Bahn oder ein Schiff?"

„Aussichtslos. Du hast doch gesehen, was dort für Massen waren. Und für Pferde hat keiner ein Erbarmen. Jetzt nicht mehr."

„Aber übers Haff? Jetzt? Im Winter?" Johann hatte einen Strohhalm im Mund, während er dies fragte.

„Wenn Herr Hoffer sagt, dass das möglich ist, dann ist es möglich", erwiderte Herr Schossnick.

Und so schwiegen alle und genossen die Wärme und die Ruhe. Und die Pferde schmatzten regelrecht.

Am nächsten Morgen war kaum noch von dem Futter übrig. Den kleinen Rest packten sie auf den Wagen. Inge freute sich: Hatte sie doch nun eine warme Matte unter sich.

„Freu dich nicht zu früh", ermahnte sie ihr Mann, als er ihr Lächeln bemerkte, „ich weiß noch nicht, ob wir den Wagen übers Haff kriegen."

Dann verließen sie die schützende Scheune der Mühle.

„Ein Gewitter zieht auf", sagte Herr Schossnick, als sie ins Freie traten.

„Das ist kein Gewitter", entgegnete Werner, „das ind Schüsse. Schnell, beeilt euch", trieb er alle an.

„Sollten wir uns nicht in der Mühle versteckt halten?", war Regina ganz nervös.

„Bist du des Wahns?", fragte ihr Vater zurück. "Da sind wir eingekesselt und können nicht mehr fliehen. Nein, unsere einzige Hoffnung ist, dass wir schneller im Westen sind als die. Auf, auf, auf. "

Und so marschierten alle los. Werner bestieg den Wagen, um alle anzuführen. Er roch förmlich das Wasser, was sie nach fünf Stunden endlich erreichten. Und je näher sie dem Wasser kamen, um so leiser wurden die Schüsse, die von Elbing her weit zu hören waren. Dann standen sie vor der Weite des Haffs.

Niemand war mehr hier. Keine anderen Flüchtlinge hatten sich hierher verirrt.

„Der Mann in Elbing hatte recht", resümierte Werner, „wenn wir eine Chance haben, dann nur hier."

„Aber schauen Sie, Herr Hoffer", rief ihn Johann, „das Eis ist nicht dick genug. Es wird uns nicht tragen können."

„Unsinn", entgegnete ihm Werner und stocherte mit einem Stock auf dem Eis herum.

„Wie viele Meter sind das denn?", fragte Regina unsicher.

„Meter?", lachte ihr Vater „Mein Kind, das sind etwa 10 Kilometer, die wir auf dem Eis zurücklegen müssen."

„Zehn Kilometer?", fragte Regina entsetzt zurück. „Wir schaffen das schon", versuchte ihre Mutter sie zu beruhigen.

„Großvater", hörten nun alle Paul, der auf seine Hündin zeigte und dann in die Richtung, in die sie schaute.

Und tatsächlich: Sie wurden verfolgt.
Die Spuren der Pferde und des Wagens hatten einen Trupp auf sie aufmerksam gemacht, der ihnen unvermittelt gefolgt war.

„Leise", befahl Werner, „wir haben noch eine Chance, wenn wir ruhig bleiben. Sie werden uns aufs Haff nicht folgen."

„Johann", rief er den jungen Burschen, „nimm zwei der Pferde und führe uns an. Ich lenke den Wagen am Ende. Horst, du hältst die Wagenpferde in der Spur. Inge und die Schossnicks sind mit mir auf dem Wagen. Paul, halte deinen Hund ruhig. Anuschka und Regina laufen in der Mitte der Herde. Helmar und Stefan bilden die Nachhut. Seid alle leise."

Alle nickten.
Und schon ging es los. Johann suchte eine Stelle, an der er das Eis betrat. Der Alte mochte wohl recht haben: Es hielt.

Die zitternden Hände des Alten, als dieser den Wagen auf das Eis lenkte, bemerkte er nicht.

Werner lief der Schweiß von der Stirn. Inge gab ihm ein Tuch, damit er sich diesen abwischen konnte. Nur sie sah, welche Ängste er auszustehen hatte.

Paul hatte sich mit seiner Hündin unter der Decke versteckt. Es war das einzige Mittel, um Lilly ruhig zu halten. Angst beschlich ihn und er merkte, wie warm seine Hose im Schritt wurde. Doch er wusste, dass dies wieder trocknen würde, blieb ruhig und still unter der Decke liegen.

Sie mochten etwa einen Kilometer auf dem Eis gewesen sein, als sie den Trupp am Ufer stehen sahen. Man feuerte auf sie. Doch Werner hielt alle an, ruhig weiterzulaufen.

„Bis hierher reichen die nicht", rief er allen zu. Doch die Pferde wurden nervös. Vor allem Donnerschall, der wieder am Wagen laufen musste.

„Horst", sprach Werner seinen Schwiegersohn an, „traust du dir zu, den Hengst zu führen?"

Horst sah nach hinten und nickte.

„Dann mach ihn los und führ ihn am Strick", befahl Werner.

Horst tat, was der Alte von ihm wollte. Er ging zu Donnerschall, streichelte dem Hengst über den Hals und löste den Strick vom Wagen.

Horst konnte das Tier kaum halten, als es merkte, dass es losgemacht worden war.

„Ruhig, ruhig", säuselte Horst. Doch Donnerschall spürte die Unsicherheit, die Horst ausstrahlte, und riss sich los, nachdem er Horst einen Tritt gegen den Bauch verpasste.

Horst hielt sich an der Stelle die Hand davor.

„Donnerschall", rief er dem Hengst noch nach, als dieser über das Eis davon galoppierte.

„Lass ihn", schrie Werner.

Die anderen Pferde merkten, wie eines die Flucht ergriff. Und ihr Instinkt sagte ihnen, dass dies wohl die richtige Entscheidung war.

„Jasmin", rief Werner schnell seiner Enkelin zu,

„geh du mit deiner Stute nach vorne und beruhige so die anderen."

Jasmin folgte seiner Anordnung, beruhigte ihre Stute und ging vorsichtig nach vorne an den anderen vorbei.

Die Pferde schauten auf Schwindlerin und wie vorsichtig und bedächtig sie ging.

„Ruhig, ruhig", flüsterte Jasmin ihrem Pferd immer wieder zu, „achte auf deine Schritte!"

Schwindlerin setzte einen Schritt vor den anderen, ließ sich lenken und leiten von der jungen Frau, die sie bisher immer gut behandelt hatte.

Donnerschall war nicht mehr zu sehen.

„Es war so ein schönes Pferd", blickte Inge zum Horizont.

„Er war verrückt", bemerkte Werner und trieb seine Pferde an. Das Eis knirschte unter der Last des Wagens.

„Absteigen, absteigen", schrie Werner plötzlich. Herr und Frau Schossnick sprangen vom Wagen und Herr Schossnick half Inge hinunter und Frau Schossnick hielt Paul ihre helfenden Hände entgegen. Lilly war froh, endlich wieder einen Blick zu haben, und sie bellte nervös nach hinten.

„Halt den Hund ruhig", rief Werner seinem Enkelsohn zu.

Paul versuchte mit Lilly zu spielen, um sie abzulenken.

„Paul", ermahnte ihn dafür sein Vater, „mach nicht so einen Mist!"

Was sollte der Junge machen?

Paul wählte den Weg nach vorne zu seiner Schwester. Vorbei an all den Pferden, die ruhig hinter Schwindlerin hertrotteten.

Langsam hatten sie sich an den eisigen Untergrund gewöhnt.

Fast keins der Pferde hatte mehr Eisen. Was sich nun bezahlt machte, denn die Hufe hatten so viel mehr Griff.

„Wolltest du nicht an der Grenze gehen?", fragte Helmar Anuschka.

„Ja, wieso?", fragte diese nach.

„Nun, wenn mich nicht alles täuscht, dann überqueren wir die hier gerade", erwiderte Helmar und grinste Anuschka frech an.

„Grins nicht so blöd", sagte sie, schaute sich aber auch gleichzeitig um.

„Wir sind meines Erachtens schon bald in Danzig", bestätigte er seine Aussage noch einmal.

„Das ist doch aber noch Ostpreußen?", fragte Anuschka.

„Ja, aber es gehört irgendwie doch nicht mehr dazu und nun hast du dein Versprechen gebrochen."

„Und wenn schon", sagte Anuschka, die sich mit zwei der Pferden ein einem größeren Abstand befand. Sie grinste Helmar erneut an: „Dann ist es Schicksal und ich ..." Und in diesem Moment krachte es unter ihr. Sie lachte Helmar noch zu und brach schon mit Blitz und Eddy ein. Helmar schrie auf. Er ließ seine beiden Pferde los, um zu ihr zu eilen.

Doch ein riesiges Loch war entstanden und von Anuschka und den Pferden war keine Spur mehr zu sehen.

Helmar schrie auf und kroch auf dem Eis entlang. „Komm weiter, komm weiter", rief ihm Werner von Weitem zu, „du kannst sie nicht retten."

„Sie, sie", stammelte Helmar und schaute in das riesige Eisloch.

„Komm jetzt", riefen auch die anderen und Jasmin legte noch einen Schritt zu.

Sie hatte Tränen in den Augen und flüsterte Schwindlerin zu: „Nun hat sie wahr gemacht, was sie wollte: Sie hatte immer vor, uns nur bis zur Grenze zu begleiten."

„Gott sei ihrer Seele gnädig", betete Inge.
Selbst Werner bekreuzigte sich.

Nach Stunden sahen sie das Ufer.
„Jasmin", schrie Werner seiner Enkelin zu, „sei vorsichtig. Am Rand ist das Eis dünner."

„Schwindlerin", ermahnte diese ihre Stute, „such uns den richtigen Weg."

Die Stute senkte ihren Kopf auf den Boden. Roch

sie die Gefahr? Konnte sie wirklich mit der Nase den richtigen Weg finden? Jasmin gab Strick nach.

Und Schwindlerin ging ganz langsam über das Eis, setzte mit Bedacht einen Schritt vor den anderen.

Manches Mal schnaubte sie, blickte nach oben und wählte einen anderen Weg.

„Mach langsam", ermutigte sie Jasmin, „mach langsam, wir haben Zeit."

Die Stute schnaubte erneut.

Jasmin merkte, wie das Eis unter ihnen knirschte, fast brach. Dann wählte ihre Stute eine andere Richtung.

„Brav, brav", beruhigte Jasmin das junge Pferd. Und dann endlich hatten sie das rettende Ufer erreicht. Der Mond schien hell, als sie den Wagen vom Eis hievten.

Horst kam zu seiner Tochter gerannt und umarmte sie: „Ich nehme alles zurück."

„Was?", fragte Jasmin.

„Nun, was ich damals gesagt habe, weißt du noch?"

Jasmin fiel das Gespräch wieder ein, in dem es um die Dummheit der Pferde ging.

„Deine kleine Stute hat uns allen das Leben gerettet", sagte ihr Vater.

„Nein", erwiderte seine Tochter, „Anuschka haben wir verloren und zwei Pferde."

„Ja, aber die anderen nicht. Wir hätten alle drauf gehen können."

Selbst Werner kam und umarmte seine Enkelin und stupste Schwindlerin an: „Das habt ihr beide gut gemacht. Sehr gut sogar."

Jasmin streichelte Schwindlerin über den Hals.

„Wir machen hier Rast", befahl Werner, „lasst die Pferde das restliche Heu fressen."

Johann und Stefan ließen die Pferde bis an den Wagen kommen und schmissen herunter, was es noch an Futter gab.

Die Schossnicks setzten sich in den Schnee und beobachteten, wie ihre Pferde die Wohltat genossen.

Plötzlich hörten alle ein Geräusch im Gestrüpp.

Sie sahen einen Kopf und dann ...

Ein Wiehern ertönte und Donnerschall kam angaloppiert.

„Da bist du ja", rief Regina freudig und schaute ihren Vater siegessicher an.

„Soll ich ihn festmachen?"

„Nein", sagte dieser, „lass ihn."

Und Donnerschall gesellte sich zu den anderen. Er schien froh darüber zu sein, wieder Gesellschaft gefunden zu haben.

Schwindlerin bekam einen extragroßen Haufen. Sie hatte es verdient.

„Sind wir schon in Polen?", fragte Jasmin.

„Nein", sagte Werner, „das hier ist alles noch Ostpreußen."

„Und nun?", fragte Inge ihn.

„Werden wir am Ufer entlangziehen", antwortete Werner und hustete sich dabei fast die Seele aus dem Leib.

„Du bist krank", sagte seine Frau.

„Ich werde alt", entgegnete er und warf Jasmin und Paul ein Lächeln zu.

Jasmin stupste ihren Bruder an: „Du warst auch ganz schön tapfer. Mutter wäre stolz auf dich gewesen."

„Meinst du?", fragte er.

„Klar doch", streichelte sie ihm über den Kopf.

Dann betteten sich alle zur Ruhe. Und jeder versuchte auf den Wagen zu kommen, außer die Männer. Johann und Stefan suchten sich wieder ihren Platz bei den Pferden und Helmar wiederum suchte die Nähe der beiden jungen Männer.

Er vermisste Anuschka und sein Stöhnen in der Nacht ließ das auch alle merken.

Jasmin kuschelte sich an ihren Bruder und seinen Hund. Nur Horst schlief alleine. Er sah auf seine beiden Kinder, die, und da war er sich sicher, ihr Leben leben würden.

Er hielt sich beim Einschlafen die Hand auf die Stelle, wo ihn Donnerschall getroffen hatte. Er spürte, dass etwas nicht in Ordnung war, und weckte Jasmin.

„Liebes", flüsterte er seiner Tochter zu, „du passt doch auf Paul auf, oder?"

„Natürlich", antwortete diese.
„Und ihr werdet bis zu dieser Tante gehen?"

„Klar doch", schaute Jasmin ihren Vater verdutzt an.

„Wir lieben euch", sagte Horst, streichelte seiner Tochter über das Haar und sagte, „schlaf jetzt."

Das musste er nicht wiederholen, denn Jasmin schlief sofort ein.

Doch als sie ihren Vater am nächsten Morgen wachrütteln wollte, da sah sie, wie schmerzverzerrt sein Gesicht war und wie weit aufgerissen seine Augen waren.

Jasmin beugte sich über ihn. Keinen Atemzug spürte sie und sie schloss seine Augen. „Großvater", weckte sie Werner, „Vater ist eingeschlafen."

„Was?", fragte dieser schlaftrunken.
„Ich weiß auch nicht, aber er ist tot", sagte Jasmin noch einmal.

„Verflucht", stöhnte ihr Großvater, „ich habe gesehen, wie er getroffen wurde."

„Donnerschall?", fragte Jasmin und Werner nickte nur.

„Wir müssen ihn vom Wagen schaffen, bevor die anderen ...", doch er konnte nicht mehr zu Ende sprechen, denn schon versuchte Paul, seinen Vater zu wecken.

„Vater, Vater", rief der Junge immer wieder und machte so auch den Rest wach.

Lilly bellte und bellte und Jasmin blickte ihren Großvater an.

„Erklär es ihm und ich schaufle das Grab."
Jasmin ging zu ihrem kleinen Bruder.

„Er ist bei Mama und Inge Sofie. Lass ihn gehen!"
Was verlangte die große Schwester?

Paul hatte in ein paar Wochen all seine Liebsten verloren.

Doch dieser kleine Mann war tapferer, als sie es sich je erhofft hatte.

„Er ist bei Mutter, oder?", fragte Paul plötzlich und hörte auf, mit weinen.

„Ja", sagte Jasmin nur.

„Dann soll es so sein", erwiderte Paul und ging zu seinem Großvater, um ihm beim Graben zu helfen.

„Dabei wollte ich ihm noch erzählen, dass ich im Krieg nicht einen einzigen Menschen getötet habe", sprach Werner vor sich hin.

Paul sah seinen Großvater überrascht an: „Ehrlich?"

Werner nickte: „Das bleibt aber unser Geheimnis, hörst du?"

„Und wusstest du, dass Vater die Blümlings versteckt hat", erzählte Paul.

„Was?", horchte Werner auf.

„Ja", erhob sich sein Enkel, „Vater war richtig mutig, er hat diese jüdische Familie vor allen versteckt, und sie dann mit dem Treck mitgeschickt."

Werner blieben die Worte im Halse stecken. Nein. Darauf konnte er nichts erwidern. Er schämte sich vor seinem Enkel. Er schämte sich vor sich selbst.

Sie konnten das Grab nicht tief schaufeln. Der Boden war hart und die Kälte ließ ihre Hände fast erfrieren.

Und so kamen alle und begruben den Vater von Jasmin und Paul.

Inge weinte bitterlich. Jasmin und Paul standen Hand in Hand, wobei die große Schwester die Hand ihres Bruders fest drückte. Paul suchte zwei Stöcke und ritzte den Namen seines Vaters darauf. Das Kreuz blieb nicht stehen und so legten sie sie auf das Grab: *Horst Liebertz* stand darauf.

Der Treck musste weiter ziehen. An der Küste war es noch kälter als im Landesinneren. Der Wind zog über alle hinweg und Jasmin sah, wie sich die Lippen ihres Bruders immer blauer färbten: „Steig in den Wagen, neben Großmutter."

Doch Paul winkte ab. Er wollte laufen, er musste

laufen. Und Lilly? Die lief neben ihm her, als wüsste sie genau, wie ihr Herrchen sich fühlte.

„Er hat seit Stunden nichts gesagt", kam Regina neben Jasmin.

„Er muss das alles erst einmal begreifen", erwiderte diese.

„Siehst du da hinten?", rief Regina. Und nach hinten gerichtet, schrie sie ihrem Vater zu: „Schau doch, eine Stadt!"

„Eine Stadt?", stand dieser auf dem Wagen auf und blickte in die Ferne.

„Willst du dorthin?", fragte Inge in der Hoffnung, dass er die Frage bejahte.

„Nein, diesen Fehler mache ich nicht noch einmal."

„Aber da leben doch bestimmt Deutsche?"
„Weißt du das genau? Wer weiß, wo die Russen überall sind", und dann pfiff Werner die beiden jungen Männer heran.

„Ich will, dass ihr beide erst einmal schaut, wie es in dem Ort da aussieht."

„Wir müssen erst den Fluss überqueren", sagte Johann und zeigte auf das riesige Gewässer vor ihnen.

Es war die Weichsel, die sich vor ihnen erstreckte.

„Er ist zugefroren. Es wird also kein Problem sein", entgegnete ihm Werner, „danach sucht einen Platz, wo wir lagern können."

Stefan nickte und Johann sah seinen Kameraden an.

Was wusste er von ihm? Eigentlich fast gar nichts.

Er hatte Stefan getroffen, als er aus dem Knast geflüchtet war. Beide hatten sich im Schutt gesehen und sich gegenseitig geholfen, freizuschaufeln.

Und Stefan erzählte nichts über sich. Johann wusste also weder, woher er kam, noch weswegen er von den Nazis eingesperrt worden war.

Aber Stefan war sein Kumpel geworden. Und

eigentlich war es egal, wer er war: Er war sein Freund.

Und als Johann damals vorschlug, nach Trakehnen zu gehen, da hatte Stefan nur genickt und war ihm gefolgt.

Nun standen sie beide hier, waren Teil der Familie Hoffer geworden und kämpften mit ihnen und deren Pferden ums Überleben.

Niemals hätte sich Johann so etwas gedacht. Und dass er seine Eltern begleiten würde, wohl auch nicht.

Natürlich war er in ihre Nähe gegangen. Wo hätte er hinsollen? Und es war wirklich Schicksal, dass er so nahe bei ihnen eine Anstellung gefunden hatte. Johann sah Stefan von der Seite an. Stefan hatte viel längeres Haar als er selbst. Seine Augen waren ebenfalls dunkel und Stefan wuchs ein Bart genau wie ihm. Wie lange schon hatten sie sich nicht mehr richtig waschen können? Johann blickte an sich herunter. Elend sah er aus. Sein Mantel war verdreckt und seine Schuhe glichen eher Sandalen, als Schuhen, die für den Winter taugten. Johann hatte schon gemerkt, dass seine Zehen langsam abstarben. Er hatte es niemandem gesagt, nicht einmal Jasmin.

Wie würde er dann vor ihr dastehen? Wie ein Weichei?

Er liebte dieses Mädchen und er hatte sich geschworen, sie bis dorthin zu bringen, wo sie überleben würde. Diesen verdammten Krieg.

Johann sah, wie der alte Hoffer wieder Jasmin und ihre Stute vorschickte. Was für ein Gespann die beiden doch waren. Er beobachtete die junge Frau, die mit ihrem Pferd sprach, als wäre es ein Hund.

Er war nicht mit Tieren groß geworden. Erst als er im Knast gesessen hatte, da hatten sich seine Eltern diese Pferde gekauft.

Warum erst dann?, fragte er sich. Wieder sah er auf Jasmin und ihr Pferd. Wie Jasmin umging mit diesem Tier! Es war beneidenswert. Stefan schien das Gleiche zu denken, denn auch er blickte auf die beiden.

Er war aus Königsberg. Als er in den Knast gekommen war, da hatte er bereits alles verloren.

Und eigentlich war ihm sein Leben scheißegal gewesen. Bis plötzlich diese Wände fielen und er vor lauter Staub nichts mehr gesehen hatte.

Man hatte ihn eingesperrt, weil er eine Gefahr für die „deutsche Rasse" dargestellt hatte. Er fühlte sich nun einmal zu Männern mehr hingezogen als zu Frauen. Er wusste selbst nicht, wieso er diese Gefühle hatte. Aber nun – seit er mit Johann nach Trakehnen gezogen war – da hatte er jegliches Gefühl abgestellt. Und nein! Niemals würde er jemandem erzählen, wieso er in den Knast gekommen war. Niemals, niemals, niemals. Denn seine große Liebe hatten sie ihm genommen. Er hatte kurz vor dem Schutt einen Brief erhalten, in dem stand, dass sein Liebster von der Gestapo abtransportiert worden war.

Niemals würde er ihn wiedersehen.

Niemals würde er sein Herz wieder vergeben können! Stefan blickte auf das Eis unter ihm. Er wusste, dass dies alles hier ein Wagnis war.

Und wenn er es überlebte, dann würde er für solche wie er kämpfen. „Pass auf", hörte er die Stimme seines Freundes und beinahe wäre er in ein Loch getreten. Stefan ließ sich fallen.

„Nicht doch", lachte Johann, „ich habe nur gesehen, dass du geträumt hast."

Stefan warf ihm einen verstohlenen Blick zu. Immerhin machte dieser sich Sorgen um ihn.

Regina beobachtete ihre Nichte und sie bewunderte, welche Ruhe diese an den Tag legte.

„Sie ist wie Karl", sagte sie zu ihrem Vater.

„Ja, man könnte meinen, dass sie seine Tochter wäre", entgegnete Inge.

„Sie ist eine Hoffer", sagte Werner, der vorsichtig den Wagen lenkte. Und mehr musste er nicht sagen, um auszudrücken, wie stolz er auf das Mädchen war. Schwindlerin setzte wie immer einen Fuß vor den anderen, um zu sehen, wie dick das Eis war.

Sie beobachtete genau, wie ihre Besitzerin reagierte, vertraute aber dabei auch auf ihren Instinkt und ihren Verstand.

Knirschte es auch nur ein wenig unter ihr, dann nahm sie einen anderen Weg. Dann wich sie einfach ein wenig aus. Und Jasmin?

Sie sah, welche Mühe sich Schwindlerin gab. Wie konzentriert sie war.

„Die Stute hat sich ganz schön gemacht", sagte Inge, „ich meine, dass sie richtig hübsch geworden ist, zwar dürre, aber hübsch."

Werner nickte: „Ja, aus einem hässlichen Entlein ist ein schöner Schwan geworden, wenn man das so sagen kann bei dem jetzigen Zustand."

Regina sah sich das Pferd nun auch genauer an. Und sie musste ihrer Mutter recht geben: Schwindlerin hatte sich zu ihrem Vorteil verändert. Das unförmige Pferd war zu einer stattlichen Stute herangewachsen. Zwar dürre wie ein Hering, aber trotzdem konnte man ihre Gene erkennen.

„Kein Wunder bei diesem Vater", sagte sie also nur.

„Aber wenn man bedenkt, dass wir sie fast ...", Inge stockte.

„Haben wir aber nicht", erwiderte Werner kurz.
„Und das war gut so", streichelte Inge über seinen Rücken.

„Mmh", brummte ihr Gemahl.
Und dann erreichten sie das Ufer und Jasmin streichelte ihrer Stute dankbar über den Hals.

Und als alle Pferde neben ihnen standen, da lächelte Jasmin vor sich hin. „Du bist das beste Pferd der Welt", flüsterte sie.

„Und du die beste Frau", hörte sie Johann in ihr Ohr flüstern.

Jasmin schmiegte sich kurz an ihn. Für mehr Zärtlichkeiten blieb keine Zeit, denn schon standen alle hinter ihnen.

"Nimm das Wäldchen dort", rief Werner Johann zu.

Und dieser lenkte die Pferde zu der Stelle, die der alte Hoffer als geeignet empfand.

Dann gingen die beiden jungen Männer los. Und Jasmin blickte Johann sehnsüchtig nach.

„Schau ihm nicht so hinterher", stellte sich ihr Großvater neben sie.

„Mach ich doch gar nicht", wehrte sie sich.

„Er ist ein guter Junge. Meinen Segen hast du und sicherlich auch den deiner Eltern."

Sprach er wirklich im Namen derer? Wie sollte sie damit umgehen? Versuchte er wirklich die Rolle ihrer Eltern einzunehmen?

Jasmin sah ihren Großvater mit großen Augen an. Und er?

Er wusste genau, was sie dachte, und er wollte ihr zuvorkommen: „Du hast Vieles von deinem Onkel, weißt du das?"

„Ja", erwiderte sie kurz.

„Karl war wie du: Er konnte mit den Pferden sprechen."

„Ich weiß", erwiderte sie erneut kurz.

„Du wirst unser Erbe sein", sagte Werner.

„Aber Tante Regina ...?"

„ ... wird dir eine große Hilfe sein", entgegnete er.

„Großvater ...", stotterte Jasmin.

„Lass", sagte er, „ich habe mein Leben gelebt."

„Nicht du auch noch", stand sie da und Tränen rollten über ihr Gesicht.

„Noch nicht, Engelchen", wollte er sie beruhigen und hustete erneut so stark, dass Blut aus seiner Nase kam. „Du musst dich ausruhen", hielt sie ihn fest.

„Da hilft kein Ruhen mehr", nahm er sie in die Arme.

„Komm", hielt er sich an ihr fest, „ich zeige dir den Weg."

Und er ging mit ihr ein paar Schritte weiter und zeigte ihr die Karte, die er stetig mit sich geführt hatte.

„Wenn die beiden Männer kommen und uns sagen, dass dort Hilfe ist, dann nimmst du sie an. Wenn sie meinen, dass ihr laufen müsst, dann geht ihr an der Küste entlang bis Danzig und dann weiter bis Mecklenburg und dann bis Halle. Hörst du?"

Jasmin nickte. Ja, sie hatte verstanden.

Und der alte Mann? Er umarmte sie. Eine Geste, die sie nie für möglich gehalten hatte. Nicht von ihm, der immer so unnahbar erschien.

Dann sah sie, wie er sich auf den Wagen quälte, und sie rief ihren Bruder zu sich, der mit seiner Großmutter Spielchen spielte.

„Lass sie alleine", sagte sie zu Paul.

Werner sah auf Inge und diese blickte auch ihn an.

„Es ist soweit?", fragte sie.

„Höchstens noch eine Nacht", antwortete er.

Und sie fiel ihm in die Arme und küsste und herzte ihn."

Alle warteten auf Johann und Stefan. Und nach fünf Stunden kehrten sie wieder zurück aus der Stadt, die Schievenhorst hieß.

„Sie sagen, dass dort manchmal Schiffe ankern und Flüchtlinge mitnehmen", kam Johann angerannt.

„Dann sollten deine Eltern reisen und ihre beiden Pferde", erwiderte Werner.

„Sie wissen, dass er unser Sohn ist?", fragte Frau Schossnick.

„Ich bin nicht blind", entgegnete dieser.

Herr und Frau Schossnick sahen sich an.

Das Bein des Herrn Schossnick hatte sich durch das ganze Laufen verschlimmert.

„Sie nehmen keine Pferde mit, haben zumindest die im Ort erzählt", sagte Stefan.

„Dann sollen sie sie bei uns lassen", schlug Werner vor.

„Aber ...", entgegnete die Frau, doch ihr Mann nickte nur kurz.

„Wir haben ja Ihre Adresse in Halle."

Werner und Inge nickten, obwohl sie beide wussten, dass sie die Schossnicks wohl nie wieder sehen würden.

„Wie sieht es sonst aus in diesem Ort?", fragte Werner noch einmal die beiden Männer.

„Da ist nichts mehr zu holen. Es sind nur noch die Alten da."

„Dann würde ich sagen, dass wir uns hier von Ihnen beiden trennen. Versuchen Sie ihr Glück und gelangen auf eins der Schiffe."

Die Schossnicks nickten beide.

Und am nächsten Morgen verabschiedeten sie sich von Tammy und Carlotta, denen man ansah, dass sie davon nicht beeindruckt waren. Die beiden hatten sich mittlerweile so in die ganze Herde eingewöhnt, dass es ihnen egal war, ob Besitzer und Besitzerin da waren oder nicht.

Vielleicht spürte dies auch das Paar, sodass es sich schleunigst auf den Weg machte. Ihr Sohn begleitete sie auf Anraten des alten Hoffers nach Schievenhorst. Und als hätte es das Glück gut mit ihnen gemeint, ankerte ein Schiff an der Anlegestelle. Ein kleines Schiff, welches die paar Flüchtlinge, die im Ort warteten, nach Hela bringen sollte, wo dann die großen Schiffe warteten.

Frau Schossnick sah zurück.: „Sollen wir wirklich?" „Natürlich", erwiderte ihr Mann, „Wir wissen doch, wohin die Hoffers reisen.

„Aber warum ist das Schiff nicht voll?", fragte Frau Schossnick ungläubig.

„Die denken alle hier, dass sich das Blatt noch wendet", erwiderte ihr Sohn, „aber, glaub mir, Mutter, das wird es nicht."

Und so drängte Johann seine Mutter auf das Schiff.

Machte er sich plötzlich ernsthaft Sorgen um die beiden?

Wahrscheinlich ja! Er gehörte anscheinend wirklich nicht zu den Kindern, die ihren Eltern nie verzeihen könnten. Und so blickte er den beiden hinterher. Und er merkte, wie erleichtert er war, dass sie einen Platz bekommen hatten und nun endlich Aussicht auf Rettung.

Ein Eisbrecher glitt vor dem Schiff durch das Eis. Johann blieb stehen und schaute auf die beiden

Schiffe, die sich allmählich von Schievenhorst entfernten.

Doch was war das? Ein Grollen am Himmel war zu hören.

Johann hielt sich die Hände als Schutz vor die Augen, als er den Blick gen Himmel wendete.

Dann plötzlich sah er, wie zwei kleine Punkte von einem der Flugzeuge aus fielen. Er schrie auf, als er die Schreie hörte, die durch ganz Schievenhorst drangen. Er sah, wie die beiden Schiffe untergingen und mit ihnen alle Passagiere.

Er sah noch, wie Menschen in die kalte Ostsee sprangen. Aber er wusste, dass sie keine Chancen hatten. Das Wasser war so kalt, dass es nur Minuten dauern würde, bis sie erfroren.

Und Johann stand da und konnte nichts mehr tun.

Er konnte nur noch zusehen, wie die beiden Schiffe sanken und in den Tiefen der See für immer versunken bleiben würden.

„Oh, Herr im Himmel", hörte er sich sagen, „warum nur tust du mir das an? Das haben sie denn doch nicht verdient."

Johann glitt auf die Knie und weinte bitterlich. Er hätte sich den Tod geholt, wenn nicht eine alte Frau gekommen wäre und den jungen Mann hochgehoben hätte: „Waren Verwandte von Ihnen an Bord?"

„Es waren meine Eltern", gab er zurück, nicht ohne den Blick von der Stelle zu wenden, an der die Schiffe versunken waren.

„Gott sei ihrer Seele gnädig", betete die Alte, „aber Sie leben, also machen Sie das Beste daraus. Das wäre bestimmt im Sinne Ihrer Eltern."

„Natürlich", wendete sich Johann gedankenversunken ab und lief in Richtung der Stelle, an der die Hoffers warteten. Er lief durch den tiefen Schnee, schwitzte, als wäre es Sommer, und weinte entsetzlich.

„Und?" wurde er bereits von Jasmin empfangen. „Sind sie weg?"

Ja, sie sind weg, dachte er, aber für immer.

Doch sprechen, nein, sprechen, konnte er noch nicht darüber.

„Dann ziehen wir weiter", hörten alle den Befehl des alten Gestütsmeisters.

Und auch die Pferde schauten sich alle an. Sie hatten sich bereits daran gewöhnt, nirgends ausruhen zu können. Immer und immer wieder ging es weiter. Und sie stapften durch den hohen Schnee. Und alle Begleiter blickten auf die kleine Stadt zurück.

Verschlafen und sorglos lag sie da.

Welches Schicksal sich gerade vor ihr abgespielt hatte, ahnte niemand. Nur Johann weinte immer noch leise, als er zwei der Pferde neben sich führte.

Und Jasmin? Sie bekam mit, dass ihn etwas quälte.

„Was ist mit dir?", rannte sie mit ihrer Stute nach vorne.

„Nichts", gab er zurück und wischte sich mit dem Ärmel seines nassen Mantels die Tränen ab.

„Du hast geweint?", fragte sie. „Weil sie fort sind? Aber ich dachte, dass sie dir egal ..."

„Sind sie mir auch", fiel er ihr ins Wort.

„Dann verstehe ich nicht, weshalb du ..."

Doch wieder ließ er sie nicht aussprechen.

„Lass mich einfach in Ruhe!"

Johann brüllte nicht. Er schrie auch nicht. Trotzdem sagte er es in einem Ton, der sie überraschte.

Und Jasmin ließ sich mit ihrer Stute zurückfallen.

„Was hat er?", fragte Regina interessiert.

Doch Jasmin konnte nur mit den Schultern zucken. Sie wusste es beim besten Willen nicht.

Inge schaute ihren Mann an. Wie er das Taschentuch nahm und hineinhustete, und sie sah, wie dieses sich rot färbte.

„Hätten wir nicht doch in diesem Ort einen Arzt aufsuchen müssen?"

„Lass das!", ermahnte er sie mit einem bösen Blick. „Ich habe dir doch schon gesagt, dass ich ..."

Weiter konnte er nicht sprechen, denn Paul kam an den Wagen.

Wie kränklich der Junge aussah, dachte sein Großvater. Hauptsache dieses Kind überlebte. Und er erwischte sich dabei, wie er betete. Für Paul, für Jasmin und für seine jüngste Tochter Regina.

Doch Inge entging nichts: „Du betest?"
„Habe ich dir nicht gesagt, dass du mich in Ruhe lassen ..."

Inge ließ ihn nicht aussprechen: „Ruhe, alter Mann, hast du bald genug."

Paul horchte auf und sah von einem zum anderen.

„Großvater", sprach er Werner an, „wie ist es in diesem Halle?"

Werner blickte auf den Jungen und dann auf seine Frau. Er sah sie an, als wüsste er nicht, was er darauf erwidern sollte. Und er sah auf seinen Enkelsohn, der schon seit Tagen blaue Lippen hatte.

„Ich habe im Atlas nachgesehen", machte Inge ihm das Zeichen, dass er sich neben sie auf den Wagen setzen sollte.

Paul hievte Lilly nach oben und setzte sie zwischen sich und seine Großmutter. Inge grinste nur, sagte aber nichts dazu,und begann, zu erzählen: „Dieses Halle", liegt an einem Fluss, der Saale heißt, und deine Großtante wohnt am Wasserweg. Und nun zähle mal Eins und Eins zusammen!"

Paul sah seine Großmutter mit großen Augen an: „Sie wohnt an diesem Fluss."

Inge lachte: „Genau, das wird wunderschön."
„Und werden dort auch die Pferde Platz haben?", schaute er auf seinen Großvater.

Der wiederum lächelte vor sich hin: „Natürlich! Und wenn nicht dort, dann werden wir ihnen einen guten Platz suchen."

„Versprichst du mir das?"
Paul hielt seinem Großvater die Hand entgegen, und was blieb dem alten Mann übrig, als einzuschlagen.

„Versprochen, Großer", erwiderte dieser also.
„Großmutter", wendete sich der Kleine an Inge, „und wir werden wieder Feste geben und Turniere veranstalten und zu guter Musik tanzen?"

„Das werden wir", lachte sie und streichelte ihm über den Kopf.

„So der Herrgott will", bestätigte Werner.

Inge schaute sich den Mann genau an, der da neben ihr auf dem Wagen saß. Hatte er wirklich gerade wieder zum Herrgott gesprochen?

Er? Werner Hoffer?

Inge konnte es nicht glauben. In seinen alten Tagen fand er den Glauben wieder!

Doch Werner blieb gar nichts anderes übrig, als den Herrgott um Hilfe zu bitten. Er wusste, dass das Blut, welches er hustete, ein Zeichen war. Ein Zeichen dafür, dass ihm nicht mehr viel Zeit blieb.

Aber wie viel Zeit, das lag nicht in seinem Ermessen. Alles, wirklich alles, tat ihm weh und am liebsten hätte er sich von dieser Welt verabschiedet, aber wenn er nun in die Augen dieses Kindes sah, da wusste er nicht mehr, was er eigentlich wollte.

Alles hatten diese Kinder verloren, und wenn nun auch er ging, dann ...

Werner spürte, wie die Lebensgeister wieder in ihn flossen.

„Gib mir eine Decke!", sagte er zu seiner Frau.

Und Inge wusste genau, dass ihn der Lebensmut noch nicht verlassen hatte. Dank dieses Kindes hatte er ihn wiedergefunden.

Und sie herzte den Jungen, der nun auf dem Wagen mit seinem Hund spielte.

Sie wollte sagen, dass er den Hund hinuntersetzen sollte, doch Werner bemerkte die Blicke seiner Frau. „Lass ihn", befahl er.

Sie hatte noch nie Verständnis für Hunde gehabt. Sie musste doch aber sehen, dass dieser Hund etwas Außergewöhnliches war? Sie musste doch diese feste Verbindung zwischen dem Hund und dem Kind spüren?

Werner sah seine Frau erneut an. Ja, schon deshalb konnte er nicht gehen. Er musste diesen Jungen aufwachsen sehen. Und er musste diese alte Frau daran hindern, dass sie ihm das Spielen mit den Tieren verbot.

Ob Hund oder Pferd: Sie ähnelten sich dermaßen!

Und Werner schaute auf seine Enkelin, die ständig auf diese kleine Stute einsprach. Oh! Was ähnelten sich die beiden Kinder!

Werner richtete sich auf. Er spürte, wie er stärker wurde. Er hustete und sah auf sein Taschentuch. Nichts mehr war zu sehen von Blut.

Ja! Er würde weiter leben!

Werner sah auf seine Karte. Bis zur Grenze nach Westdeutschland war es gar nicht mehr so weit.

Danzig würden sie links liegen lassen.

Und dann kam die Nacht herein. Er hatte Angst vor der Nacht. Würde sie ihn seiner Familie rauben?

Inge tat kein Auge zu, als er neben ihr auf dem Wagen schlief.

Wenn sie morgen früh aufwachte, dann war vielleicht er nicht mehr da und ein paar der Pferde.

Pferde waren ihr lieber als er.

Pferde konnte sie verkraften, aber wenn er nicht mehr ...

Sie versuchte, den Gedanken zu verdrängen.

Er sah so stark aus, als er mit Paul gesprochen hatte.

Er sah aus wie ein junger Mann! So, wie sie ihn damals kennengelernt hatte.

Ja, sie würde sich wieder für ihn entscheiden, wenn sie noch einmal die Wahl hätte.

Inge küsste ihn.

Es war bereits Mitternacht und ihr fielen die Augen zu.

Entweder würde sie morgen ohne ihn erwachen oder aber Gott hatte ein Erbarmen und sie würden die ganze Scheiße hier überleben.

Inge schlief ein.

Als Werner am nächsten Morgen erwachte, da war er ein neuer Mensch.

Sicherlich taten ihm noch die Gelenke weh und er wünschte sich, nicht so alt zu sein, aber ansonsten ging es ihm überraschenderweise gut.

Er streichelte Inge über das Gesicht, die neben ihm schlief, als wäre sie zwanzig. Wieso sah er sie jetzt so? Dabei hatten gerade die letzten Wochen doch solche Spuren hinterlassen: Inge war abgemagert. Ihre Wangenknochen standen ab, ihre Haare waren verfilzt und die Farbe war aus ihrem Gesicht entschwunden. Sie atmete schwer. Und doch sah er in ihr das junge Mädchen, in das er sich vor so vielen Jahren verliebt hatte. Oh Gott, wie lange war das jetzt her? Und was hatten sie seitdem alles durchgemacht? Machte dies eine gute Ehe aus? Eine starke? Eine, die alles überstehen konnte? Eine, die ewig hielt?

Januar 1945

Werner wurde bewusst, dass man das Jahr 1945 schrieb und er Verantwortung hatte. Ein paar Tage waren sie nun unterwegs. Er beobachtete Stefan, Johann und Helmar. Dieser versoffene Kerl war wirklich eine große Hilfe gewesen. Wer hätte das gedacht?

Weihnachten war an ihnen vorübergegangen. Nur kurz hatten sie daran gedacht, dass es ja der 24.Dezember war, als sie im tiefsten Schnee wateten. Nein. Sie hätten es auch nicht feiern wollen. Hier in dieser Einöde, in der sie sich befanden.

Milano, Kara, Cologna, und Giwisi hatten sie verlassen. Sie starben, als der tiefe Schnee sie begrub und sie keine Kraft mehr hatten, sich gegen diesen zu erwehren. Und so waren es nur noch dreizehn Pferde, die sie zu betreuen hatten, als sie die Grenze überschritten.

Die Grenze, die ihnen das Überleben sichern sollte.

Sie waren ganz alleine, bis sie nach Gotenhafen kamen. Hier sahen sie die vielen Flüchtlinge, die sich, genau wie sie, auf den Weg gemacht und es bis hierher geschafft hatten.

Welch ein jammervoller Anblick bot sich ihnen, als sie mit ihren Pferden durch die Stadt zogen.

Die Leute schauten kaum auf. Früher hätte ein jeder auf die Pferde geblickt, aber jetzt war es den Leuten nicht zu verdenken.

Die Pferde sahen, genau wie die Menschen auch, dürre und ausgemergelt aus.

Nichts war mehr dran an ihren Körpern. Die Knochen staksten aus der Haut.

Erst jetzt sah Werner, was er seinen Leuten und seinen Pferden zugemutet hatte.

„Kommen Sie aus Trakehnen?", sprach ihn dann doch eine Frau an. Werner nickte mit dem Kopf. Sagen konnte er nichts.

„Man erzählt sich, dass die Russen dort alles niedergemetzelt hätten. Selbst die Pferde, die noch geblieben sind, hätten sie abgeschlachtet. Wissen Sie, ich komme auch von dort."

Inge war vom Wagen gestiegen und stellte sich neben die Frau:

„Haben Sie etwas von ...“

Doch die Frau unterbrach Inge: „Fragen Sie mich lieber nicht! Es wurde alles zerstört, also sicherlich auch Ihr Ort. Ich habe niemanden mehr. Mich haben meine Kinder auf ein Schiff verfrachtet und nun finde ich sie nicht mehr.“

Die Frau begann, zu weinen. Werner zog Inge von ihr fort. „Lass sie“, sagte er, „jeder hat heute sein Päckchen zu tragen!“

„Aber wir können sie doch nicht einfach hier lassen“, erwiderte Inge.

„Und ob!“, entgegnete ihr ihr Gemahl. „Lass uns nach einem Rastplatz schauen.“

Inge folgte Werner und hinter ihm gingen seine Tochter, seine Enkelin und Paul.

Johann und Stefan blieben bei den Pferden.

Helmar hatte sich mal wieder von allen entfernt. Er war überhaupt in den letzten Tagen komisch geworden. Komischer, als er eh schon war, fand Paul. Doch eigenartigerweise schien es dieses Mal nichts mit Alkohol zu tun zu haben. Nein, Helmar war des Lebens müde. Nach dem Tod seiner geliebten Freundin sah er keinen Sinn mehr, weiter zu machen. Ja, er hatte ihr einen Antrag gemacht. Nachdem sie ein einziges Mal, und er legte bei diesem Gedanken seine Hand aufs Herz, nur ein einziges Mal miteinander geschlafen hatten. Damals, als er ganz neu auf dem Gestüt war und sie noch nicht wusste, dass er dieses Zeug zum Leben brauchte, weil er sonst die Bilder nicht aus dem Kopf kriegte: die von seiner Frau und seinem Kind.

Aber als er mit ihr geschlafen hatte, da hatte er sie vergessen können, da war er ohne Sorgen: für ein paar Stunden.

Doch er hatte ihr geschworen, niemandem davon zu erzählen. Und er hatte sein Versprechen gehalten.

Aber der Alte - der hatte bestimmt etwas geahnt. Bestimmt!

Helmar lief durch die Straßen der Stadt. Er wollte nicht wieder zurück. Er hatte seinen Dienst geleistet und sie hierher gebracht. Was sollte nun noch passieren? Sie waren auf deutschem Boden. Bis hierher würden die Russen nicht kommen. Nein! Bis hierher doch wirklich nicht. Helmar trat über Menschen, die am Boden lagen. Er versuchte, vorsichtig zu sein. Dann plötzlich hielt ihn ein Soldat der Wehrmacht fest: „Was taumelst du hier herum?"

„Ich, ich ...", stammelte Helmar.

Und dann besprach er mit dem fremden Soldaten, wohin er sich wenden konnte, wenn er doch noch als Soldat in den Krieg ziehen wollte. Und dieser zeigte ihm den Weg und Helmar folgte ihm und sah noch einmal zurück auf die Menschen, die die Stadt überfüllten.

Auch Werner und seine Begleiter hatten kaum eine Chance durch die Stadt zu kommen.

Die vielen Menschen machten ein solches Unterfangen für die Fünf und ihre Tiere fast unmöglich.

„Lass uns umkehren und schauen, dass wir hier wegkommen", sagte Inge, die fast zu Boden fiel, als sie über eine ältere Frau steigen wollte.

Werner fing sie auf und nickte, ohne einen Ton zu sagen. Jasmin, Regina und Paul folgten den beiden Alten wieder zurück. Jasmin war froh, als sie Johann sah. In seinen Händen hielt er Schwindlerin, die genau wie alle anderen Pferde erbärmlich aussah.

Trotzdem, Jasmin schaute sich ihre kleine Stute genauer an, sie sah anders aus als früher: Sie war, bei Menschen würde man sagen, erwachsen geworden.

Jasmin ging und nahm Johann den Strick aus der Hand.

„Wir haben uns gerade ganz nett unterhalten", wehrte dieser sich.

„Und worüber?", fragte Jasmin lächelnd.

„Über dich", lachte er zurück.

„Und? Hast du was Neues erfahren?"

„Nein", erwiderte er immer noch lachend, „deine Stute hat mir nichts Neues erzählen können."

„Albert nicht herum", hielt Werner die beiden an, „es ist nicht die Zeit für derlei Unsinn."

„Lass die beiden", ermahnte Inge ihren Mann wiederum und dieser wollte gerade etwas entgegnen, als sie Paul plötzlich rufen hörten.

„Josef, Josef", schrie dieser und rannte hinter einer Gruppe hinterher.

„Bleib hier", schrie Jasmin und übergab Johann eilends den Strick, an dem immer noch Schwindlerin hing.

Diese jedoch machte sich los, indem sie nur kurz ihren Kopf zur Seite schnellen ließ, und rannte hinter Jasmin her.

„Steh", schrie Johann und lief der Stute hinterher. „Der reinste Affenzirkus", rief seinerseits nun Werner nach.

„Da ist er. Da ist er", hörte Jasmin ihren Bruder rufen. „Bleib stehen", ermahnte sie Paul , doch der lief und lief, und war schon in den Menschenmassen verschwunden.

Schwindlerin näherte sich ihrer Besitzerin und schnaubte freudig vor sich hin, als sie diese eingeholt hatte.

„Du nicht auch noch", streichelte Jasmin ihre Stute, „hört denn keiner auf mich?"

Jasmin streichelte ihrer Stute über den Kopf, was diese als sehr wohltuend empfand.

Dann kam Paul zurück und neben ihm lief ein Junge. Jasmin rieb sich die Augen: Es war wirklich Josef, der neben ihrem Bruder lief.

„Siehst du", sagte dieser stolz, „ich habe mich nicht geirrt."

Und Paul hielt Josef an, ihm zu folgen.

„Großvater, Großvater", lief Paul zu Werner, „das ist mein Schulkamerad Josef. Weißt du? Ich habe dir doch das von Vater erzählt und wie er ..."

Werner wusste Bescheid und nickte mit dem Kopf.

„Hallo", fiel er also seinem Enkel ins Wort, „sind deine Eltern auch hier?"

„Ich bin alleine", entgegnete der Junge, "ich habe sie verloren."

Paul sah seinen Großvater Hilfe suchend an. Werner verstand sofort: „Dann bleib bei uns."

Paul war so stolz auf seinen Großvater: Wie der sich doch verändert hatte in diesen letzten Monaten!?

Jasmin konnte nicht fassen, welche Zufälle es doch im Leben geben konnte, und sie ging mit ihrer Stute auf Josef zu und umarmte diesen.

Josef zog den Kopf zurück, denn er fürchtete, dass ihm nach der Umarmung auch noch ein Kuss aufgedrückt würde.

Jasmin lachte.

Johann stieß ebenfalls zu den anderen, ließ sich kurz erklären, wen Paul gefunden hatte, und ging dann wieder zu den Pferden, die kopfhängend auf der Straße standen.

Helmar kam, sprach ein paar Worte mit dem Alten und ging wieder.

„Was wollte er?", fragte Inge verwirrt, als sie Helmar gehen sah.

„Er bleibt hier", erwiderte Werner barsch.

„Er bleibt hier?", wiederholte Inge noch einmal die Aussage ihres Gemahls, als hätte sie nicht richtig verstanden.

„Jetzt frage nicht so viel", entgegnete er gewohnt herrisch. Und dann war es wieder der alte Hoffer, der alle zwang, weiterzugehen.

„Komm Josef, komm", sagte Paul freudig.

Jasmin und Regina beobachteten den Jungen, der wie ausgewechselt war. Und Lilly lief zwischen den beiden Jungs, sie wedelte mit dem Schwanz, als spürte sie genau, wie sich ihr Herrchen freute.

Und so brachen sie auf und verließen Gotenhafen.

„Helmar?", fragte Johann und drehte sich zu dem Alten.

„Kommt nicht mit", antwortete dieser und sagte weiter nichts mehr.

Johann und Stefan zuckten mit den Schultern.

„Für die paar Pferde brauchen wir auch keinen Helmar mehr", flüsterte Stefan Johann zu.

„Wir werden immer weniger", sagte Regina zu ihrer Nichte.

„Aber immerhin leben wir noch", entgegnete diese.

Regina nickte still mit dem Kopf.

Ihre Nichte war so erwachsen geworden. Genau wie diese Stute, die neben ihr herlief.

Regina beneidete Jasmin. Sie konnte so gut mit diesem Pferd. Und sie war ihr ein solcher Trost.

Sie selbst war so viel älter, hatte so viele Jahre mehr mit Pferden zu tun, und trotzdem hatte sie nie eine solche Bindung mit einem Pferd eingehen können.

Schwindlerin trottete neben Jasmin einher, als sie die Stadt. Und Regina ihrerseits ließ sich zurückfallen, bis sie neben ihrer Mutter lief.

„Was ist mit Helmar?"

„Dein Vater meinte nur, dass er hier bleiben würde."

„Hier in Gotenhafen?"

Else zuckte mit den Schultern. Mehr Informationen hatte sie ja nun wirklich auch nicht.

Regina wechselte das Thema: „Ist doch eigenartig, dass wir diesen Jungen hier gefunden haben, oder?"

„Schicksal", entgegnete ihr ihre Mutter knapp.

„Sind das nicht Juden?", Regina schaute ihrer Mutter in die Augen.

„Das ist doch jetzt vorbei." Inge wollte nicht, dass ihrer Tochter solcherlei Gedanken durch den Kopf gingen, „schau dich um, mein Kind, egal ob Jude oder nicht: Wir sind alle wegen dieses Wahnsinns auf der Flucht."

„Ich meine ja nur", erwiderte Regina kindisch.

„Lass ihn. Immerhin hat er seine Eltern verloren."

„Ich mache doch gar nichts", sagte Regina nun eingeschnappt.

Früher da ... Regina blickte ihre Mutter von der Seite an. Wie abgemagert sie war. Ob sie nur zu fünft in diesem Halle ankamen?

Halle! Dort würde sie sowieso nicht bleiben! Sie wollte in den Hunsrück, mit Tommi. Wo er wohl war? Sie hatte ihm noch geschrieben, aber ob er ihre Post erhalten hatte? Regina überlegte und überlegte und bekam gar nicht mit, wie sie Gotenhaven hinter sich ließen und sie sich erneut in einem Treck gen Westen befanden.

Und wenn man gedacht hätte, dass es nun weniger Menschen waren, die diesen Weg auf sich nahmen, so irrte man sich. Es waren noch mehr.

Irgendwie war es, als hätten sich die Menschenmassen verdoppelt. Seit Januar waren noch viel mehr auf der Flucht. Regina sah neben sich an den Straßenrand. Überall lag Unrat herum.

Sie sah Stühle, Tische, Geschirr, Gardinen, Spielzeug in Hülle und Fülle. Brauchten die Menschen dies alles nicht mehr?

War alles ein solcher Ballast?

Doch was wunderte sie sich? Regina schüttelte mit dem Kopf. Was hatte ihre Mutter nicht alles vergraben lassen! Regina grinste vor sich hin.

„Was ist?", holte sie ihre Mutter aus ihrem Tagtraum. „Ich musste gerade daran denken, was du alles hast eingraben lassen."

„Ich werde auch alles wieder ausgraben", entgegnete ihr die Mutter.

„Sicherlich", Regina war sich sicher, als sie auf die Straße blickte, dass dies nie der Fall sein würde. Doch ihrer Mutter das sagen? Nein. Niemals. Sie war immer noch so voller Hoffnung, dass sie wieder zurückkehren würden, dass Regina sich auf die Zunge biss. Und ihr sagen, dass sie selbst auf keinen Fall wieder nach Ostpreußen gehen würde: Nein, das könnte sie ihrer Mutter auch nicht antun.

„Siehst du das?", fragte Inge und zeigte auf etwas, was neben der Straße lag. Regina sah den kleinen leblosen Körper liegen: „Das ist schrecklich."

„Ich bin so froh, dass wir alle unter der Erde haben", sagte Else und bekreuzigte sich.

„Ja", flüsterte Regina und sah schnell von dem toten Körper des kleinen Mädchens weg.

Werner schrie Johann zu, dass er stehen bleiben sollte. Wieder murrten die Massen hinter ihnen, denn Schneefall hatte eingesetzt, sodass die Menschen sich nur an den vor ihnen Laufenden orientieren konnten.

Doch der alte Hoffer wollte nicht mehr mitten zwischen den vielen Menschen laufen.

Der Treck war ihm zu schnell, denn er sah, wie müde die Pferde allmählich wurden.

Johann kam angelaufen, nicht ohne Jasmin einen liebevollen Blick zuzuwerfen.

„Wir haben nicht die Zeit für solcherlei Unsinn", ermahnte ihn der Alte sofort. Johann nickte still.

„An der nächsten Gabelung wirst du nach links gehen", forderte er den jungen Mann auf.

„Aber alle ...", versuchte dieser, zu widersprechen.

„Egal", nahm der alte Hoffer ihm die Worte aus dem Munde, „die treiben uns zu sehr. Die alle hier."

Und er zeigte nach vorne und nach hinten.

Johann nickte. Ihm war egal, wohin ihn der Alte schickte, denn Jasmin und ihr wundervolles Pferd würden ihnen folgen.

Johann nahm die nächste Abzweigung.

Nur die Hoffers und die Pferde folgten ihm. Die anderen Flüchtlinge liefen die Straße nach Westen entlang.

Eis und Schnee machten ein Laufen schwer. Die paar Pferde, die sie noch besaßen, trotteten eins hinter dem anderen her.

Und wäre dies alles nicht schon schwierig genug, kam auch noch ein fürchterlich kalter Ostwind hinzu. Man sah selbst den Pferden an, wie eisig der Wind war, denn alle Tiere liefen gesenkten Kopfes und mit angelegten Ohren, um dem Wind so so wenig Angriffsfläche wie möglich zu bieten.

Am Ende des Tages und nach ungefähr 25 Kilometern Strecke ließ der Wind allmählich nach und alle kauerten am Wagen und sahen den Pferden zu, wie auch sie hungernd und müde beieinanderstanden.

Nicht ein bisschen Streit gab es unter den Tieren. Alle standen sie zusammen und genossen wenigstens dies bisschen Ruhe. Vielleicht verabschiedeten sie sich aber auch von denen, die diese Nacht nicht überleben würden. Die Kälte zog ihnen bis unter das Fell. Schutz war nicht mehr zu erhoffen.

Werner und Inge teilten sich eine Decke. Regina hatte eine für sich, Jasmin und Paul schlüpften unter eine und Johann und Stefan versuchten, sich unter der letzten, die sie besaßen, zu wärmen.

Und als der Morgen alle wieder weckte, war ein jeder von ihnen froh, dass sie das Stöhnen der anderen hörten. Ein Zeichen dafür, dass sie auch diese Nacht wieder überlebt hatten.

Johann blickte auf die Pferde. Wieder hatten sie drei verloren: Ronja und Sonja, die zu den alten Pferden gehört hatten, und leider auch Ikarus. Sie ließen sie im Schnee zurück und machten sich mit nur noch zehn Pferden auf den mühsamen Weg.

Damit für Laredo das Ziehen nicht allzu anstrengend wurde, schmissen sie alles aus dem Wagen, was sie meinten, wieder ersetzen zu können.

Obwohl Inge der Meinung war, dass gar nichts mehr auf dem Wagen sei, was einer solchen Prozedur bedurfte, fand ihr Gemahl Sachen, die er herunterschmiss.

„Nein", rief Inge plötzlich, „nicht diese Kiste."
Werner schaute sie böse an, doch sie entgegnete seinem Blick: „Das sind Erinnerungsstücke an die Jungs."

Werner hielt inne, sah die Kiste an und stellte sie wieder auf den Wagen: „Dann musst du laufen."

Inge nickte gehorsam mit dem Kopf. Dieses Opfer zu bringen, würde sie leicht schaffen.

Paul lief neben ihr und bot ihr seinen Arm immer, wenn es schwer wurde, durch den Schnee zu laufen. Inge blickte ihren Enkel dankend an.

Und Jasmin hielt ihre Stute am Strick und feuerte das dünne Etwas an, ihr zu folgen.

Regina warf einen Blick zurück auf die Pferde:

„Donnerschall sieht auch ganz müde aus. Dabei ist er der Jüngste."

Jasmin sah nach hinten zu dem kleinen Hengst, der zwischen den anderen trottete, als wäre er schon zehn. Sie erinnerte sich daran, welche Aufregung es war, eine Koppel für den Kleinen zu bauen.

Hengste durften nur dort stehen, wo die Absperrung hoch genug war. Sie waren unberechenbar und konnten jeden Zaun überwinden.

Und nun? Nun trottete er hier zwischen den Stuten einher, als wäre dies alles ein Irrtum. Niemals würde dieser Hengst den Hengst herausschauen lassen. Man merkte ihm an, dass er einfach nur überleben wollte. Jasmin blickte auf ihre Stute.

Sie hatte wahrscheinlich den gleichen Überlebenswillen wie dieser junge Hengst.

Doch was war das? Schüsse waren zu hören und hallten durch das Tal, welches sie gerade durchquerten.

Scheinbar waren sie nicht so weit von dem Weg entfernt, den alle Flüchtlinge nahmen, denn sie hörten das Schreien der Menschen.

„Legt euch hin", befahl der alte Hoffer panisch und stürzte sich auf Inge.

Regina knallte auf den Boden, mit dem Kopf in den Schnee. Dann sah sie auf und hörte, wie die Schüsse auf den Körpern der Pferde ihren Angriff stoppten.

Sie sah Elvira und Kalina fallen. Unter ihnen färbte sich der Schnee rot. Regina schrie auf.

„Still doch", hörte sie ihren Vater rufen.
Reginas Tränen ließen den Schnee schmelzen.

Jasmin suchte sich panisch ein Versteck. Ein Graben. Gott sei Dank! Sie ließ sich fallen und zeigte ihrer Stute, dass sie das Gleiche tun sollte. Schwindlerin schien nicht lange zu überlegen, beugte ihre Vorderbeine, setzte dann ihren Körper nach und lag Sekunden später neben ihrer Besitzerin.

Jasmin küsste sie auf die Nüstern, die sich auf und zu bewegten und davon zeugten, dass das Pferd mehr als nur nervös war. Liegend streichelte Jasmin ihr den Hals. Dann blickte sie um sich.

Paul lag über Lilly und neben den beiden Josef. Werner über Inge. Johanns Blick galt ganz Jasmin und ihrer Stute. Und Stefan? Er rührte sich nicht mehr.

Johann schaute von Jasmin zu Stefan und wieder zurück. Jasmin zuckte mit den Schultern und streichelte erneut über den Hals ihres Pferdes. Sie hörten das Geschrei der Menschen. Und sie blickten sich alle an: Diesen Angriff hatten sie überlebt. Zumindest fast alle!

So lagen sie etwa eine halbe Stunde lang. Bis das Geschrei der Menschen von der Straße her immer leiser wurde. Sie hörten, dass wieder die Wagen rollten.

Jasmin stand auf und Schwindlerin tat es ihr nach.

Sie begruben Stefan im tiefen Schnee, als sie sich sicher waren, dass ihnen keine Gefahr mehr drohte. Und da nahm Werner Inge in den Arm und er betete.

Inge sagte nichts. Niemand sagte irgendetwas. Was sollten sie auch sagen? Welche Worte würde ihr Leid ausdrücken können?

Jasmin stand mit ihrer Stute am Grab. Johann nahm ihre Hand und drückte sie ganz fest.

Die toten Pferde begruben sie nicht. Der Schnee würde ihnen helfen, und sie unter sich betten.

Reginas Hand glitt an ihre linke Seite. Sie spürte einen Schmerz. Nicht so stark, aber trotzdem war er da. Sie blickte auf die Hand und sah das Blut.

„Du bist getroffen", flüsterte ihr ihre Nichte zu. „Sag den Eltern nichts", bat Regina leise, „es ist bestimmt nicht so schlimm." Regina schaute ihre Nichte flehentlich an und Jasmin nickte mit dem Kopf. Auch Johann hatte gesehen, wie die junge Hoffer sich an die Seite fasste.

Er blickte Jasmin an und schüttelte mit dem Kopf. Sie ignorierte dieses Zeichen. Nein! Ihren Großvater hatten sie auch schon verloren geglaubt, und dann?

Dann hatte er sich wieder aufgerappelt. Mit ihrer Tante würde es auch so sein.

Werner trieb sie wieder an. Sie mussten endlich etwas schneller werden und vor allem weiter von der Straße weg. Hinter so einem kleinen Haufen, wie sie noch waren, waren die Russen bestimmt nicht scharf. Und es galt, so schnell wie möglich nach Westen zu kommen.

Immer weiter nach Westen. Nach Westen!
Werner holte seine Karte heraus. Verdammt noch einmal. So weit war es doch nun auch nicht mehr, fluchte er vor sich hin.

Wenn sie im Hinterland blieben, dann konnte es ihnen doch wohl gelingen, den Russen auszuweichen, die Polen zu umgehen und endlich heimatliches Land zu erreichen. Heimat? Was war die Heimat? Nun? Jetzt? Gab es eine solche überhaupt noch?

Nein? Werner schüttelte gedankenverloren den Kopf. Hunger! Er hatte einen solchen Hunger.

Wie konnten sich alle anderen nur auf den Beinen halten? Seit Tagen hatten sie nichts mehr im Magen. Ab und an fanden sie bei den anderen Flüchtlingen Hilfe. Aber nun? Nun hatte er sie von den anderen weggescheucht. Welche Chancen hatten sie noch?

Johann ließ alle halten. Ein Gehöft war in Sichtweite.

Johann blickte zu Werner. Sie verstanden sich ohne Worte und Werner nickte dem jungen Mann zu.

Johann ließ alle halten und lief alleine los.
„Wohin will er?", fragte Jasmin ihre Tante.

Regina stöhnte, als sie sagte: „Sicherlich will er dort fragen, ob ..."

Doch in diesem Moment fiel sie wie ein Stein um. Jasmin hörte ihre Großmutter aufschreien. Und sie sah, wie beide Eltern angerannt kamen und sich über ihre Tochter beugten. Regina blickte noch einmal kurz auf, bevor sie ihre Augen für immer schloss.

„Aber, aber", schluchzte Inge los.
„Sie war getroffen", sagte Jasmin leise.

„Wo denn? Wo denn?", fragte Werner nervös und durchsuchte die Kleidung seiner Tochter.

Und als er ihre Jacke öffnete, da wurden auch seine Hände rot. Rot vom Blut seiner jüngsten Tochter.

Von der Tochter, die ausgesehen hatte wie seine Großmutter. Werner weinte wie ein kleines Kind.

Und Jasmin fiel neben ihm auf die Knie.

Schwindlerin schnaubte. War es ihr Abschied?

Da lag nun auch Regina im tiefen Schnee. Sie sah plötzlich so friedlich aus. Jasmin starrte ihre tote Tante an.

„Warum nur? Warum nur?", flüsterte sie.

Paul kam nicht näher. Er hatte es satt, all die toten Menschen zu sehen.

Er wollte seine Tante so in Erinnerung behalten, wie sie gewesen war. Davor! Vor ihrem Tod.

Er hatte sich geschworen, keinen Toten mehr anzusehen.

Auch bei Stefan war er schon nicht hingegangen. Er hatte Lilly als Ausrede genommen und alle hatten nur stumm genickt.

Wieder schaufelten all die anderen ein Grab. Dabei kamen sie gar nicht tief genug. Merkten sie das nicht?

Jeder hungrige Wolf würde sich die Toten in der Nacht holen können. Mit Leichtigkeit!

Und Paul spielte weiter. Mit Lilly und Josef.

Johann kam. Er sah den frisch aufgehäuften Schnee.

„Sie war getroffen", sagte Paul nur.

„Hier," er legte Äpfel und Brot auf die Erde, „mehr wollten die nicht geben", und dabei wies er in Richtung des Gehöfts.

Alle stürzten sich auf das bisschen Essen, was im Schnee lag. Nur Inge nicht. Sie stand immer noch an der Stelle, wo sie ihre Jüngste begraben hatten.

Wie sollte sie nur die Kraft finden, von hier wegzugehen? Wie nur?

Da kam Paul, fasste seine Großmutter an der Hand und geleitete sie zu der Stelle, an der das Essen lag.

„Großmutter", sagte er erwachsen, „du musst auch etwas essen."

„Ja", erwiderte sie wie in Trance, „das muss ich wohl."

Und sie biss von einem Apfel ab und würgte das Stück hinunter. In ihren Augen spiegelte sich ihr Schmerz.

Paul nahm ihre Hand und drückte sie ganz fest: „Sie ist bei Mutter und Vater."

Inge strich dem Kleinen über den Kopf.

„Ach, Omama", erwiderte dieser.

„Deine Mutter wollte das auch nie", lächelte sie ihn an.

Und in diesem Moment wusste sie, dass sie überleben musste. Schon für Paul!

August 2013

„Und?", fragte ich Mirco. „Was ist aus allen geworden?"

Der starrte mich an: „Du hast einen Nachfahren der Schwindlerin gerade erworben. Inge, Werner, Paul, Josef, Jasmin und Johann haben es bis Halle geschafft und mit ihnen nur Schwindlerin und Donnerschall. Alle sind dann Regina zu Liebe in den Hunsrück.

Die Wittners haben ihren Sohn verloren. Auch er starb 1945, im Januar.

Werner und Inge mussten auch Gräber für ihre anderen Söhne ausheben, aber sie haben Jasmin und Paul noch helfen können, bis sie auf ihren eigenen Füßen stehen konnten.

Jasmin hat ein Gestüt aufgemacht, hat mit Schwindlerin Preise gewonnen, und jeden davon einem der Treckteilnehmer gewidmet.

Sie hat Johann geheiratet und zwei Kinder bekommen.

Paul wurde ebenfalls ein exzellenter Reiter.
Lilly begleitete ihn auf all seinen Ritten. Sie wurde fast zwanzig Jahre alt.

Mit Josef hielt er zeit seines Lebens Verbindung.
Auf dem Schrank in Jasmins Wohnzimmer standen zwei Bilder. Das war alles, was sie von Ostpreußen mitgenommen hatte."

Mir standen die Tränen in den Augen. Ich stand auf und ging in den Stall, in dem mein neues Pferd gemütlich fraß und mich mit seinen wundervollen Augen ansah.

Eben ein Trakehner!

Printed in Germany
by Amazon Distribution
GmbH, Leipzig